TÖDLIC
REZEPTUR

Manuel Martensen

TÖDLICHE REZEPTUR

KRIMI

Bibliografische Information der Deutschen Nationalbibliothek: Die Deutsche Nationalbibliothek verzeichnet diese
Publikation in der Deutschen Nationalbibliografie;
detaillierte bibliografische Daten sind im Internet über
dnb.dnb.de abrufbar.

Umschlaggestaltung: Manuel Martensen, Hamburg
Titelfoto: Jannis Martensen
Herstellung und Verlag:
BOD - Books on Demand, Norderstedt
www.martensenmanuel.de

ISBN: 978-3-7504-1654-3

Manuel Martensen wurde 1972 in Husum an der Nordsee geboren und veröffentlicht Romane seit 2008. Außer Buchautor ist er auch Songtexter und Komponist. Er arbeitet in einem internationalen Medienhaus und ist dort für bekannte deutsche Zeitschriften tätig. Mit seiner Frau und ihrem gemeinsamen Sohn lebt er in Hamburg.

Prolog

1986

Er hatte keinen Zweifel daran, dass dies der Zeitpunkt war, an dem er zum ersten Mal in seinem Leben einen Toten sah. Er starrte auf den Leichnam. Noch vor zwei Minuten trug dieser eine Seele in sich. Jetzt war sie ihm entwichen, wie die Luft aus einem Ballon. Er hatte sich oft gefragt, wie man damit klarkam. Was man wohl denkt in einer so ungeheuerlichen Situation. Niemand ist in der Lage, einen auf so etwas vorzubereiten. In seinem persönlichen Schicksalsmoment spürte er nur Taubheit. Seine Arme schienen sich in Blei verwandelt zu haben und dabei die Schultern in die Tiefe zu ziehen. Er kniete wie bei einem Gebet auf dem Teppich, unfähig sich wiederaufzurichten.

Der Raum kam ihm plötzlich so bedrohlich schmal vor. Er rang nach Luft. Sein suchender Blick fand keinen Halt. Sein Kopf dröhnte, als wäre das Geschoss nicht in die Schläfe des armen Mannes vor ihm eingedrungen, sondern in seine eigene. Fast beneidete er den Toten dafür. Er sah so unwahrscheinlich friedlich aus, wie er dort zusammengekauert auf der Seite lag, als habe er sich nur schlafen gelegt. Gern hätte er geweint, um diesen unerträglichen Druck auf der Seele zu mildern. Er wusste nicht wie lange er so verharrt hätte, wenn ihn nicht das klare, deutliche Rufen, das aus dem Treppenhaus kam, aus seiner Ohnmacht gerissen hätte.

»Chef? Ist alles in Ordnung?«

Er erkannte diese weibliche Stimme. Sie gehörte der Sekretärin Frau Meier. Es kam ihm also jemand zur Hilfe. Endlich wurden seine Augen feucht. Der Schall der Absätze wurde lauter. In wenigen Sekunden müsste sie das Büro betreten. Da war ihre Stimme wieder zu hören.

»Friedrich?«

Kurz nachdem die angelehnte Tür von außen aufgedrückt worden war, hörte er diesen markerschütternden Schrei, der der Kehle seiner Kollegin entfuhr und ihm unter die Haut jagte. Herrmann Jöhns war sofort klar, dass er versäumt hatte, die arme Frau vor diesem Anblick zu schützen. Er hätte ihr entgegen gehen sollen. Aber er war einfach nicht in der Lage gewesen, zu handeln. Er hatte ihr nicht helfen können. Wegen ihm musste auch sie an diesem Tag ihr erstes schreckliches Mal über sich ergehen lassen. Er hasste sich dafür.

Simone Meier hielt sich die Hand vor dem Mund. Ein kurzer Blick auf den regungslosen Chef hatte genügt, um ihren Magen umzudrehen. Sie wandte sich zur Seite, denn sie hatte noch nie Blut sehen können. Da bemerkte sie eine Person neben dem Schreibtisch und erschrak. Das Gesicht des Mannes war kreidebleich. Seine glasigen Augen guckten ihr traurig und schuldbewusst entgegen. Seine Körperhaltung wirkte ebenso leblos wie die ihres Chefs zu seinen Füßen. Erst an dem Vollbart und dem weißen Kittel erkannte sie in ihm den Braumeister Jöhns. Sie wollte gerade etwas sagen, da entdeckte sie den offenen Tresor und die Pistole in seiner Hand. Sie ergriff die Flucht und rannte um ihr Leben.

Mit der Schulter stemmte sie sich gegen die Flügeltür des Haupteinganges und drückte sie mit letzter Kraft auf. Irgendetwas hinderte sie am Weiterlaufen. Sie sah den Boden näherkommen. Dann wurde es schwarz.

Das scheppernde Geräusch, das sie verursacht hatte, ließ die verschlafenen Tauben auf der Fensterbank aufschrecken. Sie reckten ihre Hälse und schüttelten blinzelnd ihre Gefieder. Der Gesang der anderen Vögel pausierte für einen kurzen Augenblick. Eine Katze lugte hinter dem Schuppen hervor. Sie ging neugierig auf die Frau am Boden zu. Misstrauisch blieb sie einen Meter von ihr entfernt stehen. Gerade als sie im Begriff war, sich noch ein Stück zu nähern, zuckte sie plötzlich zurück und rannte davon, denn ein Lieferwagen wurde auf das Betriebsgelände gelenkt. Hinter dem Steuer saß der Werksfahrer Alfons Kopiske. Er trat auf die Bremse, stoppte den Motor und stieg aus. »Simone?« Als er die reglose Person erreicht hatte, beugte er sich zu ihr hinunter. Sie war es tatsächlich. Er sprach sie erneut an. »Simone?« Sie antwortete nicht. »Hallo.«

Da sie sich immer noch nicht rührte, rüttelte er sachte an ihrer Schulter. »Kannst du mich hören?« Immer noch keine Reaktion von seiner Kollegin. Er wusste nicht, was er zuerst tun sollte. In die Brauerei laufen, um Hilfe zu holen? War denn überhaupt schon jemand anwesend? Oder ins Büro zum Telefon, um einen Arzt zu rufen? Er zögerte und entschied sich schließlich dafür, zunächst ihren hochhackigen Schuh aus den Rost zu ziehen.

Simone Meier kam derweilen zu sich. »Hol´ die Polizei!«, stöhnte sie zunächst kaum wahrnehmbar. Alfons verstand nicht. Langsam öffnete die Sekretärin ihre Augen und fasste sich an die Stirn. Blut tropfte auf ihre Bluse. Sie hielt sich die Hand vor den Mund. Alfons gab ihr sein Stofftaschentuch.

»Ich kann dich ins Krankenhaus fahren«, schlug er vor.

»Nein, die Polizei muss kommen. Du musst sofort die Polizei rufen. Wir sind in Gefahr«, sagte sie jetzt mit fester Stimme. Sie zeigte ängstlich hoch zu dem einzigen erleuchteten Bürofenster und ergänzte: »Er hat den Chef erschossen.«

Alfons starrte die Sekretärin ungläubig an, während diese versuchte, sich aufzurichten. Er wollte sie daran hindern und hielt sie fest. »Simone, du hast einen Schlag an den Kopf bekommen. Ich werde dich jetzt ins Krankenhaus fahren. Dort wirst du gut versorgt. Und um die Arbeit brauchst du dir keine Sorgen zu machen.«

Seine Kollegin schien mit diesem Plan ganz und gar nicht einverstanden zu sein. Alfons Kopiske wurde von der sonst stets freundlichen Kollegin barsch zur Seite gestoßen, sodass er mit dem Gesäß gegen den Kotflügel seines Lasters prallte. Er war fassungslos. Doch ehe er klar denken konnte, schrie sie ihm lauthals entgegen.

»Hast du mir nicht zugehört?« Sie hustete vor Anstrengung. Ihr Körper bebte, als sie aufgebracht auf das Fenster im ersten Stockwerk zeigte. »Herrmann Jöhns hat gerade eben dort oben unseren Chef erschossen. Und jetzt ruf′ endlich die Polizei!«

Die arme Frau. Er hatte ihr etwas hinterherrufen wollen. Aber seine Stimmbänder hatten versagt. Hätte er ihr folgen sollen? In was war sie da nur hineingeraten? Er versuchte, sich zu trösten. Sie wird Hilfe bekommen. Die Polizei hilft ihr. Es wird alles wieder gut.

Er setzte sich erneut auf den Fußboden und lehnte sich an den Schreibtisch. Er brachte es nicht fertig, diesen Raum zu verlassen. Noch nicht. Eine unsichtbare Kraft hielt ihn hier drinnen gefangen. Er wollte Friedrich nicht eine Sekunde lang allein lassen, bevor nicht die Polizei einträfe. Das war er seinem Chef schuldig. Sie waren fast wie Vater und Sohn. Er konnte ihn doch jetzt nicht im Stich lassen. Das war unmöglich. Sie hatten so viel miteinander erlebt. Wie sollte es denn jetzt weitergehen?

Von draußen auf dem Hofplatz hörte er Martinshörner wild durcheinanderschreien und quietschende Reifen auf dem Asphalt. Er stand auf. Seine Neugier trieb ihn an das große Fenster. Noch bevor er sehen konnte was dort unten vor sich ging, hatte er realisiert, dass es nun endlich vorbei war. Er sah Autotüren aufspringen und Polizisten, die sich hinter Motorhauben in Deckung brachten.

Eine Durchsage war zu hören: »Hier spricht die Polizei. Das Gebäude ist umstellt. Herrmann Jöhns, wir wissen, dass Sie dort drinnen sind. Kommen Sie mit erhobenen Händen heraus!«

Er ging schnell wieder vom Fenster weg und hockte sich hinter den Schreibtisch. Sie hatten Angst vor ihm. Seine Gedanken flogen in alle Richtungen.

Vor der Brauerei war es hektisch geworden. Alfons Kopiske stand mit einigen geschockten Kollegen hinter dem Absperrband der Polizei. Über ihm thronte das Firmenschild. Er schaute dem Krankenwagen nach, der das Brauereigelände verlassen hatte. Simone Meier war dringend auf ärztliche Hilfe angewiesen. Alfons sandte ihr im Geiste gute Genesungswünsche hinterher. Ein paar Meter weiter entdeckte er, wie ein Wachtmeister eine Traube aus Schaulustigen und zur Arbeit kommende Brauereimitarbeiter aufforderte, den Weg für zwei Zivilfahrzeuge freizumachen. Er vermutete, dass es sich um die Kriminalpolizei oder vielleicht einen Psychologen handeln könnte, der am Tatort benötigt wurde. Die Lautsprecherdurchsagen der Polizei hatten bereits eine Handvoll Reporter der Lokalpresse angelockt. Außer ihnen, versuchten sich einige Fotografen für die Festnahme von Herrmann Jöhns in Position zu bringen. Ihre Objektive fieberten dem Moment entgegen, das Titelbild für den morgigen Tag festzuhalten.

Alfons fragte sich, ob es stimmen konnte was Simone von sich gegeben hatte. War Herrmann dazu im Stande, einen Menschen zu erschießen? Und falls ja, warum sollte er so etwas tun?

Diese Frage war für den Trupp Polizisten, der mit gezogenen Dienstpistolen um das Verwaltungsgebäude stürmte, nicht von Belang. Sie folgten lediglich der Anweisung des Einsatzleiters, Hinterausgänge zu sichern. Sie wussten nicht, dass dieser Befehl nutzlos war. Herrmann Jöhns betrat im selben Moment mit erhobenen Händen und leerem Blick den Firmenhof. Die Fotografen schossen ihn unerbittlich ab. Zwei Polizisten nahmen den Verdächtigen unsanft in Empfang und drückten ihn in einen Einsatzwagen.

Über einhundert Jahre Brautradition waren Zeuge des Beginns des dunkelsten Kapitels der Firmengeschichte geworden.

1

Gegenwart

Der schmiedeeiserne Torbogen trug die Inschrift *Friedrich-Börnsen-Brauerei-Museum*. Links daneben warb ein beleuchteter Schaukasten für eine Sonderausstellung mit neuen, außergewöhnlichen Exponaten, gespendet von einem Mäzen aus Dänemark. Der Besucherparkplatz war sehr gut gefüllt an diesem Abend. Seitdem die über zwei Dekaden brachgelegene Brauerei mit einem Premium Hotel, einer Schankstube und einem Museum eine neue Verwendung erfahren hatte, war die trostlose Zeit des Verfalls Vergangenheit geworden. Die Übernachtungsgäste, Biertrinker und geschichtlich Interessierten honorierten diese Tatsache mit regem Andrang.

Krister hatte die aktive Zeit der Brauerei nicht selbst erlebt. Dafür war er zu spät geboren worden. Als er in dem Alter war, in dem man für gewöhnlich Geschmack für Gerstensaft entwickelte, hatte der Betrieb bereits einige Jahre stillgestanden und die verwaisten Gebäude samt den ausgedienten Gerätschaften fristeten ihr Dasein in Vergessenheit. Krister war zu der Zeit mit seinen Freunden häufig direkt nach Schulschluss hierher auf das weitläufige Gelände gekommen, um sich klammheimlich durch ein zerbrochenes Fenster in die historischen Gemäuer zu stehlen. Sie schossen mit ihren Steinschleudern Bierflaschen vom Fenstersims, rollten sich in den Fässern durch die Lagerhalle oder hingen einfach nur ab.

An seiner ersten Zigarette hatte hier gezogen, was zu seinem Leidwesen zu Brechreiz geführt hatte. Ein einprägsames Ereignis, auf das er gern verzichtet hätte, aber irgendwie auch nicht. Mittlerweile waren seit dieser unbekümmerten Jugendzeit über zwanzig Jahre ins Land gegangen. Er selbst war zu einem erwachsenen Mann gereift, dem es, im Gegensatz zu manch anderem Mitglied seiner nahen Verwandtschaft, gelungen war, einen für Körper und Seele gesunden Bierkonsum an den Tag zu legen. Und das, obwohl er während seines Reifeprozesses reichlich Gelegenheiten dazu gehabt hatte, Hopfen und Malz in Mengen zu frönen.

Nun stand er hier an seiner alten Wirkungsstätte und sehnte sich nach einem frisch Gezapften, was naheliegend war. Aber das ging leider nicht. Nicht jetzt.

Zuerst musste einer dieser nahen Verwandten mit besonderer Vorliebe für Zechereien optisch zum Weitergehen animiert werden. Worte hatten bisher keinerlei Wirkung gezeigt. Zum wiederholten Male musste Krister nun umkehren und die mühsam gewonnene Wegstrecke wieder opfern. Wenn dieser Besuch schnell über die Bühne ging, könnte er früh genug zu den Anderen zum Pokern hinzustoßen. Sollte Opa aber weiter so vor sich hin trödeln und jeden Stein in diesem Gebäude inspizieren wollen, konnte er seine Hoffnungen für diesen Mittwochabend begraben. Vom Kartenschalter am Eingang hatten sie sich in zehn Minuten ebenso viele Meter entfernt. Das machte einen Meter pro Minute. In diesem Tempo müsste er eine Woche Urlaub einreichen bis sie dieses Museum wieder verlassen konnten. »Opa, weswegen habe ich dich noch gleich hergefahren?«, fragte Krister, ohne eine Antwort zu erwarten.

»Nicht so hastig, junger Mann!«, kam es in harschem Ton zurück.

»Warum musste ich auch ans Telefon gehen?«, schimpfte er leise mit sich selbst.

»Du solltest die Zeit mit mir genießen solange ich noch da bin«, mahnte sein Großvater mit erhobenem Zeigefinger, während er eine Marmorsäule fixierte. »Sonst wirst du es später mal sehr bereuen.«

Krister verdrehte die Augen. Er hatte vergessen, dass der Alte immer noch Ohren wie ein Luchs hatte. Wann war wohl *gleich* auf dem Zeitstrahl eines 82-Jährigen? »Ich dachte immer, alte Leute haben keine Zeit zu verlieren.«

Opa machte sich nicht einmal die Mühe, aufzublicken. »Was ist bloß los mit dir? Wartet dein Taxi?«

»Nee Opa. Dein Taxi wartet! Und ich bin der Taxifahrer, falls du´ s vergessen haben solltest. So! Was ist nun? Muss ich dir einen roten Teppich ausrollen, damit du weitergehst?« Er deutete einen Diener an und gab seinem Großvater mit einer schwungvollen Armbewegung den zu gehenden Weg vor.

Der alte Mann war viel zu beschäftigt, um auf diese Provokation zu reagieren. Krister musste machtlos zusehen, wie dieser den großen Raum auf sich wirken ließ und dabei auch die oberen Ecken nicht vergaß. Seine Hände ruhten auf seinem Krückstock, welcher so geschnitzt war, dass der Griff in einen Bierkrug überging, aus dem eine Schaumkrone über den Rand kroch. Abwärts war er bis zum Gummi-Fuß mit bunten Bierwappen aus aller Welt übersäht.

Opas Spazierstockbierwappensammlung war beeindruckend umfangreich. Aber nur die Bedeutungsvollsten konnten einen Platz auf seinem Lieblingsstock für sich beanspruchen. *Krister*, hatte er einmal im Vertrauen im Schuppen neben seinem kleinen Reetdachhaus gesagt, *Krister, wenn du dich anständig benimmst, wird alles irgendwann einmal dir gehören.* Was für eine Drohung.

Krister besann sich darauf, dass er es eilig hatte und löste sich von dem Gedanken an sein Erbe. Da er Bier zu trinken viel schöner fand, als Bier zu verehren, kam die Sehnsucht nach einem frisch Gezapften zurück - kühl und lecker. Ein Geistesblitz versprach Hoffnung. Er wandte sich an die Dame hinter dem Kartenschalter. »Wie lange haben Sie denn heute eigentlich geöffnet?«

Ihre Stimme klang mild, die Botschaft gnadenlos: »Wir haben heute die lange Museumsnacht. Bis 24 Uhr sind die Türen für Sie offen.«

»Na, siehste!«, hörte man den Greis aus dem Hintergrund. »Dann brauchen wir ja nichts zu überstürzen.«

Der Abend war nicht mehr zu retten. Laut Kristers Armbanduhr war es 19.30 Uhr. Er wusste, dass es nun nichts mehr ausmachte, auf der obersten Stufe der Treppe, die zum Museumssaal führte, Platz zu nehmen, und abzuwarten was als Nächstes geschehen würde.

2

Die wöchentliche Verkaufsbesprechung zog sich wie Kaugummi durch den Freitagnachmittag. Schon vor einer halben Stunde musste er sich geschlagen geben und sich wehrlos aus der trockenen Thematik ausklinken. Glücklicherweise hatte er es geschafft, die niederträchtige Arbeit des Protokollschreibens jemand anderem aufs Auge zu drücken. Da brauchte er diesen geistigen Dünnpfiff, der hier verzapft wurde, jedenfalls nicht auch noch zu Papier zu bringen und für die Nachwelt zu erhalten.

Er beobachtete eine kleine Spinne, die sich langsam von der Decke abseilte. Sie baumelte wenige Zentimeter über der fleischigen Rübe des Kollegen, der für die Sonderinsertionen verantwortlich zeichnete. Der Armleuchter hörte sich, wie so häufig, selbst am liebsten beim Reden zu. Unermüdlich faselte er diesmal, ungefragt wie immer, irgendetwas von ausgetüftelten Vorgehensweisen beim Abarbeiten von eiligen Kundenanfragen und von ausgeklügelter Anzeigenpreispolitik und nervte dabei kolossal. Leider war Krister offensichtlich mit dieser Einschätzung allein auf weiter Flur. Die anderen zehn Teammitglieder hingen an seinen Lippen und animierten den Blender mit Kopfnicken zum Weiterpalavern.

Es fiel ihm schwer, ein Gähnen zu unterdrücken. Die Woche war anstrengend gewesen, und das Meeting hatte gute Chancen, ihm die letzten Kräfte zu rauben. Als Assistent des Anzeigenleiters war er Anlaufstelle für sämtliche Außendienstkollegen. Er bereitete deren Verkaufsunterlagen vor und hatte Präsentationen zu organisieren. Häufig rief sein Chef kurzfristige Verkaufsbesprechungen ein, die bis in den Abend hineingingen. Für Kristers Geschmack war die Überstundenliste nur dafür da, sich vor Augen zu halten, wie schlecht man seine eigene Arbeitskraft verkauft hatte. In einer Verkaufsabteilung kam das einem Armutszeugnis gleich.

Verstohlen linste er auf die Uhr über dem Flip-Chart. Der Chef hatte heute Morgen verkündet, wegen eines privaten Termins ausnahmsweise früher ins Wochenende zu gehen. Ein kleiner Lichtblick am Ende des Zeittunnels, der ihm noch viel zu lang erschien.

Die Tür wurde leise von außen geöffnet und eine junge Frau mit hellblondem Pferdeschwanz steckte ihren Kopf in den Konferenzraum. Hanna Möhring. »Entschuldigung für die Störung. Krister, kommst du mal eben? Da ist ein wichtiger Anruf für dich.«

Das war die Erlösung. Krister schaute fragend hinüber zum Anzeigenleiter. Dieser hob den Daumen »Wir sind eh gleich fertig hier.«

»Wer ist es denn?«, fragte er, als sie durch den langen Flur gingen.

Hannas blaue Augen funkelten ihn an. »Ach, das war nur ein billiger Vorwand, um mit dir einen Kaffee trinken zu können.« Sie legte ein liebreizendes Lächeln auf.

Krister schmunzelte dankbar zurück und ließ sich gern zu ihrem Büro ziehen.

In Hannas gemütlichem Ledersofa gefläzt schmeckte der Kaffee am besten. Sie war als Redakteurin im Nachrichten-Ressort der Lokalzeitung dafür zuständig, den Ticker der Presseagenturen im Auge zu behalten und fungierte als Verbindungsperson zwischen Reportern und Chefredaktion. Manchmal musste sie sogar den Funkverkehr abhören, um Kollegen auf Polizei- oder Feuerwehreinsätze hetzen zu können. Wenn jemand im Hause als Erste über Klatsch und Tratsch, beziehungsweise sensationelle Neuigkeiten aus aller Welt, informiert war, dann war das eindeutig Hanna.

Krister legte den Kopf auf die Lehne und starrte auf die Neonröhren an der Zimmerdecke. »Irgendetwas Aufregendes heute?«, wollte er wissen.

»Ganz entspannt«, meinte sie. »Sieht so aus, als könnte ich ausnahmsweise mal früh nach Hause gehen. Wie lang machst du noch?«

»Ich mach auch gleich die Biege, keine Lust mehr.«

»Du hast Ränder unter den Augen«, stellte Hanna fest. »Immer noch so schlimm bei euch?« Sie hielt ihre Kaffeetasse mit beiden Händen umklammert.

Krister seufzte. »Ich weiß auch nicht. Ich glaub´ ich bin einfach nicht für´ s Büro geboren. Wäre die Bezahlung nicht einigermaßen, dann wäre ich wahrscheinlich schon längst woanders.« Er setzte sich gerade hin, massierte sich mit einem Daumen die Innenfläche der anderen Hand und schaute sich selbst dabei zu. Dann sprach er weiter. »Alles muss immer schnellstmöglich erledigt werden. Die Werbeagentur braucht Infos am besten gestern. Dann heißt es: der Kunde ist für uns total wichtig, da darf nichts schief gehen. Und dann immer diese überflüssigen Besprechungen. Die fressen nur Zeit. Ich komm´ mir vor wie am Fließband. Abends weiß ich nicht mehr, was ich den ganzen Tag gemacht habe.«

»Vielleicht bist du ja nur urlaubsreif«, wollte sie ihn ein wenig trösten. »Du brauchst mal wieder etwas Abstand. Dann macht es hinterher auch wieder Spaß. Und wenn es nur für eine Woche ist«, schlug sie vor.

Krister kannte niemand, der so viel positive Energie versprühte, wie Hanna. Sie war kaum größer als ein Besenstiel und ebenso schmal, besaß aber einen Ehrgeiz und ein Durchhaltvermögen, von dem so mancher zwei Zentner Kerl träumen konnte.

»Bin ich hier nur noch von Blendern umgeben? Nimm´ nur mal den Monk aus der Beilagendispo. In den Besprechungen mimt der den ach so tollen Querdenker, der anderen immer einen Schritt voraus ist. Wenn man es auf das Einläuten des täglichen Feierabends bezieht, dann gebe ich ihm Recht. Da ist er jedem im Zeitungsverlag um Längen voraus. Er stellt dann sein Telefon um zehn vor Fünf auf Anrufbeantworter, geht auf Toilette während der Computer runterfährt und freut sich diebisch dabei, allen anderen Kollegen seine Faulheit als Effizienz verkauft zu haben.«

Krister übersah Hannas Fingerzeig, er solle etwas leiser sprechen. »Typen wie der achten stets darauf, sich bloß nichts vorwerfen lassen zu können. Abrechnungsfehler zulasten des Arbeitgebers werden auf Teufel-komm-raus vertuscht. Jeden Verkaufserfolg, und sei es eine noch so unbedeutende zweispaltige Anzeige einer Dorfbäckerei zum Sonderthema Erntedankfest auf dem Lande, posaunen sie in den Bürokosmos hinaus.«

»Bist du fertig?« Hanna versuchte über die alte Leier hinweg zu schmunzeln. Das musste man nicht so ernst nehmen.

Krister erhob beschwichtigend die Hand. »Gleichzeitig missgönnen diese Korinthenkacker jedem Raucher die Pausen an der Abluftkabine und würden am liebsten aus Gründen der Gerechtigkeit den qualmenden Zimmerkollegen begleiten, selbst wenn sie noch nie in ihrem Leben geraucht hatten. Aber das konnte man ja nicht riskieren. Der Chef könnte das ja mitkriegen. Wenn es allerdings um Geburtstagsumtrunk und Jubiläumsfeiern geht, da gelten die eigenen Regeln. Dann steht man dann auch gern mal bis weit in den Abend hinein ganz nah beim Abteilungsleiter, amüsiert sich köstlich und schreibt die Zeit hinterher als geleistete Überstunden auf.«

Hanna lachte.

Krister ignorierte das und sah sehnsuchtsvoll hinüber zum Großraumbüro der Redaktion. »Das da. Das was du und deine Kollegen so machen ist doch viel spannender. Bei euch wird es doch bestimmt nie eintönig und langweilig, oder? Ihr arbeitet mit Leidenschaft. Seid einer Geschichte auf der Spur. Verfolgt sie und könnt ein weises Blatt Papier mit Leben füllen. Ihr könnt euch kreativ ausleben in Reportagen, Filmkritiken und was weiß ich sonst noch.«

»Moment, so romantisch ist das bei uns auch nicht. Wir haben auch einen gewaltigen Zeitdruck. Vielleicht sogar manchmal noch mehr als du. Und so ein leeres Blatt füllt sich bis zum Drucktermin nicht von selbst. Gerade wenn es mal keine tollen Ereignisse zu berichten gibt. Und wenn man dann glaubt, einen Journalistenpreis bekommen zu müssen, dann zählt einen Tag später dein Text von gestern trotzdem gar nichts mehr. Alles bedeutungslos. Und Leidenschaft ist auch nicht immer dabei, sondern oft ist einfach nur reine Fleißarbeit notwendig, um den Arbeitstag zu bewältigen.« Sie hatte nebenbei den Ticker beobachtet und Krister den Rücken zugewandt.

»Ist ja gut«, antwortete er haareraufend. Dabei fiel ihm ein, dass er dringend zum Friseur musste. Seine Mähne wuchs ihm schon über die Ohren, und die Spitzen seines Ponys piksten in den Augen. Er pustete sie beiseite. »Ich bin einfach unzufrieden. Und ich weiß nicht wie ich das ändern soll.«

»Ich kann es nur wiederholen«, sagte Hanna. »Nimm Urlaub und lass´ die Seele baumeln!« Sie lehnte sich zur Seite, um dem Faxgerät neben ihrem Schreibtisch eine frisch eingegangene Meldung zu entnehmen. Dann reichte sie das Papier an Krister weiter. »Du wolltest doch wissen was so in der Stadt los ist, oder?«

Am Briefkopf erkannte er, dass es sich um eine Pressemitteilung der Polizei handelte.

3

Es begann ungemütlich zu werden da draußen. Sturmböen drückten den Regen gegen das Dachfenster. Krister stand in seiner Wohnküche und schnitt eine heiße Pizza in handliche Stücke. Ein kaltes Bier aus dem Kühlschrank hatte sich dazu gesellt. Im Hintergrund lief der Fernseher.

Seit Verlassen des Verlagsgebäudes spukte ihm das Gespräch mit Hanna im Kopf herum. Sie hatte Recht. Vielleicht sollte er tatsächlich ein paar Tage Urlaub nehmen, um Abstand von der Arbeit zu gewinnen. Der letzte freie Tag war über zehn Monate her. Das war wenige Wochen nachdem ihn Silvia wegen eines Anderen verlassen hatte und er ausziehen musste. Von Erholung seitdem keine Spur.

Mit stolzen achtunddreißig Jahren auf dem Buckel war er somit zwangsweise in die Verlegenheit gekommen, zum allerersten Mal in seinem Leben ganz allein wohnen und auf gänzlich eigenen Beinen stehen zu müssen. Das war vorher nie notwendig gewesen und obendrein so bequem.

Mit zweiundzwanzig hatte er sich zur Freude seines Vaters endlich bemüht, das Nest zu verlassen. Der Grund war sein Studium in Kopenhagen, wo er direkt bei einem Kommilitonen zur Untermiete einzog, der sehr kompetent war, was das Gebiet der Hauswirtschaft und der Raumpflege anging. Mehr noch, Lasse war bedacht auf übertriebene Sauberkeit und Ordnung. Kristers Pflichten hatte er in einem wöchentlichen Plan unübersehbar an der Pinwand neben dem Küchentisch aufgehängt. Jeden Morgen verstand Krister den unaufhaltsam herannahenden Putztag als Drohung, die ihm so manchen Start in den Tag vermieste. Gelegentliche undisziplinierte Versuche, von dieser Regel abzuweichen, wurden von Lasse mit beeindruckenden Standpauken beantwortet. Später hatte Silvia dann von Lasse einen sozusagen gut ausgebildeten Hauswirtschafter übernommen. Gehalten hat die Beziehung trotzdem nicht.

Mittlerweile hatte er die Vorzüge des Alleinlebens zu schätzen gelernt. Seine Dachgeschoßwohnung mit Blick auf einen alten Wasserturm und die historische Altstadt war großartig gelegen. Keine zwei Straßenblocks entfernt befand sich der Hafen mit seinen vielen Restaurants. Zur anderen Richtung ging es ins Kneipenviertel. Und der Stadtpark war zu Fuß in nur fünf Minuten erreichbar. Lediglich der Zeitungsverlag war in einem anderen Stadtteil angesiedelt, was nicht optimal durchdacht war, aber man konnte ja schließlich nicht alles haben.

Er hatte auf sämtliche Einrichtungsgegenstände aus der gemeinsamen Wohnung mit Silvia verzichtet und sich komplett neu eingerichtet. Die meisten Möbel hatten sowieso ihr gehört, denn seine Sachen aus WG-Zeiten wurden damals ohne Umwege dem Recyclinghof zugeführt.

Mit dem Wissen von heute hätte er sich für seine Möbel entschieden, anstatt für Silvia. Dann bestünde sein heutiges Interieur allerdings nicht aus einem geschmackvollen Dreiersofa, einem stylischen Wohnzimmertisch aus Europaletten und einem Bücherregal aus dem Sortiment eines schwedischen Weltkonzerns, sondern aus vergilbten Kiefernmöbeln und einem durchgesessenen Schlafsofa von einem dänischen Anbieter. Es bliebe immerhin alles fest in skandinavischen Händen. Seine aus Dänemark stammende Mutter hätte wohl, außer aus ästhetischen Gründen, nichts dagegen einzuwenden gehabt.

Der Gedanke, ein wenig auszuspannen, hatte ihm während der Fahrt nach Hause mehr und mehr zu gefallen begonnen. Mal wieder lange ausschlafen, keine Termine, kein Computer, kein Stress. Er war lange nicht mehr am Wasser spazieren gegangen. Ein Buch zu lesen, wäre auch nicht schlecht. Welch verlockende Vorstellung, einfach in den Tag hinein leben zu können. Gleich am Montag wollte er mit seinem Chef über Urlaub sprechen.

Das Telefon klingelte. Er ließ es läuten. Nach gefühlten fünfzig Telefonaten in der Firma, verspürte er wenig Lust zu reden. Schon gar nicht beim Essen. Seine Freunde riefen deshalb überwiegend im Büro an, weil sie gelernt hatten, ihn dort besser erreichen zu können als anderswo. Sein Handy hatte er zu oft nicht bei sich. Falls doch, dann war entweder kein Guthaben drauf, oder der Akku war leer. Er bekam dieses kleine Gerät einfach nicht organisiert. Die Freunde hatten irgendwann aufgehört, sich darüber zu ärgern und sich mit dem Umstand abgefunden.

Das Klingeln verstummte. Er wechselte mit der Fernbedienung ziellos von Sender zu Sender und blieb schließlich beim Regionalprogramm hängen. Einmal pro Quartal lief dort *Der Polizeibericht*. Das Bezirkskommissariat berichtete über spezielle Fälle, in denen man sich Hilfe von der Öffentlichkeit versprach, weil die Ermittlungen ins Stocken geraten waren. Dieses Sendeformat galt als sehr beliebt, weil mit wachsendem Bekanntheitsgrad auch der Eifer der Zuschauer angeregt worden war. Der eindringliche Appell, wachsam durchs Leben zu gehen und sich um seine Nachbarn zu sorgen, anstatt gleichgültig nur auf seinen eigenen Mikrokosmos beschränkt zu sein, würde laut dem Sender Früchte tragen. Die Aufklärungsquote von Gewalt- und Strafdelikten war in den letzten zwei Jahren nach Einführung der Sendung messbar gestiegen.

Der Moderator legte eine besorgte Miene auf und nahm langsam einen neuen Zettel zur Hand. Die Wirkung dieser Geste hatte er im Laufe der Zeit perfektioniert, fand Krister. Es verlieh dem Ganzen eine Dramatik, die ihm gefiel. Im Hintergrund wurde ein Bild vom Museumsgebäude mit der Überschrift: *Tod und Vandalismus im Museum* eingeblendet. Genau diese eigenartige Geschichte hatte ihm Hanna eben im Verlag unter die Nase gehalten. Was gab es denn Wertvolles in einer alten Brauerei zu rauben? Er konnte sich nicht daran erinnern, dass etwas über die Art und Menge des Diebesgutes in der polizeilichen Eilmeldung gestanden hatte. Krister hing langsamer kauend an den Lippen des Moderators.

»In unserem nächsten Fall bitten wir Sie ganz besonders um Ihre Aufmerksamkeit, liebe Zuschauer. Wie die Kripo Nordsum heute bekannt gegeben hat, wurde in der Nacht zum Freitag in das Friedrich-Börnsen-Brauerei-Museum eingebrochen. Dabei kam ein Wachtmann gewaltsam ums Leben und es wurde eine wertvolle Skulptur zerstört. Bei dem Opfer handelt es sich um einen 55 Jahre alten Mitarbeiter einer Sicherheitsfirma, der sich zu dem Zeitpunkt auf einem routinemäßigen Kontrollgang durch das Gebäude befunden hatte. Die Skulptur, die zu Schaden gekommen ist, war dem ehemaligen Inhaber der Börnsen-Brauerei und Ehrenbürger der Stadt Friedrich Börnsen gewidmet worden. Vom Täter fehlt jede Spur und über das Motiv für den Einbruch tappen die Ermittler noch im Dunkeln. Es wurde lediglich ein als nicht sonderlich wertvoll eingestuftes Gemälde des Malers Arnfried Dienelt gestohlen, welches zu den Exponaten der Sonderausstellung der Privatgegenstände Friedrich Börnsens gehörte.«

Der Sprecher löste den Blick von dem Blatt Papier und schaute direkt in die Kamera.

»Die Polizei bittet um Ihre Mithilfe. Folgendes Überwachungsvideo könnte zur Ergreifung des Täters führen.«

Eine Infrarotaufnahme wurde gezeigt. Der Fernsehmann kommentierte die Geschehnisse. *»Wir sehen einen Seiteneingang des Museums. Von links taucht gleich der Einbrecher auf.«*

Ein flackerndes Licht schien in den Wirkungsbereich. Dann sah man einen Körper langsam ins Bild schleichen. Er ging auf eine Stahltür zu.

»Anhand der Statur geht die Polizei davon aus, dass es sich um einen Mann mit einer Körpergröße um die ein Meter achtzig handelt.«

Der Täter blieb stehen. Ein schwacher Lichtkegel fiel auf den Fußboden, bevor er ganz erlosch. Es waren nur noch Umrisse der Gestalt auszumachen.

»Es wird vermutet, dass die Batterien seiner Taschenlampe in diesem Moment ihren Dienst versagt haben. Achten Sie bitte drauf. Gleich kommt der Moment, in dem es noch einmal kurz hell werden wird.«

Der Strahl der Lampe schien von unten nach oben, so als schaue der Mann direkt in den Kegel hinein.

»Leider ist das Gesicht des Verdächtigen nicht klar erkennbar, obwohl er keine Maske trägt.«

Die Regie des Senders fror das Bild ein. Es wurde eine Telefonnummer eingeblendet.

»Hinweise nimmt die Kripo unter der unten eingeblendeten Nummer entgegen.«

Eine halbe Stunde später war die Polizeisendung vorbei. Er wollte sich von einem Krimi berieseln lassen. Der Mord war noch nicht mal geschehen, als ihn wieder das Telefon anschrie. Scheinbar hatte jemand etwas Wichtiges auf dem Herzen, wenn er so penetrant versuchte, ihn zu erreichen. Er spielte kurz mit dem Gedanken, stur zu bleiben und den Anrufbeantworter seine ihm zugedachte Funktion ausfüllen zu lassen, knickte aber ein.

Am anderen Ende vernahm er die Stimme seiner Mutter. Sie klang sehr aufgewühlt, obwohl es ihr doch eigentlich blendend gehen musste, denn sie befand sich mit ihrem neuen Lebenspartner im Urlaub in Amsterdam.

»Hallo Krister, gut dass du da bist. Ich versuche schon den ganzen Tag, Opa zu erreichen, aber er hebt nie ab. Kannst du nicht mal nach ihm gucken, ob ihm nichts passiert ist? Ich mache mir große Sorgen.«

Er seufzte. Seine Mutter gehörte nicht zu den Menschen, die ihre nächsten Angehörigen loslassen konnte. Am liebsten hätte sie alle ständig unter ihrer Obhut gehabt. Sie lebte in permanenter Angst vor irgendwelchem Unheil, welches die Familie heimsuchen könnte. Da gab es kein Entkommen. Man musste darauf eingehen, sonst ging man ein. Er wehrte sich trotzdem. Eine alte Angewohnheit.

»Muss das sein? Der Alte ist bestimmt wieder bei seinem Kumpel Egon und gießt sich einen hinter die Binde. Oder er hat sein Telefon mal wieder aus Versehen ausgestellt. Kommt ja beides häufiger vor.«

Dass der Versuch zwecklos war, hätte er sich auch denken können. Seine Bemerkung wurde einfach ignoriert.

»Fahr´ doch mal bitte hin. Ich hab´ da so ein ungutes Gefühl. Außerdem warst du Ewigkeiten nicht mehr bei ihm. Dann siehst du deinen Opa mal wieder. Das täte eurem Verhältnis ganz gut.«

Auch das noch. Jetzt schlug sie wieder in diese Kerbe. Sie konnte ja nicht wissen, dass er ihn gerade vor zwei Tagen ins Museum begleitet und damit unfreiwillig seinen Pokerabend geopfert hatte. Er legte keinen gesteigerten Wert darauf, einen weiteren Feierabend für diesen ignoranten alten Sack zu verschwenden. Schließlich hat er sich ja nicht einen feuchten Kehricht für seinen Enkelsohn interessiert. Hatte sie überhaupt eine Vorstellung von dem, was sie da von ihm verlangte?

»Opa hat sich doch auch nie etwas aus seinen Enkelkindern gemacht. Warum soll ich jetzt auf einmal für ihn da sein?« Er kam jetzt richtig in Stimmung für ein Grundsatzgespräch.

Seine Mutter verstand es aber immer wieder in solchen Situationen, den Dampf vom Kessel zu nehmen. »Tu´s doch bitte für mich, mein Junge. Ich mache mir echt Sorgen um Opa. Sei doch bitte so lieb. Er ist kein schlechter Mensch. Seit Omas Tod ist er einsam und verbittert. Glaub´ mir, er meint es nicht böse. Er kann nur eben nicht aus seiner Haut.«

»Und was ist mit mir? Kannst mich vielleicht auch mal verstehen? Ich hab´ ja noch die Worte in den Ohren. *Aus dir wird nie was Anständiges*, oder wie wäre es mit *Hilfsarbeiter*? Und das waren noch die harmlosesten Beschimpfungen, die er im Laufe der Jahre über mich ergossen hat. So etwas kann ich einfach nicht vergessen.«

»Krister, nun sei doch nicht so. Er liegt dir doch auch am Herzen.«

»Pah! Du hast mir ja toll zugehört. Mir ist egal was mit ihm ist.« Er hatte schlicht und ergreifend keine Lust das Haus zu verlassen, um sich anschließend den Anblick eines besoffenen Verwandten, der sabbernd in seinem Fernsehsessel schlief, antun zu müssen.

Am anderen Ende der Leitung war ein klägliches Schluchzen zu vernehmen. Seine Mutter sprach mit brüchiger Stimme. »Krister, nun tu mir das doch nicht an. Sag doch nicht sowas.«

Sie weinte. Das tat sie immer, wenn er über seinen Opa fluchte. »Kannst du nicht über deinen Schatten springen? Ich versteh´ ja, dass du enttäuscht von ihm bist. Hilf mir doch! Ich kann doch von hier aus nichts unternehmen.«

Krister seufzte schwer. »Na gut. Du lässt ja eh nicht locker, bis ich hinfahre.«

»Danke, mein Junge. Vielen Dank. Rufst du mich heute noch zurück? Die Nummer hast du ja.«

»Ja, ist gut«, versprach er seiner Mutter völlig lustlos.

4

Der alte Dieselmotor weigerte sich vehement, anzuspringen. Kristers Campingbus hatte weit über dreihunderttausend Kilometer auf der Tachoscheibe und fast zwanzig Jahre auf dem Buckel. Die Intervalle, in denen alles an dem Wagen in Ordnung war, wurden immer kürzer. Vor einem Monat musste die Einspritzpumpe repariert werden. Der Schaden belief sich auf fünfhundertfünfzig Euro. Er hatte das Gefühl, dass bei seiner Werkstatt des Vertrauens Partys organisiert wurden, sobald er mit seiner Möhre auftauchte. Denn dann konnte der Meister mindestens fünfhundert Euro für die Firmenkasse einplanen. Günstiger wurde es seltsamerweise nie. Wenn der Chef Krister persönlich nach Hause chauffierte, wusste er, dass mindestens eine Woche Urlaub auf unbestimmte Zeit verschoben werden musste.

Er drehte den Schlüssel erneut im Schloss um und ließ den Motor wieder orgeln. Mit zunehmenden Autopannen hatte er, ob er wollte oder nicht, über Fahrzeugtechnik dazugelernt. Wäre die Batterie das Problem, dann hätte man nicht einmal ein Klacken vernommen und die Kontrolllampen würden nicht leuchten. Der Anlasser konnte es auch nicht sein, denn sonst würde der Motor nicht ruckeln. Aber was war es dann? Er machte eine Pause. Dann probierte er es weiter.

Eine halbe Minute später resignierte er endgültig. »So eine Scheiße!«, schrie er und legte die Stirn auf das Lenkrad. Er schloss die Augen. Warum immer ich? Kann nicht einmal etwas ganz normal laufen mit dieser Karre? Ohne Überraschungen? Ich will das nicht mehr. Die Kiste wird verkauft!

Für den nächsten Startversuch richtete er sich gar nicht erst auf, weil er nicht an einen Erfolg glaubte. Er hatte sich schon damit abgefunden, mit dem Fahrrad zu seinem Großvater zu fahren, vorausgesetzt es hatte keinen Plattfuß.

Sein Camper schien die Warnung verstanden zu haben. Nach einem lauten Knall entwich dem Auspuffrohr eine dunkle Abgaswolke. Unter der Haube begann es gewaltig zu ruckeln. Krister kam hoch und trat das Gaspedal bis zum Anschlag durch.

»Komm alter, komm!« Er kniff die Augen zusammen. Es veränderte sich etwas. »Ja, ja, ja, ja, ja«, schrie er. Der Motor sträubte sich nicht mehr ganz so heftig. Es fühlte sich merklich runder an. Krister hielt die Luft an. War es möglich? War er angesprungen? Ein gleichmäßiges Surren setzte ein.

»Verdammte Scheiße – warum nicht gleich so?«, fluchte Krister. Dann legte er den Rückwärtsgang ein und parkte aus.

Die alte Reetdach-Kate lag einsam in der Heide. Von Westen her schob eine steife Brise tiefhängende Wolkengruppen über den Dünenkamm. Der zartblaue Streifen am Horizont war ein letzter Gruß des Tages. Mit ihrem Verschwinden waren das Schimpfen und Pfeifen der Meeresvögel verstummt. In wenigen Minuten würde das Laub an den Zweigen der Pappeln ausschließlich durch gleichmäßiges Rauschen seine Anwesenheit verraten.

Krister parkte seinen Campingbus neben dem Rosengarten. Er ließ den Motor laufen. Das war eine reine Vorsichtsmaßnahme, denn hier draußen, weit entfernt von der Stadt, war mit Pannenhilfe, sollte er auf sie angewiesen sein, an diesem Abend nicht mehr zu rechnen.

Das Haus lag dunkel vor ihm. Er betätigte die Türklingel und wartete. Es tat sich nichts. Wahrscheinlich hatte Opa sich schon schlafen gelegt. Nach drei weiteren erfolglosen Versuchen zog er einen Schlüssel aus der Jackentasche.

Er fand den Lichtschalter sofort. Überhaupt kannte er jeden Winkel in diesen über einhundert Jahre alten Mauern. Schon als Kind hatte er hier zusammen mit seiner großen Schwester wundervolle Schulferien verbringen dürfen. Dieser Ort hatte immer Freude und Zufriedenheit ausgestrahlt. Doch an diesem düsteren Abend war ihm die Atmosphäre fremd. Das

Haus war kalt und wirkte wenig einladend. Die Luft im Wohnzimmer roch abgestanden. Krister öffnete die Klappe des Kachelofens. Nur kalte Asche. Die Scharniere der Schlafzimmertür schrien nach Öl, als Krister sie langsam in der Angel bewegte. Der Raum war finster. Er ging hinein und machte Licht. Die Überdecke lag glatt auf dem Bett.

Der Inhalt des Spiegelschrankes im Badezimmer schien komplett zu sein. Die Zahnbürste war da, das Rasierzeug, After-Shave. Das deutete nicht darauf hin, dass Opa verreist war. Krister klappte die Schranktür zu und erschrak vor seinem eigenen Spiegelbild. Es sah noch fahler und müder aus als er sowieso schon vermutet hatte. Seine Haut hatte in diesem Sommer nicht viel Sonne abbekommen. Die Stirn glänzte. Er drehte den Wasserhahn auf und wusch sich das Gesicht. Er genoss die kurze Erfrischung zwar, das kühle Wasser hatte aber nichts bewirken können. Er sah immer noch aus wie ein Zombie, fand er. Und er fühlte sich auch so. Sieben Tage Urlaub würden wohl nicht ausreichend sein, um wieder vital auszusehen und ausgeschlafen zu sein. Er konnte sich nur schwach an seine letzte Flugreise in den Süden erinnern. Das war vor fünf Jahren gewesen, mit Silvia, als noch alles zwischen ihnen in Ordnung gewesen war.

Er löste sich von seinem Antlitz und ging zurück ins Wohnzimmer. »Aua«, schrie er auf und klopfte gegen den Querbalken an der Zimmerdecke. Er vergaß regelmäßig, dass das Gebäude für Zwerge gebaut worden war.

Das Brummen des Dieselmotors, welches von draußen zu vernehmen war, machte jegliche weitere Konzentration zunichte. Krister ging ans Fenster und erspähte die schwachen Umrisse des Campers, der hinter den kniehohen Rosensträuchern vor sich hin orgelte.

Nachdem er das Risiko eingegangen war, den Motor abzustellen, holte er ein paar Holzscheite aus dem

Gartenschuppen und trug sie ins Haus. Die frische Brise war mittlerweile zu einem stürmischen Wind herangewachsen. Der Nieselregen hatte wiedereingesetzt und es war stockfinster geworden. Er hatte den Beschluss gefasst, noch eine Weile auf Opa zu warten. Schließlich musste er ja bald mal nach Hause kommen. Er öffnete die Haustür mit dem Ellenbogen und trat sie mit der Hacke hinter sich zu. Wie kalt es im tiefsten Winter bei Frost in dieser Hütte sein mochte, wenn es Mitte Oktober schon zum Schlottern war?

Der Ofen war in Gang gesetzt. Er ging rüber in die Küche, um sich etwas Essbares aus dem Kühlschrank zu holen. Zu seiner Erleichterung hatte Opa Käse und Aufschnitt vorrätig. In der Brotdose fand er ein halbes Graubrot. Warum essen alte Leute immer dieses trockene Zeug? Sie kleistern es mit Butter zu und wundern sich über zu hohe Cholesterinwerte.

Krister öffnete mehrere Schranktüren. Wo bewahrt der Alte seine Konserven auf? Der lebt doch nicht nur von Käse und Wurst. Er verschränkte die Arme und grübelte. Sein Fuß wippte dabei auf und ab. Beim Anblick der Perserbrücke, auf der er stand, schnipste er mit beiden Daumen. »Natürlich.«

Er machte einen Schritt nach links und ging in die Hocke, um den kleinen Teppich zur Seite zu schieben. Unter ihm befand sich eine Holz-Luke. Er wollte nach dem Henkel greifen, hielt jedoch abrupt inne. Als kleiner Junge hatte er den Kriechkeller als hervorragendes Versteck angesehen. Man konnte darin so gut Burgverlies oder Räuberhöhle spielen. Einmal war seine Fantasie ein wenig ausgeufert. Er hatte seine Schwester Marie in den vier Quadratmeter großen Raum unter der Küche gelockt und sie anschließend für eine halbe Stunde dort eingekerkert, indem er von außen den Riegel vorschob. Sie schrie damals erbärmlich. Noch heute litt sie unter Platzangst, wenn sie sich in Fahrstühlen befand. Opa hatte seinen Enkelkindern aufgrund dieses Vorkommnisses, und ganz besonders dem unartigen Krister, verboten, den Keller jemals wieder zu betreten.

Den erhobenen Zeigefinger sah er jetzt im Geiste vor sich. Durfte er Opas Verbot für eine Erbsen- oder Gulaschsuppe aus der Dose brechen? Wie viele Jahrzehnte hatte so eine Regel überhaupt Gültigkeit?

Er tippte sich abfällig auf die Stirn. »Das ist ja wohl verjährt.« Ganz sicher war er sich aber nicht. Er beschloss, sich mit einem Käsebrot zufrieden zu geben. Die Pizza war ja auch noch nicht so lange her.

Das Lesezimmer war zirka zehn Quadratmeter groß. Vom Holzfußboden bis zur getäfelten Decke war es mit Bücherregalen zugestellt. Vor dem Fenster war ein antiker Schreibtisch platziert. Von hier hatte man einen traumhaften Blick auf die Heidelandschaft. Es war ein wunderbarer Ort, um seinen Gedanken freien Lauf lassen zu können. An diesem Tisch hatte er in den Sommerferien oft gezeichnet, Modelflugzeuge zusammengeklebt oder einfach nur vor sich hingeträumt, während er einen Schwarm Zugvögel am wolkenlosen Himmel verfolgte, bis er in der Ferne nicht mehr erkennbar war. Oma hatte meistens hinter ihm im Ledersessel in einem Buch geblättert oder ihm Geschichten vorgelesen.

Eine Zeitung lag auf dem Beistelltisch. Obwohl sie vom vergangenen Wochenende war, versprach er sich von ihr ein wenig Ablenkung. Den Sportteil sparte er sich, denn die Ergebnisse hatte er am Firmencomputer zur Genüge studiert. Wirtschaft war ihm jetzt zu dröge. Er blieb auf der Seite *DIESES und JENES* hängen. Zum Essen genau das Richtige, dachte er. Er überflog die Überschriften und blieb bei einem Artikel hängen, dessen Inhalt ihm nicht ganz unbekannt vorkam.

Demzufolge wurden Exponate von der Familie Börnsen für die Ausstellung im Biermuseum gestiftet. Ein paar kleine Abbildungen zeigten Biergläser, Büromöbel, ein Gemälde einer alten Brauerei und andere Dinge, die entfernt etwas mit Bier zu tun hatten. Für einen Laien wirkte dieser Bericht an und für sich nicht sonderlich aufregend, aber in dem ehemaligen

Braumeister der Börnsen-Brauerei hatte das bestimmt wahre Nostalgieschübe ausgelöst, mutmaßte Krister.

Das bekam er immerhin am eigenen Leib zu spüren, als er vor zwei Tagen widerwillig seinen Poker-Abend gegen einen Museumsbesuch geopfert hatte.

Er ließ die Zeitung auf den Schoß sinken und rieb sich nachdenklich die Nasenspitze. Die Fernsehsendung von vorhin wurde plötzlich wieder präsent. Dort ging es doch um genau diese Ausstellung im Museum. Etwas an dem Aussehen des Einbrechers war ihm sonderbar vorgekommen. Zunächst hatte er geglaubt, dass seine Wahrnehmung von dem langen Tag im Büro getrübt gewesen war. Doch als er näher an den Bildschirm gegangen war, hatte er festgestellt, dass mit seinem Gehirn und seiner Sehkraft alles in bester Ordnung war. Er konnte es ganz deutlich erkennen, maß der Tatsache aber zu dem Zeitpunkt keine Bedeutung bei. Aber jetzt, keine Stunde später, stellten sich ihm die Nackenhaare auf. Das fehlende Ohrläppchen! Krister massierte sich ratlos die Schläfen. Aber war das denn tatsächlich die Möglichkeit? Nein, das konnte nicht angehen. Aber wenn doch, dann hatte sich sein Großvater vor zwei Tagen wie in einem schlechten Ganovenfilm die Türen, Kameras und Fluchtwege angeschaut und geprüft, wie er am besten hineinkommt und wie er wieder verschwinden kann, ohne erwischt zu werden. Aber welchen Grund hat er gehabt, in ein Museum einzubrechen und ein Gemälde zu klauen? Und der tote Wärter? Opa würde hoffentlich bald auftauchen, und alles würde sich als lächerlicher Irrtum herausstellen.

Er ließ das Tageblatt auf den Fußboden gleiten und griff zum Brot. Die Standuhr im Flur neben der Küchentür war vom Sessel aus gut zu sehen. Sie zeigte halb zehn an. Wie lange er wohl noch warten musste?

Beim Aufstehen hob er die Zeitung wieder auf, damit er sie in den Papierkorb werfen konnte. Dabei streifte sein Blick ein Foto. Es zeigte einen Mann, der vor einer Art Skulptur stand.

Die Person hatte er noch nie zuvor gesehen. Aber das Kunstwerk kam ihm sehr vertraut vor. Es war die Börnsen-Büste. Das Gesicht des Herrn war mit einem fetten schwarzen Kreis umrandet. Das Zeitungsquiz, bei dem es Geld zu gewinnen gab, hieß *Erkennen Sie sich wieder?* Ob es moralisch, beziehungsweise datenschutzrechtlich unbedenklich war, Menschen aus der Region in Alltagssituationen abzulichten und in der Zeitung abzudrucken, hielt Krister für fragwürdig. Wie fühlt sich da die Ehefrau von jemandem, der inkognito mit seiner Geliebten unterwegs war, wenn sie ihren Gatten prominent hervorgehoben im örtlichen Käseblatt entdeckt? Und was sagen seine Nachbarn dazu?

Was ihn aber viel mehr interessierte, war der Umstand, dass sein Großvater einen zweiten Kreis um den Kopf des Gesuchten gezogen hatte. Doch was hatte es mit dem Herrn auf dem Foto auf sich? Er legte die Zeitung auf den Zeitschriftenkorb.

Das Telefon läutete! Auch das noch! Seine Mutter! Er bemerkte, wie er sich sorgenvoll mit ihr solidarisierte. Sie hatte wohl den siebten Sinn. Nur wegen ihr war er überhaupt hier herausgefahren, um nach Opa zu schauen. Er konnte mit ihr unmöglich über seinen Verdacht sprechen. Das würde sie umhauen. Sie hatte vor ihrer Abreise so ein dermaßen schlechtes Gefühl, Opa für die zwei Wochen allein zurücklassen zu müssen, dass sie den Urlaub fast nicht angetreten wäre. Sie durfte auf gar keinen Fall erfahren, was hier los war.

Krister presste die Lippen zusammen. Was sollte er ihr sagen?

Der Klingelton wurde schriller. Das verzweifelte Flehen nach Erlösung am holländischen Ende der Leitung brannte in seiner Handfläche, ohne dass er den Hörer berührte.

5

Der Kellereingang des Museums lag gut versteckt hinter einer dichten Buchenhecke auf der Rückseite des alten Brauereitraktes. Wäre da nicht die Laterne des Gästeparkplatzes gewesen, dessen spärlicher Lichtkegel die ersten beiden Stufen erhellte, dann hätte er schon hier oben seine Taschenlampe einschalten müssen.

Herrmann Jöhns atmete die kühle Oktoberluft tief ein und langsam wieder aus, während er zögernd den Handlauf umklammert hielt. Alles in ihm schrie ihn an, er solle hineinrennen, um endlich an sich zu reißen, was schon viel zu lange für ihn bestimmt war. Fast hätte er es schon am Mittwoch riskiert, es aber dann lieber gelassen, weil er nicht ungestört war.

Sein Körper war noch nicht bereit, den Befehl von oben auszuführen. Seine Gegenwehr äußerte sich in zittrigen Beinen und schweißnasser Stirn.

Der Bericht über die Sonderausstellung war zunächst wie ein unglaublicher Schock für ihn gewesen. Die Information kam so unerwartet über ihn, wie ein Sechser im Lotto, von dem man ein Leben lang träumt aber nicht wirklich glaubt, das Glück könnte einem zugewandt sein. Jede Zelle seines betagten Körpers war in Schieflage geraten, als er bemerkte, dass das Wunder geschehen war. Von einer Sekunde auf die Nächste hatte sein Leben wieder einen Sinn bekommen. Es gab wieder etwas, für das es sich lohnte weiter zu atmen. Damit musste er erst einmal zurechtkommen. Dieses Gefühl hatte er seit Jahrzehnten nicht mehr verspürt. Das Adrenalin in seinem Blut ließ ihn beinahe euphorisch werden. Seit dem Tod seiner Frau vor drei Jahren sehnte sich seine traurige Seele nur nach einem schnellen Wiedersehen im Jenseits. Es gab nichts mehr, was er noch erleben wollte. Nur ein kleiner Rest Hoffnung hielt ihn noch am Leben. Und dann kam das Zeichen, auf das er gewartet hatte. Ein einziger Blick in die

Tageszeitung hatte genügt, und plötzlich verhielt sich alles ganz anders. Ein starker innerer Antrieb drängte ihn zum Handeln. Die Gewissheit, die Möglichkeit zu haben, die Dinge selbst in die Hand nehmen zu können, verlieh ihm eine Willenskraft, die er längst verloren geglaubt hatte.

Er hatte den neu gewonnenen Elan dazu genutzt, um sich akribisch vorzubereiten. Neben der Auskundschaftung des Gebäudes am Vortag hatte er auch an einen dunklen Rucksack mit etwas Proviant gedacht. Belegte Brote und zwei kleine Wasserflaschen hielt er für notwendig, denn er konnte ja nicht genau wissen wie lange die Sache dauern würde. Er hatte einfach lieber etwas dabei. Das gab ihm Sicherheit. Sein Auto hatte er extra zwei Straßen weiter abgestellt, damit das nicht so auffällig war. Dann war er im Schutz der hohen Hecken zum Hintereingang geschlichen.

Bis hierhin war alles nach Plan gelaufen. Weshalb zögerte er also? Vielleicht weil die Sache trotzdem viel zu unsicher war? Noch konnte er es sich überlegen und wieder umdrehen. Noch konnte er die Sache abblasen. Wenn man ihn erwischte, dann war seine Hoffnung endgültig gestorben. Wenn er es jedoch nicht riskierte, dann würde er wohl seine einzige Chance für immer und ewig verstreichen lassen. Plötzlich musste er, wie schon so oft in den vergangenen Tagen, an Friedrich Börnsens letzte Worte denken, die er niemals vergessen würde.

Ich kann mich doch auf dich verlassen, oder? Er hatte ihm mit *Ja, das kannst du* geantwortet und ihm dabei tief in die Augen geschaut.

Jetzt wurde ihm klar, dass er es zu Ende bringen musste. Und wenn es das Letzte war, was er in seinem Leben tat. Die Vorfreude auf ein Ende seines Leidens kam zurück. Ohne sich noch einmal umzudrehen, ging er die Stufen hinab.

6

Ein Poltern riss ihn aus dem Schlaf. Irgendwo ganz entfernt sprach eine weibliche Stimme über die medizinische Wirkung von Ingwer Tee. Die Art und Weise der Moderation deutete stark auf Frühstücksfernsehen hin. Es war ihm also mal wieder gelungen, Raum und Zeit zu vergessen und vor der Glotze einzuschlafen.

Nach ausgiebigem Strecken bis in die letzte Faser schälte er sich aus dem Fauteuil. Sein Nacken war steif geworden. Opas Ohrensessel war kein Vergleich zu seiner eigenen Couch, die sich im Laufe der Zeit seinem Körper angepasst hatte. Auf ihr konnte man problemlos ganze Nächte lang verbringen. Gern auch mal in voller Montur.

Er schleppte sich schlaftrunken zur Haustür. Ein Blick durch das Bullauge verriet ihm, dass der Wind immer noch kräftig an den Zweigen zerrte. Irgendwo klapperte ein Fensterladen. Sein Großvater hatte sie früher immer geschlossen, wenn sich anhand ganz bestimmter Wolkenformationen ein Unwetter ankündigte.

Fröstelnd rieb sich Krister die Oberarme und gähnte. Das Ziffernblatt im Flur zeigte halb sieben. Der Alte war ganz offensichtlich immer noch nicht aufgetaucht. Aber was trieb ein Mann in seinem fortgeschrittenen Alter um diese Uhrzeit, wenn er nicht im Bett lag? Eine neue Freundin steckte wohl kaum dahinter.

Als er einen Schritt Richtung Küche machte, trat er auf etwas Weiches. Eine Streifbandzeitung lag auf dem Boden. Das war es also. Der Bote hatte ihn geweckt, als er den Briefschlitz betätigte.

Nachdem er die Kaffeemaschine in Gang gebracht hatte, ging er zurück zum Sessel, um klar im Kopf zu werden.

Seine Mutter hatte bestimmt schon die Rückreise angetreten, weil er sich nicht bei ihr gemeldet hatte. Es war ihm aber nicht möglich gewesen, ihren Anruf anzunehmen. An seinem Tonfall hätte sie ohne Schwierigkeiten herausgehört, dass er ihr etwas vormachen wollte. Und mit dieser Erkenntnis lag sie goldrichtig. Seine Mutter war der Typ Mensch, der den siebten Sinn hatte und die Dinge schon erahnen konnte, bevor sie überhaupt passierten. Opa war ihr in der letzten Nacht, sollte sie ein Auge zu gemacht haben, bestimmt schon mehrmals in Angst einflößenden Träumen erschienen. Krister dachte mehr oder weniger ernsthaft daran, sie eventuell zu fragen, an welchem Ort sie ihn währenddessen gesehen hatte. Das würde seine Suche abkürzen. Er verspürte einen Anflug von Sorge bei der Vorstellung, ihm könnte etwas Schlimmes zugestoßen sein. Er wischte das unangenehme Bild von sich und überlegte, was er jetzt unternehmen konnte. Wo sollte er jetzt weitermachen? Noch länger hier auf ihn zu warten, ergab jedenfalls keinen Sinn.

Konnte es vielleicht sein, dass Opa bei einem Freund übernachtete? Aber dann hätte er doch seinen Kulturbeutel mitgenommen. Eventuell hatte er ja auch nur die Zeit beim Kartenspielen vergessen. Aber passiert so etwas noch in seinem Alter? Auf dem Heimweg besoffen in einen Graben gefallen? Blödsinn!

Krister hatte sich nie wirklich mit seinem Großvater beschäftigt, geschweige denn sich für ihn interessiert. Im Gegenteil, er war ihm gegenüber oft sehr unfreundlich gewesen. Es war gerade mal zwei Tage her, als er ihm unmissverständlich klar gemacht hatte, wie viel mehr Vergnügen es ihm bereitet hätte, mit seinen Freunden zu pokern, anstatt einen gemeinsamen Ausflug ins Museum zu machen. Ganz Unrecht hatte sein Opa mit seiner Aussage nicht, er sollte sich lieber freuen, noch etwas Zeit mit ihm verbringen zu können. Diese Erkenntnis hatte ihm den Rest Müdigkeit ausgetrieben. Nachdem er den Kaffee runter geschüttet hatte, ging er in den Hausflur, um dort nach einem unübersehbaren Ort für die kurze Mitteilung, die er für seinen Großvater geschrieben hatte, zu suchen. Konnte ja gut sein, dass er in der Zwischenzeit heimkam. Dabei ließ er seinen Blick durch den schmalen Flur wandern. Für einen Beistelltisch war nicht ausreichend Platz vorhanden, daher entschied er sich für den Spiegel neben der Garderobe. Dort wurde Opa bestimmt nach dem Absetzen seines Hutes, den Sitz seiner Haare kontrollieren wollen und den kleinen Zettel, der in der Ecke eingeklemmt war, registrieren. Perfekt, dachte er.

Gerade wollte er sich auf der Hacke umdrehen, da kam er ins Grübeln. Das Spiegelbild offenbarte ein Gemälde, das gegenüber an einer wenig spektakulären Stelle hing, nämlich an der Wand zwischen Badezimmer und Küche. Wie oft musste er schon daran vorbei gegangen sein, ohne es eines Blickes zu würdigen? Zum aller ersten Mal erregte diese bunt bemalte Leinwand in ihrem goldenen Barockrahmen Kristers ungeteilte Aufmerksamkeit. Er drehte sich um und fragte sich, wo er dieses Motiv schon mal gesehen hatte, kam aber nicht drauf.

Ratlos trat er ins Freie während er nach seinem Schlüssel in der Jackentasche angelte. Die beiden dunkel gekleideten Herren, die hinter ihm aus dem Wagen stiegen, waren ihm nicht aufgefallen. Erst der Schall der beiden zugestoßenen Autotüren veranlasste ihn zum Umdrehen. Intuitiv zog er die Tür ins Schloss.

»Guten Tag. Ich bin Kommissar Bork und das ist mein Kollege Harring.« Der Beamte, der sich vorgestellt hatte, hielt ihm in einer beiläufigen Bewegung seinen Dienstausweis entgegen. Er war der ältere der beiden. Krister schätzte ihn auf Mitte fünfzig. Er war einen halben Kopf kleiner als er selbst und kräftig gebaut. Sein Gesicht war rund und grau. Der Kopf rasiert, einschläfernder Blick. Der jüngere Polizist hatte schulterlange Haare, sah sportlich aus und war überhaupt das krasse Gegenteil von seinem Vorgesetzten. Seine finstere Miene wirkte irgendwie angriffslustig, seine Körpersprache wie auf dem Sprung.

Der Kommissar kam ohne weitere Höflichkeiten zur Sache. »Wer sind Sie?«

»Mein Name ist Krister Jöhns.«

»Was machen Sie hier?«

»Ich habe meinem Großvater die Zeitung gebracht.« Er zeigte mit dem Daumen über die Schulter auf die Kate hinter sich.

Der Polizist nickte. »Ist Ihr Großvater zu Hause?« Der Blick ging hinüber zum Küchenfenster.

»Worum geht es denn eigentlich?«

Der junge Polizist sah aus wie ein Fuchs auf der Jagd. Er begann um den Bau seiner Beute zu kreisen, als wollte er sicher gehen, dass er nicht durch die Hintertür entwischen konnte. Das war gut so, denn es bedeutete, dass Opa in der letzten Nacht nicht in der Zelle geschmorrt hatte. Diese Variante hatte er bisher nicht in Erwägung gezogen. Die Erleichterung darüber hielt aber nur kurz. Offensichtlich war Opa auch aus Sicht der Polizei tatverdächtig.

»Antworten Sie einfach nur mit ja oder nein«, schnauzte der Fuchs von der Seite, bevor er noch ein paar Meter zur Seite schlich, damit er um die Hausecke linsen konnte.

»Wenn Sie mir nicht sagen worum es hier geht, sage ich Ihnen keinen Mucks«, konterte Krister. Mist! Hatte er das gerade tatsächlich gesagt? Wie dämlich! Seine Knie wurden augenblicklich weich.

Als hätte Harring auf so einen Moment gewartet, preschte er hervor. Mit ausgestrecktem Zeigefinger raste er auf Krister zu. »Hören Sie mal gut zu, Sie Schnösel. Wenn Sie hier unsere Ermittlungen stören wollen, dann kann das ungemütlich für Sie werden. Aber ganz ungemütlich!«

Der Typ kam so schnell näher, sodass Krister einen Schritt nach hinten weichen musste. Gerade rechtzeitig versperrte der Ältere seinem heißblütigen Kollegen mit einem

Ausfallschritt den Weg. »Lass gut sein, Martin. Schau dich lieber mal um. Ich regele das hier.«

Harring stampfte knurrend in Richtung Rosengarten davon.

»Entschuldigen Sie bitte das Verhalten meines Kollegen. Er ist zuweilen ein wenig forsch.« Kommissar Bork versuchte süffisant zu lächeln. »Wir bearbeiten den Einbruch in das Museum. Vielleicht haben Sie aus dem Fernsehen oder der Zeitung davon erfahren.« Er wartete eine Reaktion von seinem Gegenüber ab. Als Krister stumm nickte, fuhr er fort. »Aus ermittlungstechnischen Gründen darf ich keine Einzelheiten preisgeben. Das verstehen Sie sicherlich.«

»Und was hat mein Großvater damit zu tun?« Hoffentlich merkte man ihm die Scheinheiligkeit nicht allzu sehr an.

Der Kommissar winkte ab. »Keine Sorge.« Er machte eine kurze Pause und schaute zu Boden, so als suche er dort nach den geeigneten Worten. »Wir glauben, dass Ihr Opa mit seinem Sachverstand dazu beitragen könnte, unseren Ermittlungen den entscheidenden Impuls zu geben. Aber dafür müssen wir unbedingt wissen, wo er zu finden ist. Je schneller, desto besser.«

»Ach so. Verstehe.« Krister öffnete verständnisvoll Mund und Augen, obwohl er sich überhaupt nicht sicher war, ob dies nicht eine Falle war. Wahrscheinlich waren die Beamten mit allen psychologischen Wassern gewaschen. Er entschloss sich bei der Wahrheit zu bleiben, was ja auch gar nicht mal so schwer war. Ausnahmsweise spielte er nicht den Ahnungslosen, sondern hatte tatsächlich keinen Schimmer.

»Es tut mir leid, ich kann gar nicht sagen, wo er hin gegangen ist. Er geht häufig schon früh morgens am Meer spazieren. Manchmal angelt er auch und kommt erst mittags zurück.« Das klang doch ganz gut.

Kommissar Bork schmollte unzufrieden. Dann hellte sich seine Miene wieder ein wenig auf, fast so, als freue er sich über irgendetwas. »Wie häufig bringen Sie Ihrem Großvater denn die Zeitung?«

Krister schluckte. Auf diese Frage war er nicht vorbereitet gewesen. Da hatte er vorhin wohl zu vorschnell geantwortet. Wie konnte er das jetzt ausbügeln? Wenn er zu konkret wurde, dann ließ sich das Gegenteil später bestimmt ganz leicht überprüfen. Egal! Er beschloss bei der Geschichte zu bleiben und auf volles Risiko zu gehen. Erstmal raus aus der Schusslinie war die Devise. »Immer samstags die Wochenendausgabe. Haben Sie noch weitere Fragen? Ich müsste dann sonst los.« Er tippte demonstrativ auf seine Armbanduhr während er andeutete, zu seinem VW-Bus gehen zu wollen.

Der Kriminalbeamte streckte seinen Arm wie einen herunterfallenden Schlagbaum vor Kristers Brust aus. »Moment noch, junger Mann. Sie dürfen sofort einsteigen, da ist noch eine Sache.«

Was für eine Sache?

Bork zog etwas aus der Außentasche seiner Jacke. »Fällt Ihnen irgendetwas zu diesem Gegenstand ein?«

Krister sah ein transparentes Plastiktütchen. Es beinhaltete etwas Funkelndes. Ein kleines Stück Blech. Was sollte daran besonders sein? Es war bunt verziert und leicht gebogen. Erst als das Stück Metall knapp vor seiner Nase schwebte, wurde ihm klar, wem dieses Beweisstück gehörte, welches man üblicherweise auf Spazierstöcke nagelte. Das heiße Blut, das gerade in sein Gesicht strömte, verlieh seiner folgenden Antwort sicherlich nicht gerade den Nachdruck, den er sich gewünscht hätte. Aber welche Wahl hatte er denn, als es trotzdem mit der Unwahrheit zu versuchen? »Nee, da kann ich nichts mit anfangen. Ist das ein Souvenir, oder so etwas?« Demonstrativ hielt er Blickkontakt, um seine Schwäche zu verbergen.

»Sowas nennt man Bierwappen«, bemerkte der Kommissar herablassend und ließ den Gegenstand wieder im Parka verschwinden. »Würden Sie Ihrem Großvater bitte ausrichten, er möge sich so schnell wie möglich mit uns in Verbindung setzen?«

Einen Teufel würde er tun!

Bork drückte ihm eine Visitenkarte in die Hand und pfiff seinen Kollegen heran. Die beiden Männer stiegen grußlos in ihren Wagen und brausten davon.

*

Er parkte sein Auto in sicherer Entfernung in einer Haltebucht, direkt hinter dem Dünenkamm. Genauso, wie er es am Abend vorher getan hatte. Nachdem er sich vergewissert hatte, dass die Luft rein war, stieg er aus und ging ein Stück am Wegesrand entlang bis er das Grundstück des ehemaligen Braumeisters erreicht hatte. Im Schutz der alten Apfelbäume schlich er sich auf das Haus zu. Vorsichtig lugte er um die Ecke zur Auffahrt hinüber.

»Mist!«, fluchte er spontan, denn der Campingbus, mit dem der junge Mann am Vorabend überraschend angefahren kam, stand immer noch an derselben Stelle.

Auf leisen Sohlen schlich er hinüber zum Wohnzimmerfenster. Im Inneren leuchtete eine Stehlampe, und der Fernseher war angeschaltet. Für Sechs Uhr Dreißig morgens eine sehr sportliche Zeit, fand er. Eigentlich hatte er nicht damit gerechnet, dass um diese Uhrzeit schon jemand wach war. Dann entdeckte er jemand in dem Ohrensessel kauernd. Das war der Typ, der gestern aus dem Campingbus ausgestiegen war. Jetzt schlief er dort vor laufender Glotze. Da gab es wohl außer ihm noch Menschen, die noch schlechtere Nächte verbrachten als er. Hätte er nicht gerade andere Sorgen, hätte er eventuell so etwas wie Trost bei diesem Gedanken gefunden. Der Schläfer dort drinnen war völlig fehl am Platze. Dann musste eben die ganz harte Variante ausgepackt werden. Es gab nur die Möglichkeit, die beiden Personen, die sich in der Kate befanden, mit einem Blitzangriff zu überrumpeln. Sie würden so schlaftrunken sein, dass sie gar nicht zu Gegenwehr in der Lage wären. Die Entscheidung war gefällt. Seine Geduld war am Ende. Die Sturmhaube hatte zwei Vorteile. Sie wirkte auf die Opfer furchteinflößend und sie verbarg seine Identität. Dass sie darüber hinaus schön warmhielt, war an diesem frostigen Morgen eine willkommene Nebensächlichkeit.

In dem Moment, in dem er sich der Haustür näherte, vernahm er ein Geräusch hinter sich. Jemand kam die Auffahrt heraufgefahren. Es hörte sich an wie ein Motorroller. Wer war denn in dieser Herrgottsfrühe an diesem verlassenen Ort schon unterwegs? Er huschte um die nächste Ecke und verschwand hinter den Mülltonnen.

Als er den Briefschlitz hörte, dämmerte ihm, mit wem er es hier zu tun hatte. Hoffentlich hatte der Zeitungsbote die Hausbewohner nicht aufgeweckt, dann müsste er ein weiteres Mal umdenken.

Als er einen erneuten Blick durch die Glasscheibe des Wohnzimmers riskierte, musste er mit ansehen, dass ihm der Austräger einen Strich durch seine Rechnung gemacht hatte, denn der Camper rieb sich die Augen und setzte sich verschlafen in dem Sessel auf.

7

Das Display zeigte den Namen *Hanna* an. Der Samstag war an einigen Wochenenden ihr einziger freier Tag in der Woche, denn manchmal musste sie auch am Sonntag in die Redaktion. Immerhin würde er sie nicht aus dem Schlaf reißen, denn als Frühaufsteherin hatte sie um zehn Uhr meistens schon einige Trainingskilometer im Stadtpark hinter sich gebracht. Sie befand sich nämlich in Vorbereitung auf ihren nächsten Marathon. Die körperlichen Voraussetzungen für diesen Ausdauersport waren bei ihr ideal. Sie hatte eine schlanke, fast drahtige Figur, war federleicht und knapp über eins sechzig groß mit definierten Muskeln von regelmäßigen Besuchen im Fitness-Studio. Jemand wie sie empfand ihr Hobby nie als Schinderei, sondern als Kraftquelle nach einem anstrengenden Tag in der Redaktion, vermutete er.

Krister erzählte ihr am Telefon von der Nachrichtensendung, die am Abend zuvor ausgestrahlt worden war. Seine Behauptung, dass er seinen Großvater anhand des fehlenden linken Ohrläppchens und der Statur als den gesuchten Einbrecher identifiziert hatte, wollte sie zunächst nicht recht glauben. Schließlich berichtete er von weiteren Indizien, die seinen Großvater belasteten. Er hatte erstens zwei Tage vor dem Einbruch das Museum besucht, wobei es eher so wirkte, als würde er es ausspionieren. Dann sein plötzliches Verschwinden, und spätestens als der Kommissar das Bierwappen hervorgekramt hatte, gab es auch bei ihr wenig Zweifel an einer Verstrickung seines Großvaters in diesen Fall.

»Moment mal!«, hatte sie darauf entgegnet. »Weißt du, was das bedeutet? Die werden ihn zur Fahndung ausschreiben. Wahrscheinlich werden meine Kollegen in Kürze informiert werden und dann bricht die Hölle über deine Familie herein. Die Meute wird sich auf die Vergangenheit deines Großvaters stürzen. Jeder Stein wird umgedreht. Das ist ein gefundenes Fressen für die Medien. Mord ist ja schließlich kein Pappenstiel. Wir müssen sofort in die Redaktion. Vielleicht können wir die Sache ein wenig herauszögern.«

Halt! Stopp! Die Gute drehte ja richtig am Rad. Da hatte sie wohl etwas in den falschen Hals bekommen. »Langsam. Langsam«, ging er dazwischen. Das war ja nicht zu fassen! Allein die bloße Vorstellung einer solchen Kettenreaktion begünstigte eine Pulsbeschleunigung in ungesunde Gegenden. »Ich habe meinen Opa nicht bei der Polizei verpfiffen, falls du das denkst. Aber es kann durchaus sein, dass sie ihm auch ohne meine Hilfe auf den Fersen sind. Jedenfalls hat es ganz den Anschein. Deshalb muss ich ihn auch auf jeden Fall vor ihnen finden, damit genau das, was du eben beschrieben hast, nicht passiert.« Das Problem mit seiner Mutter sparte er an dieser Stelle aus. Diesem Handlungsstrang wollte er sich erst wieder widmen, wenn diese Sache hier überstanden war. Aber er erzählte ihr der Reihe nach von der ungeplanten Nacht in dem Haus am Deich und der Begegnung mit den Kommissaren. Er erklärte ihr auch, dass der eingekreiste Mann die einzige Spur im Zusammenhang mit seinem verschwundenen Großvater war, nachdem alle anderen Möglichkeiten ausgeschöpft gewesen waren.

Wenige Minuten später saß sie mit feuchten Haaren neben ihm an ihrem Schreibtisch im Verlagshaus, hatte ihr Kinn in der Handfläche geparkt und betrachtete konzentriert das Foto in der Zeitung. Nach einer Weile kam ihr eine Idee. »Nein, den kenne ich nicht. Aber warte mal. Ich weiß wer uns vielleicht helfen könnte.« Sie drückte auf eine Schnellwahltaste des Telefons.

Krister wartete angespannt ab. Dann endlich schien jemand am anderen Ende abgehoben zu haben.

»Hallo Achim. Nein, alles in Ordnung. Ich hatte hier nur etwas vergessen und war so blöd, ans Telefon zu gehen. Da rief jemand an und meinte, er hätte sich bei dem Foto-Quiz wiedererkannt. Weißt du, wer die Schnappschüsse dafür macht?«

Es dauerte einen Moment bis sie wieder das Wort ergriff. »Alles klar. Trotzdem vielen Dank und schönen Samstag.« Sie verdrehte die Augen und legte auf. »Auf die Idee wäre ich gar nicht gekommen, du Witzbold!«

Krister runzelte fragend die Stirn. »Wer ist denn Achim?«

»Achim ist unserer Chefreporter. Ich dachte eigentlich, er könnte mir weiterhelfen. Aber er war sich auch nicht sicher. Er meinte, die Praktikanten oder Volontäre werden darauf angesetzt. Und dann gab er mir noch den tollen Tipp, die Kollegen aus dem Kulturressort anzurufen. Als wenn ich das nicht selbst wüsste.«

Sie nahm sich die beiden Ablagekörbe auf ihrem Schreibtisch vor und wühlte drin herum.

»Kann ich dir irgendwie helfen?«, fragte er, um sich nicht gänzlich nutzlos vorzukommen.

»Schon gut, ich suche nur nach der Liste mit den privaten Telefonnummern der Kollegen aus der Kultur und Unterhaltung.« Jetzt flogen Manuskripte, Meldungen und ein Haufen Fax-Mitteilungen durch den Raum und landeten vor seinen Füßen. Hanna schien für seine Begriffe ungeduldig zu werden, was ihn wiederum beunruhigte. Doch bevor er über eine Methode grübeln konnte, sie nur noch ein paar Minuten bei Laune zu halten, kam sie ihm zum Glück zuvor.

»Der Server!« Sie betätigte schmunzelnd einen Knopf. Nach endlosen zwei Minuten war der Computer hochgefahren.

In ihrem persönlichen Ordner gab es nur zwei Unterordner Namens *Diverses* und *Privat* und unzählige, nach keinem System beschriftete, Dateien. Es war zwecklos, dort weiter zu suchen. Nachdem sie sich schwor, demnächst gründlich aufzuräumen, jedoch selbst nicht daran glaubte, dass sie es jemals tun würde, kam ihr etwas in den Sinn. Sie klickte auf das Symbol des Abteilungsordners.

Die Kollegen waren offensichtlich viel besser strukturiert als sie. Unter *Kultur-Unterhaltung-Erkennen Sie sich wieder* fand sie die Ausgabe der letzten Woche. Nach einem Doppelklick öffnete sich eine Text-Datei. *Ausgabe: 29. April; Ort der Aufnahme: Brauerei-Museum, vor der Börnsen-Büste; Datum der Aufnahme: 27. April; Gültigkeit: bis 07. Mai.*

Am unteren Bildrand ihres Monitors fand sie einen Vermerk, an wen der Gewinn am 2. Mai ausgezahlt wurde.

»Kurt Sühlmann«, murmelte er vor sich hin, während er das Telefonbuch auf seinem Schoß durchblätterte. Als er fündig wurde, notierte er sich die Adresse auf der Rückseite von Kommissar Borks Visitenkarte.

Hanna gab derweilen den Namen Kurt Sühlmann in die Internet-Suchmaschine ein. »Fehlanzeige«, stellte sie erstaunt fest. Die Anzahl der Treffer lag bei keinem Einzigen, in denen der Begriff vorkam. Sie ergänzte die Anfrage um den Wohnort.

»Auch nichts.« Es wurden keine genau passenden Auswahlmöglichkeiten angeboten.

»Wonach suchst du denn da?«

»Na, nach einer Verbindung zwischen deinem Großvater und diesem Kurt Sühlmann. Wir wollen doch wissen, warum dein Opa diesen Herrn eingekreist hat, oder?«

Ja klar! Das interessierte ihn. Er nickte ihr zu und hob demonstrativ die Augenbrauen. Sie hatte ihn eiskalt erwischt. Er wusste eigentlich immer noch nicht was er hier machte. Irgendwie schlitterte er seit der Fernsehsendung und dem Anruf seiner Mutter am Abend zuvor durch seinen Mikrokosmos und sehnte sich nach seiner täglichen Routine. Und kotzte ihn der Trott auch noch so sehr an, so gab er ihm auf eine gewisse Art und Weise auch den Halt, den er im Moment verloren glaubte.

»Ich versuch´s mal mit *Kurt Sühlmann, Brauerei-Museum*«, riss ihn Hanna aus seinen Gedanken. Er sah sie zielstrebig tippen. Als wolle sie die Richtigkeit ihrer Fährte untermauern, hämmerte sie geradezu auf die ENTER-Taste.

Krister verfluchte innerlich die Sanduhr, die sich ohne Eile in der Mitte des Bildschirms drehte. Der Arbeitsspeicher schien sich dort zu befinden, wo er selbst schon lange sein wollte. Im Wochenende. Er schaute auf die Uhr. Halb Elf. Er hatte seiner Kollegin jetzt schon eine halbe Stunde geklaut, und langsam beschlich ihn ein schlechtes Gewissen. Die Adresse von Sühlmann hatte er ja schon. Warum nicht einfach hinfahren und den Namen Herrmann Jöhns erwähnen?

Urplötzlich tat sich etwas. Der Computer präsentierte sein Ergebnis. Es erschienen zahlreiche Artikel und Dateien über das Brauereiwesen über Museen jeglicher Art. Sie verbrachten fast eine Viertelstunde mit dem Sichten eines Bruchteils der angezeigten Treffer. Es gab viele Menschen, die entweder Kurt hießen, oder Sühlmann, aber nicht beides zusammen.

Alles in Allem gewannen sie keine aufschlussreichen Informationen, mit denen man etwas hätte anfangen können.

»Mist. Unsere Zielperson hat keinerlei virtuelle Spur im Netz hinterlassen. Sie existiert also eigentlich gar nicht.«

Hanna stieß sich vom Tisch ab und stand auf. »Ich mach uns mal einen Kaffee«, sagte sie, während sie aus dem Büro ging und Krister allein in seiner Unentschlossenheit zurückließ.

Der Fortschrittbalken am unteren Bildrand lag seit mehreren Minuten bei fünfundsiebzig Prozent. Das machte ihn nicht gerade gelassener. Er hockte mittlerweile im fensterlosen Archivraum, an dem Hanna auf dem Rückweg zum Büro vorbeigekommen war. Das große Schild an der Tür hatte ihr eine letzte Möglichkeit unterbreitet, die sie unbedingt noch ausschöpfen wollte, bevor sie es aufgaben.

»Lass` mal gut sein Hanna. Du hast mir schon sehr gut geholfen. Ich glaube wir können jetzt aufhören.«

»Nun warte doch mal.« Sie stupste ihn unsanft an. »Gibt's du immer so leicht auf? Wenn du irgendwann mal Journalist werden willst, musst du am Ball bleiben und vor allem neugierig. Wer gleich an der Haustür stehen bleibt, wird nie erfahren wie es drinnen aussieht.«

Er hob abwehrend die Hände und trat einen Schritt zurück. Wo sie Recht hatte.... Um ihre Zeit brauchte er sich also keine Sorgen zu machen, dann schon eher um seine Einstellung zu diesem Thema. Er gab sich einen Ruck und verfolgte das Vorankommen des hausinternen Archivprogramms.

Suche nach Kurt Sühlmann abgeschlossen.
Der eingegebene Begriff fand seit dem Bestehen der digitalen Datenbank Ende der achtziger Jahre in zwei abgespeicherten Artikeln Erwähnung. Der Erste stammte aus dem Sportteil und ehrte Sühlmann als Kreismeister seines Schützenvereins im Jahre 1985. Der zweite Artikel hatte eine vielsagende Überschrift:

Die Bierbrauer Kurt Sühlmann und Herrmann Jöhns wurden für das Bier des Jahres ausgezeichnet.

Auf dem Foto erkannten sie zwei angespannt lächelnde Herren, die der Presse jeweils einen Blumenstrauß und einen gefüllten Bierkrug präsentierten.

*

Er fuhr durch den Torbogen und stellte sein Fahrrad neben den Müllcontainern im Hinterhof ab. Die schweißtreibende Fahrt von der Kfz-Werkstatt im Gewerbegebiet bis in die Altstadt machte seine Morgendusche überflüssig.

Der Anlasser seines Busses hatte sich auf dem Verlagsparkplatz so sehr gequält, dass Krister ein Einsehen hatte und sofort ohne Umwege zu seiner Stamm-Werkstatt zuckelte.

Der Werkstattmeister hatte die beiden fröhlich in Empfang genommen. Sein Wochenende konnte er als finanziert betrachten. Um dem Ganzen etwas Gutes abzugewinnen, verbuchte Krister die Radtour als die erste sportliche Betätigung seit über einem Jahr, wenn man Pokern nicht hinzuzählte.

Dass seine Leibesübungen keine zwei Minuten später im wahrsten Wortsinn zu neuen Höhen getrieben werden sollten, verdankte er dem Umstand, dass Kurt Sühlmann im fünften Stockwerk in einem Altbau ohne Fahrstuhl wohnte. Warum lebte er nicht parterre? Der Mann musste über achtzig Jahre alt sein. Entweder war er körperlich in blendender Verfassung oder er verließ nur einmal in der Woche seine Wohnung.

»Was kann ich für Sie tun, junger Mann?«

Er erkannte sofort, dass Hanna ihn zu dem richtigen Mann geführt hatte. Dieser linste mit freundlichem Gesichtsausdruck durch den schmalen Türspalt. Er trug die unverkennbare große Hornbrille, und der dünne Haarkranz kämpfte genauso gegen die Halbglatze an, wie auf dem Foto, welches Krister in seiner Hosentasche mit sich trug.

»Guten Tag Herr Sühlmann, ich komme von der Tageszeitung. Sie haben unfreiwillig, aber erfolgreich an unserem Quiz *Erkennen Sie sich wieder* teilgenommen. Darf ich Ihnen dazu noch einige Fragen stellen? Wir machen eine Umfrage mit einigen der Gewinner.« Krister setzte ein breites Grinsen auf.

Nach kurzer Pause war der alte Herr im Thema. »Ach, das ist aber nett. Einen Moment bitte.« Er löste die Kette und signalisierte seinem Gast, einzutreten.

Na, das war ja mal leicht gegangen. Die Überleitung zu seinem wahrhaftigen Anliegen bereitete ihm jedoch einigen Kummer. Der gutmütige Herr Sühlmann wäre sicher erbost darüber, sich mit diesem unaufrichtigen Trick Einlass verschafft zu haben und würde ihn bestimmt rausschmeißen wollen.

»Kommen Sie ruhig näher. Oder wollen Sie dort Wurzeln schlagen?«

Kurt Sühlmann hatte offenbar in seinem Arbeitsleben gut für den Ruhestand vorgesorgt. Soviel er davon verstand, musste es sich bei der Einrichtung im Wohnzimmer größtenteils um antike Möbel handeln. Auch die Dekoration war exquisit. Die Vorhänge sahen aus als seien sie aus Seide. Über der Couch hing ein beeindruckendes Gemälde der alten Börnsen-Brauerei. Das Motiv hatte er doch heute schonmal gesehen.

»Schönes Bild, oder? Es ist ein echter Dienelt. Den hat der Vater eines ehemaligen Arbeitskollegen in den Siebziger Jahren gemalt.« Sühlmann machte eine einladende Geste in Richtung eines eleganten Sessels.

Krister nahm ehrfürchtig Platz.

»Kann ich Ihnen einen Kaffee oder einen Tee anbieten?«

»Danke, das ist nett von Ihnen. Ich will Sie gar nicht lange stören.«

Der zuvorkommende Herr ging nicht auf diese Antwort ein, sondern verschwand in einem Nebenraum. Porzellan klapperte. Eine Schranktür quietschte. Kurze Zeit später servierte der Gastgeber zwei gefüllte Kaffeetassen, ein Kännchen Sahne und ein Schüsselchen Würfelzucker auf einem Tablett.

»Kekse?«

»Vielen Dank, Herr Sühlmann, das ist wirklich nicht nötig.«

»Kein Problem, bin gleich wieder da.«

Dem Senior schien die Aussicht auf ein wenig Gesellschaft Gefallen zu bereiten. Lächelnd präsentierte er eine üppige Auswahl an Schweineohren, Nussecken und Spritzgebäck.

»Nehmen Sie reichlich! Ich habe gut einkaufen lassen. Früher hat das ja meine Frau gemacht. Aber seitdem sie tot ist, erledigt das eine junge Dame aus der Nachbarschaft. Sie ist wirklich sehr zuverlässig.«

Da Krister befürchtete, sich die ganze Lebensgeschichte als Gegenleistung für die Bewirtung anhören zu müssen, wollte er gleich zur Sache kommen. »Herr Sühlmann, weswegen ich eigentlich hier bin.«

»Oh ja, die Umfrage. Ich bin ganz Ohr.« Der freundliche Herr ihm gegenüber setzte sich in Erwartung der kommenden Aufgabe aufrecht hin.

Krister wurde warm. Er rieb sich den Kehlkopf, bevor er anfing zu sprechen. »Ich arbeite bei der Tageszeitung und bin auf Sie gestoßen, weil Sie von einem Kollegen für das Quiz *Erkennen Sie sich wieder*? abgelichtet wurden. Um ehrlich zu sein, handelt es sich hier nicht um eine Umfrage, sondern ich benötige Ihre Hilfe.«

Die Miene des alten Mannes signalisierte Misstrauen. »Ich hoffe sehr, dass Sie mir kein Abonnement aufschwatzen wollen, mein Herr. In dem Fall wäre Ihr Besuch nämlich beendet.« Er deutete mit ausgetrecktem Arm in Richtung Hausflur.

Hier war entweder Fingerspitzengefühl oder schnörkellose Aufrichtigkeit von Nöten, sollte nicht binnen weniger Sekunden die Ehre dieses liebenswürdigen Herrn gekränkt und seine Gastfreundlichkeit mit Füssen getreten werden.

»Lassen Sie mich nur kurz erklären, was mich tatsächlich zu Ihnen führt. Ich möchte Ihnen nichts verkaufen. Ich treibe auch keine Spenden ein, oder so etwas. Ich benötige Ihre Hilfe bei der Suche nach meinem Großvater Herrmann Jöhns. Ich vermisse ihn seit gestern Abend. Ein Foto in der Zeitung hat mich zu Ihnen geführt. Ich habe herausgefunden, dass Sie eine lange Zeit mit meinem Großvater zusammengearbeitet haben. Und nun hoffe ich, dass Sie vielleicht eine Idee haben könnten, wo er sich in diesem Augenblick befinden könnte. Das ist mein Anliegen. Ich bin gleich wieder weg, das verspreche ich Ihnen.« Krister starrte gebannt auf eine Regung im Gesicht von Sühlmann.

Es folgte keine direkte Reaktion. Der alte Herr schien wie ausgeknipst. Erst nach endlosen Atemzügen schob er die Lippen ein wenig vor und kniff die Augen zusammen, so als müsse er erst den Wahrheitsgehalt der an ihn herangetragenen Bitte abwägen. Er schien überrascht in seinem Gedächtnis zu kramen, während er zum Fenster hinaussah. Dann schaute er Krister ernst an. »Wie, sagten Sie, heißen Sie?«

»Entschuldigen Sie bitte. Ich habe mich ja gar nicht richtig vorgestellt. Mein Name ist Krister Jöhns.«

Es vergingen ein paar weitere Sekunden, bis es bei Sühlmann dämmerte. »Ja, das kommt mir bekannt vor. Aber was sagen Sie da? Herrmann ist weg? Seit wann denn? Glauben Sie, es ist ihm etwas passiert?«

»Eigentlich weiß ich nicht, was ich glauben soll. Ich vermute, er hat seit ungefähr zwei Tagen nicht mehr in seinem Bett geschlafen. Da er keinen Koffer gepackt hat, deutet wiederum nichts auf eine Reise oder einen Ausflug hin. Es ist nicht seine Art, so spontan zu sein. Ich habe jede Person, die mir einfiel, und die vielleicht wissen könnte wo er sich aufhält, angerufen. Zuletzt bin ich über das Zeitungsquiz und mit ein wenig Glück auf Sie gestoßen. Fällt Ihnen ein Ort oder eine Veranstaltung oder sonst irgendeine Möglichkeit ein, wo sich mein Großvater aufhalten könnte?«

Kurt Sühlmann lehnte sich zurück und schob die Kaffeetasse ein Stück vom Rand weg zur Tischmitte. Er nahm seine Brille ab und putzte sie, während er sprach. »Ich finde, es ist schon merkwürdig, innerhalb weniger Tage erst einen ehemaligen Arbeitskollegen und kurz darauf seinen Enkelsohn bei mir zu Besuch zu haben. Ich hatte immerhin seit über fünfzehn Jahren nichts mehr von Herrmann gehört, bis er plötzlich mir nichts dir nichts vor meiner Wohnungstür steht. Und jetzt sitzt sein Enkel hier, und fragt wo er zu finden sei. Ich bin wirklich irritiert. Ich befürchte, dass ich Ihnen keine große Hilfe sein werde.«

Krister beugte sich vor. »Er war hier? Wann war das genau?«

»Das war am Dienstagnachmittag. Aber wofür ist das wichtig?«

Krister spürte, dass sein Gegenüber ein Puzzleteil in Opas geheimnisvollem Plan darstellte. Das konnte kein Zufall sein. »Wollte mein Opa etwas Bestimmtes? Ich meine, hat er einen Grund genannt, warum er plötzlich nach so langer Zeit bei Ihnen aufkreuzte?«

»Nein. Ich habe es für einen reinen Höflichkeitsbesuch gehalten und bin auch jetzt noch davon überzeugt.«

»Was macht Sie da so sicher?«

Sühlmann massierte nervös sein Knie, während er überlegte. »Also, ich freute mich gewaltig über seinen unangemeldeten Besuch. Wir saßen den ganzen Nachmittag an diesem Tisch zusammen. Genauso wie wir beiden es jetzt tun. Wir haben geplaudert. Überwiegend natürlich über alte Zeiten. Da wir nun leider beide Witwer sind, haben wir auch über unsere wunderbaren Frauen gesprochen. Und die Kinder und Enkelkinder…« Sühlmann stockte mitten im Satz, als sei ihm etwas Schlimmes in den Sinn gekommen. »Was soll es denn Ihrer Meinung nach sonst gewesen sein, wenn es kein Höflichkeitsbesuch war?«

Der alte Herr war geistig sehr beweglich, musste Krister anerkennen. »Ist vielleicht nur so ein Gefühl«, antwortete er wahrheitsgemäß. »Aber erzählen Sie ruhig weiter.«

»Moment mal, glauben Sie etwa, dass sich Herrmann gerade bei allen Freunden und Bekannten verabschiedet, um sich anschließend etwas anzutun oder weil er weiß, dass seine letzte Stunde gekommen ist?« Sühlmann starrte Krister tief in die Augen. Seine Stimme zitterte. »Seien Sie ehrlich. Haben Sie mich deshalb aufgesucht?«

Krister erschrak. Die Vorstellung, sein Großvater marschierte von Tür zu Tür, sagte anständig *Leb' wohl* und ging anschließend wie ein Elefant sterben, war absurd. Er kämpfte gegen den Film in seinem Kopf. So etwas wollte er sich nicht anschauen. »Um Gottes Willen«, sagte er entschieden. »Niemals!« Er schoss hoch und ging zum Fenster. Dann drehte er sich um. »Wie kommen Sie auf so etwas Abwegiges?«

Sühlmann wischte sich den Mund mit einem Stofftaschentuch ab bevor er antwortete. »Ich komme darauf, weil ich mit dieser Methode vor langer Zeit grauenvolle Bekanntschaft machen musste, ohne mich dagegen wehren zu können.« Dann hob er den Kopf. »Haben Ihre Eltern oder hat Ihr Großvater jemals mit Ihnen darüber gesprochen, was 1986 in der Brauerei geschehen ist?«

Krister drehte nervös eine Haarspitze hinter dem Ohr über den Finger. Dabei fixierte er das Muster auf dem Teppich, während er in seinen Erinnerungen wühlte. Opa hatte viel über Oma geredet. Wie sie früher war und welche schönen Dinge sie miteinander unternommen hatten. Aber über die Arbeit hatte er fast nie ein Wort verloren. 1986 war Kristers fünfter Geburtstag, aber ansonsten kam ihm kein besonderes Ereignis, welches in dem Jahr stattgefunden haben könnte, in den Sinn. Er schüttelte also den Kopf. »Was ist denn damals passiert?«, fragte er erwartungsvoll.

Sühlmann wirkte bekümmert. »Ich weiß nicht, ob ich es Ihnen erzählen sollte. Ich halte es für besser, wenn Herrmann das selbst tut. Ich kann Ihnen nur verraten, dass es wirklich eine sehr schwere Zeit für die Mitarbeiter war, und speziell für Herrmann. Er war nach dem Schock für fast zwei Jahre arbeitsunfähig. Und als er wieder in der Brauerei stand, hatte er sich komplett verändert. Er trank plötzlich immer öfter einen über den Durst und sein Wesen veränderte sich. Man drang nicht mehr zu ihm durch. Er wurde gleichgültig und mutlos. Ich behaupte mal, dass er nie wieder der Alte geworden ist. Seine Leidenschaft für den Beruf war vollständig erloschen.«

Krister drehte die Locke schneller. »Was hat ihn denn damals so aus der Bahn geworfen?«

»Tut mir leid. Ich kann nicht.«

»Ich schwärze Sie auch nicht bei meinem Opa an, versprochen.«

»Das ist es nicht.«

»Was ist es dann, wenn ich fragen darf?«, bohrte Krister nach.

Sühlmann schloss die Augen, so als grabe er tief in seiner Seele nach den Ereignissen aus der Vergangenheit. Es schien ihm Kraft zu rauben. Er atmete schwer. Er hielt sich an der Tischkante fest und schließlich wirkte er überzeugt, die richtige Erinnerung zu fassen zu haben. »Ich muss ein wenig ausholen, damit Sie es besser verstehen. Als ich 1980 als Geselle bei der Börnsen-Brauerei eingestellt wurde, da muss Ihr Großvater schon über zwanzig Jahre dort beschäftigt gewesen sein. Wie Sie ja sicher wissen, hatte er nie in einem anderen Betrieb gearbeitet. Er fing mit sechzehn Jahren als Lehrling an und wurde als Braumeister mit sechzig Jahren pensioniert. Wie die Zeit vergeht. Das ist nun auch schon wieder über zwanzig Jahre her.«

Der alte Mann schwieg für einen Moment und schaute ins Leere, dann nahm er den roten Faden wieder auf. »Ihr Großvater genoss bei den Kollegen und dem Firmeninhaber Friedrich Börnsen höchstes Ansehen und Respekt. Auch wenn Herrmann sicher ein strenger Abteilungsleiter war und uns viel abverlangt hat, so hat er doch jeden seiner Mitarbeiter immer gerecht und fair behandelt und gegenüber der Chefetage seinen Kopf für die Belegschaft hingehalten, wenn es nötig gewesen war. Wir wussten bei ihm immer woran wir waren. Ein wirklich feiner Kerl, Ihr Großvater. Er hat sich verantwortlich gefühlt für die Brauerei, so als gehöre sie ihm persönlich. Und zu Börnsen hatte er eine tiefe Verbundenheit. Herrmann hat seinen eigenen Vater im Krieg verloren, als er noch ein Schulkind war. Seine Mutter hat nie wieder geheiratet. Er sah in Friedrich Börnsen eine Art Vaterersatz. Und da Börnsens Ehe kinderlos geblieben war, beruhte ihre Beziehung sozusagen auf Gegenseitigkeit. Die beiden möchten sich sehr. Ich meine sogar einmal gehört zu haben, dass Börnsen der Patenonkel seines ältesten Sohnes war.«

Krister unterbrach erstaunt das Haare Drehen. »Das war mein Vater.«

Sühlmann fuhr unbeirrt fort. »Ich glaube niemand außer Friedrich Börnsen hat sich so sehr mit der Brauerei identifiziert wie Herrmann.« Plötzlich ließ er den Kopf sinken und sprach ganz leise weiter, so als führte er ein Selbstgespräch. »Seit dem schrecklichen Ereignis war das schlagartig vorbei.«

Krister war auf und ab getigert. Jetzt blieb er in Erwartung der Auflösung des Rätsels förmlich am Ende des Spannungsbogens stehen. Kurt Sühlmann aber schwieg. Er starrte wie weggetreten zu Boden und sagte keinen Ton mehr.

Eine Weile traute sich Krister nicht, zu sprechen. Dann endlich wagte er es doch. »Herr Sühlmann? Ist alles okay mit Ihnen?«

Sein Gegenüber schaute aus müden Augen zu ihm auf. »Tut mir leid. Ich kann es Ihnen nicht erzählen. Es ist das Beste, dass Sie es persönlich von Ihrem Opa erfahren. Das bin ich ihm schuldig.«

Er brauchte jetzt dringend frische Luft. Er bedankte sich bei Herrn Sühlmann für dessen Aufrichtigkeit.

»Ist schon gut. Ich weiß nicht, ob ich Ihnen eine große Hilfe war.«

Sühlmann zog sich einen Mantel an und setzte einen Hut auf.

»Gehen Sie noch spazieren?«, fragte Krister aus reiner Höflichkeit, denn eigentlich interessierte es ihn nicht die Bohne.

»Nein, nein.« Sühlmann befingerte das Schlüsselbrett neben der Wohnungstür. »In einer halben Stunde beginnt meine Samstagnachmittag-Schicht im Biermuseum. Ich bin einer der ehrenamtlichen Museumswärter. Zweimal die Woche mache ich das. Heute wird bestimmt viel los sein. Der

Mensch ist von Natur aus neugierig. Hoffentlich erwischen sie diesen verdammten Einbrecher und drehen ihm den Hals um.« Als er fertig geflucht hatte, winkte er verzweifelt ab. »Sie können ruhig ohne mich runter gehen. Ich muss erst den Schlüssel finden. Der scheint sich in Luft aufgelöst zu haben.«

Krister stieg die Treppe hinab. »Dienstag habe ich ihn doch hier hingehängt«, hörte er Sühlmann hinter sich murmeln. Er dankte ihm stillschweigend für diesen aufschlussreichen letzten Satz.

8

Zuhause hatte die Taschenlampe noch einwandfrei funktioniert. Sie hatte immer funktioniert. Bei jedem Nachtangeln hatte sie funktioniert oder auf diversen Spaziergängen zum nächsten Nachbarn im dunklen Koog. Sie war ein Geschenk von seinem Bruder zu seinem sechzigsten Geburtstag gewesen. Einmal in seinem Leben ging es um etwas wirklich Wichtiges, und ausgerechnet in diesem Moment gab die alte Funzel ihren Geist auf. Er schlug einmal beherzt gegen das Gehäuse. Ein heller Strahl blitzte auf und blendete ihn. Reflexartig drehte er sich weg und schwenkte den Kegel Richtung Kellertür. Dann erlosch das Licht wieder. Er sah lauter helle Kreise vor sich auf und ab tanzen. Erst ganz allmählich verschwanden sie wieder, sodass sich seine Augen an die Dunkelheit gewöhnen konnten. Die Taschenlampe hingegen verschwand in der Jackentasche.

Sühlmanns Schlüssel fand auch ohne gute Sicht seinen Weg in das Schloss. Ohne Murren drehte sich der Zylinder und zog den Bolzen aus dem Rahmen. Herrmann wollte die Tür besonders leise hinter sich zu ziehen. Sein Spazierstock verfing sich allerdings zwischen dem schweren Türblatt und der Zarge. Mit einem kurzen Ruck befreite er seine Gehhilfe aus dem Klammergriff. Etwas rutschte blechern klimpernd über den Fußboden.

Langsam tasteten sich seine Hände die raue Wand entlang. Den Weg zum ehemaligen Büro zu finden, war nicht das eigentliche Problem. Momentan befand er sich in dem schmalen Gang. Den kannte er noch aus seiner aktiven Zeit. Damals führte er in den Hinterhof zu den Lagerschuppen. Auch wusste er, dass dieser bei seinem Inspektionsbesuch am Mittwochabend leer gewesen war. Sorgen machten ihm die vielen Glasvitrinen und Holzfässer, die wahllos in den anderen Räumen aufgestellt worden waren. Ein Zusammenstoß würde in jedem Fall einen Höllenlärm verursachen.

Vorsichtig schob er erst den linken Fuß voran und zog dann den Rechten hinterher. Das Ende des Korridors durfte nicht mehr weit sein. Nur noch wenige Schritte, wenn er es richtig in Erinnerung hatte. Er streckte schützend seinen Arm nach vorn aus, um sich nicht die Nase zu stoßen. Seine Augen waren weit geöffnet, um auch den geringsten Umriss erkennen zu können, der auf einen Gegenstand oder eine Tür hindeutete. Es war nutzlos. Die Dunkelheit hüllte ihn ein wie ein schwarzes Tuch.

Seine Fingerspitzen stießen gegen etwas Hartes. Erschrocken blieb er stehen. Er hatte sich bei der Distanz verschätzt. Seinem Tastsinn Glauben zu schenken, handelte es sich tatsächlich um die schwere Eichentür, die zur runden Halle führte. Dort würde er bestimmt wieder etwas sehen können. Die großen Fenster ließen sicherlich genügend Helligkeit der Straßenlaternen in das Gebäudes eindringen, sodass man sich einigermaßen orientieren konnte.

Kurt Sühlmann hatte bei seinem Besuch ausgeplaudert, dass der Wachtmann immer gegen Mitternacht seinen Rundgang machte, obwohl die Kontrollen unregelmäßig stattfinden sollten. Hoffentlich blieb das so, wünschte sich Herrmann Jöhns. Diese Ungewissheit behagte ihm ganz und gar nicht. Es half aber nichts, er hatte keine andere Wahl, als seinem alten Kollegen zu vertrauen. Sicherheitshalber lauschte er, konnte aber auf der anderen Seite keinerlei Geräusche hören.

Er drückte die Klinke hinunter, aber die Tür bewegte sich nicht einen Millimeter, so sehr er sich auch gegen sie stemmte. Sollte jemand von der anderen Seite einen Riegel vorgeschoben haben, dann wäre sein Einbruch schon hier zu Ende, noch bevor er richtig begonnen hatte.

Er rüttelte und zerrte, doch schon nach kurzer Zeit verließ ihn die Kraft und die Verzweiflung kroch in ihm hoch. Es ärgerte ihn, dass er nicht einfach am helllichten Tage zugeschlagen hatte. Das Risiko wäre zwar um ein Vielfaches höher gewesen, aber gleichzeitig auch die Chancen auf Erfolg. Und nun stand er hier in der Sackgasse, erschöpft und mutlos auf seinen Stock gestützt. Resignierend steckte er die freie Hand in die Hosentasche und ertastete einen Gegenstand. Zuerst dachte er sich nichts dabei, sondern spielte mit ihm während er weiter mit seinem Schicksal haderte. Aber dann kam ihm plötzlich die Erleuchtung. An dem Schlüsselanhänger befand sich nicht nur ein Schlüssel. Es wäre doch gut möglich, dass der Andere zu dieser alten Eichentür passen könnte.

Er versuchte das Schloss am Beschlag zu ertasten. Das fiel ihm diesmal aber alles andere als leicht. Das Zittern seiner Hände beeinträchtigte ihn immens. Es war ein untrügliches Zeichen dafür, dass er jetzt einen starken Korn benötigte. Der würde ihm in dieser Situation unterstützend zur Seite stehen. Mit blinder Routine fischte er einen Flachmann aus der Innentasche seines Anoraks und gönnte sich eine große Portion Beruhigung. Nachdem er das Zielwasser hatte nachwirken lassen, machte er sich wieder auf die Suche. Er brauchte trotz Schnaps mehrere Versuche bis er das Eine in das Andere führen konnte. Das leise Klicken verriet ihm, dass der Schlüssel tatsächlich passte. Er atmete auf und drückte entschlossen die Klinke hinunter. Zu seinem Entsetzen tat sich jedoch schon wieder rein gar nichts. Er stöhnte, als er an der gedrückten Klinke zerrte. Nichts. Dann rüttelte er abermals hin und her. Noch immer nichts. Schließlich trommelte er wütend mit beiden Handflächen auf das Türblatt ein.

Der Lärm, den er verbreitete, war ihm egal geworden. Er wollte auf Teufel komm raus auf die andere Seite. Die Wut auf dieses verdammte Stück Holz, das ihm den Weg zu seiner Erlösung versperrte, hatte vollkommen Besitz von ihm eingenommen. Er schnaufte und hustete bis er entkräftet die Schultern hängen lassen musste und zwei Schritte zurücktrat. Er hatte jämmerlich versagt, wieder einmal war er machtlos, sein Schicksal in die eigene Hand zu nehmen. Zornig auf diesen Gedanken holte er Schwung und rammte seine Schulter mit voller Wucht in seinen ungleichen Gegner. Dieser gab nach, begleitet von einem ohrenbetäubenden Schrammen auf den Fliesen, welches sich ächzend durch die Flure und Gänge des schlafenden Museums grub.

Die zurückweichende Eichentür konnte Herrmanns Schwung nur minimal abbremsen. Er stolperte in den sich öffnenden Raum hinein und hatte währenddessen gar keine Zeit, sich als der endgültige Gewinner dieses Duells fühlen zu können, sondern hatte seine Mühe, festen Kontakt mit seinen fliegenden Beinen zu finden. Sein Krückstock war ihm bei dem Aufprall entglitten und davon geschlittert. Seine Schulter befand sich auf unmittelbarem Weg zu ihrem nächsten Einschlag auf einen harten Gegenstand. Im diffusen Licht sah er eine Silhouette gefährlich näherkommen. Herrmann Jöhns hatte versucht, instinktiv seinen Kopf zur Seite zu drehen, bevor sich der stechende Schmerz seinen Weg durch den Oberkörper bahnen konnte. Es krachte. Dann wurde es Stockfinster.

9

Kommissar Bork hatte nicht viel in der Hand. Der Einbruch in das Biermuseum stellte sich als äußerst mysteriöser Fall heraus. Dies war kein üblicher Diebstahlversuch. Das spürte er. Es wurde nichts Wertvolles gestohlen. Nur ein Gemälde des in Kunstkreisen wenig bedeutsamen Malers Dienelt. Alle anderen Exponate waren an ihrem Platz. Harring war zusammen mit dem Kurator des Museums den gesamten Katalog durchgegangen. Sie hatten eine regelrechte Inventur durchgeführt. Da waren Begriffe aus dem Brauereiwesen aufgetaucht, die er nie in seinem Leben gehört hatte. Bierfässer, Zapfhähne, Hopfen und Malz kannte er natürlich. Aber danach wurde die Luft auch schon dünn.

Bork hatte in alle Richtungen überlegt. Er und sein Team waren sich einig darüber geworden, dass Beschaffungskriminalität nicht richtig ins Bild passte, weil die Gegenstände allesamt zwar einen gewissen ideellen, nicht aber monetären Wert hatten. Eine Mutprobe schlossen sie ebenfalls aus.

Es könnte sich bei der Zerstörung der Büste von Friedrich Börnsen allenfalls um eine Art persönliche Rache-Aktion gehandelt haben, hatte Harring zu bedenken gegeben.

Hätte er mit seiner Vermutung Recht, dann käme dieser respektlose Akt einer Majestätsbeleidigung gleich. Börnsen war ein Heiliger. Die Skulptur war ihm noch zu Lebzeiten als Dank für seine sozialen Verdienste für die Stadt vom damaligen amtierenden Bürgermeister gewidmet worden. Die ganze Stadt war schockiert gewesen, als sie von Börnsens tragischen Tod erfahren hatte. Für Bork fühlte es sich so an, als habe man ihn nun ein zweites Mal getötet.

Der Kommissar hatte sich notiert, in dem persönlichen Umfeld von Friedrich Börnsen zu ermitteln. Dazu gehörten seiner Meinung nach auch die ehemaligen Angestellten der Brauerei.

Eine weitere Möglichkeit, die er nicht außer Acht lassen konnte, war reine Tollpatschigkeit oder ein Unfall. Der unbekannte Eindringling war schlampig vorgegangen. Er hatte auf jegliche Tarnung verzichtet und kam mit einer nicht funktionierenden Taschenlampe an den Tatort. Ohne Lichtquelle könnte er in seiner Orientierungslosigkeit Friedrich Börnsen vom Sockel gestoßen haben.

Das konnte wiederum auch auf der Flucht geschehen sein, nachdem der Täter den Wachtmann außer Gefecht gesetzt hatte. Anschließend hat er dann das Weite gesucht, was wiederum die Vermutung zuließ, dass er sein wahres Zielobjekt nicht entwenden konnte und es eventuell noch einmal zu einem späteren Zeitpunkt versuchen könnte. Die Ausstellung war nicht zeitlich begrenzt.

Dass zwischen dem angenommenen Todeszeitpunkt und dem Auffinden der Leiche am nächsten Morgen etwa sechs Stunden vergangen waren, war zunächst nicht unüblich. Was Bork aber keine Ruhe ließ, waren zwei Dinge. Erstens der Umstand, dass das Stromkabel der Kamera am Seiteneingang um 00.30 Uhr von einer zweiten Person gekappt worden war. Es konnte also nicht ausgeschlossen werden, dass es sich hierbei um einen Komplizen gehandelt hatte. Die Tür des Museums war demnach über fünf Stunden lang weit geöffnet gewesen, und somit konnte der Täter ungesehen wieder herausspazieren. In dieser Zeit hätten natürlich alle möglichen Leute ungesehen hinein gehen können, was auch in Betracht gezogen werden musste.

Und dann war da der Fundort des Toten. Der Wachtmann, der die Schicht morgens um sieben aufnehmen sollte, hatte sich Gedanken gemacht, weil der Kollege nicht an der Eingangstür aufgetaucht war. Als er den Einbruch bemerkt hatte, suchte er das ganze Gebäude nach ihm ab und entdeckte ihn schließlich im Braukeller. Es war ein Schock für ihn, seinen Kollegen mit dem Gesicht nach unten in einem Gärbottich schwimmen zu sehen.

Bork hatte sich hinterher erklären lassen, dass diese Behältnisse im normalen Museumsbetrieb leer waren. Extra für die Sonderausstellung hatte man die Idee gehabt, eine limitierte Menge an Spezialbier brauen zu wollen. Das sollte Besucher anlocken.

Die Tat erschien ihm völlig irrational, wenn ein Mord das nicht sowieso war. Denn davon ging er am Ende ihrer Grübeleien aus. Die gefundenen Spuren deuteten darauf hin, dass der Wärter mit einem historischen Maischepaddel niedergeschlagen worden war. Wofür man so ein Paddel benutzte hatte Bork sich nicht merken können. Das trug auch nichts zur Lösung des Falls bei, dachte er. Das Opfer war anschließend im Bottich versenkt worden, um im Bier zu ertrinken. Aufgrund der hundertfünf Kilo Gewichts des Wärters musste es sich um einen sehr kräftigen Täter handeln. Oder es waren tatsächlich zwei Komplizen. Seiner Meinung nach gab es daher nur einen Grund für dieses Vorgehen. Jeder normale Einbrecher hätte nämlich das Weite gesucht, hatte seine These gelautet. Hier sollte auf plumpe Art und Weise ein Mord vertuscht werden. Dessen war er sich am Ende ziemlich sicher.

Da gab es etwas, was Borks Überlegungen stützte. Es wurden nämlich keinerlei Aufbruchsspuren sichergestellt. Entweder besaß der Täter einen Schlüssel oder eine Profiausrüstung, mit der er die Seitentür geöffnet hatte. Harring hatte den Auftrag erhalten, am Montag die örtlichen Schlüsseldienste abzuklappern und parallel die Diebstahlmeldungen durchzugehen. Vielleicht verschwand ja bei einer der Firmen in letzter Zeit Werkzeug.

Die Einbeziehung der Öffentlichkeit mit Hilfe der regionalen Radio- und Fernsehsender hatte bisher seinen Zweck verfehlt. Niemand hatte den vermeintlichen Mörder in der Dunkelheit wiedererkannt. Irgendwie hatte er das schon bei der Auswertung der Videobänder geahnt. Diese waren sehr undeutlich und gaben kaum etwas von dem Einbrecher preis. Aber versucht werden musste es schließlich.

Bork selbst favorisierte die Variante mit dem Generalschlüssel, ohne genau zu wissen, warum er das tat. Ein Kribbeln an der Nasenspitze leitete ihn. Die fest angestellten Museumsmitarbeiter und drei ehrenamtliche Museumswärter hatten zwar versichert, dass sie ihre Schlüssel stets bei sich trugen, jeder von ihnen hatte sein Exemplar auch vorzeigen können, aber in den Vernehmungen fehlte noch ein älterer Angestellter, der unregelmäßigen Dienst hatte. Nur um es abzuhaken, wollte er der Sache nachgehen.

Während er sich die prachtvolle Fassade des Stadthauses vor sich anschaute, rekapitulierte er: die Statur und die Bewegungen der Person, die die Überwachungskamera gefilmt hatte, waren behäbig und wirkten auf eine gewisse Art ungeschickt. Anderseits fiel auf, wie konsequent es der Gesuchte vermied, sein Gesicht der Kamera zuzuwenden. Er konnte gute Ortskenntnisse vorweisen. Der Verzicht auf eine Maskierung, fehlende Einbruchspuren am Gebäude, die Motorik eines Seniors und eine kollegiale Verbindung zu Friedrich Börnsen, und damit eventuell das Rache-Motiv, das alles zusammen hatte ihn zu dem Mehrfamilienhaus geführt, vor dem er jetzt stand.

Kommissar Bork befingerte sein einziges Beweismittel in der kleinen Plastiktüte in seiner Manteltasche. Er war schon sehr gespannt darauf, was Kurt Sühlmann gleich auf seine Fragen zu antworten wusste. Höchstwahrscheinlich fehlte auf seinem Spazierstock ein ganz bestimmtes Bierwappen.

Wäre er nicht so beherzt zur Seite gesprungen, hätte ihn dieser Rüpel über den Haufen gefahren. »Mensch, können Sie nicht aufpassen, Sie Idiot?«, entfuhr es dem Kommissar.

»Entschuldigung.« Der Radfahrer war angehalten und hatte sich schuldbewusst umgedreht.

Bork stutzte. Das Gesicht hatte er doch schonmal gesehen. War das nicht der Typ von heute Morgen, der Enkelsohn von diesem Jöhns? Ja, er war es. »Sie schon wieder. Passen Sie mal ein bisschen besser auf, wo Sie hinfahren. Sie haben mich ja zu Tode erschreckt.«

»Tut mir leid«, antwortete der junge Mann. »Ich war wohl mit meinen Gedanken woanders.«

»Ja, schon gut, fahren Sie weiter«, winkte Bork ärgerlich ab.

Er suchte vergebens nach einem Fahrstuhl. »Na herrlich, auch das noch«, schimpfte er, während er sich von Etage zu Etage arbeitete. Er quälte sein leichtes Übergewicht die Stufen hinauf wie ein Bergsteiger einen Achttausender Richtung Gipfel und freute sich schon auf den Abstieg nach erfolgreicher Erstbesteigung. Im vierten Stock hielt er inne und verfluchte sich dafür, nicht den agilen Harring hergeschickt zu haben. Aber dann fiel ihm ein, dass er diesem aufgetragen hatte, die Überwachungsbänder des Museums auf irgendwelche übersehenen Details zu durchforsten. Seine Freude auf das Feierabendbier trieb ihn voran.

Die Wohnungstür von Kurt Sühlmanns war angelehnt. Er klingelte und wartete einen Moment. Aber es tat sich nichts. Bork sah sich im Hausflur um. Alle anderen Türen waren verschlossen. Dann betrat er langsam die Wohnung.

»Herr Sühlmann? Sind Sie da?«

Keine Antwort. Er ging weiter hinein. Es hing ein angenehmer Geruch von Kaffee in der Luft. Es musste also jemand zu Hause sein, schlussfolgerte er. Außerdem war es sehr warm hier. Er versuchte erneut, auf sich aufmerksam zu machen. »Hallo?«

Immer noch kein Zeichen des Hausherrn. Es war verdächtig ruhig. War Herr Sühlmann vielleicht zu einem Nachbarn gegangen? Der Kommissar lehnte sich an die Wand und spähte in das erste Zimmer. Die Küche. Sie war leer. Er ging vorsichtig weiter zur nächsten Tür und zuckte zusammen.

Der Vibrationsalarm seines Handys war in seiner Hosentasche angesprungen. Schlechtes Timing!

Er nahm das Gespräch nicht an, denn er hatte plötzlich ganz andere Sorgen. Vor dem Heizkörper des Wohnzimmers lag eine gefesselte Person in ihrem eigenen Blut.

10

Sonnabend, 18. Mai 1986
Brauereibesitzer erschossen. Mitarbeiter unter Verdacht!

Am Freitag den 17. Mai, um zirka 7.30 Uhr wurde der Besitzer der Börnsen-Brauerei Friedrich Börnsen tot in seinem Büro aufgefunden.

Laut Aussagen des Leiters des zuständigen Kommissariats Werner Jepsen kann zum jetzigen Zeitpunkt der Ermittlungen sowohl von einem heimtückischen Raubmord, als auch von einer Beziehungstat ausgegangen werden. Der Firmenchef sei regelrecht hingerichtet worden. Aus nächster Nähe habe ihm sein Mörder mit einer Pistole in den Kopf geschossen. Der dringend der Tat verdächtigte Herrmann J., konnte überwältigt und der Staatsanwaltschaft übergeben werden. Er befindet sich zur Stunde in Untersuchungshaft. Nur dem besonnenen Vorgehen des Sondereinsatzkommandos sei es zu verdanken gewesen, dass nicht größeres Unheil angerichtet werden konnte.

Jepsen berichtete auf der am Abend kurzfristig einberufenen Pressekonferenz von der Annahme, der Täter könne einen Komplizen gehabt haben. Die Tresortür war geöffnet, als die Polizeibeamten eintrafen. Bei der festgenommenen Person wurde jedoch kein Diebesgut entdeckt. Angaben über die entwendeten Gegenstände und die Höhe des entstandenen Sachschadens konnten bisher nicht gemacht werden.

Das Kribbeln hatte schon während des Lesens Besitz von seinem Körper genommen. Seine Finger waren eiskalt geworden. Er fürchtete, den Halt zu verlieren und vom Bürostuhl zu fallen. Vorsichtig stand er auf und tastete sich vorsichtig an der Wand entlang in Richtung des Wasserspenders im Flur.

Er trank zwei volle Becher aus und ging dann wieder an den Bildschirm, um einen neuen Versuch zu wagen. Ganz behutsam drehte er das Rädchen des Mikrofiche-Lesegerätes weiter. Als nächstes fand er einen Steckbrief über Friedrich Börnsen:

Die Person Friedrich Börnsen

Friedrich Peter Börnsen war der älteste Sohn der Eheleute Karl Peter und Mathilde Börnsen. Er wurde am 15. Februar 1917 in Nordsum geboren. Er besuchte die Jungenschule und anschließend das Gymnasium. Nachdem er erfolgreich eine Lehre zum Bierbrauer im elterlichen Betrieb absolviert hatte, nahm er 1949 ein Studium der Betriebswirtschaftslehre in Hamburg auf. 1953 kehrte er in seine Heimat zurück und stieg in die Firma seines Vaters ein.

Im Jahre 1960 übernahm er die Geschäftsführung des Betriebes und führte damit in vierter Generation fort, was sein Urgroßvater 1870 gegründet hatte.

Neben zahlreichen Ämtern, die er bis zur Vorstandsebene im Laufe seines Wirkens im Brauereiverband bekleidet hatte, engagierte sich Friedrich Börnsen besonders für die Kultur seiner Heimatstadt und die Erhaltung ihrer Baudenkmäler. Er machte sich einen Namen als Großspender für mehrere Projekte im Landkreis. 1970 wurde er für seinen Einsatz mit dem Titel des Ehrenbürgers seiner Heimatstadt belohnt.

Das Jahr 1984 war ein tragisches Jahr für Börnsen. Im Sommer kam seine Frau Anneliese bei einem Verkehrsunfall ums Leben. Mit ihr war er über dreißig Jahre verheiratet gewesen. Sie hatten sich während seiner Studienzeit in Hamburg kennen gelernt. Die Ehe ist kinderlos geblieben.

Krister betrachtete die Portrait-Aufnahme von dem Brauereibesitzer. Er hatte einen Oberlippenbart, volles Haar, das mit einem akkuraten Seitenscheitel geteilt worden war, und sah sehr vornehm aus in seinem hanseatischen Nadelstreifenanzug.

Die Brauerei

Im Jahre 1870 gründete der Kaufmann Theodor Friedrich Börnsen die Privatbrauerei-Börnsen auf dem heutigen Firmengelände am Stadtpark. Der Betrieb wuchs relativ schnell zu einem mittelständischen Unternehmen. 1905, bei der Übergabe an seinen Sohn Arthur Börnsen, zählte die Firma 25 Angestellte. Das Bier wurde weit über die Region hinaus vertrieben.....

....heute sind 120 Menschen für die Börnsen-Brauerei beschäftigt.... Die bekanntesten Biersorten sind.....

Zum Glück hatte sich Sühlmann den Monat und das Jahr des einschneidenden Erlebnisses seines Großvaters erinnern können, sonst hätte er eine Ewigkeit nach den gewünschten Informationen gesucht. Trotzdem hatte es über eine halbe Stunde gedauert, an die richtigen Fotobänder zu kommen, und noch einmal genau so lange, um den ersten Artikel ausfindig zu machen. Es wäre sicherlich deutlich schneller gegangen, wenn er einfach einen Kollegen aus dem Dokumentationsteam um Hilfe gebeten hätte. Bestimmt gab es da eine Suchfunktion nach Themengebieten, Dekaden, Ressorts oder möglicherweise sogar nach Persönlichkeiten der Zeitgeschichte. Krister stellte sich eine Akte vor, auf der *Alles über Friedrich Börnsen* stand. Leider musste er sich allein durch das Archiv forsten, denn der Samstag war der einzige freie Redaktionstag. Die Etage war wie ausgestorben. Nur die Anzeigenannahme war noch bis 14 Uhr besetzt. Hauptsächlich wurden dort noch Todesanzeigen für die Montagsausgabe entgegengenommen.

Nach einer leichten Drehung an dem Bedienrad erschien ein großes Foto. Es erstreckte sich über eine Viertel Seite und zeigte einen Mann, der von zwei Polizisten zu einem

Streifenwagen abgeführt wurde. Seine Arme waren hinter dem Rücken verschränkt. Wahrscheinlich waren die Hände in Handschellen gelegt. Auch wenn ein dicker, schwarzer Balken seine Augen verdeckte, erkannte er in ihm seinen Großvater in jüngeren Jahren.

Krister lehnte sich zurück. Niemand aus seiner Familie hatte ihm gegenüber jemals ein Wort über diesen Vorfall verloren. Aber war das ein Wunder? Im Grunde hatte er sich nie wirklich für seinen Großvater interessiert. Was vor seiner eigenen Geburt geschah kannte er allenfalls aus Geschichtsbüchern. Jedoch über die Jugend seiner Eltern, geschweige denn seiner Großeltern, wusste er so gut wie gar nichts. Ihre Schulabschlüsse oder die Berufe hätte er gerade noch nennen können. Aber was sie damals erlebt hatten, was sie angetrieben hat, welche Sorgen, Ängste und Glücksmomente sie hatten, war ihm nicht bekannt. Diese Fragen hatte er sich bis zu diesem Moment nie gestellt. Dafür war er viel zu sehr auf seinen eigenen Mikrokosmos beschränkt gewesen. Was Opa so in seinem Leben für Erfahrungen gemacht hatte war bis an diesem Tag für ihn nicht von Bedeutung gewesen.

Gern wäre er zu dieser traurigen Erkenntnis auf eine sanftere Art und Weise gelangt. Stattdessen wühlte er hier in diesem stinkigen Archiv in der Vergangenheit seines Großvaters herum. Aber nicht, weil er wirklich etwas über ihn in Erfahrung bringen wollte, sondern nur deshalb, weil seine Mutter sich Sorgen um ihren Schwiegervater machte.

Krister beugte sich wieder vor und musterte das Foto genauer. Als er an dem Gesicht seines Großvaters ablas, wie es ihm während der Festnahme ergangen war, konnte er nicht anders, als es ihm gleich zu tun. Die Schreibtischunterlage wurde nass.

Er ließ das Band am Montag, den 20. Mai 1986 stehen.

Mordfall Börnsen: Verdächtiger Braumeister streitet die Tat ab

Der im Mordfall Friedrich Börnsen verdächtigte Brauereimitarbeiter Herrmann J. streitet die Tat ab und behauptet vehement, Börnsen hätte Selbstmord begangen. Aus ermittlungstechnischen Gründen war das zuständige Kommissariat nicht bereit, weitere Einzelheiten in diesem Fall preiszugeben. Es wurde jedoch bestätigt, dass bisher kein Abschiedsbrief von Friedrich Börnsen aufgetaucht sei, welcher den Verdächtigten entlasten würde.

Auf der nächsten Seite waren zwei Todesanzeigen geschaltet worden. In der Ersten nahmen die Hinterbliebenen der Familie Abschied von ihrem Sohn, Bruder, Schwager und Onkel. Die zweite Annonce war im Namen des Personalchefs und der Belegschaft der Börnsen-Brauerei erschienen. Krister suchte weiter.

Dienstag, 21. Mai 1986
Fall Börnsen:
Patriarch hat Brauerei kurz vor seinem Tod verkauft!
Wie bekannt wurde, hat der am 17. Mai ermordete Brauereibesitzer seine Firma vor seinem tragischen Tod an einen skandinavischen Großkonzern verkauft. Ob die Ermittler darin ein Mordmotiv sehen, war von dem Polizeisprecher nicht zu erfahren. Man werde diese Tatsache in die Untersuchungen einfließen lassen, hieß es von offizieller Stelle.

Mittwoch, 22 Mai 1986
Große Trauerfeier für Friedrich Börnsen!

Börnsen mit eigener Waffe erschossen!
... war Friedrich Börnsen im Besitz einer registrierten Kleinkaliberwaffe. Diese hat er sich laut einer Zeugenaussage aus dem Familienkreis nach dem Tod seiner Frau aus Sicherheitsgründen angeschafft. Die Polizei geht der Frage nach, ob Börnsen in der jüngsten Vergangenheit von seinem Braumeister bedroht wurde. Was verschweigt Herrmann J.?

Krister brach an dieser Stelle ab. Er brauchte erst einmal einen starken Kaffee. Das war ja ungeheuerlich. Die Presse hatte ihren Täter und wollte überhaupt nichts von Unschuld wissen. Die haben sich auf ihn gestürzt und freuten sich wahrscheinlich, ordentlich Auflage mit der Story zu verkaufen. Ein Ehrenbürger als Opfer war ja eine Bestbesetzung. Um Friedrich Börnsen und seine Familie ging es denen doch gar nicht.

Er lief auf und ab, um sich abzureagieren. Und das fand er nun toll? Hatte er nicht gestern noch für den Journalismus geschwärmt, für all die Möglichkeiten, die sich einem boten, sich geistig auslassen zu können? Aber die abartigen journalistischen Auswüchse, die er über seinen Großvater lesen musste, hatte er in seinen Überlegungen kläglich vernachlässigt. Schlagartig wurde ihm klar, welche Verantwortung es mit sich trug, über Ereignisse und Personen zu berichten. Was man nicht alles anrichten konnte, wenn man die Fakten nicht gut genug kennt oder außer Acht lässt oder schlimmer noch, sie verdreht oder vorschnell urteilt.

Krister schwor sich, sollte er jemals als Redakteur tätig sein, würde ihm dieser Tag eine Lehre sein.

Aber mal angenommen, die Schreiber von damals hätten gar nicht so danebengelegen und die Fakten sorgfältig geprüft. Könnte Opa dann vielleicht doch nicht ganz so unschuldig sein, wie er dachte? Bis gestern Abend hatte er sich ja schließlich auch nicht vorstellen können, seinen Großvater als Einbrecher auf einem Fernsehbildschirm wiederzuerkennen.

Er trank den Becher leer. Dann beschloss er, sich etwas zu essen zu besorgen.

*

Das Restaurant *Onkel Peter* war wie immer am frühen Samstagnachmittag angenehm frequentiert und strahlte eine behagliche Atmosphäre aus. Das Gemurmel der wenigen anderen Gäste und das Klappern des Geschirrs wurden in moderater Lautstärke mit Klaviermusik vom Band untermalt. Der Raum roch trotz der Speisen hauptsächlich nach gerösteten Kaffeebohnen.

Krister freute sich schon auf den bequemen Ohrensessel am Schaufenster. Das Möbelstück war so ausgerichtet, dass man einen hervorragenden Ausblick auf das Treiben auf dem Markplatz der Kleinstadt hatte. Schon als Jugendlicher hatte er in ihm ganze Nachmittage mit Freunden verbracht und dabei die vorbeiziehenden Passanten beobachtet. Sie hatten sich Geschichten zu den unterschiedlichen Typen ausgedacht und versucht, sie in Schubladen zu pressen. Man pickte sich jemanden aus der Menge heraus und versuchte, ihm einen Beruf zuzuordnen oder zu erkennen, ob er ein Verbrecher war oder vielleicht von seiner Frau geschlagen wurde. Einige Frauen wurden anhand ihrer Figur und des Alters analysiert, ob sie schon mal Kinder bekommen hatten oder nicht, oder ob sie es überhaupt schon mal getan haben könnten oder wer oder was sich an so manch eine abstoßende Kreatur heranwagen, beziehungsweise sich für sie opfern würde. Es war eine unbeschwerte Zeit und nichts und niemand hetzte einen, diesen vertrauten Ort je zu verlassen. Wenn der Kellner drohte, sie zu vertreiben, bestellten sie eben noch ein Getränk und die nächste Stunde war gekauft.

Nachdem er das köstliche Tagesgericht, die Roulade mit Rotkohl und Kroketten, zu sich genommen hatte, tauschte er den Hocker am Tresen gegen seinen Lieblingsplatz und ließ sich dort einen Kaffee servieren. Seit dem Abend zuvor hatte es in seinem Kopf geradezu gerauscht. Das Wochenende, auf das er sich so gefreute hatte, war alles andere als erholsam gestartet, und er hatte das beunruhigende Gefühl, dass es mit der ersehnten Entspannung auch nichts mehr werden würde, sollte Opa nicht bald auftauchen. Bisher war sein erlösender Anruf nicht auf Kristers Handy eingegangen. Sein Großvater war demzufolge also noch nicht zu Hause aufgekreuzt, ansonsten wäre er auf die Notiz gestoßen und hätte sich vermutlich gemeldet.

Während er an seinem Milchkaffee nippte und in Erinnerungen schwelgte, bemerkte er Hanna, die am linken Bildrand auftauchte und sich auf das Lokal zu bewegte. Er musterte sie und fragte sich, ob sie jemals Kinder bekommen würde. Ihr nicht gerade gebärfreudig wirkendes Becken ließ einerseits Zweifel an einer natürlichen Geburt aufkommen, andererseits befruchtete es aber die Vorstellung, dass es ihm bestimmt keine Überwindung kosten würde, sich ihr hinzugeben. Sie marschierte zielstrebig mit einer Sporttasche über der Schulter über den Gehsteig. Krister suchte zum ersten Mal nach einer geistigen Schublade, in die er sie packen wollte. Er schwankte zwischen *schön auf den zweiten Blick* und *Kolleginnen sind tabu*.

So als wusste sie schon, wo er sich befand, kam sie ohne Umwege auf ihn zu uns setzte sich zu ihm auf' s Sofa.

»Und? Konnte Sühlmann dir weiterhelfen?«

Krister schüttelte den Kopf und ließ die Schultern hängen. »Eigentlich nicht wirklich.« Er schmollte. »Jedenfalls wusste er nicht wo Opa sein könnte, aber er hat mir, ohne es selbst zu wissen, einen Hinweis gegeben, der mir sagt, dass ich mit meinem Verdacht richtig liege.«

Krister machte eine Redepause, weil die Bedienung an ihren Tisch kam, um abzurechnen. Die Schicht der Dame war gleich zu Ende. Krister bezahlte und wandte sich danach wieder an Hanna. »Sühlmann hatte diese Woche überraschenden Besuch von meinem Opa. Die beiden hatten sich seit Jahren nicht mehr gesehen und plötzlich stand er bei Sühlmann vor der Tür, ganz ohne Vorankündigung. Zuerst war mir nicht klar, was das zu bedeuten hatte. Sühlmann dachte sogar daran, dass sich Opa bei allen seinen Bekannten verabschieden wollte, weil er annahm in Kürze sterben zu werden.«

Krister schwieg über die Geschichte um 1986 und seine Recherche im Archiv. Das führte im Moment zu weit, fand er.

»Und glaubst du das auch?«

»Was?«

»Dass sich dein Opa zum Sterben zurückgezogen hat?«

Er verzog das Gesicht. Fing sie jetzt auch damit an? »Nein, das ist Blödsinn. Ich glaube an etwas ganz Anderes.« Er wechselte in eine aufrechte Sitzhaltung. »Kurt Sühlmann ist einer von drei ehrenamtlichen Museumswärtern. Er hat immer dienstags und samstags seinen Dienst. Wie die Anderen auch, hat er einen Generalschlüssel für die Museumstüren. Ich habe mitbekommen, wie er nach seinem Schlüssel suchte. Er habe ihn am Dienstagabend an das Schlüsselbrett neben der Haustür gehängt. Da war er sich ganz sicher. Heute jedoch war der Schlüssel unauffindbar gewesen. Ist doch merkwürdig, findest du nicht auch?« Seine Augenbrauen hüpften hinauf.

»Du denkst, dein Großvater hat den Schlüssel geklaut, um ins Museum einbrechen zu können?«, schlussfolgerte Hanna.

»Bingo! Er hat alles vorher ausgeheckt.«

Sie nippten nachdenklich an ihren Kaffeetassen. Hanna ergriff als Erste wieder das Wort. »Und warum das alles? Was wollte er dort? Amok zu laufen scheint mir in seinem Fall etwas zu billig zu sein, oder?«

Krister winkte ab. »Vandalismus kannst du vergessen. Meiner Meinung nach hat es etwas mit den Exponaten der Sonderausstellung zu tun. Ich habe da einen Artikel in Opas Arbeitszimmer gesehen. Das wäre das einzige, was einen Sinn ergibt. Er ist doch ganz heiß auf alles was mit Bier zu tun hat. Der hat schon sämtliche Museen dieses Planeten gesehen. Wenn er in eines einbricht, dann nur wegen etwas ganz Wertvollem. Er wollte sich ein bestimmtes Stück unter den Nagel reißen. Da wett ich drauf.« Er trank die Tasse leer. »Am liebsten würde ich ihn fragen, was das alles zu bedeuten hat. Aber er hat sich ja scheinbar in Luft aufgelöst. Ich hab´ auf dem Weg in die Stadt alle Seen der näheren Umgebung abgeklappert. Keiner der anwesenden Angler konnte mir weiterhelfen. Ich hab´ mir sogar vom Krankenhaus bestätigen lassen, dass in den letzten zwei Tagen kein nicht identifizierbarer Senior eingeliefert wurde. Immerhin befindet er sich nicht im Knast, sonst wäre die Polizei nicht bei ihm zu Hause aufgetaucht. Wer weiß, vielleicht fahnden sie sogar schon nach ihm.« Resignierend verschränkte er die Arme vor der Brust. »Falls nicht, werde ich sie jedenfalls nicht mit einer Vermisstenmeldung auf ihn aufmerksam machen.«

Nach langem Schweigen sah er Hanna an und fragte unsicher. »Nach wie vielen Stunden würde man eigentlich eine solche Meldung machen?«

Sie legte eine Hand auf sein Knie, um ihn zu beruhigen. Ihre Berührung kam überraschend und ließ ihn zusammenzucken. Die angenehme Wärme ging im durch Mark und Knochen.

»Nun mach dich mal nicht verrückt«, sagte sie sanft. »Ich finde, das mit der Vermisstenmeldung solltest du vergessen. Früher oder später wird er wiederauftauchen und alles ist bestimmt ganz harmlos.«

»Und wenn nicht? Wenn ich allein schon an die Reaktion meiner Mutter denke. Die dreht ja jetzt schon am Rad. Am schlimmsten für sie wäre die Vorstellung, dass die Nachbarn sich über unsere Familie die Mäuler zerreißen würden.« Er schaute auf die Straße, ohne einen bestimmten Punkt zu fixieren. »Was soll ich denn jetzt machen?«, fragte er in einem mutlosen Ton.

Hanna guckte ihn ungläubig an. »Ist doch klar was du jetzt machst.«

Krister verstand gar nichts und ihm stand im Moment auch nicht der Sinn nach Rätseln. Das Größte wäre es, wenn Opa vergnügt um die Ecke käme und sich herausstellte, dass er rein gar nichts mit der ganzen Sache zu tun hatte. Dann könnte er sich ein gemütliches Wochenende machen und hätte seine Ruhe. Das hier strengte ihn zu sehr an.

»Fahr` zum Museum!«, hörte er sie sagen.

Was sollte das jetzt? Er hatte im Moment so rein gar keinen Bock auf Kultur. Außerdem war er gerade vor zwei Tagen dort gewesen. Nee, wirklich nicht.

»Vielleicht fällt dir dort etwas auf.«

»Was soll mir denn da auffallen?«

Hanna bekam einen energischen Gesichtsausdruck. »Dort im Museum fing doch das Dilemma an. Es ist der Ausgangspunkt. Geh hin und du wirst schon sehen. Wenn alle Stricke reißen, kannst du hinterher immer noch zur Polizei gehen und reinen Tisch machen.«

Krister musterte Hanna eine Weile. Nun gut. Schaden konnte es ja nicht.

11

Kommissar Bork saß mit verschränkten Armen in seinem Lederstuhl und versuchte die Ereignisse der vergangenen Stunden zu verstehen. Er klopfte mit seinem Kugelschreiber gegen die Tischkannte.

Kurt Sühlmann lebte, als er ihm sein Stofftaschentuch aus dem Mund gezogen hatte. Er saß bewusstlos an den Rippenheizkörper angelehnt und blutete stark aus einer Platzwunde am Hinterkopf. Jemand hatte ihn mit Kabelbindern aus dem Baumarkt an den Hand- und Fußgelenken gefesselt. Die Schlingen hatten sich in die Haut des alten Mannes eingeschnitten und dunkle Striemen hinterlassen. Mit einem Messer aus der Küche hatte Bork die Fesseln durchtrennt.

Nachdem er die Kollegen informiert hatte, legte er dem alten Mann einen Druckverband aus dem Mullbinden-Bestand der Hausapotheke an und bettete ihn anschließend in stabiler Seitenlage auf einem Sofakissen. Dann schaute er sich im Raum um.

Auf den ersten, flüchtigen Blick sah alles nach einem gewöhnlichen Überfall aus. Es lagen Schubladen und Familienfotos, Dokumente, Zeitschriften und allerlei Zeugs über den Perserteppich verstreut herum. Porzellanteller und Tassen waren zu Bruch gegangen. Schranktüren waren geöffnet worden.

Aber irgendetwas passte nicht zusammen. Es war zunächst nur so ein Gefühl. Aber dann sah er, was in der Szenerie des Tatortes nicht stimmte. Und das machte den Kommissar stutzig. Er entdeckte Dutzende Silbermünzen und ein paar Schmuckstücke in einer der Schubladen. Diese Dinge waren allesamt leicht zu transportieren, weil sie klein waren. Darüber hinaus schienen sie in Summe einen beträchtlichen Wert zu haben. So etwas lässt ein Einbrecher nicht einfach liegen. Es sei denn, er wurde gestört.

Kurt Sühlmann war mittlerweile zu sich gekommen. Seine Augen weiteten sich und sein Körper begann zu zittern. Er stand offenbar unter Schock. Bork legte ihm eine Hand auf die Schulter, in der Hoffnung, den aufgeregten Senioren damit ein wenig beruhigen zu können. Der arme Mann schien unbedingt etwas sagen zu wollen. Seine Lippen zuckten, aber seine Zunge hatte Schwierigkeiten, einen vernünftigen Laut zu bilden. Nach jedem erfolglosen Versuch röchelte und hustete er erbärmlich. Bork wollte ihm etwas zu trinken geben, um ihn abzulenken. Sühlmann hatte ihm aber unkontrolliert mit den Armen fuchtelnd das Wasserglas aus der Hand geschlagen. Er war einfach nicht von seinem Vorhaben abzubringen, sprechen zu wollen. Er wurde immer panischer und zeigte plötzlich auf etwas, was sich hinter Borks Rücken befand. Der Kommissar drehte sich um. Dort über dem Canapé hing ein goldener Bilderrahmen. Er war nackt, so als habe man ihm mit der Leinwand seine kostbare Seele herausgeschnitten. Auf der freigegebenen Wand hatte jemand mit roter Farbe eine skurrile Botschaft hinterlassen.

Kurt Sühlmann stieß etwas hervor, bevor er wieder das Bewusstsein verlor. Es klang wie ein gepresstes *her.*

Das Digitalfoto auf seinem Computerbildschirm ließ ihm keine Ruhe. Es zeigte den verzierten Rahmen und eine Art Botschaft, die Kurt Sühlmann beinahe den Rest gegeben hätte: *Hopfen.*

Seit Bork dieses Wort gelesen hatte, spukte es in seinem Geist herum und sorgten für Verwirrung. Dass dieser Vorfall etwas mit dem Museumsmord zu tun hatte, war die einzige klare Schlussfolgerung, zu der er im Moment kommen konnte.

Jemand betrat den Raum. Es war ein Ermittler aus seinem Team. Sein Name war Onno Bahnsen. Er war nicht sonderlich groß, hatte rote Haare und er war für Borks Geschmack ein wenig zu pummelig, um jemals eine Verfolgungsjagd zu Fuß zu absolvieren. Für so einen Einsatz war Martin Harring eindeutig geeigneter. Aber Bahnsen war gut im Beweise sichern und hatte ein sehr ausgeprägtes Einfühlungsvermögen, wenn es um die Befragung von Zeugen und Verdächtigen ging. Er entlockte so manches Geständnis eines Verbrechers. Zudem konnte er Sachverhalte genau auf den Punkt bringen und hervorragend Täterprofile analysieren. Zum Glück war er nicht so ein fanatischer Fußballfan wie Harring, der ihm jeden Montag mit dem aktuellen Tabellenstand in den Ohren lag.

»Was hast du?«, fragte der Kommissar.

»Es ist wie du vermutet hast. Die Botschaft wurde mit Blut geschrieben und zwar mit einem harten Pinsel. Diesen konnten die Kollegen von der Spurensicherung allerdings nirgends finden«, begann Bahnsen seinen Bericht. »Es wird sich sicherlich um Sühlmanns Blut handeln. Aber das analysieren wir gerade im Labor.«

»Gut, und weiter?«

»Wir haben herausgefunden, dass Sühlmann Mitglied in einem Schützenverein ist. Er hat viele Pokale gewonnen. Diese stehen in Regalen im Keller. Dort haben wir auch einen Waffenschrank gefunden. Und jetzt halt dich fest. Er war aufgebrochen. Laut Registrierung sollten sich darin eigentlich eine Kleinkaliberpistole und zwei Gewehre befinden. Wir haben aber nur die Gewehre gefunden.«

Bork rieb sich die Augen. »Na herrlich, jetzt haben wir da draußen einen bewaffneten Kunstdieb rumlaufen, der gern mit Blut schreibt.« Er versuchte, sich zu konzentrieren. »Wissen wir, was für ein Bild das war?«

Bahnsen blätterte in seinem Notizbuch. »Der Nachbar, mit dem ich gesprochen habe, meinte es zeige ein Haus in den frühen Fünfzigern.«

»Mehr nicht?«, fragte Bork missmutig.

»Warte. Es wird noch besser« entgegnete Bahnsen und wartete auf eine Reaktion seines Chefs.

Der Kommissar schwieg in Erwartung der Neuigkeit und bedeutete seinem Gegenüber mit einer kurzen Handbewegung, weiter zu reden.

»Wie wir ja wissen, ist Sühlmann einer von drei ehrenamtlichen Museumswärtern. Jeder von ihnen hat einen Generalschlüssel zur ehemaligen Brauerei. Der Schlüssel von Sühlmann scheint spurlos verschwunden zu sein.«

12

Er riss sich das blutverschmierte Shirt vom Leib und schleuderte es auf den Wäscheberg neben der Waschmaschine. Nachdem er sich die Unterarme und das Gesicht gewaschen hatte, holte er sich ein frisches Bier aus dem Kühlschrank. Er trank die Dose in einem Zug aus. Dann ging er ins Wohnzimmer, fläzte sich in die abgewetzte Sofa-Garnitur, die seinen Eltern schon in den neunziger Jahren gehört hatte, und schmiss seinen Kopf gegen die Rückenlehne. So verweilte er, in der Hoffnung, dass sich der Pegel in ihm hob und ihm eine Lösung für seine Probleme präsentieren würde. Wie auch immer er auf diese abwegige Idee gekommen war. Hatte diese Methode jemals richtig funktioniert?

Die Dinge hatten sich gegen ihn gewendet. Dabei war es eigentlich seine Absicht gewesen, die ganze Aktion innerhalb einer Nacht über die Bühne zu bringen. Er war stolz auf seinen ausgeklügelten Plan gewesen. Normalerweise schaute er nämlich nicht so weit in die Zukunft. Seine Ziele hatte er lange schon aus den Augen verloren. Und sein Ehrgeiz war nie sehr hoch gewesen. Verantwortung zu übernehmen, das hatte er immer anderen überlassen. War viel bequemer. Der kürzeste Weg bis zum nächsten Schluck Alkohol, um den Tag zu überstehen, war die einzige Sache, die er jeden Morgen beim Aufstehen anstrebte. Immerhin hatte er momentan einen Job. Seine Mutter meinte immer, dass er viel Potential hätte und dass mit etwas Fleiß auch etwas Anständiges aus ihm werden könnte. Sollte sie doch denken was sie wollte. Seine Träume waren schon im Kindesalter ausgeträumt gewesen. Dafür hatten die ständigen Erniedrigungen seines Stiefvaters gesorgt. Während der Arbeit als Möbelpacker brauchte er zum Glück nicht viel denken. Er musste nur Anweisungen entgegennehmen, die er mehr oder weniger zur Zufriedenheit seines Chefs ausführte, wenn er denn pünktlich auf der Matte stand, was längst nicht immer vorkam. Er durfte sich in dieser Hinsicht jedenfalls nichts mehr erlauben, sonst war auch diese Anstellung wieder futsch. Aber das war bald eh Geschichte. Wenn das hier zu Ende war, brauchte er über Gelegenheitsjobs nicht mehr nachzudenken.

Er öffnete die Augen, hob den Kopf und ließ seinen Blick über die fleckige Auslegeware gleiten. Auch nach zwei Tagen konnte er sein Pech immer noch nicht fassen. Die Idee mit dem Kamerakabel war noch gut gewesen. Aber die offene Seitentür hätte er nicht einfach so als Geschenk hinnehmen dürfen. War doch klar, dass da jemand im Museum war. Er hätte erstmal überlegen sollen, anstatt der Verlockung zu folgen. Verdammte Scheiße. Wer konnte denn ahnen, dass dem verdammten Wärter schon nach einem Schlag mit dem Teil, das wie ein Ruder aussah, die Lichter ausgehen würden? Da hatte er wohl seine Kräfte falsch eingeschätzt oder einfach nur perfekt getroffen. Egal. Geschah ihm recht. Was stellte er sich ihm auch in den Weg?

Als er am Ende erkannt hatte, wen er da niedergeschlagen hatte, war ihm kein anderer Ausweg in den Sinn gekommen, als den großen Behälter mit dem Bier als endgültige Lösung zu verwenden. Zeugen konnte er schließlich ganz und gar nicht gebrauchen.

Irgendetwas an der Geschichte war oberfaul. Was oder wer dahintersteckte, darauf konnte er sich nicht im Geringsten einen Reim machen. Er war in dem Saal gewesen, in dem das gute Stück ausgestellt war. Laut Funk und Fernsehen war das Gemälde mit dem bescheuerten Namen *Heimat des Bieres* nicht sehr wertvoll. Aber offensichtlich stand er mit dieser Annahme nicht ganz allein da. Als er nämlich vor der Wand gestanden hatte, konnte er außer einem Nagel nichts entdecken. Höchstwahrscheinlich hatte es derselbe Kerl mitgehen lassen, den sie später in der Polizeisendung gezeigt haben.

Bei Sühlmann war es etwas anders verlaufen. Der war viel kräftiger gewesen, als er vermutet hatte. Fast hatte der alte Mann es im Gerangel geschafft, ihm seine Sturmhaube vom

Gesicht zu ziehen. Im letzten Moment hatte er ihn davon abhalten können. Aber nicht mal mit einem heftigen Stoß gegen den Türrahmen hatte er ihn außer Gefecht setzen können. Er musste noch mehrmals mit den Fäusten nachsetztten und um ganz sicher zu gehen noch zwei Tritte in die Magengegend platzieren. Zu Letzterem hatte er sich ein wenig zu sehr hinreißen lassen. Der Alte war eigentlich schon nach dem ersten Hieb wehrlos gewesen. Aber wenn man erstmal in Fahrt war.

Er lobte sich insgeheim dafür, dass ihm die Idee mit der verwüsteten Wohnung und der Blutschrift im Bilderrahmen in den Sinn gekommen war. So konnten die Polizisten mal schön in alle Richtungen ermitteln. Außerdem war er seinem Opfer sehr dankbar für dessen Gesprächigkeit, nachdem er den Waffenschein entdeckt hatte. Der Waffenschrank im Keller war doch ein willkommener Hinweis. Wer wusste schon, für was man so eine Pistole samt Munition noch verwenden konnte, auf seinem Weg zum Glück.

Er musste einsehen, dass er das alles viel zu überhastet angegangen war. Unter Zeitdruck verlor er allzu leicht den Überblick und hatte so seine Schwierigkeiten, die Konzentration zu halten. Das war ihm schon als Schuljunge so ergangen, wenn er eine Klassenarbeit schreiben musste. Er machte sich immer zuerst an den vermeintlich leichtesten Aufgaben zu schaffen, schwenkte aber beim geringsten Zweifel, er könne sie nicht lösen, zur nächsten über. Als diese dann auch nicht zu knacken gewesen war, versuchte er sich an der dritten. So verlor er allmählich komplett außer dem roten Faden auch die Nerven und wurde von Minute zu Minute unruhiger, bis er am Ende wütend den Füller auf den Tisch knallte und den Klassenraum verließ. In solchen Situationen brauchte er etwas, an dem er sich abreagieren konnte. Stand dann kein Mülleimer in der Nähe, konnte auch mal die Schulter eines Mitschülers dran glauben, was ihn schnurstracks ins Büro des Schulleiters beförderte. Er galt im Lehrerkollegium als hoffnungsloser Fall. Niemand machte sich je die Mühe, hinter die Fassade aus Aggression und Zorn zu blicken. Dieses Defizit seiner Mitmenschen hatte sich durch sein ganzes Leben gezogen. Niemand wollte wirklich wissen, was ihn bewegte. Eine Welt aus Egoisten hatte aus ihm einen ebensolchen geformt. Er hatte auf die Kälte der Welt mit doppelter Härte geantwortet. Gewalt war die Antwort auf die Aufgaben, die ihm das Leben stellte.

Was ihm aber immer noch das Hirn zermarterte, war die Erkenntnis, dass irgendjemand da draußen, genau wie er, den wahren Wert des Gemäldes erahnen konnte und jetzt auf genau derselben Fährte wie er wanderte und einen Schritt schneller war als er.

Jetzt erst recht, sagte er sich trotzig. Dann musste er eben die Herausforderung annehmen. Sein Plan brauchte noch nicht mal vollständig verworfen zu werden. Er musste ihn nur ein wenig abwandeln, dann würde es schon klappen. Es musste einfach klappen. Einen Teilerfolg hatte er immerhin zu verzeichnen. Mit Genugtuung betrachtete er die auf dem Couchtisch ausgerollte Leinwand, die er gerade eben dem alten Sühlmann abgenommen hatte. Da lag nun der erste Teil seiner Beute. Das war doch schonmal ein Anfang gewesen, dachte er, bevor er die Leinwand hinter dem Sofa verschwinden ließ. Und der Rest wird schon hinhauen.

Da er keine Zeit zu verlieren hatte, machte er sich auf den Weg zu seiner nächsten Station, nicht aber ohne sich im Vorbeigehen ein neues Bier als Wegzehrung zu schnappen.

13

Der Museumsdirektor brach wahrscheinlich in Jubelstürmen aus, vermutete Krister, nachdem er geschlagene fünfzig Minuten in der Warteschlange an der Kasse ausgeharrt hatte, ehe er die Ausstellung endlich betreten konnte. Es wurde immer genau so vielen Besuchern Zutritt gewährt, wie die Anzahl der austretenden Personen betrug. Die Berichterstattung in den Medien hatte dem Interesse an der Sonderausstellung, die erst seit Mittwoch dieser Woche lief, einen gewaltigen Schub gegeben. Irgendwie war ihm dieser rege Andrang ganz recht. So würde er in der Menge nicht auffallen, während er sich etwas genauer als üblich umschaute.

Bereits in der Eingangshalle versuchte er, sich in die Lage seines Großvaters zu versetzen, als dieser sein Vorhaben plante. Worauf hatte er zu achten? Was musste er bedenken? Zuerst musste man die Sicherheitsvorkehrungen ausspionieren, um die Lücken im System, die Schwachstellen, zu finden. Das war nicht schwer zu begreifen. Aber was gehörte alles dazu? Es gab sichtbare Vorkehrungen und unsichtbare. Er strich sich über die Bartstoppeln während er nachdachte. Wo befinden sich Kameras? Haben die Fenster Absperrgitter? Gab es eine Alarmanlage? Gab es eine Nachtwache? Hunde, Infrarotsensoren, Wärmebildkameras, Panzerglas, Selbstschussanlage, Starkstrom? Er klopfte sich schmunzelnd gegen die Schläfe. Wäre der Hintergrund nicht so besorgniserregend, dann könnte ihm dieses Detektivspiel sogar ein wenig Freude bereiten, dachte er bei sich. Das war doch mal was anderes, als der graue Büroalltag.

Er konzentrierte sich wieder auf das Wesentliche. Da Opa bereits vor dem Betreten dieses Ortes eine große Schwachstelle, nämlich Sühlmann, überwunden und den Generalschlüssel an sich genommen hatte, war die Frage, wie er ins Gebäude kam, geklärt. Es kam also darauf an, wie man sich unbemerkt innerhalb desselben bewegen konnte, nachdem man sich Zutritt verschafft hatte. Die Alarmanlage hatte offensichtlich nicht angeschlagen, wenn es überhaupt eine gab. Aber da war sich Krister nicht sicher. Im Fernsehen war nichts davon berichtet worden. Es gab ja auch stille Alarme, die bei privaten Wachunternehmen aufleuchteten.

Er tat es seinem Großvater nach und schaute an die Decke. Scheinbar war der alte Herr bei seinen Planungen etwas nachlässig gewesen, musste Krister annehmen, denn er entdeckte eine Überwachungskamera. Die musste seinem Großvater doch sofort ins Auge gesprungen sein. Die schöne Stuckatur, auch wenn er vorgab, sie noch so eindrucksvoll zu finden, hatte ihn bestimmt nicht davon abgelenkt. Er senkte den Blick wieder und folgte dem Wegweiser mit der Beschriftung *Zur Sonderausstellung.*

Die Treppe, auf der er wenige Tage zuvor resigniert auf Opa gewartet hatte, führte ihn in einen schlauchförmigen Flur. Seine Backsteinwände waren fensterlos. An beiden Seiten hingen imposante Gemälde in vergoldeten Rahmen, welche allesamt verdiente Persönlichkeiten der Brauerei aus den letzten beiden Jahrhunderten zeigten. Unter ihnen befanden sich Messingschilder, auf denen Namen, Geburtstag und Todestag, Tätigkeit und Dauer der Betriebszugehörigkeit aufgeführt waren. Über den Portraits waren große Strahler angebracht worden, wie er sie aus Theateraufführungen oder aus Rockkonzerten kannte. Ein Gemälde seines Großvaters konnte Krister nicht entdecken. Das hatte er im Grunde auch gar nicht erwartet. Die meisten der in Öl verewigten Personen trugen den traditionsreichen Familiennamen Börnsen.

Der Flur endete in einer von Licht durchfluteten, kreisrunden Halle. Ihr Durchmesser betrug schätzungsweise fünf Meter. An dieser Stelle hatte sich Anfang des zwanzigsten Jahrhunderts laut der Fotos, die hier hingen, eine große Sudpfanne befunden. Genauso eine, wie er sie eben in der großen Eingangshalle gesehen hatte. Heute stand in der Mitte des Raumes eine verwaiste Säule aus weißem Marmor. Sie war brusthoch und Krister hätte sie mit Mühe ganz umarmen können, so dick war sie. Sie musste wohl über einen langen Zeitraum dazu gedient haben, einen Gegenstand zu tragen. Es war ein dunkler Ring auf ihr zu erkennen, der sich wohl vom regelmäßigen Reinigen mit einem Tuch gebildet hatte. Neben die Säule war ein Aufsteller platziert worden, den man sonst für Werbeplakate verwendete. Unter ihm war eine Delle auf der Holzdiele zu sehen. Ein schwerer Gegenstand musste dort aufgeschlagen sein. Der Aufsteller trug folgende Mitteilung:

Aufgrund eines Falles respektlosem Vandalismus´ befindet sich die Büste von Friedrich Börnsen auf unbestimmte Zeit in Restauration. Wir bedauern dies sehr und bitten um Ihr Verständnis.

Bisher war außer der Kassiererin weit und breit kein offizieller Angestellter auszumachen gewesen. Krister hatte damit gerechnet, dass aufgrund des Einbruches zusätzliche Wachleute eingesetzt wurden. Das war anscheinend nicht der Fall. Obwohl er nichts Ungesetzliches vorhatte, war er sonderbar angespannt und fühlte sich nicht ganz wohl in seiner Haut. So als sei er ein Komplize seines Großvaters. Er wollte auf jeden Fall vermeiden, jemanden auf sich aufmerksam zu machen. Der Kommissar, an den er zuerst bei Opas Haus geraten war, und später bei Sühlmann fast noch einmal, hatte ihm gereicht. Er hielt es durchaus für denkbar, dass dieser Zivilfahnder einsetzte, die sich zwischen die Besucher gemischt hatten, um verdächtige Personen ins Visier zu nehmen, denn der Täter kommt ja bekanntlich immer zum Tatort zurück

Vor einer Informationstafel, die neben dem Eingang zur Sonderausstellung hing, blieb er stehen. Am Mittwoch noch hatte er sie gelangweilt vorbei trottend ignoriert. Am heutigen Tag war sie für ihn von größerem Interesse. Wie schnell sich die Dinge doch ändern konnten, dachte er.

Dank einer großzügigen Spende des dänischen Sundbaek-Konzerns, wurde es dem Friedrich-Börnsen-Brauerei-Museum ermöglicht, Ihnen heute außergewöhnliche Exponate von unermesslichem, historischem Wert in einer Sonderausstellung zu präsentieren. Es handelt sich um längst verschollen geglaubte persönliche Gegenstände aus der Hinterlassenschaft des letzten Firmeneigners und Namensgebers dieses Museums Friedrich Börnsen.

Sundbaek erwarb einhundert Prozent der Besitzanteile von Friedrich Börnsen kurz vor dessen tragischen Tod im Mai 1986.

Das Friedrich-Börnsen-Brauerei-Museum ist dem Vorstandsvorsitzenden des Sundbaek-Konzerns Bent Anders zu tiefem Dank verpflichtet.

Ein Museumsführer erklärte seiner Besuchergruppe, dass es sich bei dem Ausstellungsraum, in dem sie sich gerade befanden, um die Flaschenabfüllhalle handelte. Um ihn herum hatte sich ein Halbkreis aus Interessierten gebildet. Gemeinsam schaute man auf eine Apparatur, in der mehrere alte Bierfässer eingeklemmt waren.

»Hier, meine Damen und Herren, sehen Sie eine Fassreinigungsmaschine und etwas weiter, dort drüben, eine Bürst-Station. Beide Maschinen sind heute noch voll funktionstüchtig und über die Jahrzehnte fachmännisch gewartet worden. Dank unserer ehrenamtlichen Mitarbeiter aus dem Brauereiverein.«

Er deutete seiner Gruppe, ihm zu folgen. Krister schnappte noch auf, dass die Fassreinigung sehr wichtig sei und sorgfältig vorgenommen werden müsse, wollte man das Bier vor Keimen und Fremdkörpern schützen. Dann ging der Vortrag im allgemeinen Geräuschpegel unter.

Obwohl er bereits über die Hälfte der Ausstellung hinter sich gebracht hatte, wollte sich ihm die Bedeutung derselben immer noch nicht recht erschließen. Der Funke sprang nicht auf ihn über. Auch bei seinem mittlerweile zweiten Besuch erschien ihm keiner der Gegenstände ansatzweise bewundernswert. Was sollte schon besonders sein an einem goldenen Kugelschreiber mit dem Wappen der Firma Börnsen oder gar an den Visitenkarten des Firmeneigners? Das war vielleicht ganz nett anzuschauen, zauberte ihm aber keine Gänsehaut aufs Fell. Und es rechtfertigte seiner Meinung nach noch lange keinen Einbruch. Er ging trotzdem weiter, einem starken Gefühl folgend, dass er auf dem richtigen Weg war. Einem Gefühl, das ihm sagte, dass es irgendwo hier in diesen Räumen etwas geben musste, was die Begehrlichkeit eines alten Mannes geweckt hatte und für das es sich gelohnt hatte, kriminell zu werden und schlimmstenfalls eine Freiheitsstrafe in Kauf zu nehmen. Das konnte nur ein sehr persönlicher Gegenstand aus der Zeit bei der Brauerei sein, überlegte er sich. Doch was, um alles in der Welt, so wertvoll und bedeutend gewesen war, lag jenseits der Grenzen seiner Vorstellungskraft.

Er schaute sich um und entdeckte weitere Belanglosigkeiten. Immerhin gefiel ihm das liebevoll erhaltene Brauhaus-Ambiente, mit den alten Sackkarren, den Getreidesäcken, der durchaus beeindruckenden Fassrollmaschine und den zur Auflockerung scheinbar wahllos platzierten Bierfässern zwischen Glasvitrinen. Jedes Fass diente als Stehtisch und war mit Bierkrügen, Biergläsern, Bierdeckeln und Blumengedecken geschmückt worden. Hin und wieder lagen auch Prospekte und Werbeflyer auf ihnen aus.

Unter der Holzdecke hing wie eine riesige Haube eine Flagge, auf der das Firmenlogo der Börnsen Brauerei thronte. Dort, wo heute das neue Hotel steht, hatte sie einst in der Blütezeit der Brauerei an dem Fahnenmast des Verwaltungsgebäudes würdevoll im Wind geweht. Das Gemäuer war aufwendig restauriert worden. Das konnte man an den relativ frischen Fugen erkennen. An den Wänden aus rotem Backstein hingen Bierspiegel und vergilbte Fotos aus alten Zeiten, in denen der Betrieb noch auf Hochtouren lief. Auf dem Fußboden, der aus geschliffenem Beton bestand, war wie zufällig Gerste verstreut worden und ein paar Kronkorken lagen herum. Für Kristers Geschmack war das ein wenig zu viel des Guten.

Er ging sehr langsam durch den Raum und schaute sich sorgfältig den Inhalt jeder Vitrine an. Er machte auch vor den Antiken Möbelstücken, wie dem Mahagoni-Schreibtisch und der Besucherecke aus der Gründerzeit halt, um sie zu betrachten. Diese Möbel waren Zeuge des schrecklichen Vorfalles, in den sein Großvater in den Achtzigern verwickelt gewesen war. Ein kleiner Schauer lief ihm über den Rücken. Am Ende half es aber alles nichts. Er bekam einfach keine Idee, worauf er letztendlich zu achten hatte. Außer bei seinem Rundgang sehr interessiert zu wirken und hin und wieder einen staunenden Gesichtsausdruck aufzulegen, wenn er sich beobachtet fühlte, denn das hielt er für angemessen und respektvoll in einem Museum, hatte er noch nichts erreichen können.

Er beschloss, sich zur Lockerung der Muskulatur ein frisch gezapftes Bier an der inszenierten Bar zu genehmigen. Da sein Camper in der Werkstatt war, brauchte er nicht auf seinen Promille-Wert zu achten. Das war doch mal etwas Positives. Außerdem stand am Tresen schon eine Handvoll gleichgesinnter Herren mit glücklichen Gesichtern. Dieser vielversprechende Anblick wirkte wie ein Magnet auf einen Mann, der Durst auf ein Bier verspürte.

Der Sundbaek-Konzern hatte nicht nur die Ausstellungstücke beigesteuert, sondern ließ auch noch für jeden Besucher ein kostenloses Bier ausschenken. Wer mehr wollte, konnte sich aber über humane Preise freuen. Krister hatte den leisen Verdacht, dass sich der Großkonzern die kleine Börnsen-Brauerei ein weiteres Mal einverleibt hatte. Und sei es auch nur moralisch.

Noch während er den letzten Schluck Bier hinunterspülte, beschloss er, sich auf den Weg nach draußen zu machen. Seine Mission war gescheitert.

Er stellte das Glas ab und ließ den Blick ein letztes Mal durch den großen Raum schweifen. Lauter historische Maschinen, Informationstafeln, Vitrinen, interessiert wirkende Menschen mit auf dem Rücken verschränkten Armen. Nichts Außergewöhnliches für ein Museum. In diesem Raum gab es nichts zu finden, was ihm weiterhalf. Er war schon im Begriff, sich abzuwenden, als er in einer Lücke im Getümmel eine schmale Tür in der hintersten Ecke der Halle entdecke. Sie lag etwas versteckt hinter der Bar und war nur von diesem Platz aus zu sehen. Das Türblatt war ausgehängt worden. Krister ging ein paar Schritte in die Richtung und erkannte, dass die Ausstellung dort offensichtlich noch weiter ging. Er versprach sich zwar nicht viel davon, aber einen kurzen Blick hineinzuwerfen, das war er der guten Ordnung schuldig. Dann konnte er die Sache hier wenigstens reinen Gewissens abhaken. Er bahnte sich einen Weg durch die Ausstellung.

Links neben dem Türposten hing ein Schild mit der Aufschrift *Lagermeister*. Krister scherte sich nicht darum, welcher Betriebszweig der Brauerei hier sein Büro hatte, obwohl es sauber ausformuliert dem anschließenden Infotext zu entnehmen war. Irgendwann war es auch mal gut mit Input.

Er betrat den kleinen Raum mit der tiefhängenden Decke und sah sich flüchtig um. Das Freibier hatte scheinbar die Meute wie magisch angezogen. Außer ihm befand sich im Augenblick keine weitere Person in diesem Teil des Museums. Das ehemalige Büro war quadratisch und hatte Glasbausteinfenster, die nur diffuses Licht hineinließen. Die Wände waren holzvertäfelt und mit schmalen Regalen behangen. Auf den Regalböden standen verstaubte Aktenordner, alte Stempel, eine Rechenmaschine und Fotos von Angestellten, die hinter einem Schreibtisch saßen und dem Fotografen entgegen lächelten.

Ganz hinten, auf einer antiken Vitrine, fiel er ihm ins Auge. Er sah ihn erst nur flüchtig. Es war mehr ein Gefühl, welches ihn beschlich, noch einmal genauer hinsehen zu wollen. Und dann war er sich plötzlich ganz sicher. Hier war er richtig.

14

Herrmann Jöhns öffnete mühevoll die Augen. Er lag auf dem harten Betonfußboden und sah über sich einen gewaltigen Gegenstand, der im Zentrum der imposanten Rundkuppel von der Decke der Halle hing. Würden die Eisenketten jetzt reißen, so wäre sein Ende unausweichlich. Hinter ihm befand sich das große Hauptfenster, durch welches das Abbild von Friedrich Börnsen bei Tag über den Vorplatz auf das ehemalige Verwaltungsgebäude der Brauerei schauen konnte. Und zwar genau auf das Büro, in dem sein Leben geendet hatte. Ein breiter Lichtkegel lag über Herrmann. Sein Blick folgte ihm bis zu dem Punkt, an dem er auf die Kristalle des schweren Kronleuchters traf. Diese reflektierten das Licht und spalteten es auf in unendlich viele kleine Strahlen, die ihr Ende an den kreisrunden Gemäuern fanden, ohne sich zu bewegen. Ein einziger Spot war jedoch größer als alle anderen. Er wurde von der halbrunden Lampenschale senkrecht nach unten geleitet und endete vorwurfsvoll auf dem leeren Marmorsockel, der ihm zu Füßen wie ein Altar emporragte. Welch eindrucksvoller Sternenhimmel, dachte Herrmann. Schöner könnte der Übergang zum Jenseits nicht sein. Warum nicht einfach die Augen schließen und loslassen? Seine Lider wurden schwer. Das Gesicht seiner Frau tauchte vor ihm auf. Sie saß lächelnd in einem Ohrensessel an ihrem Lieblingsplatz zwischen Fenster und Kamin und goss ihm einen Tee ein, so wie sie es tausende Male zu Lebzeiten gemacht hatte. Er war sich sicher, dass sie, wo immer sie war, mit einer heißen Tasse Tee auf ihn wartete, bis seine Zeit auf Erden abgelaufen war. Plötzlich wurde das Bild von ihr blasser und blasser. Dann wurde es überlagert. Das Antlitz von Friedrich Börnsen schob sich davor und verdrängte seine liebe Ehefrau schließlich ganz. Herrmann kam zu sich und wurde sich darüber klar, dass es leider noch nicht an der Zeit für einen Tee war.

Er hatte den Fingerzeig Gottes verstanden. Es gab da noch eine wichtige Aufgabe, die zu erledigen war.

Das Gesicht des Kopfes, welcher neben ihm Nase an Nase auf dem kalten Fußboden lag, hatte er seit ewigen Zeiten nicht mehr gesehen. Bei seinem Besuch am Tag zuvor hatte er es vermieden, Börnsens Abbild anzugucken, weil er sich für seine Tatenlosigkeit zur sehr geschämt hatte und glaubte, der alte Chef leibhaftig würde ihn durch diese Augen von da oben durchleuchten.

Das schuldvolle Gefühl verstärke sich während der Realisierung der Zerstörung, die er soeben angerichtet hatte, wenn sie auch unbeabsichtigt war. Trotzdem kam ihm dieser Umstand wie eine grenzenlose Respektlosigkeit gegenüber dem Andenken an Friedrich Börnsen vor, die nur damit zu entschuldigen war, dass er genau diesem seinen letzten Willen erfüllen wollte. Gleichzeitig bedeutete es für Jöhns aber auch die einzige Möglichkeit, das Andenken an seinen Chef endgültig ins rechte Licht zu rücken.

Die gute körperliche Konstitution hatte er hauptsachlich seiner agilen Ehefrau zu verdanken gehabt. Ihr unberechenbarer Drang nach Veränderungen der Wohnsituation hatte in Herrmanns handwerklichem Geschick den idealen Nährboden für die Ausführung umfangreicher Modernisierungsarbeiten an Haus und Hof gefunden. Über Jahrzehnte lang waren ihr die Ideen niemals ausgegangen. Die Nachhaltigste war die Wiedereinführung eines Kaminofens, obwohl ihre antike Kate bereits seit Jahren über eine Ölheizung verfügte. Auch über den Tod seiner Frau hinaus ging er mindestens einmal in der Woche hinaus in den Schuppen, um Brennholz zu hacken. Wahrscheinlich konnte er nur deshalb nicht anders, weil die Tätigkeit, die einst als lästige Pflicht ihren Anfang nahm, später in eine Routine übergegangen war, die er nicht in Frage zu stellen wagte. Nie war er dankbarer über diese Tatsache gewesen als in dem Moment, in dem er seinen

Körper vom Boden abstemmte und dabei den verrutschten Rucksack wieder geraderückte.

Sein Kopf dröhnte, als er sich aufgerichtet hatte. Sein Stand war sehr wackelig, sodass er sich an dem leeren Marmorsockel abstützen musste. Er versuchte, in dem spärlichen Licht seinem Gehstock auszumachen. Es gelang ihm aber nicht. Schließlich entschloss er sich, die Suche aufzugeben. Seine Füße verloren kaum den Kontakt zum Boden. Er schlurrte mehr, als dass er ging. Die Tür zur ehemaligen Lagerhalle, die jetzt die Sonderausstellung beherbergte, war leichter erreicht, als erwartet. Das machte ihm Mut. Am Türrahmen machte er Halt, um noch einmal in die Halle zurückzuschauen. Da entdeckte er ihn, gleich neben sich. Den Stock. Jedenfalls ein Gefährte, auf den er sich stützen konnte, dachte er erleichtert.

Es bot sich ihm ein bizarres Bild. Die Sterne leuchteten immer noch, genau wie der Strahl, der vom Leuchter hinunter auf den Sockel fiel. Herrmann konnte ein gequältes Schmunzeln nicht unterdrücken. Kein Theaterdramaturg hätte eine eindrucksvollere Atmosphäre zaubern können, die das Scheitern zweier Männer so deutlich veranschaulichte.

Um die Symbolik dieser Nacht nicht weiter zu strapazieren, schlich er langsam in die Richtung seiner Bestimmung.

15

Alfons Kopiske machte sich Sorgen, große Sorgen. Sein Kollege war in den fünf Jahren, die sie nun ehrenamtlich miteinander arbeiteten, nie auch nur eine Minute zu spät zum Dienst erschienen. Das kam einfach nicht vor. Auch in den gemeinsamen Jahren als Angestellte der Börnsen-Brauerei und später im Konzern hat es so etwas nicht gegeben.

Es war nun über eine halbe Stunde verstrichen und Kurt Sühlmann war immer noch nicht aufgetaucht. Diese Tatsache war Anlass genug gewesen, in einem ruhigeren Moment den Telefonhörer in die Hand zu nehmen, um sich zu vergewissern, dass ihm nichts passiert war. Das endlose Klingeln verlor sich am anderen Ende der Leitung. Kopiske wurde nervös. Der Massenandrang im Museum machte ihm überdies zu schaffen. Er war das einfach nicht mehr gewohnt. An normalen Samstagen kamen maximal fünfzig Besucher an einem ganzen Tag in die alte Brauerei. An diesem Tag waren in den ersten zwei Stunden schon viermal so viele Besucher durch die Räumlichkeiten gewandert. Und dort draußen vor der Tür wurde die Warteschlange eher länger als kürzer. Die Lautstärke und die vielen Fragen der Besucher gingen ihm an die Substanz. Er war über siebzig Jahre alt und nicht mehr sehr belastbar. Er fand, dass es höchste Zeit wurde, jüngere ehrenamtliche Museumswärter zu rekrutieren. Das war aber in Zeiten, in denen der Idealismus zu weilen zu wünschen übrigließ, ein schweres Unterfangen. Diese Erkenntnis zermürbte ihn. Aber einfach aufgeben kam nicht in Frage. Kurt war da gelassener als er. Der stand noch viel besser im Saft und liebte Trubel um sich herum. Deshalb hatte er sich auch die Samstagsschicht ausgesucht. Alfons war für diesen Tag nur als Verstärkung angefordert worden. Und ausgerechnet heute war sein Kollege unauffindbar. Er beschloss, es in zehn Minuten noch einmal zu versuchen. Vielleicht konnte er dem Ganzen ja noch entkommen. Falls Kurt dann immer noch nicht aufgetaucht war, würde er wohl oder übel die Polizei einschalten.

Alfons Kopiske konnte sich nicht einfach in seinem Büro verstecken. Das gehörte sich nicht. Aber er konnte sich auch nicht länger der Menge aussetzen. Er hatte einen Plan. Um der Meute auszuweichen, ging er zielstrebig an den Bier trinkenden Damen und Herren vorbei auf das ehemalige Büro des Lagermeisters zu. Dort erwartete er eine ruhigere Atmosphäre und weniger Andrang.

*

Krister wog den Pokal in den Händen. Er war schwerer als auf den ersten Blick angenommen. Zwei Kilo mindestens. Er drehte ihn um und betrachtete ihn ausgiebig.

Der Sundbaek-Konzern hatte die Trophäe mit der Inschrift *Produkt des Jahres 1969* in den letzten Jahrzehnten offensichtlich wenig wertgeschätzt und das Friedrich-Börnsen-Brauerei-Museum hatte es hinterher auch nicht für notwendig befunden, das gute Stück zu polieren. Die paar kleinen Kratzer im angelaufenen Metall würde man bestimmt mit der richtigen Pflege ohne große Mühe fast unsichtbar machen können. Für seine Mutter wäre das ein Leichtes. Auch der durch den lockeren Sockel verursachte Schiefstand war sicher schnell mit ein paar wenigen Drehungen behoben. Aber trotzdem hatte aus irgendeinem Grund niemand den Pokal für bedeutend genug gehalten, um ihn in neuer Pracht in einer der Glasvitrinen zu präsentieren. Stattdessen staubte er in dieser hintersten Ecke des Museums unter der Zimmerdecke ein.

Krister war der Umstand ganz recht. Hinter Glas glänzend hätte er vermutlich keine besondere Aufmerksamkeit für das Exponat übriggehabt. Vernachlässigt in diesem Büro war das aber genau das Gegenteil, denn nur dadurch konnte es ihm in den Sinn kommen, wie er seinen Großvater am Mittwoch für mehrere Minuten aus den Augen verloren hatte und glaubte, er sei auf der Toilette verschwunden. War doch gut möglich, dass er sich hier aufgehalten hatte. Sobald man sich einen Schritt nach links von der Tür entfernte, war man von außen nicht mehr zu sehen. Außerdem passte das Foto der Exponate samt Pokal in Opas Zeitung sehr gut zu dieser Theorie.

Aber richtig wertvoll sah das Stück wirklich nicht aus. Es konnte eigentlich nur eine ideelle Bedeutung dahinterstecken. War doch gut möglich, dass sein Großvater an dem Produkt des Jahres einen ordentlichen Anteil hatte und sich durch ihn gewürdigt gefühlt hatte. Aber rechtfertigte das einen Einbruch, geschweige denn eine handfeste Auseinandersetzung mit Todesfolge mit einem Wachtmann? Wohl kaum. Falsche Fährte, das war klar.

Enttäuscht wollte Krister den Pokal wieder zurück auf das Regal stellen, was sich nicht so einfach gestaltete. Das alte Ding war viel zu instabil und sah aus wie ein angezählter Boxer, der in den Seilen hing und dem Zusammenbruch nah war. Seine Schale mit dem Henkel neigte sich nach jedem Versuch über den zwei Meter tiefen Abgrund und zog den Sockel mit sich. Krister fing ihn rechtzeitig auf. Metallkorpus und Steinsockel mussten erst wieder fest miteinander verbunden werden, um gemeinsam der Schwerkraft trotzen zu können. Es befand sich bestimmt eine Schraube im Inneren, vermutete Krister. Er begann also, im Uhrzeigersinn zu drehen. Es handelte sich aber offensichtlich um ein Linksgewinde, denn die Konstruktion lockerte sich zunächst, anstatt sich zu festigen. Bei dem Vorgang löste sich ein kleines Stück Papier und segelte langsam Richtung Boden. Weil Krister nicht sofort einordnen konnte, woher der Schnipsel kam, brachte er gedankenlos seine Aktion zu Ende und schraubte weiter bis keine weitere Umdrehung mehr möglich war. Erst danach beugte er sich vor, um zu prüfen, was da auf seiner Stiefelspitze gelandet war.

Der Museumsangestellte, auf dessen Namensschild *Herr Kopiske* zu lesen war, stand wie aus dem Nichts herbeigezaubert vor ihm, als er sich wiederaufrichtete. Mit strengem Blick fixierte der Wärter den Pokal in Kristers rechter Hand.

»Darf ich fragen, was Sie mit dem Ausstellungsstück vorhaben?«

Jetzt war es aus und vorbei, schoss es ihm durch den Kopf. Ausgerechnet ein Museumswärter hatte ihn auf frischer Tat erwischt. Dabei hatte er doch alles getan, um sich so unauffällig wie möglich in diesem Gebäude zu bewegen. Bestimmt hatten sie ihn die ganze Zeit beobachtet, um ihn dingfest machen zu können. Sollte er es wagen, zu flüchten? Dann könnte er immerhin unangenehmen Fragen ausweichen. Aber er würde dadurch den Verdacht, dass er etwas im Schilde führte, erhärten und somit noch mehr Aufmerksamkeit erregen. So wäre er seinem Großvater auch keine Hilfe. Sein Blick richtete sich nach innen, fand aber keinen geeigneten Ausweg aus dieser Klemme. Dann fokussierten seine Augen den Pokal, der in seiner Hand lag. Der Sockel reichte ihm im richtigen Moment eine symbolische Räuberleiter, die ihm über die Mauer des Vorwurfes hinüberhelfen sollte.

»Das schöne Stück stand ganz schief auf dem Regal. Ich dachte mir, bevor er noch herunterfällt, stabilisiere ich ihn lieber. Wäre doch schade drum.« Ein gekünzeltes Grinsen entflog ihm.

Herr Kopiske schmunzelte anerkennend zurück.

»Darf ich mal sehen?«

Krister übergab dem alten Herrn die reparierte Trophäe und trat einen Schritt zur Seite. Zunächst wirkte der Wärter stutzig, dann aber sagte er: »Sehr schön. Vielen Dank.« Vorsichtig stellte er das Exponat zurück an seinen staubigen Platz unter der Decke.

»Hat man nicht oft, dass Leute mitdenken und sich um den Erhalt historischer Gegenstände sorgen. Die Meisten haben gar keinen Sinn für deren geschichtlichen Wert. Sehen Sie sich um.« Der alte Mann machte eine raumgreifende Geste. »Jedes Teil in dieser alten Brauerei erzählt seine eigene Geschichte und gewährt uns einen kostbaren Blick in die Vergangenheit.«

Krister nutzte die Gelegenheit, in diese unverfängliche Plauderei einzusteigen. »Können Sie mir sagen, welche Geschichte zum Beispiel der Pokal zu erzählen hat?«

Der alte Mann bekam einen nachdenklichen Gesichtsausdruck. Er kramte in seinem Archiv. Krister konnte förmlich die Schublade aufgehen sehen, in der die Erinnerung abgelegt war.

»Diese Auszeichnung war ein Verdienst der gesamten Belegschaft der Brauerei. Der Preis war damals von einem unabhängigen Lebensmittelinstitut vergeben worden, welches sämtliche Bierprodukte der Bundesrepublik in unterschiedlichen Kategorien getestet und anschließend die Besten prämiert hatte. Der Sieger durfte mit dem Testsiegel werben, was die Börnsen-Brauerei natürlich auch getan hat.«

Kopiske setzte sich auf die Tischkante, bevor er fortfuhr. »Friedrich Börnsen war damals mächtig stolz auf die Ehrung. Es hat sogar eine Sonderzahlung für die Angestellten gegeben und einen Umtrunk. Freibier für alle, versteht sich.« Er blinzelte Krister zu. »Er hatte ja auch allen Grund dazu, denn er hatte die besten Braumeister, die es in Deutschland gab.« Er sah Kristers zweifelnden Blick. »Ich weiß, was Sie denken junger Mann. Und Sie haben sicher Recht. Jedenfalls hielten wir uns für die Besten des Landes.«

Krister horchte auf. »Sie waren mal Braumeister in der Börnsen-Brauerei?«, fragte er überrascht.

»Ganz genau! Aber das ist nun auch schon eine halbe Ewigkeit her.«

»Dann kennen Sie sicher auch meinen Großvater. Herrmann Jöhns.«

»Aber Hallo!« Alfons Kopiske musterte sein Gegenüber, runzelte die Stirn und nickte. »Ja. Eine gewisse Ähnlichkeit kann ich nicht abstreiten. Sind Sie der Sohn von Sönke?«

»Ja, ich bin Krister.«

»Die Welt ist klein. Ihren Vater kenne ich als er noch so groß war.« Er streckte seine flache Hand aus und hielt sie knapp einen Meter über dem Boden. »Er ist hier oft durch die Brauerei geflitzt. War nicht sogar der Börnsen sein Patenonkel?«

Davon hatte Krister auch schon gehört.

»Ich hab´ Ihren Opa lange nicht mehr gesehen. Ich hoffe es geht ihm gut.«

In Vermeidung einer unangenehmen Pause antwortete Krister ohne Umschweife. »Och ja, der alte Herr ist quietschfidel. Wenn ich später mal in dem Alter so gut drauf bin wie er, dann könnte ich mich glücklich schätzen.«

Kopiske stieg auf den seichten Plausch ein und bohrte nicht weiter nach. »Das freut mich aber. Grüßen Sie ihn doch mal schön von Alfons, wenn Sie ihn das nächste Mal sehen.«

Eine Gruppe aus drei älteren Herren betrat den Raum. Kopiske erhob sich, grüßte freundlich und wandte sich dann wieder an Krister. »Ich muss jetzt aber wieder an die Arbeit. Wie gesagt, schöne Grüße an Herrmann.« Dann verschwand er in der großen Halle.

Für Kristers Empfinden war dieser Ort genügend erkundschaftet. Es war an der Zeit, zu verschwinden.

16

Herrmann schaltete das Licht im ehemaligen Büro des Lagermeisters an. Auch wenn es ein Risiko war. In dieser Finsternis hätte er unmöglich sein Ziel ertasten können. Und noch einmal wollte er nicht so einen Lärm wie vorhin veranstalten, indem er hier alles von den Regalen riss.

Nachdem sich seine Augen an die Helligkeit gewöhnt hatten, sah er ihn. Dreiunddreißig lange Jahre nach dem grauenhaftesten Tag in seinem Leben streckte Herrmann Jöhns seinen Arm nach einem alten, für die meisten Menschen völlig unbedeutenden, Pokal aus. Mit jedem zerronnenen Lebensjahr war auch seine Hoffnung immer mehr dahin geschmolzen und er war dem Punkt, an dem er auch sein letztes Körnchen Glauben verlieren würde, unaufhaltsam nähergekommen. Er war an diesem Schicksal zerbrochen. Der Teufel Alkohol hatte die Kontrolle über ihn an sich gerissen. Jetzt bekam er endlich die Chance, dem komatösen Zustand des Versagens zu entrinnen und das Versprechen, dass er einst seinem Chef gegeben hatte, einzulösen und seiner eigenen Geschichte die richtige Wendung zu geben.

Seine Knie waren weich geworden von dieser ganzen Aufregung und dem Sturz. Verkrampft stützte er sich auf eine Stuhllehne, um nicht ins Wanken zu geraten. Es trennten ihn nur noch Zentimeter von seinem inneren Frieden. Die Kuppe seines Zeigefingers streichelte bereits den Korpus, als er abrupt innehielt. Diese unbeschreiblich tiefsitzende Angst kroch wieder an ihm hoch. Er war wie erstarrt, so sehr schwirrten die Ereignisse von einst in seinem Kopf herum. War der Inhalt überhaupt noch da drinnen? Er griff zu und drehte den Sockel des Pokals. Ein kleiner zusammengefalteter Briefumschlag mit aufgedrucktem Firmenwappen kam zum Vorschein. Herrmann zog ihn heraus. Es riss eine kleine Ecke ab und blieb im Pokal hängen. Er schenkte dem keine Beachtung. Ehrfürchtig hielt er das Schriftstück mit beiden

Händen fest und war wie gebannt von diesem Anblick. Er begann zu schluchzen, wie ein kleiner Junge, der gerade von seiner Mutter getröstet wurde, kurz nachdem er sich an etwas gestoßen hatte. Sein Körper bebte. Immer wieder musste er sich die Tränen abwischen, um sehen zu können. Wie durch eine feuchte Fensterscheibe betrachtete er den Brief seines Chefs. Selbstmitleid und Ergriffenheit hätten intensiver nicht sein können. Nie und nimmer konnte er die Wucht dieses Gefühls voraussehen, dachte er. Der Wunsch, die Botschaft von Friedrich Börnsen zu lesen, war plötzlich unerträglich. Er steckte den Zeigefinger in die abgerissene Ecke des Umschlags und öffnete den Rest der verklebten Lasche. Er nahm den Brief nicht gleich heraus, denn er hatte sich über die lange Zeit das Hirn darüber zermartert, was der kleine Gegenstand, den er damals durch das Papier hindurch gefühlt hatte, wohl sein konnte. Als er ihn identifiziert hatte, fiel es ihm wie Schuppen von den Augen. Es war ein kleiner goldener Schlüssel mit grauem Gummiaufsatz. Er musste unweigerlich an die letzten Minuten von Friedrich Börnsen denken.

»Setz dich, Herrmann! Danke, dass du es so schnell einrichten konntest.«

Friedrich Börnsen empfing seinen Mitarbeiter und langjährigen Freund an der Bürotür und machte dabei eine einladende Geste, vor seinem Schreibtisch Platz zu nehmen. Ein imposantes Exemplar aus edlem Tropenholz, welches schon seinem Großvater, dem Enkel des Firmengründers gehört hatte.

Nachdem er die Tür geschlossen hatte, ging er hinüber zu seinem Ledersessel. Bevor er sich setzte, griff er nach der gefüllten Karaffe aus Bleikristall und schenkte Wasser in zwei Gläser. Eines davon wollte er Herrmann Jöhns reichen. Dieser lehnte aber dankend ab. Es war nicht der Durst, sondern die Neugier, die er stillen wollte.

»Warum hast du dich so in Schale geworfen?« Herrmann hatte seinen Chef nicht häufig in feinem Nadelstreifenanzug gesehen. Nur zu offiziellen Anlässen natürlich oder zu Feierlichkeiten, verstand sich. Ansonsten kannte er ihn beruflich nur in einem weißen Kittel wie er üblicherweise in der Lebensmittelbranche getragen wurde. Börnsens direkte Antwort deckte sich jedoch ganz und gar nicht mit seiner Vermutung, sodass er den Verdacht nicht abschütteln konnte, dass der wahre Grund für diese Kleiderwahl im Verborgenen bleiben sollte. Warum auch immer.

»Ich hatte einfach mal Lust, mich stilvoll anzuziehen.«

»Stilvoll wofür?« Herrmann versuchte es mit einem süffisanten Lächeln und einem Augenzwinkern. »Hast du etwa eine Verabredung? Das gibst doch nicht. Wer ist denn die Glückliche?«

Der Mine seines Chefs nach zu urteilen, schien es sich bei dem heutigen Anlass nicht gerade um ein bevorstehendes Rendezvous zu handeln, eher um eine Beerdigung, überlegte er. Die schwarze Krawatte verhieß nicht Gutes.

»Oder ist etwas passiert?«, bohrte Herrmann Jöhns nach.

Börnsen sah plötzlich sehr bekümmert aus. Seine Gesichtsfarbe war in ein ungesundes Grau gewechselt. Der Blick huschte über die Unterlagen, die vor ihm auf der ledernen Schreibunterlage ausgebreitet lagen. Er schien nach einer geeigneten Einleitung zu suchen, so als wolle man seinen Gesprächspartner behutsam an etwas sehr schwer Verdauliches heranführen.

Herrmann war irritiert und besorgt zugleich. Der erste hochkommende Gedanke schien ihm zunächst so absurd, wie der Aufzug seines Chefs, dass er ihn eigentlich sofort wieder verwerfen wollte. Seine Zunge hatte aber etwas dagegen gehabt. »Willst du mich entlassen?«

Börnsen hob schlagartig seinen Kopf. Sie schauten sich mit großen Augen an. Der Eine fragend, der Andere perplex.

»Himmel, Arsch und Zwirn! Du willst mich vor die Tür setzten. Ich fasse es nicht.« Herrmann Jöhns sprang auf, lief ziellos durch den Raum, schlug die Hände über dem Kopf zusammen und raufte sich die Haare.

»Nach all den Jahren, die ich mir hier für die Firma den Arsch aufgerissen habe und meinen Kopf immer wieder vor der Belegschaft für dich hingehalten habe?« Er ging zum Fenster, kam aber sofort wieder zurück. »Bin ich einmal krank gewesen in den letzten zehn Jahren? Ist irgendetwas schief gegangen?«

Börnsen saß schweigend hinter dem großen Schreibtisch. Er wirkte abwesend.

»Siehste!« Er schnaufte, bevor er fortfuhr. »Das ist doch das Allerletzte…« Jöhns riss die Arme hoch, um in eine Tirade aus Schimpfworten einzusteigen »…das absolut Mieseste…«, da wurde er unterbrochen.

»Halt! Stopp!« Börnsen war abrupt aufgestanden, was bei seiner Körpergröße schon Eindruck schinden konnte. Er zeigte seine großen Handinnenflächen, als würde er seinen Angestellten damit symbolisch zurück in den Sitz drücken wollen. »Bevor du deine Worte bereust, halte einfach mal deinen Mund und hör mir zu.«

Ein Hauch Erleichterung wuchs in ihm. Deshalb setzte sich Herrmann Jöhns ohne Widerspruch, aber auch ohne ein Wort der Entschuldigung, wieder hin. Er war viel zu angespannt, um daran denken zu können.

»Ich habe die Brauerei verkauft.«

Herrmann gelang es nicht sofort, der Aneinanderreihung von Wörtern den zugedachten Sinn zu entnehmen. Börnsen sprach daher einfach weiter.

»An die Dänen. Sie werden in einer Stunde zur offiziellen Bekanntgabe hier eintreffen. Es ist alles unter Dach und Fach. Die Presse und der Bürgermeister sind informiert. Bevor ich es der Belegschaft sage, wollte ich dir persönlich als Erstem reinen Wein einschenken. Weil du es verdient hast.«

Die Botschaft war entschlüsselt, was Herrmann augenblicklich das Blut in den Adern gefrieren ließ. Es war noch viel schlimmer als angenommen. Ein Alptraum, auf den er nicht vorbereitet war. Jetzt musste er sich doch hinsetzen.

»Das ist nicht dein Ernst«, entfuhr es ihm. »Du willst mich auf den Arm nehmen, oder? Mich mal so richtig an der Nase herumführen.« Er wartete auf das erlösende Lächeln seines Chefs. Das kam aber nicht.

»Kein Witz?«

Börnsen schüttelte den Kopf. Er sah aus, als schäme er sich, als löste die Reaktion seines Freundes das Bewusstwerden einer herben Niederlage aus. Er wandte sich ab.

Herrmann fühlte sich in seiner Intuition bestätigt. Soeben hatte ein rabenschwarzer Tag in seinem Leben begonnen.

Nach einer gefühlten Ewigkeit des Schweigens kam er endlich wieder zur Besinnung. Er drehte sich um. Sein Blick wanderte zielstrebig hinüber zur Ahnengalerie. An einer blendend weißen Wand, in goldenen Rahmen, hingen die Porträts des Firmengründers, seines Sohnes, dessen Sohnes und so weiter. Insgesamt fünf Ölgemälde befanden sich dort. Sogar Friedrich Börnsen konnte sein Antlitz dort tagtäglich selbst bewundern.

»Warum gibst du das alles auf?«, fragte Herrmann. »Was würden wohl deine Vorfahren dazu sagen, wenn sie von dort oben sehen, dass du ihr Lebenswerk an einen Großkonzern ohne Seele verscherbelst?«

Börnsen nickte kaum merklich und schaute dabei aus dem großen Fenster hinter dem Schreibtisch. Er schien nicht sonderlich überrascht von dieser Reaktion zu sein. Es war ihm aber anzusehen, wie sehr er unter der Situation litt. Darauf konnte Herrmann im Moment aber keine Rücksicht nehmen. Schließlich ging es hier um seine eigene Zukunft.

»Oder stimmt was nicht mit den Finanzen?« Herrmann Jöhns kannte die Zahlen des Betriebes ganz gut. Einmal im Monat gingen sie beide die Zahlen durch, kalkulierten den

Rohstoffbedarf und ermittelten aus Erfahrungswerten den zu erwarteten Absatz der kommenden Monate. Da konnte sich in den letzten vier Wochen eigentlich nichts Gravierendes verändert haben.

»Friedrich, hast du mir was verschwiegen? Sind wir pleite? Willst du dich zur Ruhe setzen? Bist du krank? Was ist es?«

Endlich konnte Herrmann eine Regung in Börnsens Mimik wahrnehmen. Zuerst zuckte nur die Unterlippe, dann hob er den Blick und schaute ihm direkt in die Augen. So guckte er nur, wenn sein Gegenüber ins Schwarze getroffen hatte. So gut kannte er seinen Freund und Chef. Aber auf welche seiner Fragen bezog sich denn nun dieser Ausdruck?

»Okay. Womit hatte ich Recht?«

»Du wirst es verstehen, da bin ich mir sicher. Und du wirst einsehen, dass mir keine andere Wahl blieb, als die Brauerei zu verkaufen. Glaub mir, mir fiel der Schritt alles andere als leicht. Aber es gab keine Alternative.«

»Ja, aber, das wäre doch sicher auch anders gegangen«, suchte Herrmann Jöhns verzweifelt nach einer Möglichkeit, der Geschichte ein anderes Ende zu verpassen. »Wir stehen alle hinter dir. Ich kann die ganze Belegschafft davon überzeugen. Wir können die Brauerei kaufen und weiterführen.« Er war wieder aufgesprungen und tigerte nun hilflos und verzweifelt vor der Ahnengalerie auf und ab.

»Ja, das ist es doch. Wir übernehmen das alles hier. Wir haben das Knowhow. Der Laden ist gesund. Die Banken geben uns bestimmt Geld. Wir können das schaffen.« Er war stehen geblieben und sah seinen Chef erwartungsvoll an.

Börnsen kniff die Lippen zusammen und schaute seinen Braumeister bedauernd an. »Herrmann, es ist alles besiegelt. Es gibt kein Zurück mehr. Ich kann es nicht ändern.«

Herrmann wollte nichts davon wissen. »Verdammt, das geht doch nicht! Friedrich! Lass´ uns doch nicht hängen!«

Friedrich Börnsen ging zum geöffneten Tresor neben seinem Schreibtisch. Er beugte sich vor und nahm einen Briefumschlag heraus.

»Was ist das?«, fragte Herrmann verwirrt.

»Ich habe es dir genau aufgeschrieben«, sagte Börnsen, der sich wieder hingesetzt hatte. »Wenn du das gelesen hast, dann wirst du es verstehen. Du musst mir jetzt einfach vertrauen. Dort steht alles drin.« Er schaute kurz auf seine Fingerspitzen, die er auf die Tischkante gelegt hatte. Dann fuhr er ruhig fort. »Außerdem habe ich eine große Bitte an dich, Herrmann!«

Dieser klebte nun gebannt an den Lippen seines Chefs.

»Du darfst diesen Brief erst morgen lesen. Du musst etwas für mich erledigen, was ich nicht selbst in die Hand nehmen kann. Niemand darf vorher etwas davon erfahren, bis du es nicht eigenhändig durchgeführt hast. Ich habe alles für dich notiert. Wenn du Schritt für Schritt vorgehst, läuft es so, wie ich es mir vorgestellt habe.« Friedrich Börnsen stand auf und hielt seinem Braumeister den Brief entgegen.

Herrmann schaute ihn sich an. Er war verschlossen und in der oberen rechten Ecke befand sich eine aufgedrucktes Firmenlogo der Brauerei. Die Rückseite war unbeschrieben.

»Nimm´ ihn bitte an dich.«

Herrmann zögerte. Sein Gesicht war ein einziges Fragezeichen.

»Nun mach´. Es ist mir wirklich sehr wichtig«, sagte er eindringlich, während er den Arm noch etwas weiter ausstreckte.

Herrmann Jöhns griff langsam zu. Dem Gewicht und der Dicke zufolge mussten sich mehrere Schriftstücke in ihm befinden, nahm er spontan an. Außerdem schien er gefüttert zu sein. Er drückte ihn ein wenig und meinte einen kleinen Gegenstand ertasten zu können. Doch was hatte das alles zu bedeuten?

»Herrmann, ich muss es jetzt wissen. Machst du das für mich?«

Außer zu einem zögerlichen »Ja« war er im Moment nicht im Stande.

»Versprochen?«

»Ja, versprochen. Mach ich«, antwortete Jöhns schon etwas überzeugender.

»Ich kann mich doch auf dich verlassen, oder?«, hakte er nochmal nach.

»Ja, Friedrich, das kannst du«, antwortete Jöhns und guckte seinem Chef tief in die Augen.

Börnsen wurde nachdenklich und ernst. Er kam bedächtig um den Schreibtisch herum und nahm Herrmann Jöhns in die Arme. Das hatte er vorher noch nie gemacht. »Danke, mein Freund. Das kann ich dir gar nicht hoch genug anrechnen.« Er packte den völlig irritierten Herrmann an den Schultern und drehte ihn in Richtung Bürotür, ohne ihm hinterherzuschauen.

»Jetzt geh´ an die Arbeit und mach dich nicht verrückt. Alles wird gut werden, glaub´ mir.«

Danach hatte ihn der gnadenlose Alptraum erfasst. Bis heute dauerte er an, dachte er.

»Hier spricht die Polizei. Das Gebäude ist umstellt. Herrmann Jöhns, wir wissen, dass Sie dort drinnen sind. Kommen Sie mit erhobenen Händen heraus!«

Der Umschlag. Er durfte ihn nicht bei sich haben. Wohin mit ihm? Er musterte den Raum. An den Wänden reflektierte sich das blinkende Blaulicht der Peterwagen, obwohl es draußen zwischenzeitlich ganz hell geworden war. Er sah Aktenordner, eine Schreibmaschine, Reklameschilder, Biergläser, eine Vitrine mit Urkunden und den offenen Tresor. Der Tresor! Nein - der Gedanke war töricht.

»Seien Sie doch vernünftig. Sie haben keine Chance. Ergeben Sie sich!«

Er wippte vor und zurück und trommelte mit den Fingern auf dem Umschlag. Seine Augen versuchten krampfhaft, ein geeignetes Versteck aufzuspüren. Es musste eines sein, welches später für ihn gut zugänglich war. Dann sah er es, und die Entscheidung war plötzlich ganz leicht.

Er nahm den Brief heraus. Dieser bestand aus dickem Büttenpapier. Beim Auffalten erkannte er das Wasserzeichen der Familie Börnsen. Eigentlich hatte er sich auf eine Art Abschiedsbrief eingestellt. Zum Vorschein kam aber eine Anweisung seines Chefs.

Lieber Herrmann,

bitte begib´ dich zum BK1. Den Schlüssel habe ich dir beigefügt. Hinter dem antiken Schrank findest du einen in die Wand eingelassenen Durchgang. Er ist als solcher nicht zu erkennen. Drücke den dritten Ziegelstein von oben links ein wenig ins Mauerwerk ein. Das aktiviert den Sperrmechanismus und du gelangst so in einen langen Korridor. Am Ende mündet dieser in den Raum deiner Bestimmung. Er ist auf keiner Karte aufgeführt.

Über die verschiedenen Epochen und politischen Systeme diente er als Zufluchtstort, Tresor oder Archiv. Außer dir weiß niemand von seiner Existenz, denn dieses Wissen wurde einzig dem jeweiligen Erben der Brauerei als Vermächtnis von Generation zu Generation weitergegeben. Du findest dort alle Antworten auf deine Fragen. Bitte geh´ allein dorthin und pass auf, dass dich niemand sieht oder dir folgt.

Ein Geräusch bewegte sich durch das Gebäude. Es hörte sich wie weit entfernte Schritte an. So jedenfalls nahmen es seine alten Ohren wahr. Es konnte gut sein, dass die Person, die in großer Geschwindigkeit durch das Museum lief, viel näher dran war, als ihm lieb sein konnte. Sein Sturz hatte offensichtlich für Aufsehen gesorgt.

Eilig steckte er Brief und Schlüssel in die Jackentasche und drehte den Sockel des Pokals mehr schlecht als recht wieder fest. Dann stellte er ihn zurück auf seinen ihm zugedachten Platz auf dem Möbelstück, setzte sich auf den Stuhl und tippte mit dem Gehstock gegen den Lichtschalter. Mit geschlossenen Augen konzentrierte er sich fortan darauf, nicht zu laut zu atmen.

17

Er kam nicht weit. Jemand packte ihn am Oberarm und schob ihn an der Menschenmenge vorbei durch die Eingangshalle hindurch auf ein Büro zu. An Widerstand oder Flucht war nicht zu denken. Die Pranke, die seinen Knochen fast zermalmte, ließ nicht locker, bevor sie den Raum betreten hatten.

Es war nun das dritte Mal an diesem Tag, dass ihm der Kommissar über den Weg lief. Und es war noch nicht einmal Kaffeezeit. Wenn sich daraus bloß keine Freundschaft entwickelte.

Alfons Kopiske legte den Telefonhörer auf die Gabel und schaute verblüfft auf den Kommissar und seinen Begleiter.

»Guten Tag, Herr Kommissar.«

Bork schenkte dem Herrn nur geringe Beachtung. »Lassen Sie mich bitte einen Augenblick mit dem jungen Mann hier allein«, lautete seine knappe Anweisung. Dann schob er den beunruhigt wirkenden Kopiske hinaus.

Als der Kommissar die Tür von innen geschlossen hatte, huschte ein Grinsen über seine schmalen Lippen. Krister wusste, dass die nächsten Minuten unangenehm werden würden. Deshalb versuchte er, sich vor Augen zu halten, wie wenig er eigentlich zu befürchten hatte, weil er sich nichts hatte zu Schulden kommen lassen. Er konnte die Dinge im Grunde ganz ruhig auf sich zukommen lassen. Seine kaltschweißigen Hände sprachen da aber eine andere Sprache. Eine ganz andere. Er versuchte daher, eine offene Sitzhaltung einzunehmen und dabei so unbekümmert und harmlos wie irgend möglich zu wirken. Hauptsache es gelang ihm, seinen Großvater nicht ins Spiel zu bringen, dachte er.

»Herr Jöhns, Herr Jöhns.« Bork schnappte sich einen Drehstuhl, ließ sich auf die Sitzfläche plumpsen und musterte sein Gegenüber eindringlich. Dann schüttelte er wie einstudiert seinen relativ kleinen Kopf.

»Mann, Mann, Mann. In was sind Sie da nur hineingeraten? Ich weiß nicht, was ich von Ihnen halten soll.« Er fixierte die Tischplatte neben sich und rieb sich die Schläfe. »Entweder sind Sie ein absolut kaltschnäuziger Kerl oder Sie sind einfach nur dumm. Letzteres ist wohl am wahrscheinlichsten, wenn ich Sie mir so anschaue.« Verächtlich legte er ein Bein über das Andere und machte es sich bequem. Seine zu kurzen Socken, die obendrein stark verblichen waren, vermochten den freigelegten Unterschenkel nicht zu verdecken.

Krister wunderte es wenig, dass die Haare nicht nur in der Nase des Ermittlers üppig wuchsen, sondern auch auf dessen kalkweißen Stampfern.

»Ich rate Ihnen, mir freiwillig Ihre Geschichte zu erzählen. Andernfalls kann es ganz ungemütlich für Sie werden.«

Der Wichtigtuer verschränkte seine Schlachter-Arme und schaute an Krister vorbei Richtung Fenster.

»Noch haben Sie die Wahl. Aber vorsichtig, ich bin ein ungeduldiger Zeitgenosse und heute Abend will ich auf meinem Sofa sitzen. Ich rate Ihnen, zögern Sie nicht zu lange.« Er legte erwartungsfroh den Kopf schief und schaute seinem Verdächtigen in die Augen.

Krister verstand nicht recht. Er nahm sich vor, äußerlich ruhig zu bleiben. Er konnte den Impuls, mit den Fingern seine Haare hinter dem Ohr aufzurollen, erfolgreich unterdrücken. Aber in seinem Inneren tobte ein gewaltiger Sturm. Sein Rechner suchte nach einer geeigneten Reaktion in so einer Lage. Im Ordner *Erfahrungen* war leider keine adäquate Datei abgelegt. So etwas wie das hier war ihm noch nie widerfahren. Der Ordner *Ausbildung* sendete erfreulicherweise ein Popup-Fenster an seine Gehirnrinde. Er sah sich in einem Gesprächsführungsseminar sitzen. Es ging darum, dass man eine Konversation in gewünschte Richtungen lenken könne, indem man zum richtigen Zeitpunkt die richtigen Fragen stellte. In einer unsicheren Gesprächssituation gewinne man

Zeit, wenn man eine Gegenfrage formulierte. Kurz gesagt: wer fragt gewinnt. Gepaart mit der blitzartig eingeflogenen Information aus dem Hauptordner *Erziehung*, sich höflich und respektvoll gegenüber älteren Mitmenschen zu geben, glaubte er, die richtige Verteidigungsstrategie gefunden zu haben. Trotzdem suchte sich wieder dieses besorgniserregende Kribbeln seinen Weg durch die Hände. »Herr Kommissar, wie kann ich Ihnen denn weiterhelfen?«

Die Reaktion kam überraschend prompt. Der Kommissar setzte seinen Stuhl mit einem schnellen Schwung in Bewegung. Kurz vor Krister stoppte er. Sein Gesicht war ihm durch dieses Manöver bedrohlich nah gekommen. Krister wich reflexartig zurück. Scheinbar war Herr Bork ein starker Raucher. Sein unappetitlicher Atem und der müffelnde Lodenmantel ließen keine Zweifel daran aufkommen.

»Wir beide reden jetzt mal Klartext, junger Mann.« Er hustete trocken, ohne sich dabei wegzudrehen und sprach mit knurrender Stimme weiter. »Glauben Sie an Zufälle?«

Er verstand schon wieder nicht, was der Kommissar meinte.

»Ich glaube jedenfalls nicht daran. Alles hat seinen Sinn. Nichts geschieht einfach so ohne besonderen Grund. Glauben Sie mir das. Da macht mir niemand etwas vor. Dafür bin ich schon zu lange im Geschäft.«

Was wurde das? Ein Psycho-Trick? Einschüchterungstaktik?

»Sie brauchen gar nicht so unschuldig zu gucken. Ihnen springt doch schon das schlechte Gewissen aus dem Gesicht.« Bork kniff die Augen zusammen und hob mahnend den vom Nikotin verfärbten Zeigefinger.

»Warum sind Sie an den Tatort zurückgekommen? Und überlegen Sie ganz genau, was Sie jetzt antworten. Ich lass mich nicht verarschen.«

»Können Sie mir auf die Sprünge helfen? Was genau wird mir denn vorgeworfen?«, blieb Krister standhaft.

Der Polizist stieß sich ab, rollte einen Meter nach hinten, schaute kurz an die Zimmerdecke und setzte dann von neuem an. Man konnte ihm deutlich ansehen, wie viel Anstrengung es ihn kostete, eine neue Taktik zu wählen, um an sein Ziel zu kommen. Er hatte vielleicht in seinem Leben auch schon einmal so ein Gesprächsführungsseminar besucht, sinnierte Krister.

»Na gut. Für ganz Dumme. Zum Mitschreiben für das Berichtsheft: Ihnen wird vorgeworfen, in der Nacht von Donnerstag auf Freitag in dieses Museum eingebrochen zu sein, randaliert zu haben und ganz nebenbei einen Nachtwächter getötet zu haben. Ferner stehen Sie in dem dringenden Verdacht, Kurt Sühlmann überfallen und krankenhausreif geschlagen zu haben. Uns liegen eindeutige Indizien und Zeugenaussagen vor, die diese These untermauern. Sie waren an beiden Tatorten. Warum Sie das getan haben weiß ich nicht, aber das werden wir noch früh genug aus Ihnen herausbekommen. Und jetzt nehme ich Sie mit aufs Revier.«

Der restlichen Drohungen rauschten durch Krister ungehört hindurch. Zum Teufel mit sämtlichen Konversationsregeln, zum Teufel mit der Höflichkeit. Er sprang auf, stieß den Beamten samt Bürostuhl mit aller Kraft zur Seite und nahm die Beine in die Hand.

*

Das Taxi bog in die enge Altstadtgasse ein. Bei der alten Stadtmauer kam es zum Stehen. Die Türen blieben länger geschlossen als bei einem Bezahlvorgang üblich. Erst nachdem er sich einen Überblick über die Lage verschafft hatte und glaubte, dass die Luft rein war, stieg Krister vorsichtig aus. Er hatte zur Sicherheit eine andere Hausnummer als Fahrziel angegeben, um nach der Polizei Ausschau halten zu können. Das Taxi war seine Rettung gewesen. Der Fahrer hatte aufmerksam auf Kristers Handzeichen reagiert. Bis dahin hatte er zwar schon einige hundert Meter zwischen sich und der ehemaligen Brauerei zurückgelegt, aber das hatte ihm auch kein sicheres Gefühl verschafft. Er musste unbedingt zu einem Ort, an dem viel Trubel herrschte, denn eine Menschenmenge hatte sich in so manchem Krimi als äußerst hilfreich für Flüchtige vor der Staatsgewalt herausgestellt. Ihm kamen da gleich Knotenpunkte, die sich ganz in der Nähe befanden, in den Sinn. Das Hauptpostamt und der Bahnhof. Sie waren mit einem schwach beleuchteten, furchteinflößenden Fußgängertunnel verbunden. Er war eng, mit Graffiti verunstaltet und roch beißend nach Urin. Es hielten sich überwiegend zwielichtige Gestalten in ihm auf. Man konnte sagen, dass der illegale Handel, den diese betrieben, das Einzige war, was dort gedieh.

Krister sah sich schon durch die Unterführung hindurch in Richtung Innenstadt rennen, als das Taxi ihm diese Entscheidung zum Glück abnahm und ihm außer dem Gestank nach Exkrementen obendrein mindestens zwanzig Minuten strammen Dauerlaufes ersparte. Diese gewonnene Zeit konnte einen kostbaren Vorsprung bedeuten, falls die Polizei so schlau war, bei seiner Wohnung aufzukreuzen, um ihn dort abzufangen oder um irgendwelche Beweise zu sichern. Beweise, die sie natürlich nicht finden würden. Weil es keine Beweise gab. Das würden sie hoffentlich schnell genug feststellen dürfen.

Langsam ging er an der Häuserzeile entlang. Die Fassaden waren in den letzten Jahren in verschiedenen Pastelltönen angestrichen worden und das Kopfsteinpflaster der einspurigen Straße komplett neu ausgelegt. Vor den Häusern standen teilweise restaurierte Bänke neben blühenden Rosensträuchern. Ein wenig erinnerte dieser Anblick an holländische Kleinstädte. Das war auch der Grund warum Krister so gern in dieser Idylle wohnte. Das Wohnen war hier so entspannt.

Die Hinterhöfe waren grüne Oasen der Ruhe mitten in der Stadt. Im Moment betrachtete er sie jedoch ausschließlich als geeignete Fluchtwege, da sie nicht in Sackgassen mündeten, sondern am anderen Ende zur nächsten Parallelstraße führten. Sein Blick tastete sich über den Bürgersteig entlang auf der Suche nach einem Grund, der ihn davon abhalten könnte, sein Wohnhaus zu betreten. Doch der war nirgends zu entdecken. Keine Polizei. Niemand, der ihn misstrauisch anschaute. Nichts Verdächtiges.

Er beschleunigte seinen Gang. Nur noch etwa fünfzig Meter trennten ihn von seiner Eingangstür. Die Rosenstraße führte schnurgerade auf den Sporthafen zu. Die Aluminium-Masten der dort unten fest gemachten Segelboote waren als tanzende Striche auszumachen. Ein Zeichen dafür, dass sich Wasser im Becken des Gezeitenhafens befand. An der Kaimauer nahm Krister eine Personengruppe war. Zu weit weg, um Einzelheiten erkennen zu können. Höchstwahrscheinlich handelte es sich um Touristen, die sich von einem Führer die Stadt zeigen ließen. In rückläufiger Richtung gelangte man ins Altstadtzentrum mit seinen Einkaufsstraßen und den verwinkelten Gassen der denkmalgeschützten Fischersiedlung.

Er erschrak und blieb stehen. Die Haustür wurde von innen geöffnet. Ein Mann betrat das Freie. Einen kurzen Moment sah er so aus, als sei er überrascht worden. Dann verfinsterte sich seine Mine. Der Mann stand ihm wortlos gegenüber und fixierte ihn mit kalten Augen.

18

Das Schloss war nun wirklich nicht schwer zu öffnen gewesen. Mit dem richtigen Werkzeug gingen die meisten Dinge sowieso viel besser von der Hand, fast schon wie von selbst, hatte sein Lehrmeister ihm während seiner Ausbildung so oft in den Ohren gelegen, dass er dieses Gelaber nicht mehr hören konnte, obwohl der Alte natürlich Recht gehabt hatte. Aber einmal sagen reichte doch völlig aus.

Er war aber schon vor der Lehre sehr geschickt dabei gewesen, Schlösser zu knacken und in Autos einzusteigen. Auch ohne gutes Werkzeug. Später wurden es dann Wohnungen, zu denen er sich ungefragt Zutritt verschafft hatte. Für ihn war das alles ein Kinderspiel. Der Kick, in den Habseligkeiten anderer Menschen herumzustöbern, hatte im Laufe der Jahre nie an Reiz verloren, obwohl er schon so viele Türen ohne die Zustimmung der Besitzer geöffnet hatte. Das Gefühl nutzte sich nicht ab.

Hinter der heutigen Tür waren wahrlich keine Kostbarkeiten zu erwarten. Das konnte er sofort sehen. Nur belangloses Zeug. Und so schlecht ging es ihm nun auch wieder nicht, dass er sich irgendeinen Röhrenfernseher oder altersschwachen Computer unter den Nagel reißen musste. Außerdem ging es heute auch nicht darum, Beute zu machen, sondern ausnahmsweise hatte er mal etwas zu geben, was eine völlig ungewohnte Situation für ihn war. Premiere sozusagen. Es kribbelte daher heute doch ein wenig mehr als sonst, gestand er sich ein. Seine Spende würde dem Wohnungsbesitzer höchstwahrscheinlich kein großes Glück bringen. Und genau darum ging es ihm ja. Ganz bestimmt würde der Beschenkte alles dafür tun, die gütige Gabe auf schnellstem Wege wieder loszuwerden, ohne jemals im Leben damit in Verbindung gebracht zu werden, hätte er die Möglichkeit dazu. Tja, und das war der Punkt, dachte er. An dieser Stelle hatte dieser

Schnösel leider rein gar nichts zu melden, denn dann wäre alles schon längst zu spät.

Zufrieden deponierte er sein Geschenk in der Ramsch-Schublade der Kommode im Flur. Dort würden es die richtigen Leute sofort finden, Und dann würde der Augenblick kommen, in dem sich die Wirkung seiner Hinterlassenschaft entfalten und gewaltigen Eindruck auf den neuen Besitzer machen würde, ob der es nun wollte oder nicht. Er hatte ja keine Wahl.

Er erwartete keinen Dank für seine Großzügigkeit. Es war ihm Freude genug, jemanden, der ihm im Wege stand, in große Schwierigkeiten zu bringen. Schwierigkeiten, aus denen er so schnell aus eigener Kraft nicht wieder herauskam. Schon in der Grundschule hatte er mit so mancher List und Tücke seine Mitschüler in den Dreck gezogen, sodass sich die Zahl der Leute, die mit ihm spielen mochten, beziehungsweise die Erlaubnis ihrer Eltern dazu hatten, auf null reduziert. Was ihm aber nicht sonderlich viel ausgemacht hatte. Er schwenkte um auf die Gesellschaft älterer Kameraden. Die waren viel empfänglicher für groben Unfug und waren nicht solche Muttersöhnchen wie die Luschen aus seinem Jahrgang.

Dieser Krister Jöhns schien einer dieser Langweiler zu sein. Jedenfalls ließ die Einrichtung der Wohnung keinen anderen Schluss zu. Lauter gewöhnliche Sachen. Ordentlich aufgestellt. Kein Glas oder Teller stand ungewaschen herum, keine schmutzige Wäsche, die auf dem Boden herumlag. Stattdessen nach Alphabet geordnete Bücher in Regalen, eine verstaubte Konzertgitarre und Urlaubsfotos an der Wand. Zum Kotzen öde. Angewidert von so viel heiler Welt und Normalität verließ er die Wohnung auf genauso leisen Sohlen wie er sie betreten hatte. Hier gab es nichts mehr zu erledigen. Es war an der Zeit, sich auf den Weg zu seinem nächsten Etappenziel zu machen.

Als er auf den Bürgersteig trat, konnte er sein Glück nicht fassen. Krister Jöhns kam auf ihn zu.

19

Martin Harring kriegte sich kaum wieder ein, als er erfuhr, dass seinem Chef ein mutmaßlicher Mörder durch die Lappen gegangen war. »Ich hab´ ja gleich gewusst, dass der Typ Dreck am Stecken hat. Der war mir von Anfang an unsympathisch. Ist dir aufgefallen wie verstört der mich angeguckt hat, nur weil ich ihm eine Frage gestellt hatte? Der hatte ein schlechtes Gewissen, sage ich dir. Wir hätten ihn sofort mit auf's Revier nehmen sollen.« Er stemmte die Hände in die Hüften und wartete auf eine Antwort des Kommissars. Als diese ausblieb, schaute er hilfesuchend zu seinem Kollegen Onno Bahnsen hinüber, der auf dem Sofa saß und irgendwie besorgt aus der Wäsche schaute, während er wiederum Bork betrachtete, wie dieser aus dem Fenster starrte und in einer ganz anderen Welt zu verweilen schien.

»Hallo Leute! Jemand zu Hause? Hört ihr mir überhaupt zu? Wir müssen den Kerl sofort zur Fahndung ausschreiben. Seine Wohnung muss auf den Kopf gestellt werden. Wir müssen alles über ihn herausfinden. Was ist mit dem Staatsanwalt? Und die Presse muss auch informiert werden.« Harring raufte sich die Haare. »Scheiße, der ist bestimmt längst über alle Berge.«

Onno Bahnsen meldete sich endlich auch zu Wort. »Wie bist du eigentlich auf diesen Krister Jöhns aufmerksam geworden?«, fragte er in einem ruhigen Tonfall.

Eine einfach gestellte Frage, im Wesentlichen, dachte Bork. Die Antwort darauf fiel ihm allerdings alles andere als leicht. Denn er hatte rein gar nichts in der Hand gegen den Flüchtigen. Instinkte konnte man einem Staatsanwalt doch kaum als Grund für einen Haftbefehl aufführen. Und nur weil jemand Angst hatte und weglief, machte ihn das noch nicht zum Einbrecher oder gar Mörder.

Walter Bork beobachtete zwei Möwen bei ihrem Kampf gegen den starken Westwind, der schon den ganzen Tag durch die Stadt fegte. Dann kam er zu sich. »War nur so ein Verdacht. Ich wollte den jungen Mann mal ein bisschen kitzeln«, antwortete er wahrheitsgemäß. »Ich konnte ja nicht ahnen, dass er gleich in Panik verfällt und das Weite sucht«, versuchte er seinen Fehler zu rechtfertigen. Er machte eine Pause und wartete, bis sich die Möwen im Grau der Wolken verloren.

»Ich bin ganz Ohr«, animierte ihn Bahnsen neugierig zum Weiterreden.

Der Kommissar drehte sich seinen Kollegen zu. «Ich bin nochmal zum Museum gefahren, um mit Alfons Kopiske über Kurt Sühlmann zu sprechen. Laut dem Chef des Museums hat er heute eine Extra-Schicht, wegen des hohen Andrangs nach dem Einbruch. Die Leute sind ja nicht ganz dicht. Auf einmal wird so ein Biermuseum interessant. Egal! Nach Kopiskes erster Aussage von gestern hat sich ja einiges ereignet und ich wollte nun von ihm wissen, ob er mir sagen könnte, was für einen Umgang Sühlmann so pflegte. Ob er Feinde oder Neider hatte, oder was weiß ich.« Er zündete sich eine Zigarette an. »Und als ich da ankomme, sehe ich diesen Jöhns. Da bin ich dann auf diese fixe Idee mit dem kleinen Blitzverhör gekommen. Kopiske wollte ich mir später vornehmen. Der lief mir ja nicht weg. Ich wusste ja, wann seine Schicht zu Ende war. Und das war noch mindestens…«

»Könntest du endlich auf den Punkt kommen?«, warf Bahnsen harsch ein.

Bork kannte diese Angewohnheit. Das machte Onno immer, wenn sich eine Erklärung in die Länge zog. Von Verdächtigen erwartete er nichts anderes als Ausflüchte, aber gegenüber seinen Kollegen war sein Geduldsfaden äußerst dünn.

»Ist ja schon gut. Also, ich war heute an nur drei verschiedenen Orten. Immerhin waren zwei von ihnen unsere Tatorte. Zuerst war ich mit Harring beim Haus von Herrmann Jöhns, dann bei Sühlmann und schließlich nochmal im Museum. Ja gut, ich war noch hier im Büro, aber das zähle ich jetzt mal nicht mit. Und jetzt ratet mal, wen ich zufällig an jedem dieser drei Orte vorgefunden habe?«

Seine Zuhörer konnten es sich denken.

»Richtig. Krister Jöhns. Zuerst mache ich also heute Morgen vor dem Haus seines Großvaters Bekanntschaft mit ihm. Übrigens...«, er hielt einen Bericht hoch, »...die Kollegen haben herausgefunden, dass Herrmann Jöhns ein Botenabonnement der Tageszeitung hat und gar nicht darauf angewiesen ist, dass sein Enkelsohn ihm diese vorbeibringt. Leider kam der Bericht erst vorhin, sodass ich Jöhns nicht darauf ansprechen konnte. Wie auch immer. Das bedeutet mit hoher Wahrscheinlichkeit, dass er uns angelogen hat.«

Harring schlug mit Wucht auf den Tisch. »Wusste ich´s doch.«

Bork zuckte kurz, ließ sich aber nicht weiter beeindrucken. »Und dann war da noch seine auffällige Körperreaktion, als ich ihm das Bierwappen unter die Nase gehalten hatte, welches wir im Kellereingang gefunden haben. Er ist knallrot angelaufen und konnte sich gerade noch kontrollieren.«

Er schnippte die Asche ab und nahm einen kräftigen Zug. Dabei kniff er die Augen zusammen und kratzte sich am Nacken. Dann kam er zum nächsten Punkt auf seiner Liste. »Wenige Stunden später kommt dieser Rüpel mit seinem Fahrrad aus der Hofeinfahrt von Sühlmanns Wohnhaus geschossen und fährt mich fast über den Haufen. Die Nachbarin von nebenan hat ja bezeugen können, das Sühlmann kurz vorher Besuch von einem jungen Mann hatte, dessen Beschreibung auf Jöhns passte. Zu dem Zeitpunkt glaubte ich noch an einen Zufall. Aber spätestens im Museum wollte ich es genauer wissen und hab´ ihn mir gekrallt.« Bork drückte die Kippe aus, verschränkte die Arme hinterm Kopf und schaute hoch zur Zimmerdecke. »Ich könnte mir selber in den Arsch beißen. Ich Vollidiot hab´ viel zu früh die Katze aus den Sack gelassen und ihn mit meinem Verdacht konfrontiert. Aber er hat mich auch so mit seiner stoischen Ruhe provoziert.«

Onno Bahnsen stand auf und holte sich einen Becher Wasser aus dem Spender. Nachdem er einen großen Schluck zu sich genommen hatte, versuchte er den Inhalt des eben gehörten zu interpretieren. »Das klingt doch alles ganz plausibel. Das müsste doch auch für den Staatsanwalt reichen. Ich halte es für das Beste, wenn wir erstmal Jöhns´ Fingerabdrücke und die DNA sichern. Wir sollten uns jetzt den Durchsuchungsbeschluss holen und als Nächstes zu seiner Wohnung fahren. Dann vergleichen wir das was wir dort finden mit den Spuren der Tatorte. Das Übliche eben.«

Bork nickte zustimmend, während er den letzten Rauch aus seiner Lunge durch die Nasenlöcher ins Freie blies. »Du hast vollkommen Recht.«

Harring sprang ungläubig auf. »Das ist nicht euer Ernst. Keine Fahndung? Keine Presse? Das glaube ich jetzt nicht! Wenn der mal nicht der Komplize gewesen ist, der das Kamerakabel durchtrennt hat. Überlegt euch das mal.«

Bork guckte seinen Untergebenen streng an. Es war mal wieder höchste Zeit, Harring einzunorden, damit er nicht das Fahrwasser verließ. »Jetzt komm mal runter, mein Freund«, fuhr er ihn an. »Im Moment wird Krister Jöhns nirgends zu finden sein. Und zu Hause bei sich wird er ja wohl kaum auftauchen. So blöd wird er nicht sein. Wenn er es war, dann finden wir ihn auch, und wenn wir ihm nichts nachweisen können, dann stehen wir jedenfalls nicht wie die letzten Deppen da. Außerdem passt die Blutbotschaft an Sühlmanns Wand nicht ins Bild, wenn ich es mir recht überlege.« Er musste über sein ungewolltes Wortspiel schmunzeln. Das Bild war wahrhaftig der Botschaft gewichen. »Krister Jöhns sieht nicht gerade wie der Prototyp eines Gewaltverbrechers, beziehungsweise Raubmörders aus. Und dass er mit Blut schreibt und eine Pistole klaut, traue ich ihm auch nicht zu.

Wir müssen erstmal das Tempo rausnehmen und Schritt für Schritt durchdenken.«

»Verdammte Scheiße.« Harring guckte beleidigt zum Fenster hinaus.

Bork konnte den Frust seines heißblütigen Kollegen gut nachvollziehen. Früher hätte er sich auch dazu hinreißen lassen. Aber es war einfach nicht an der Zeit. Die Puzzleteile passten nicht zusammen.

»Was ist jetzt eigentlich mit diesem Gemälde?«, wollte Bahnsen wissen.

Bork war aus seinen Gedanken gerissen und hatte nicht richtig hingehört. Er musste deshalb nachfragen. »Was meinst du?«

»Na, ich meine, ob das Bild wertvoll war und wie es aussah. Irgendeinen Grund hat der Kerl doch wohl gehabt, es aus dem Rahmen zu schneiden.«

Harring wurde zynisch. »Ist doch logisch, man. Damit er nicht so auffällt, wenn er mit einem riesigen Bild aus der Haustür rausspaziert.« Er tippte sich abschätzig an die Stirn.

Sein Frust saß offenbar tief, dachte Bork. Er reagierte gar nicht auf seinen Kollegen und ließ Bahnsen das selbst regeln. Dieser fuhr nach kurzer Denkpause fort. »Okay. Ich formuliere es anders. Warum hat er das Bild geklaut? Und was macht es so bedeutsam?«

Der Kommissar kniff die Augen zusammen und rieb sich nachdenklich das Ohrläppchen. Das kann uns vielleicht Alfons Kopiske sagen. Er wollte seine Idee gerade aussprechen, als eine tiefe Stimme seine Grübelei durchbrach. Sie kam von dem wachhabenden Schutzpolizisten, der aus dem Erdgeschoss hinaufgekommen war und seinen Kopf ins Büro steckte.

»Bork, komm` doch mal bitte mit, da unten wartet ein gewisser Alfons Kopiske auf dich. Er behauptet, den Museumseinbrecher identifiziert zu haben.«

*

Der alte Mann vor ihm saß mit hängenden Armen auf dem Vernehmungsstuhl. Das spärliche Licht der Hängeleuchte offenbarte Furchen in der Gesichtshaut, die sich dort im Laufe eines langen Lebens tiefer und tiefer eingegraben hatten und jetzt als Zeugnisse einer bewegten Vergangenheit fungierten. Was jede Einzelne wohl zu erzählen hatte, wenn sie reden könnte? Er war sich aber nicht sicher, ob er es überhaupt wissen wollte. Heute interessierte ihn nur, wen Alfons Kopiske auf dem Video wiedererkannt haben wollte. Dieser hatte während des Sprechens nicht ein einziges Mal zu ihm hochgeschaut, sondern seinen leeren Blick konsequent an eines der Tischbeine geheftet. In dieser Haltung verharrte er jetzt bereits seit mehreren Minuten. Wahrscheinlich handelte es sich dabei um eine Art Schockstarre, aus der er sich nicht mehr von allein befreien konnte, dachte der Kommissar. Sein Gesprächspartner wirkte unendlich kraftlos und niedergeschlagen. Obwohl noch nicht eine Träne geflossen war, konnte Bork ihm diese tiefe Traurigkeit und die Scham ansehen, als er den Namen des mutmaßlichen Einbrechers kopfschüttelnd wiederholte und dabei ein Tabu zu brechen schien, indem er einen ihm nahestehenden Menschen an die Polizei verpfiff. Er hatte dieses Verhalten schon öfter bei Angehörigen, die ein schlechtes Gewissen plagte, feststellen können. Sie fochten in den häufigsten Fällen innere Kämpfe aus, denen sie hilflos ausgeliefert waren. Er durfte auf keinen Fall vergessen, dem guten Mann später Unterstützung vom Polizeipsychologen anzubieten.

»Und Sie sind sich da ganz sicher?«

»Es gibt keinen Zweifel. Es kommt niemand anderes in Frage.« Offenbar war Alfons Kopiske wieder in der Gegenwart angekommen. Er hob den Kopf und faltete seine Hände im Schoß wie zu einem Gebet, so als habe er für sich beschlossen, dass es richtig war, sich der Polizei anvertraut zu haben. »Herr Kommissar, ich habe lange mit mir gerungen und an mir gezweifelt, bis ich endlich beschlossen hatte, ihn bei der nächsten Gelegenheit zur Rede zu stellen. Ich kann doch nicht einfach wegsehen und für immer schweigen. Das kriege ich einfach nicht hin. Wenn er so etwas anrichtet, dann muss er auch dafür geradestehen.«

Kommissar Bork kannte diese Rechtfertigungsfloskeln bereits. »Gut. Können Sie mir sagen, an welchen Merkmalen Sie glauben, ihn erkannt zu haben?«

»Wieso denn glauben? Ich bin mir sicher. Warum, bitte schön, sollte er sich auf einmal in Luft aufgelöst haben? Das passt doch perfekt zusammen.«

»Heißt das, dass Sie ohne diesen Umstand, eventuell doch unsicher wären, ob er nicht vielleicht doch nicht der Gesuchte ist?«

Kopiske hob und senkte wortlos die Schultern.

»Also nochmal«, hakte Bork nach. »Woran genau machen Sie fest, dass es sich bei dem Mann auf dem Video um Kurt Sühlmann handelt?« Der Kommissar drückte auf PLAY und drehte den Monitor in Position. »Und schauen Sie ganz genau hin.«

»Das brauche ich gar nicht. Die ganze Erscheinung. Die Körperhaltung. Alles eben. Das ist Kurt Sühlmann.« Sein Blick wurde plötzlich entschlossen unmissverständlich. »Ich bin mir ganz sicher!«

Kommissar Bork ließ es dabei bewenden. Er lehnte sich etwas zurück und wollte auf eine weitere Sache zu sprechen kommen. »Gut«, sagte er. »Ich habe da noch etwas anderes, bei dem Sie uns sicherlich behilflich sein können.«

Alfons Kopiske schaute fragend.

»Das gestohlene Gemälde war doch von dem Kunstmaler Arnfried Dienelt, oder?«, wollte er wissen.

»Ja, das stimmt«, antwortete der alte Mann. »Es war damals im Besitz von Friedrich Börnsen. Nach seinem Tod haben wir es nicht mehr gesehen. Die Bosse der dänischen Brauerei haben damals Ende der achtziger Jahre die gesamte Büroeinrichtung und alle Bilder mitgenommen. Die neue Konzernleitung in Dänemark hat uns nun zum Glück nach all den Jahren alles zur Verfügung gestellt. Das war ein sehr feiner Zug und hat für uns alten Hasen eine sehr große Bedeutung. Umso schrecklicher, dass das Bild so schnell wieder verschwunden ist. Das ist ein großer Verlust.« Er machte eine Verschnaufpause.

Bork konnte ihm ansehen, wie ihm die Geschichte zusetzte. Es fiel ihm schwer, einfach weiter zu fragen. »Welches Motiv zeigte das Gemälde?«

Der alte Mann hatte sich wieder gefangen und antwortete mit einem leichten Schmunzeln. »Es war ein sehr freundliches Motiv. Die Farben waren leuchtend. Es strahlte Wärme und Geborgenheit aus. Der Himmel war weit. Wie an einem Sommertag. Idylle pur, könnte man sagen.« Er geriet ins Schwärmen. »Die Proportionen und der Maßstab waren einfach perfekt. Alles, jedes Detail war ganz originalgetreu wiedergegeben und dabei wirkte es fast wie eine Fotografie. Gestochen scharf. Ein toller Künstler hat dieses Werk geschaffen.«

»Schön«, unterbrach ihn Bork neugierig und ungeduldig zugleich. »Und was war auf dem Bild zu sehen?«

Alfons Kopiske zögerte etwas. Er wirkte plötzlich wehmütig. »Es zeigt die gute alte Zeit«, sagte er leise. »Es zeigt die Börnsen-Brauerei in ihrer vollen Blüte.«

Kommissar Bork schaute rüber zu Bahnsen, der die ganze Zeit still in einer Ecke des Raumes gesessen hatte. Der erwiderte wortlos seinen Blick. Das Zeichen, zum noch unangenehmeren Teil überzugehen. »Herr Kopiske, Ihr Kollege liegt zurzeit im Krankenhaus. Er wurde heute Nachmittag überfallen und niedergeschlagen.«

Kopiske war entsetzt »Oh mein Gott!« Er verzog sein Gesicht. »Wie geht es ihm? Kann ich ihn besuchen?«

»Er ist außer Lebensgefahr. Aber er braucht noch Ruhe und ist auch nicht vernehmungsfähig. Deshalb ist es für uns wichtig, dass Sie uns sagen, was Sie wissen«, sagte Bork eindringlich.

»Ja, das mache ich natürlich«, nickte Kopiske pflichtbewusst.

Bork fuhr fort. »Es wurde auch bei Herrn Sühlmann ein Gemälde entwendet. Seine Nachbarin erzählte uns, es handele sich um einen echten Dienelt. Können Sie etwas zu diesem Bild sagen? Kennen Sie es? Vielleicht sogar das Motiv?« Erwartungsfroh sah Bork ihn an.

»Ja, das kann ich.«

Der Kommissar war erfreut. »Ich höre.«

Der alte Herr beugte sich vor und kam mit dem Gesicht ein Stück näher. »Es ist genau dasselbe Motiv, wie auf dem Bild aus dem Museum.«

Harring verließ kopfschüttelnd den kleinen Raum, der sich auf der anderen Seite der verspiegelten Scheibe befand. Er beschloss, seiner eigenen Spur nachzugehen, so lange sie noch warm war und er die Gelegenheit dazu hatte. Für heute hatte er genug von diesem Ohnmachtsgefühl. Wenn hier keiner auf ihn hören wollte, dann musste er eben die Sache selbst in die Hand nehmen. Dem alten sehschwachen Kopiske konnte man ja wohl keinen Glauben schenken. Falls Bork das tun sollte, wäre das für ihn der endgültige Beweis für die Inkompetenz seines Chefs. Am liebsten würde er sofort den Staatsanwalt anrufen, aber die Reaktion auf seine Meuterei und den anschließenden Ärger musste er sich vom Hals halten, wollte er noch eine Chance auf Karriere in dieser Anstalt haben. Aber es brodelte gewaltig in ihm. Die Zeit würde schon noch kommen, in der ihm seine Kollegen den notwendigen Respekt zollen würden. Mit einem Gefühl der Vorfreude zog er schwungvoll die Autotür zu und verschwand mit quietschenden Reifen in Richtung Altstadt.

20

Der fies aussehende Typ drehte zum Glück ab. Mit großen Schritten eilte er hinunter zum Hafen, ohne sich noch einmal umzudrehen. Sein dunkler Mantel schwebte über das Kopfsteinpflaster. Aus seiner Baseball-Kappe hingen blonde Fransen, deren Spitzen auf zwei breiten Schultern hin und her wippten.

Es schauderte ihn. Was war das denn eben? Nach kurzer Unsicherheit ging Krister weiter, schaute hoch zum Dachgiebel und öffnete dann die Haustür, ohne zu wissen, wie viel Zeit ihm eigentlich blieb, die wichtigsten Sachen einzupacken. Ihm saß die Angst im Nacken. Deshalb ignorierte er auch den Fahrstuhl, der normalerweise immer seine erste Wahl war. Heute fehlte ihm die Muße dazu.

Auf seiner Hast Trepp aufwärts schossen ihm diverse Vorsichtsmaßnahmen, die er unbedingt einhalten musste, durch den Kopf. Keine Telefonate mit dem Handy, wegen der Ortung. Im Alltag gar keine große Anstrengung für ihn. Aber dies hier war alles andere als Alltag. Er durfte keine Verwandten aufsuchen, keine Lieblingsorte, und vor allem nicht den Tatort. Zwischen den Etagen zog er sein Telefon aus der Tasche und schaltete es aus.

Als er den Schlüssel im Schloss drehte, war irgendetwas anders als sonst. Er hätte schwören können, dass er dem Zylinder zwei volle Drehungen mitgegeben hatte und nicht nur eine.

Das T-Shirt unter dem Kapuzenpulli klebte am Rücken, die Kehle war trocken und sein Gesicht glühte vor Aufregung. Er eilte zum Spülbecken, um seinen Durst zu stillen. Anschließend klatschte er sich das kalte Wasser ins Gesicht.

Das Brennen in den Beinen kam zum ungünstigsten Zeitpunkt, den er sich überhaupt vorstellen konnte. An so einen Schmerz wäre in seiner aktiven Fußballerzeit, in der er noch kein Übergewicht hatte, nicht zu denken gewesen. Da hatte es schon mindestens eines Zirkeltrainings oder eng getakteter Pyramidenläufe bedurft, um eine ähnliche Muskelübersäuerung herbeizuführen. Es konnte doch nicht sein, dass engagiertes Treppensteigen seinen Organismus so intensiv aus der Fassung bringen konnte.

Er schaute an seinem Rumpf hinab. Sein auf und ab pumpender Schwimmring um Hüften und Bauch hatte ihm bisher ausschließlich ästhetischen Kummer bereitet und allenfalls an seiner männlichen Eitelkeit gekratzt. Dass er aber einsehen musste wie untrainiert er war, besorgte ihn. Das war ihm nicht bewusst gewesen. Wie auch? Er hatte es in den letzten Jahren verdammt nochmal viel zu selten überprüft. Ohne fahrbarem Untersatz war er aufgeschmissen. Nicht einmal mehr sein Fahrrad stand ihm jetzt noch als Unterstützung für seine trägen Glieder zur Verfügung.

Er erschrak. Motorengeräusche drangen durch die Gasse. Sie erinnerten ihn an seine eigentliche Mission. Er eilte schnell hinüber ins Schlafzimmer zu seinem Kleiderschrank. Nachdem er eine komplette Wechselgarnitur in eine Sporttasche geschmissen hatte, rannte er weiter ins Badezimmer. Seine Gedanken wanderten hinüber zum Haus seines Großvaters. Es konnte doch sein, dass dieser vor nicht allzu langer Zeit vor der gleichen Wahl gestanden hatte, sein Haus entweder nochmal zu betreten oder ihm lieber fern zu bleiben.

Aus dem Flur meinte er Schritte zu hören. Das konnte alles oder nichts bedeuten, aber eben auch das Schlimmste.

Hastig kippte er den gesamten Inhalt seines Spiegelschranks in die Tasche. Dabei ging eine Parfumflasche laut scheppernd auf dem Waschbeckenrand zu Bruch. Scherben flogen durch den Raum. Das war ihm aber egal. Er vergaß sogar das Fluchen darüber und machte sich stattdessen auf den Weg ins Wohnzimmer.

Bargeld versteckte er immer in der Kommode neben dem Fenster. Beim Öffnen der Schublade riskierte er einen vorsichtigen Blick hinunter auf die Straße. Noch bevor sein

Gesicht die Scheibe berührte, erkannte er ihn. Dort kam der dunkle Wagen zum Stehen, den er heute Morgen vor dem Hause seines Großvaters gesehen hatte. Sie waren ihm also schon auf den Fersen.

Schnell griff er nach den Scheinen, stopfte sie zusammen mit dem Handy in die Tasche und flog anschließend hinüber zur Tür. Durch den Spion konnte er gut die gegenüberliegende Haustür der Witwe Dallmann erkennen. Sie stand im Flur und schien im Begriff, ihre Wohnung zu betreten, denn sie hatte ihren vollen Einkaufskorb neben sich abgestellt und klimperte in gebückter Haltung mit ihrem Schlüsselbund vor dem Schloss herum. Dann waren es vermutlich ihre Schritte gewesen, die er vorhin gehört hatte, dachte Krister mit einer Prise Erleichterung. Aber solange die geschwätzige Nachbarin nicht aus dem Flur verschwunden war, konnte er sich nicht unbemerkt hinüber zu der kleinen Abseite schleichen und abwarten bis die Polizisten das Haus wieder verlassen hatten. Diese war seine einzige Rettung. Einen Fluchtweg gab es nämlich nicht. Und der Fahrstuhl war viel zu unsicher. Der Kommissar würde bestimmt beide Wege absichern lassen. Er wartete notgedrungen ab, bis die Alte von der Bildfläche verschwunden war und lehnte sich derweilen mit dem Rücken gegen die Wohnungstür. Hoffentlich verschwand die Dallmann schnell, denn wenn Bork ihn jetzt erwischte, dann war das Versteckspiel um seinen kriminellen Großvater zu Ende und seine Mutter dem Herztod nahe. Das musste um alles in der Welt verhindert werden.

Die Sekunden herunterzählend, schaute er beiläufig an sich herab. Erst beim zweiten Hinsehen entdeckte er den roten Fleck neben seinem Schuh. Er war etwa so groß wie ein Bierdeckel. Seltsam! Wo kam der denn her? Erst jetzt bemerkte er gleichmäßig hinabfallende Tropfen, die den kleinen See dort unter ihm speisten. Augenblicklich realisierte Krister, dass sich dieser während der kurzen Zeit dort gebildet hatte, in der er seine lahmarschige Nachbarin hinfort gewünscht hatte.

Er ließ vor Schreck die Tasche fallen und riss die linke Hand hoch, um die Wunde zu orten. Die Handinnenfläche war unversehrt. Sein Zeigefinger jedoch war verschmiert. Nach der Menge des Bluts zu urteilen, das sich über die Dielen ergossen hatte, musste der Schnitt ziemlich tief sein. Sein Blick verfolgte die teilweise von Schuhabdrücken zerstörte Spur aus Tropfen, wie sie seinem Weg zum Fenster und wieder halb zurück zur Haustür gefolgt war. Er war sich im Klaren darüber, dass sie ihren Ursprung im Badezimmer hatte. Er folgte der roten Fährte wie mechanisch dorthin und schnappte sich einen Waschlappen, welchen er fest um seinen Finger wickelte. Ordentliche medizinische Versorgung musste jetzt leider warten.

Das Zuknallen der schweren Eingangstür hallte durch das Treppenhaus. Das mussten sie sein. Gleich würden sie die Etagen aufsteigen. Jedoch hoffentlich nicht halb so schnell wie die Panik, die sich zeitgleich ihren Weg durch Kristers Körper suchte. Er rannte zurück zum Guckloch. Die Nachbarin war zum Glück nicht mehr zu sehen. Wenn er jetzt schnell machte, konnte er ihnen unbemerkt entwischen. Er nahm all seinen Mut zusammen, zog seine blutverschmierten Schuhe aus, um keine Spuren zu hinterlassen, griff nach der Tasche und drückte vorsichtig die Türklinke hinunter. Im selben Moment schrillte der nostalgische Ton seines Telefons, der einen alten Drehscheibenapparat simulieren sollte. Er hatte die Tür bereits einen Spalt geöffnet und ihm war klar, wenn er jetzt verschwinden würde, kämen die Beamten wahrscheinlich genau in dem Moment im Dachgeschoss an, in dem seine Mutter das Band voll jammerte und dabei ihren Schwiegervater Herrmann Jöhns auffliegen ließ.

Es half alles nichts. Er legte die Schuhe neben der Tasche ab, machte einen konsequenten Ausfallschritt zum Anrufbeantworter und riss denselben aus der Wandverankerung. Laut seiner Berechnung, befanden sich die Polizisten wahrscheinlich mittlerweile im Stockwerk unter ihm. In wenigen Sekunden würden sie demnach um die letzte Biegung auf die Zielgerade einbiegen. Hören konnte er jedoch nichts. Keine Schritte. Hatte er sich vielleicht doch getäuscht?

Er hatte gerade die Haustür zugezogen, da nahm er im Augenwinkel eine Bewegung zu seiner Linken war. Als er schnell den Kopf drehte, entdeckte er den Polizisten, wie er nur fünf Treppenstufen entfernt mitten in seinen Aufstieg innehielt und sich mit aufgerissenen Augen am Handlauf festhielt. Wo kam der denn her? War der geflogen?

Die beiden trennten nur knapp drei Meter Luftlinie und ein kleiner Höhenunterschied von nicht einmal zwei Meter. Jäger und Gejagter starrten sich an. Jeder war sich seiner ihm zugedachten Rolle in diesem Spiel bewusst. Für diesen kurzen Moment waren sie in ihrer Starre vereint, unfähig zu handeln, vollgepumpt mit Adrenalin.

Krister war der Erste, der einen Impuls von seiner auf Hochdruck arbeitenden Amygdala erhielt. Er öffnete die Klappe des Anrufbeantworters, riss die Kassette raus und schleuderte das Gerät wie beim Völkerball auf seinen Gegenspieler und hoffte inständig, dass sein Fluchtinstinkt einen Tick stärker ausgeprägt war als der Jagdtrieb seines Verfolgers. Nach der Begegnung am Vormittag zu urteilen, konnte allerdings nur das Gegenteil der Fall sein. Dieser Glaube ließ ihn sein Übergewicht vergessen und trieb ihn strahlenförmig an der Haustür der Dallmann vorbei auf das Velux-Fenster zu, während Harring noch damit zu tun hatte, dem auszuweichen, was da auf ihn zugeflogen kam.

Das Fenster klemmte. Krister zerrte mit aller Gewalt und Verzweiflung am festgegammelten Griff. Harring nahm derweilen hinter ihm wieder Fahrt auf. Seine Schritte hörten sich an wie riesige Sätze eines Raubtiers. Krister hatte keine Zeit, sich umzudrehen, sondern mobilisierte die letzten

Kraftreserven, als das morsche Fenster endlich nachgab, sich aus der Verankerung löste und an Kristers Schulter vorbei auf den mittlerweile auf einen Meter herangekommenen Polizisten zu rauschte. Dieser konnte seinen Schwung nicht mehr rechtzeitig bremsen, was den Einschlag der Schwerlast auf seine Zehenspitzen verhindert hätte. Ein ohrenbetäubender Aufschrei pflanzte sich fort durch die Fensteröffnung hinaus über die Hausdächer der Kleinstadt hinweg.

Krister wurde klar, dass der *Point of no return* endgültig überschritten war. Er schleuderte seine Tasche auf die Dachpfannen, denn er wusste, dass sie nur ein kleines Stück hinunter auf das Flachdach des Nachbarhauses rutschen würde. Nicht weit entfernt befand sich die Eisentür, die zum Treppenhaus führte. Dort musste er sein, bevor sich Harring wieder erholt hatte. Krister stieg mit einem Fuß auf den kleinen Beistelltisch und zog seinen Oberkörper durch das Loch ins Freie. Das Jammern und Fluchen hinter ihm wurde mit jedem zurückgelegten Meter leiser.

*

Bork war stinksauer. Der konnte sich auf etwas gefasst machen. Hatte er nicht heute eine klare Vorgehensweise festgelegt? Krister Jöhns lief ihnen nicht weg. Kopiskes Aussage sprach ja nun auch gegen den jungen Jöhns als Einbrecher. Im Grunde war das aber schon vorher klar gewesen. Warum also diese Spur weiterverfolgen? Harring konnte sich wirklich warm anziehen.

Als er wenige Atemzüge vorher von selbigen gehört hatte, dass Krister erneut wie panisch die Flucht ergriffen hatte, war ihm klar geworden, dass er seinen gemütlichen Fernsehabend ein für alle Male von der heutigen Agenda streichen konnte. Es dämmerte schon und er würde gleich den Staatsanwalt anrufen müssen, und danach fuhr er mit einem Kollegen von der Spurensicherung zu Harring, damit sie gemeinsam die

Wohnung des Flüchtigen auf den Kopf stellen konnten. Wieder einmal endlose Überstunden. Der einzige Trost war, dass zu Hause niemand darauf wartete, um mit ihm Abendbrot zu essen. Das war schon lange nicht mehr der Fall, denn zu oft in seiner Polizeilaufbahn hatte er es sausen lassen müssen. Seine beiden Ehefrauen hatten irgendwann Reißaus gesucht, weil sie der Meinung waren, es gäbe genügend andere Männer auf dieser Welt, die für ihre Partner genügend Zeit hätten. Er ließ sie beide ohne große Gegenwehr gehen. Ein Kämpfer war er nie gewesen.

Die Einsamkeit störte ihn nicht wirklich, daran hatte er sich längst gewöhnt. Was ihm aber mit fortschreitendem Alter immer mehr zu schaffen machte, war der körperliche Verfall und die stetig wachsende innere Müdigkeit, die sich unaufhaltsam wie eine schwere Decke über ihn legte. Früher war dieses Gefühl ganz einfach mit Schlafmangel zu erklären gewesen, welchen er wie selbstverständlich mit Nikotin und Literweise Koffein bekämpfte. Letzteres musste er seit ein paar Jahren deutlich einschränken, weil sein Herz sich dafür entschieden hatte, einen anderen, holperigen Takt einzuschlagen und weil sein Kardiologe ihm daraufhin gleich mehrere Arten der gesunden Lebensführung ans selbige gelegt hatte. Über dreimal joggen und gelegentlichen Federballspielen mit einem Kollegen war er nie hinausgekommen. Immerhin war es ihm gelungen, auf chinesische Teemischungen und Ginseng-Tropfen umzusteigen. Von der Quarzerei wollte er sich aber auf keinen Fall trennen. Sein Herz quittierte ihm diese Schwäche mit Extraschlägen in Zeiten der Überbelastung, was augenblickliches Nach-Luft-Schnappen zur Folge hatte. Bork hatte zwar mit der Zeit gelernt, nicht mehr in Panik zu verfallen, sondern sich aufzurichten und so lange zu warten, bis das Holpern in der Brust allmählich ausklang. Aber beunruhigend waren diese sich häufenden Phasen trotzdem.

Da wartete er also stocksteif mit der Hand auf der Brust auf Besserung, nachdem er Harring am Telefon angeschrien hatte und ihm mit Suspendierung gedroht hatte, was allerdings keinen sonderlich großen Eindruck auf seinen Untergebenen gemacht hatte. Dieser hatte auf jegliche Entschuldigungsfloskeln verzichtet. Stattdessen bemerkte er nur: »Chef, ich öffne jetzt die Wohnungstür. Hier ist Gefahr im Verzug.«

Von dieser Dummheit hatte er ihn zum Glück noch abhalten können. Eine halbe Stunde später stand er mit seinem Team bei Harring mit einem Durchsuchungsbeschluss in der Hand und war abgesichert. Von wegen Gefahr in Verzug. Harring hatte maßlos übertrieben. Jetzt saß sein Untergebener auf der vorletzten Stufe der Treppe und gab ein jämmerliches Bild von einem Kriminalbeamten ab. Wie er so mit schmerzverzerrter Miene mehr lag als saß und wie ihm seine Scham über seine verpatzte Aktion förmlich aus dem Gesicht sprang. Er betrachtete seinen nackten großen Zeh, der dick angeschwollen war und blutunterlaufen. Einfach widerlich der Anblick. Geschah ihm ganz recht. Hoffentlich pocht es ordentlich, dachte Bork. Etwas Demut tat ihm ganz gut. Diese würde ihn wieder zurück in die Spur bringen. Eine Portion Strenge obendrauf und die Sache war geritzt. »Über deinen Alleingang werden wir uns noch unterhalten, mein Freund«, fauchte er Harring an. Wer war er schließlich, zu glauben man könne sich unbestraft über seine Dienstanweisung hinwegsetzen? Wäre ja gelacht.

Borks Blick folgte der roten Spur auf dem Fußboden. Das Blut war teilweise noch nicht ganz getrocknet. Die Linie zog sich durch den ganzen Raum, vom Badezimmer, wo Bahnsen sich bereits einen Überblick verschaffte, bis zum Wohnzimmerfenster und weiter herüber zu der Lache neben dem Türrahmen zu Borks Füßen. An einigen Stellen hatten Schuhsohlen Abdrücke und Schmierstreifen hinterlassen.

Der Kommissar zog sich Gummihandschuhe an bevor er das Festnetztelefon vom Küchentresen nahm, um es näher zu inspizieren.

Für seine Verhältnisse fand er sich ganz gut in dem Menü zurecht, was ihm sehr entgegenkam. Manchmal sehnte er sich nach der Drehscheibe zurück. Er aktivierte die Funktion, welche die ein- und ausgehenden Telefonate registrierte. Das letzte entgegengenommene Telefonat musste von einem Anschluss aus dem Ausland geführt worden sein. Die Vorwahl kam ihm so ungewöhnlich lang vor. Es hatte um 18:55 Uhr stattgefunden. Vor zirka einer Dreiviertelstunde also. Er notierte sich die Nummer. Es folgten mehrere Stadtgespräche. Deren Auswertung würde er Harring aufs Auge drücken. Welch freudiger Gedanke das doch war.

Er ging in der Menü-Führung wieder einen Schritt zurück und wechselte zu den unbeantworteten Anrufen. Dabei stellte er fest, dass der Speicher elf Stück gezählt hatte. Er sah sich die gesamte Liste an. Ganze zehn Mal tauchte dort die Nummer auf, die er eben in sein Notizbuch geschrieben hatte. Irgendjemand wollte offensichtlich ganz dringend mit Krister Jöhns Kontakt aufnehmen. Vielleicht hatte er sogar beim letzten Versuch Erfolg damit gehabt. Falls nicht, bräuchte man gemäß der bisherigen Taktung nur darauf zu warten, dass sich der Anrufer wieder meldete. Es sei denn, die Person hatte ihr Unterfangen mittlerweile aufgegeben. Noch eine Aufgabe für Harring. Herrlich.

Bahnsen kam aus dem Badezimmer heraus und machte vor der Wand mit den Löchern halt. Die Dübel und Schrauben, die vor kurzem noch den Anrufbeantworter gehalten hatten, lagen entweder auf dem Fußboden oder hingen halb herausgerissen im Gemäuer.

»Wer macht so etwas? Was hat das für einen Sinn?«

Bork zuckte müde mit den Schultern. »Keine Ahnung«, antwortete er schlapp.

»Guck dir das mal an.« Bahnsen hielt das Gehäuse des Anrufbeantworters hoch.

»Damit hat er nach Harring geworfen, aber vorher noch die Kassette rausgenommen.« Hinter einer Klappe erkannte Bork eine Minikassette. Daneben sah er einen leeren Platz, der wohl auch für ein Tape vorgesehen war.

Bahnsen nahm ihm die Schlussfolgerung ab. »Die Kassette mit den aufgezeichneten Anrufen fehlt. Ich habe überall nachgesehen. Die ist spurlos verschwunden, vorausgesetzt, dass sie jemals da war. Aber das ist ja wohl stark anzunehmen.«

Bork legte die Stirn in Falten und nickte seinem Kollegen stumm zu.

»Was hat der Typ zu verbergen?«, hörte er Bahnsen fragen.

»Vielleicht kann uns das die Person erzählen, die seit heute Morgen um acht Uhr im Stundentakt versucht, mit Jöhns in Kontakt zu treten.« Bork hielt demonstrativ das Telefon hoch.

Bahnsen nahm das Gerät an sich und schaute aufs Display.

»Holland«, sagte er, ohne zu zögern.

»Holland? Bist du sicher?«

Bork erntete ein Nicken.

»Können wir die Region oder die Stadt herausfinden?«

»Kein Problem.« Bahnsen drückte auf eine Taste und übergab wieder an Bork.

Dieser guckte blöd aus der Wäsche. »Witzig Bahnsen. Auf die Idee wär` ich noch von allein gekommen.« Er überlegte kurz, ob er tatsächlich abwarten sollte, bis sich jemand meldete, unterbrach dann aber das Signal. Als er Bahnsens fragenden Blick bemerkte, rechtfertigte er sein Vorgehen. »Ist noch zu früh. Ich habe noch keinen blassen Schimmer, was hier vor sich geht. Erstmal muss ich in Ruhe nachdenken.« Er kramte in seiner Jackentasche nach einer Zigarette. »Ihr sucht hier weiter nach Hinweisen und ich fahr nach Hause, um Kraft zu sammeln. Morgen früh um neun bei mir im Büro.«

»Keine Fahndung?«, fragte Bahnsen vorsichtig, fast so, als würde er ein Tabu brechen wollen.

Der Kommissar winkte ab. »Morgen sehen wir weiter.«

»Und der Staatsanwalt? Der wartet doch auf Info von dir.«

Bork atmete tief durch. Einerseits bewunderte er die Genauigkeit seines Kollegen, andererseits konnte diese zuweilen, gerade in müden Momenten wie diesem, etwas anstrengend werden. Dauernd brachte er neue Gedankengänge oder gar Bedenken in die Ermittlungen ein, was sicher für das Vorankommen in einem Fall von Vorteil war, aber auch gnadenlos seine eigenen kriminalistischen Defizite zu Tage fördern konnte. Seinem Drang nach Ruhe war diese Eigenschaft auch nicht gerade sehr zuträglich. »Der Staatsanwalt kann warten«, schloss er das Gespräch und ging wortlos an Harring vorbei die Treppe hinunter.

Er kam nicht mal bis zur Haustür. Bahnsen rief von oben. »Chef, warte mal, komm´ mal wieder hoch. Wir haben was gefunden.«

21

Er öffnete vorsichtig die Augen, so als befürchtete er, dass die Lider quietschen und sein Versteck auffliegen lassen könnten. Es war ein ganz schwacher Lichtschein zu erahnen. Aber Geräusche nahm er nicht wahr. Nur seinen eigenen Atem.

Herrmann wartete noch ein paar Minuten, um ganz sicher zu gehen, dass sich niemand mehr in diesem Teil des Museums befand. Dann beschloss er, aufzustehen, um zu der Tür zu gehen, die nur der Schlüssel in seiner Hosentasche öffnen konnte. Bei dem Versuch, sich auf seinen Gehstock zu stützen, schoss ihm ein stechender Schmerz durch die lädierte Schulter. Er stöhnte auf. Der Sturz war wohl doch heftiger gewesen als er angenommen hatte. Als er endlich auf wackeligen Beinen stand, befürchtete er, dass er es nicht aus eigener Kraft schaffen würde. Er lehnte sich an den Türrahmen und massierte sich leicht das Schlüsselbein und den Hals, um zu prüfen wie stark er beeinträchtigt war. Als er feststellte, dass es auszuhalten war, setzte er sich in Bewegung.

Er musste zurück zur Eingangshalle. Die Hindernisse auf diesem Weg hatte er sich eingeprägt. Immer an der Wand entlang und auf die Vitrinen und Holzfässer aufpassen, ermahnte er sich selbst zur Vorsicht. Einen Fuß vor den Anderen. Das schwache Licht war ihm behilflich. Es kam von der Außenlaterne und drang durch das große Fenster der Halle bis in die Öffnung des Raumes mit der Sonderausstellung, in dem Herrmann sich gerade befand. Wenn der Nachtwächter entdeckt hat, dass die Büste neben dem Sockel lag, dann hat er bestimmt Alarm geschlagen und die Polizei verständigt, dachte Herrmann. Dann blieb ihm jetzt nicht mehr viel Zeit, sein Vorhaben zu vollenden, dachte er besorgt. Er schlich weiter bis knapp vor die Halle. Ein aufkeimender Gedanke beruhigte ihn. Licht. Man hätte das Licht angeschaltet. Aber es war dunkel.

Er sah zur angelehnten Seitentür, durch die er gekommen war. Das brachte ihn auf eine Idee. Er wollte das hier und heute zu Ende bringen. Er konnte das Gebäude noch nicht verlassen. Ihm war klar, dass dies seine einzige und letzte Chance war. Dabei konnte ihm niemand helfen. Er hatte es Friedrich versprochen.

Herrmann ging so schnell er konnte durch den Gang. Dabei tastete es sich an der Wand entlang. Zum Glück war es nicht ganz so dunkel, wie auf dem Hinweg. Als er an der Seitentür ankam, öffnete er diese sperrangelweit. Seine Hoffnung war, dass es so aussah, als ob der Einbrecher dort das Museum wieder verlassen hätte. Er ging danach sofort wieder zurück zur Halle, hielt am Sockel an und lauschte kurz, ob jemand in der Ahnengalerie zu hören war. Dort musste er durch. Am anderen Ende lag eine lange, steile Treppe, die nach unten führte. Alles ruhig, stellte er fest und schaute dabei beiläufig auf das Lichtspiel an der Decke der Halle. Der leere Sockel wurde noch immer von einem Strahl erhellt. Herrmann schaute zu Boden. Vor seinen Füßen lag die Büste von seinem Chef. Er überlegte, ob er sie wieder aufstellen konnte, verwarf seinen Plan aber schnell wieder. Das würde nichts werden mit seiner Schulter. Nicht mal in gesundem Zustand, gestand er sich ein. Als er den Kopf wieder hob, ging sein Blick hinüber zur Wand neben der Tür, die zur alten Fassreinigungsmaschine führte. Obwohl er das Motiv an jedem Tag der letzten drei Jahrzehnte in seinem eigenen Flur betrachtet hatte, verfehlte der jetzige Anblick auf das Gemälde, welches dort hing, seine beeindruckende Wirkung auf ihn nicht. Vor zwei Tagen, zusammen mit Krister, hätte er es am liebsten einfach mit nach Hause genommen und danach immer mal wieder daran denken müssen. Aber hier und jetzt warf ihn die Möglichkeit, die sich ihm plötzlich bot, förmlich um. Da hörte er plötzlich wieder ein Geräusch. Jetzt oder nie, dachte er. Mit eiserner Entschlossenheit eilte er um den Sockel herum und nahm mit beiden Armen den sperrigen Rahmen von der Wand. Der Gehstock hatte jetzt Pause. Das Ziel vor Augen tippelte er durch die Ahnengalerie und fühlte sich noch von jedem der Börnsens angefeuert, als er schon längst in den Tiefen des Braukellers verschwunden war.

22

Kommissar Bork hatte dafür gebetet, dass es sich um etwas wirklich Großes handelte, was Bahnsen und seine Leute da gefunden hatten. Zwar hatte er den Fahrstuhl genommen und konnte auf mühsames Treppensteigen verzichten, aber gedanklich hatte er für heute schon einmal ausgecheckt und sah sich schon vor dem Fernseher sitzen. Entsprechend maulig stieg er oben aus. Dort erwarte ihn Bahnsen. Harring saß immer noch auf der obersten Treppenstufe und drehte sich nach seinen Kollegen um. »Ich hoffe nur für dich, Bahnsen, dass…« Weiter kam Bork nicht. Der Anblick des Gegenstandes in Bahnsens Hand machte ihn stutzig. »Was in aller Welt ist hier los?«, fragte er ungläubig und wartete mit verkniffener Miene auf die Antwort.

»Der lag eingewickelt in einem Stofftuch in der Schublade.« Bahnsen hielt einen kleinen Pinsel mit rot gefärbten Borsten mit ausgestrecktem Arm in die Höhe und schaute Bork an.

Harring meldete sich zu Wort. »Wir sind der Meinung, dass damit die Botschaft an Sühlmanns Tapete geschrieben wurde.« Er kniff bedeutungsvoll die Lippen zusammen und nickte leicht mit dem Kopf.

Mehr brauchte er nicht zu sagen. Bork verstand auch so, dass seinem jungen Polizeimeister die Genugtuung durch die Poren schoss. Zu seinem Glück hielt er jetzt den Mund und schwieg, dachte der Kommissar. Zu früh, wie sich herausstellte.

»Also, ich wusste ja gleich, dass der Kerl nicht sauber ist, Leute. Zum Glück bin ich nochmal hergefahren. Ihr wolltet mir ja nicht…«

»Halt jetzt mal deine verdammte Schnauze, Harring. Das war pures Glück, das weißt du selbst.« Bork ließ Harring auf dem Boden sitzen und zog Bahnsen mit in die Wohnung. Diese ständige Streiterei heute hing ihm zum Halse raus. Er ließ sich auf das Sofa fallen und deutete Bahnsen mit einem Fingerzeig an, es ihm gleich zu tun. Hauptsache erstmal bequem sitzen. Ein Augenblick Ruhe und die Gedanken sammeln.

Bahnsen machte ihm einen Strich durch die Rechnung. »Fahndung, oder?«, fragte dieser.

Der Kommissar atmete tief ein, zögerte und atmete dann lang und laut wieder aus. Zu mehr als einem anschließenden kurzen »Ja, mach` mal bitte« war Bork gerade nicht in der Lage. Er ließ den Blick durch den Raum gleiten. Wer bist du, Krister Jöhns? Mit wem haben wir es hier tun?

Bahnsen schien dasselbe zu denken. Er ging die Liste der Fragen, die sich aus diesem Fall ergaben, der Reihe nach durch. »Okay, wir werden heute noch die Fahndung einleiten. Und wir haben jetzt Fingerabdrücke und DNA ohne Ende. Dann können wir ja mal schauen, was davon am Tatort zu finden ist. Das wollten wir ja sowieso machen.« Er schaute rüber zu Bork. Dieser nickte nur kurz, ohne dabei wirklich aufzuschauen.

Onno schrieb den Punkt ins Notizbuch und fuhr fort. »Als Nächstes schauen wir uns nochmal die Bänder vom Museum von den Tagen vor und während des Einbruchs an. Würde mich nicht wundern, wenn der junge Jöhns da nicht irgendwo auftauchte.« Es folgte eine kurze Denkpause.

»Ich werde morgen früh die Nummer aus Holland prüfen, dann sehen wir, ob die Anrufe mit dieser Geschichte zu tun haben, was wohl sehr wahrscheinlich ist, wenn man die Reaktion von Krister Jöhns betrachtet.«

Bahnsen wartete eine Reaktion auf sein Vorhaben ab. Er erntete aber nur ein leichtes Kopfschütteln und einen nachdenklichen Blick von Bork. »Was denkst du?«, schob er deshalb hinterher.

»Weiß nicht. Wir sollten das heute schon erledigen. Wir dürfen keine Zeit verlieren.«

Bahnsen notierte das Gesagte, las sich die Punkte nochmal durch und fragte, ob noch was fehlte.

»Und ob, wir müssen alles über diesen Typen herausfinden. Das volle Programm inklusive Vorstrafen, Finanzen, Beziehungsstatus, Job, Hobbies, Auto, Fahrrad, Vorlieben, Abneigungen. Hier in der Wohnung wird ja so einiges zu finden sein. Kreditkartenvertrag, Handy, Sportverein, Versicherung, und so weiter.« Bork stoppte und zeigte schelmisch mit dem Finger in Richtung Wand, hinter der Harring auf der Treppe saß. »Das ist doch eine schöne Aufgabe für ihn. Das kann er noch heute Abend machen. Er war ja so scharf auf diese Hausdurchsuchung.« Seine Eingebung untermalte er mit einem angedeuteten Grinsen. »Aber das Wichtigste ist, dass wir Jöhns schnell in die Finger bekommen, damit er uns des Rätsels Lösung geben kann, wie tief er in dieser Sache drinsteckt und um was es hier eigentlich geht.«

»Glaubst du, er ist es gewesen?«, fragte Bahnsen.

Bork antwortete ehrlich. »Irgendwie nicht. Der scheint mir nicht der Typ für so eine brutale Tat zu sein. Aber wieso man in ein Museum einbricht, in dem es nichts sonderlich Wertvolles zu stehlen gibt, erschließt sich mir nicht. Schon gar nicht, dass man dafür bereit ist, einen Menschen zu töten.« Bork hatte plötzlich das Gefühl, dass genau dort der Schlüssel zum Erfolg liegen könnte. Er beugte sich vor und schaute Bahnsen an. »Wir müssen herausfinden, was in dem Museum so einen hohen Wert hat, um einem Menschen zu so einer Tat hinreißen zu lassen. Sei es nun monetär oder ideell.«

Nachdenklich schwiegen die Beiden einen Moment. Bahnsen kam wieder zurück zum Hier und Jetzt. »Wir haben etwas Wichtiges vergessen«, sagte er etwas zermürbt.

Bork seufzte tief. Konnte es bei Onno denn nie ein Ende nehmen? Er wurde quengelig. »Ist die Liste nicht schon lang genug? Was denn nun noch?«, sagte er genervt.

»Die Aussage von Kopiske. Obwohl Sühlmann Mitarbeiter des Museums ist und offiziell einen Schlüssel hat, ist es doch äußerst verdächtig, auf welche Art und Weise er sich ins Gebäude geschlichen haben soll. Und dann auch noch mitten in der Nacht. Das belastet ihn. Das dürfen wir nicht außer Acht lassen.«

»Ja klar. Okay, aber die Fahndung nach Jöhns brauchen wir trotzdem. Und Sühlmann werden wir auch näher durchleuchten.«

Plötzlich hatte Bork eine Eingebung. Dass er da nicht sofort darauf gekommen war. Oh Mann! Er fühlte sich ein wenig wacher bei dieser Vorstellung. »Nehmen wir mal folgendes an.« Er guckte auf den Couchtisch, als betrachte er dort den Film vor seinem geistigen Auge. »Nehmen wir mal an, dass Sühlmann das Bild aus dem Museum tatsächlich geklaut hat. Könnte Krister Jöhns von seinem Großvater gewusst haben, welche Bedeutung das Bild hatte? Ich meine, könnte er Sühlmann quasi die Beute mit Gewalt entwendet haben?«

»Dann hätte Sühlmann also den Wachtmann getötet und Jöhns Sühlmann fast ausgelöscht?« Bahnsen schien seine Vermutung skeptisch zu betrachten. »Klingt mir alles zu gewollt. Woher wusste der junge Jöhns denn, dass Sühlmann im Museum war? Und warum schreibt er dann den Begriff *Hopfen* mit roter Schrift an die Wand? Ich sehe kein Motiv. Und die Sache hat noch einen Denkfehler, finde ich.«

»Und zwar?«

»Das geklaute Bild aus Sühlmanns Wohnung hing laut Kopiske seit über vierzig Jahren über seinem Sofa. Hast du gesehen, wie vergilbt die Tapete drum herum gewesen ist?«

»Stimmt«, antwortete Bork. »Aber kann es nicht sein, dass Krister bei Sühlmann zwei Gemälde gestohlen hat? Das alte aus dem Rahmen und das frisch klaute aus dem Museum?«

»Kann auch wieder nicht sein«, entgegnete Bahnsen. »Im Museum haben wir keinen bilderlosen Rahmen gefunden, und in Sühlmanns Wohnung oder Keller auch nicht.«

Der Kommissar stand abrupt auf. »Egal auch wie. Ich kann nicht mehr denken«, winkte er ab.

»Tja«, sinnierte Bahnsen im Aufstehen. »Nun hat die Sache plötzlich doch Fahrt aufgenommen. Du musst zugeben, dass Harring nicht ganz falsch lag, oder?«

Bork zog unwillig die Schultern hoch. »Irgendwie schon«, sagte er. »Aber das bleibt erstmal unter uns. Jetzt ist Schluss hier. Morgen gibt es ´ne Menge Arbeit.«

Harring war noch einen Augenblick schmollend sitzen geblieben, nachdem Bork grußlos an ihm vorbei gegangen war und Bahnsen ihm den Auftrag übermittelt hatte.

»Na sauber, jetzt kann ich die Drecksarbeit hier machen und ihr fahrt nach Hause, oder was?«

Bahnsen ging nicht weiter auf das Genöle ein, sondern machte auf der Hacke kehrt. »Wir sehen uns morgen.« Er hob kurz die Hand und verschwand.

Die Haustür hatte er vor knapp fünf Minuten ins Schloss fallen gehört, dann das wegfahrende Auto von Bork und Bahnsen, und kurz danach ging sogar das Licht im Treppenhaus aus, sodass er im Dunklen saß.

»Ihr könnt mich mal«, sagte er, tastete nach dem Lichtschalter und humpelte los.

»Ich mach heut´ gar nichts mehr«, fluchte er vor sich hin, während er die Wohnungstür versiegelte. Dann nahm er den Fahrstuhl nach unten. Als er über die Straße in Richtung seines Wagens lief, traf ihn fast der Schlag. Der Parkplatz war leer. Er drehte sich einmal um die eigene Achse, um zu prüfen, ob er ihn vielleicht woanders abgestellt hatte. Aber er entdeckte seinen 3er BMW nicht. Nirgends zu sehen. Das gab es doch gar nicht.

»Verdammte Scheiße. Ich hab´ ihn doch hier abgestellt.« In einen Anflug aus Panik zog er das Handy aus seiner Jackentasche und hatte schon Borks Nummer parat. Kurz vor dem Drücken des grünen Hörers hielt er aber inne. Das war keine gute Idee. Ganz und gar nicht. Scheiße, was mache ich denn jetzt? Er schlug die Hände vors Gesicht und rieb sich verzweifelt die Stirn. Denk nach, denk nach! Dann schoss es ihm in den Sinn. Klar, Logo. Er öffnete die neue App. Dabei lehnte er sich an einen Laternenfahl, weil ihm der rechte Zeh höllisch weh tat. Nur mit großen Schmerzen hatte er es überhaupt geschafft, die Socke überzuziehen. Den Schuh wollte er eigentlich weglassen, hatte sich schließlich aber überwunden, um nicht als Memme dazustehen.

»Alles klar, da bist du also.« Harring war erleichtert. Zum Glück hatte er seinen Wagen mit einem Peilsender nachrüsten lassen. Es kam oft vor, dass er sein Auto bei Einsätzen nicht abschloss.

Auf seinem Smartphone konnte er einen blinkenden Punkt erkennen, der auf ein und derselben Stelle verweilte. Der Kartenausschnitt kam ihm bekannt vor.

»Was für eine dumme Sau.« Ihm dämmerte, wer da sein Auto gestohlen hatte. »Ich erwisch dich!«

Jetzt wendete sich sein Blatt. An der angezeigten Stelle war er heute Vormittag schon mit Bork gewesen.

»Was für ein Idiot.« Er konnte sich ein fieses Grinsen nicht verkneifen. Die Schmerzen im Fuß wurden auf wundersame Weise erträglich. Er rief sich ein Taxi.

23

Der Wagen fuhr sich auch ohne Schuhe an den Füßen hervorragend. Wäre die Lage nicht so prekär gewesen, hätte Krister sicher Gefallen an diesem harmonischen Fahrgefühl gefunden. So aber blieb es was es war. Eine Flucht in einem gestohlenen Auto eines Polizeibeamten. Wenn er damit mal nicht das gesamte Präsidium gegen sich aufgebracht hatte.

Dieser Harring war aber auch zu leichtsinnig gewesen. Wie auf dem Servierteller hatte er sein Coupé vor dem Nachbarhaus abgestellt. Den funkelnden Schlüsselbund im Zündschloss konnte man ja nur als Einladung interpretieren.

Augenblicklich schoss es ihm in den Kopf, dass er gerade völlig überzogen gehandelt hatte. Total hirnrissig. Ihm wurde plötzlich unerträglich heiß. Er lenkte das Auto spontan in eine Parkbucht und stoppte. Die Gedanken schossen kreuz und quer durch seinen Kopf. Wie in einem Blackout hatte er sich immer tiefer in die Scheiße geritten. Warum und wofür eigentlich? Ein alter Mann war verschwunden. Mehr nicht, verdammt nochmal! Er musste diese Geschichte auf der Stelle beenden, wollte er noch ungeschoren davonkommen. Aber, war er nicht schon viel zu weit gegangen?

Krister bohrte seine Hände angestrengt ins Lenkrad und starrte auf die Straße vor sich. Dabei betrachtete er geistesabwesend das Ortsschild in etwa hundert Meter Entfernung. Schwarze Schrift auf gelbem Grund. Nordsum, von einem roten Balken durchgestrichen. Sollte er einfach nur kurz überprüfen, ob sein Großvater in der Zwischenzeit nicht doch zu Hause aufgekreuzt war? Sein letzter Anrufversuch lag nun schon mehrere Stunden zurück und sein Telefon wollte er lieber ausgeschaltet lassen. Falls Opa nicht anzutreffen sein sollte, konnte er immerhin eine Kleinigkeit essen und sich etwas frisch machen, bevor er wieder das Weite suchte. Noch eine Nacht in Opas Wohnzimmer wäre erstens nichts für seinen Rücken und zweitens viel zu unsicher, denn der

Kommissar und sein tollwütiger Assistent hatten höchstwahrscheinlich richtig viel Lust bekommen, die Fährte aufzunehmen.

Er schürzte die Lippen und blickte nachdenklich in den Rückspiegel. Wenn er stattdessen einfach nur umdrehte, wäre er in nicht einmal fünf Minuten auf der Polizeiwache. Dann hörte der ganze Irrsinn endlich auf.

Ohne zu wissen warum er das tat, betätigte er das Gaspedal und beschleunigte in Richtung Ortsausgang.

Opas Haustür war nicht abgeschlossen. War das die Möglichkeit? Er wagte nicht, dies als gutes Zeichen zu deuten, denn in den letzten vierundzwanzig Stunden war nichts so gelaufen, wie er es von einem Wochenende gewohnt gewesen war. Außerdem machten ihn die Stille und die fehlende Beleuchtung stutzig. Inbrünstig hoffte er, dass sein Großvater müde ins Bett gesunken war und sich bald alles aufklären würde.

Langsam schob er die Tür auf. Augenblicklich nahm diese Beklommenheit, die er am Vorabend gespürt hatte, wieder Besitz von ihm ein. Hier stimmte etwas nicht. Es kam ihm keine warme Luft entgegen und der Muff lag noch genauso schwer im Raum wie heute Morgen.

Krister erschrak. Etwas musste hinter der Tür liegen. Sie ließ sich nicht weiter öffnen. Er lauschte. Dabei erhöhte sich sein Puls. Allmählich merkte er, wie sehr ihm die Ereignisse des Tages zusetzten. Plötzlich wurden ihm die Beine schwer und pure Angst machte sich in ihm breit. Er atmete nicht, während er versuchte, Geräusche wahrzunehmen. Es blieb aber alles ruhig. Was nun? Er zögerte. Jemand war im Haus gewesen. Er begann zu schwitzen.

Vorsichtig zwängte er sich durch den schmalen Spalt und tastete nach dem Schalter, das Schlimmste erwartend. Er fand ihn aber nicht. Er haute ziellos gegen die Mauer, immer schneller, bis das helle Licht ihn schließlich erlöste. Dann erkannte er was ihm den Eintritt verwehrt hatte und sackte augenblicklich in sich zusammen.

So viele Botenstoffe auf einmal war sein Organismus nicht gewohnt. Schlaff rutschte er an der Wand hinab zu Boden.

Zum Glück nur ein alter Bilderrahmen, der den Einlass blockiert hatte. Ihm fiel eine Last von den Schultern, jedenfalls für diesen Moment. Denn als ihm klar wurde, dass jemand die Leinwand gewaltsam aus dem Rahmen herausgetrennt haben musste, spannten sich seine Muskeln wieder an. Er drehte langsam seinen Kopf nach links in Richtung Wohnzimmer. Konnte es sein, dass sich der Einbrecher noch im Haus versteckte? So leise es irgend ging erhob er sich auf die Knie, nahm sich den Schuhanzieher von der Garderobe und krabbelte auf allen Vieren den Flur entlang. Seine knackenden Gelenke erzeugten dabei einen Höllenlärm. Er stockte mitten in der Bewegung, Nichts zu hören. Weiter. Vorsichtig schlich er an Büro und Küche vorbei. Beide Räume schienen leer zu sein. Es fehlten noch zwei andere, das Wohn- und das Schlafzimmer. Dorthin reichte allerdings der Lichtkegel der Flurlampe nicht mehr. Der nächste Schalter war noch knappe zwei Meter entfernt am Ende des Flurs. Selbst mit dem Schuhanzieher als Verlängerung konnte er diesen nicht erreichen. Der Weg dorthin war von jedem Winkel des Wohnzimmers aus leicht einzusehen. Er wechselte in die Hocke und zählte innerlich bis Drei. Bei *Zwei* hinderte ihn eine Frage am Weiterzählen. Wie sollte er eigentlich reagieren, wenn plötzlich eine wildfremde Person vor ihm stand? Er ballte die Fäuste, dass es schmerzte. Denk nicht dran. Hier wird schon keiner sein. Ich bin einfach nur ein bisschen durch den Wind, versuchte er sich zu beruhigen. Er begann erneut mit der Zahl Eins.

Es huschte ein Schatten über den Fußboden, noch bevor er die *Drei* denken konnte. Krister konnte zwar noch etwas ausweichen, aber es gelang ihm nicht, seinen Kopf weit genug in

Deckung zu bringen. Die Heftigkeit des Einschlages hatte ihn mit dem Rücken hart gegen die Wand geschleudert. Sein Nacken verdrehte sich. Speichel flog ihm aus dem Mund. Dann blieb ihm die Luft weg. Es fühlte sich so an, als landeten mehrere Tonnen Gewicht auf seinem Brustkorb. Wie ein angezählter Boxer lehnte er mit dem Rücken am Türrahmen. Der Rest seines Körpers lag auf der Diele. Die Atemnot zwang ihn dazu, sich aufzurichten. Noch im Sitzen streckte er die Arme in Richtung Zimmerdecke. Es wurde aber nicht besser. Seine Lunge war wie verschlossen. Seinen Herzschlag spürte er bereits im Hals. Seine Augen und sein Mund weiteten sich bis zum Maximum. Seine Kehle erzeugte einen krächzenden, nicht enden wollenden Schrei nach Hilfe. Aber hier draußen würde niemand kommen, um ihm auf den Rücken zu klopfen, damit die Atmung wiedereinsetzte. Er war ganz auf sich allein gestellt. Das war ihm in diesem einsamen Moment klarer denn je. Zu dem verzweifelten Ringen nach Sauerstoff gesellte sich nun die angeborene Angst um das eigene Leben.

Ein Schwindelgefühl setzte ein. Er wankte. Plötzlich sah er seine Großmutter gegenüber in dem Ohrensessel sitzen. Sie lächelte ihn an und hielt ihm einen großen Erdbeer-Lolli entgegen. Mit der anderen Hand winkte sie ihn langsam zu sich heran. Krister fielen die Augen zu. Dann rutschte er an dem Türrahmen zu Boden. Als er mit dem Schädel aufschlug, spürte er einen unerträglichen Schmerz, der sich von der Schläfe seinen Weg durch den ganzen Körper suchte. Wie von einem Schalter aktiviert, hob und senkte sich mit einmal sein Zwerchfell und pumpte wieder Leben in die Lungenflügel. Das geschah im selben Moment, in dem er sich in die Hose machte.

*

Das Taxi kam einen halben Kilometer entfernt von der alten Reetdach-Kate am linken Straßenrand entgegen der

Fahrtrichtung zum Stehen. Harring hatte den Fahrer extra am Haus vorbeifahren lassen, damit er einen Blick auf die Auffahrt erhaschen konnte. Leider ging es ein bisschen zu schnell, sodass er nicht genau sagen konnte, ob er Licht im Haus gesehen und ob sein Auto oben auf dem Hofplatz gestanden hatte.

»Stimmt so, den Rest gehe ich zu Fuß weiter. Ein kleiner Spaziergang kann nicht schaden.«

Harring bezahlte und öffnete die Beifahrertür ein Stück, als er plötzlich erschrak und die Tür wieder ran zog. Ein greller Lichtstrahl im Seitenspiegel blendete ihn. Er wandte seinen Kopf ab. Dann hörte er ein tiefes Brummen, das an ihnen vorbeirauschte.

»Uih! Das war knapp«, sagte der Taxifahrer.

»Was für ein Vollpfosten«, fluchte Harring. Er schaute einem braunen VW Scirocco hinterher, der stark beschleunigte. Er war mit den rechten beiden Rädern auf den Grünstreifen geraten, wodurch er kurz ins Schlingern geriet und Gras durch die Luft schleuderte. Dann entfernten sich die roten Rücklichter in Richtung Hauptstraße.

Den Wagen hatten sie doch gerade eben erst passiert. Der stand in einer Ackereinfahrt, knapp hundert Meter vor Jöhns Haus. Schade, dass er die Nummer nicht erkannt hatte, dachte er.

Instinktiv schaute Harring sich nach hinten um. Nicht, dass da noch jemand auf ihn zu raste. Schließlich stieg er aus in die Dunkelheit. Rechts neben ihm lag der Rücken des Deiches, den er nur als tief schwarze Wand wahrnahm. In der Ferne sah er das Haus von Herrmann Jöhns.

»Was für eine verdammte Scheiße«, fluchte er leise vor sich hin. Mindestens hundertmal hatte er diesen Satz während der Fahrt aus der Stadt in den Koog gesagt. Sein Ärger wurde aber mit der Zeit nicht weniger. Obwohl ihm das klar war, hatte er den Fluch wie in Trance immer wieder vor sich hingemurmelt. Auch wenn es gleich ein gutes Ende nehmen sollte, der Tag war einfach zu beschissen verlaufen. Es war an der Zeit, sich einen erfolgreichen Feierabend zu verdienen, beschloss er.

Er setzte sich humpelnd in Bewegung. Die Schmerzen waren leider nicht gelindert, wie er zwischendurch am Parkplatz in dem kurz aufflammenden Adrenalinstoß der Erleichterung über die Ortungs-App gedacht hatte.

Er folgte so schnell es eben ging dem dunklen Band, welches er in dem Restlicht als Straße ausmachen konnte. Jeder mühsame Schritt verstärkte das Verlangen nach Vergeltung. Der Gedanke daran, diesen Jöhns gleich festnehmen zu können, trieb ihn voran.

An der Auffahrt angekommen, blieb er stehen. Er entdeckte hoch erfreut, dass die Technologie das gemacht hatte, wofür sie gedacht war. Dort oben am Haus stand sein Auto. Das beklemmende Gefühl, welches ihn übermannt hatte, als er auf den leeren Parkplatz gegenüber von Kristers Wohnung geguckt hatte, wollte er nie wieder spüren. Zum Glück haben sein Chef und die anderen Kollegen nichts von dieser Blamage mitbekommen. Das hätte er sich ewig aufs Brot schmieren lassen müssen. Er ging weiter. »Mach dich auf was gefasst, mein Freund.«

*

Er wusste nicht, wie lange er bewegungslos auf dem Boden gelegen und durch den Ohrensessel hindurchgeschaut hatte. Sekunden? Minuten? Stunden? Er konnte nicht sagen, ob er ohnmächtig gewesen war oder ob er mit offenen Augen geschlafen hatte. Er erinnerte sich nur noch an die völlige Leere, die sich in ihm breit gemacht hatte. Irgendwann, ganz allmählich, wich sie einem starken Gefühl fürchterlicher Einsamkeit. In seinem Schädel hämmerte es. Das Licht des Flurs tat ihm weh. Die gesamte linke Gesichtshälfte brannte. Bis hinunter in den Hals strahlte es aus.

Vorsichtig stemmte er seinen Oberkörper hoch, um sich hinzusetzen. Dabei entdeckte er den Blutfleck auf dem Läufer unter sich. Er fasste sich an die Schläfe und schaute anschließend auf seine Fingerspitzen. Rot.

Er brauchte einen Moment, um zu begreifen was geschehen war. Ein Blick auf die Uhr verriet ihm, dass er nur wenige Minuten hier gelegen hatte. Er legte seine Hand auf den Oberschenkel und bemerkte, dass er etwas Feuchtes berührte. Sein kompletter Schritt war nass. Es hatte sich eine Lache unter ihm gebildet. Jetzt fühlte er sich noch elender. Er hatte sich in die Hose gemacht. Seine Beklemmung paarte sich mit Irritation und Angst. Er steckte tief in der Klemme, ohne zu wissen wie er da wieder hinausfinden sollte.

Krister hatte gerade in den Vierfüßler-Stand gewechselt, als er draußen Schritte auf den Kieselsteinen neben dem Haus vernahm. Jemand ging die Auffahrt hinauf. Gleichmäßig und langsamen Schrittes, so als ob derjenige vorsichtig auftrat.

Ihm stockte der Atem. Kam der Typ etwa nochmal zum Haus zurück? Er schaute auf den Lichtschalter. Zu weit weg! Wohin jetzt? Kann ich mich verteidigen? Soll ich laut schreien? Hilfe rufen? Die Schritte wurden lauter. Krister war wie gelähmt. Er traute sich nicht, zur Haustür zu gehen, um sie zuzuschmeißen. In die Küche. Dort brannte kein Licht. Verstecken! Er krabbelte so schnell er konnte in den kleinen Raum. Panisch schaute er in jede Ecke. Aber er fand nichts, was ihm Schutz bieten konnte. War das eine Autotür, die zu gemacht wurde? Krister senkte den Kopf und drehte ein Ohr in Richtung Küchentür, um besser hören zu können. Unbewusst fixierte er dabei den kleinen Teppich neben seiner Hand. Diese kleine visuelle Information drang nicht sofort zu ihm durch. Erst als er schnelle Schritte hörte, wusste er, was das zu bedeuten hatte. Er öffnete die Luke und verschwand in dem Kriechkeller. Ganz leise ließ er die Tür über sich in den Rahmen gleiten.

Durch das Wohnzimmerfenster konnte er im Vorbeigehen einen schwachen Lichtschein sehen, der von einem anderen Raum im Haus kommen musste. Jemand musste also drinnen sein. Als er wenige Meter weiter ein kleineres Fenster sah, glaubte er, dahinter eine Küchenzeile zu erkennen. Auch dort brannte keine Lampe. Er ging weiter die Auffahrt entlang, die einen leichten Bogen um die Kate machte, welche zu seiner Linken lag. Auf der Rückseite befand sich die Haustür. Sie war nur angelehnt. Ihr Milchglasfenster spendete etwas Licht, sodass Harring nicht mehr so vorsichtig einen Fuß vor den Nächsten setzen musste, sondern etwas zügiger zu seinem Auto gehen konnte. Er öffnete leise die Fahrertür, tastete nach dem Schlüssel und war erleichtert, als er feststellte, dass er im Schloss hing. Er zog ihn ab, drückte die Tür sanft zu und zog seine Dienstwaffe aus dem Halfter. Mit langgestreckten Armen richtete er sie ein Stück von sich entfernt auf den Boden und ging ohne zu zögern in Richtung der Lichtquelle. Er verspürte eine Art wohlige Wärme aufsteigen. Die Aussicht auf Rache schmeckte gerade süß.

Mit der rechten Hand richtete er den Lauf auf den schmalen Spalt und mit der Linken drückte er langsam gegen die Tür. Er zuckte und wich einen halben Meter zurück. Irgendetwas versperrte den Weg. War das ein Geräusch? Da klackte doch was.

»Herr Jöhns? Hier spricht die Polizei. Wir wissen, dass Sie da drin sind. Kommen Sie mit erhobenen Händen raus.« Einundzwanzig. Zweiundzwanzig. Dreiundzwanzig. Nichts.

»Herr Jöhns. Jetzt seien Sie vernünftig. Es ist vorbei. Sie sind umstellt. Machen Sie es doch nicht noch schlimmer.«

Harring wartete.

Wieder nichts.

Sein Geduldsfaden riss. Er nahm die Waffe wieder in beide Hände, trat mit links gegen das Türblatt und stürmte brüllend in den Flur. Es splitterte und klirrte. Die Klinke bohrte sich in die Wand. Putz flog auf den Boden. Polizeimeister Harring stand mit eingeknickten Knien, ausgetreckter Waffe und offenem Mund im Flur und glotzte in die Tiefe des Raumes. Niemand zu sehen. Dann sprang er von Zimmer zu Zimmer, schaute hinter Gardinen, in Schränke, Truhen und prüfte die Fenstergriffe, ob sie noch verschlossen waren. Dabei sagte er zu sich selbst immer wieder: »Gesichert, gesichert, gesichert.« In der Küche blieb er atemlos stehen und verweilte verwirrt an der Arbeitsplatte.

»Das gibst doch gar nicht! Wo ist der Scheißkerl?« Mit abgestützten Händen und dem Kinn auf der Brust ging er in sich. Er war sich seiner Sache so sicher gewesen. Und nun das. »So knapp«, flüsterte er. »So knapp. Das kann doch gar nicht sein.«

Er drückte sich ab und ging ein paar Mal die kurze Distanz zwischen Essecke und Kühlschrank hin und her. Auf der Hälfte der Strecke wippte der Boden unter ihm immer ein wenig. Er fragte sich, ob das Haus unter Denkmalschutz stand. Wahrscheinlich schon, wenn hier alles krumm und schief ist. Hat bestimmt mehr als hundert Jahre auf dem Buckel. Für ihn wäre so ein durchgelatschter Fußboden ja nichts.

Er ging in die Knie und ließ den Blick über eine Bodenwelle im Läufer gleiten. Dann guckte er an einem Spalt entlang, den die Brücke nicht ganz abdeckte.

Krister hielt die Augen geschlossen. Es gelang ihm nicht, das Zittern zu stoppen. Er befürchtete, irgendwo anzustoßen. Jedes kleine Knacken im Holz könnte ihn verraten. Selbst das Rauschen in seinen Ohren und das Heben und Senken seines Brustkorbes klang für ihn wie Hämmern auf einen Amboss. Geh weg! Geh bitte weg, flehte er. Bitte, hau einfach ab!
Keine Lineal-Länge über ihm stand sein momentan größter Feind und wetzte wahrscheinlich die Messer. Und er hockte wie ein verletztes Stück Vieh im feuchten Stall. Blutig und vollgepisst vor Angst. Erschöpft und schlotternd vor Kälte. GEH BITTE WEG!

24

Nachdem Herrmann etwa zwanzig Stufen in den Keller hinabgestiegen war, machte er auf der ersten Ebene eine kleine Pause und stellte das Bild gegen die Wand. Neben ihm befand sich ein Durchgang, hinter dem die beiden Gärkellerräume lagen, in denen das Bier für die Sonderausstellung gebraut wurde. Der Gebäudetrakt war Anfang der Fünfziger an das historische Gebäude aus dem 19. Jahrhundert angebaut worden. Dort wollte er aber nicht hin. Sein Ziel waren die alten Gewölbe weiter unten. Der kleine Schlüssel in seiner Tasche war dem eines heutigen Bankschließfachs ähnlich. Herrmann fragte sich, ob das Schloss nach über dreißig vergangenen Jahren immer noch funktionieren würde.

Am liebsten hätte er das Licht eingeschaltet, aber er war sich nicht sicher, ob nicht vielleicht auch ganz oben im Erdgeschoß ein paar Lampen mit angehen würden. Also ließ er das lieber bleiben. An die Wand gestützt, nahm er seinen Rucksack ab. Wenn er sich recht entsann, dann musste er noch eine angefangene Packung Streichhölzer haben. Ein kurzer Moment zur Orientierung würde schon helfen, dachte er sich. So häufig war er auch zu aktiven Zeiten nicht hier unten gewesen, um die Länge des Abstiegs noch zu kennen. Mit Mühe fingerte er ein Zündholz hervor und nach zwei Versuchen konnte er seine nähere Umgebung inspizieren. Die steile Kellertreppe hatte schätzungsweise vierzig bis fünfzig Stufen. Dort unten war es bestimmt noch kälter als es hier schon war, vermutete er. Das Licht erlosch. Er setzte den Rucksack auf, tastete nach Bild und Stock, lehnte sich anschließend mit seinem Kreuz an den eisernen Handlauf und stieg langsam hinab.

Unten angekommen, zündete er wieder ein Streichholz an. Er erkannte diesen alten Bereich wieder. Hier lagerten einst die Bierfässer aus Holz, als es noch keine moderne Flaschenabfüllanlage gegeben hatte. Über einen Schacht wurden diese mit Hilfe eines Flaschenzuges auf und ab gefördert. Zuerst mit Pferden und Ochsen und später motorbetrieben. Dank einiger Lüftungsschächte war die Luft hier drinnen recht gut, wofür Herrmann in diesem Moment sehr dankbar war. Er glaubte, eine malzige Note wahrzunehmen, war aber nicht sicher, ob es sich vielleicht nur um das normale modrige Aroma in solch einer Umgebung handelte. Die erste Variante gefiel ihm besser, musste er feststellen.

Nach links, sagte er sich. Er fingerte seinen Flachmann aus der Innentasche hervor und genehmigte sich einen großen Schluck, bevor er zu der Tür am anderen Ende ging. Sie war ebenso schwer und auch aus Eiche, so wie das Exemplar oben im Ausstellungsbereich. Herrmann hielt schon den Schlüssel in der Hand, als er bemerkte, dass etwas nicht stimmte. Ein schwacher Lichtkegel tanzte hinter ihm an der Treppe über das Gemäuer. Er wurde erschreckend schnell größer. Herrmann wusste nicht, wie viel Zeit ihm noch blieb, um unentdeckt zu bleiben. Immerhin erkannte er jetzt schemenhaft das Schloss. Hastig zielte seine Hand darauf. Er benötigte zwei Umdrehungen bis er das Türblatt öffnen konnte. Es schwang vergleichsweise leicht und ohne Geräusche auf. Früher fettete man für die Ewigkeit, sinnierte er ungewollt. Er griff sich gerade das Gemälde, als ihn der Kegel, den die Taschenlampe über ihm aussendete, erfasst hatte. Er widerstand dem Reflex, in dessen Richtung zu gucken und zog stattdessen den Schlüssel ab, flüchtete schnell in den kleinen Lagerraum und drückte die Tür hinter sich zu. Durch den hellen Spalt am Fußboden sah er, dass sein Verfolger schon bedrohlich nah gekommen war. Der Schlüssel jagte das Schloss.

Als die Türklinke von der anderen Seite wie wild betätigt wurde, hatte Herrmann bereits die erste Umdrehung des Schlüssels hinter sich. Um ihn herum war der Lärm beängstigend. Er ließ den Stock und das Gemälde fallen, um sich die Ohren zuhalten zu können.

»Hallo? Wer ist da unten?«

Augenblicklich wurde es dunkel und still. Die Stimme, die Herrmann gehört hatte, konnte nicht von dem Verfolger direkt hinter der Tür stammen, denn sie hatte viel weiter weg geklungen. Waren das Schritte, die sich entfernten?

Herrmann suchte nach Halt und spürte die kalte Wand hinter sich. Diesmal versuchte er gar nicht, ruhig zu atmen. Das würde sowieso nicht gelingen.

»Hallo? Zeigen Sie sich. Hier ist der Wachtdienst.«

Es folgte keine Antwort, sondern er vernahm einen dumpfen, kurzen Ton und ein anschließendes Poltern. Dann herrschte Stille. Er wischte sich eine brennende Schweißperle aus dem Auge, während er sich fragte, ob er jetzt in Sicherheit war oder in doppelter Gefahr. Würde derjenige wiederkommen? Oder der Nachtwächter?

Nachdem er ein paar Minuten still stehen geblieben war, wagte er es schließlich, ein Streichholz anzuzünden. Im schwachen Licht sah er, welches gewaltige Möbelstück er verrücken musste, um den versteckten Durchgang freizulegen. Der massive Schrank war der einzige Gegenstand in diesem kleinen Raum, der schätzungsweise sechs Quadratmeter groß war. Dies war BK1, ein Vorraum auf dem Weg seiner Bestimmung.

Herrmann wollte den kurzen Zeitraum der Helligkeit nutzen und drückte sich von der Wand ab. Bis zum Schrank waren es nur zwei Meter. Sofort lehnte er sich mit dem Rücken an die rechte Seite und begann, sich gegenanzustemmen. Nur ganz sachte konnte er das Hindernis nach hinten drücken. Seine Oberschenkel brannten und sein Rücken tat ihm von der Belastung weh. Mittlerweile war es wieder schwarz vor seinen Augen geworden. Friedrich hatte leider nicht geschrieben, wie weit man den Schrank zur Seite schieben musste, um an die Geheimtür zu gelangen. Welchen Ziegelstein musste er noch bewegen? War es nicht der Dritte von der linken, oberen Seite? Dann hatte er von der falschen Seite geschoben, stellte er zermürbt fest. Er drückte sich zum Trotz noch einmal so fest er konnte nach hinten. Der Schrank gab plötzlich nach und rutschte einen halben Meter laut kratzend über den Betonfußboden. Herrmann musste einen Ausfallschritt machen, um nicht auf den Hintern zu fallen. Dieser Kraftakt brachte ihn gewaltig zum Keuchen. Er verweilte erschöpft an der Mauer. Erst nach mehreren Minuten hatte er sich beruhigt. Nicht aufgeben jetzt, sprach er sich Mut zu. Jetzt bloß nicht aufgeben. Wenn er es eben richtig wahrgenommen hatte, dann blieben ihm noch genau zwei Streichhölzer. Er brauchte auf jeden Fall noch einmal Licht, um den richtigen Ziegelstein zu finden. Hoffentlich hatte er diesen mit seiner Schiebeaktion nicht versperrt, kam es ihm in den Sinn. Er schob sich um den Schrank herum und bemerkte, dass die Lücke zwischen ihm und der nächsten Wand groß genug war, um sich hineinquetschen zu können. Er beschloss, es auf einen Versuch ohne Licht ankommen zu lassen. Seine Hand strich an der Raumecke nach oben bis die Finger an die Decke stießen. Langsam glitten seine Fingerkuppen über die glatte Oberfläche des Ecksteins. Dann kam eine Fuge. Der zweite Stein. Wieder eine Fuge. Stopp. Das musste er sein. Beherzt übte er Druck aus und der Stein verschwand ein Stück in der Wand bis man ein leises *Klick* vernehmen konnte.

Herrmann ging vorsichtig wieder um den Schrank herum und freute sich, dass der Konstrukteur seine Sache damals sehr gut gemacht hatte, denn er konnte ertasten, dass sich die gemauerte Wand zur Seite bewegte und eine zirka hüftbreite Öffnung entstehen ließ. Wie auf Rollen geführt hörte sich dieser Vorgang an.

War er etwa schon am Ziel? Bevor er weiterging, hielt er nur seine Nase in die Öffnung. Er stellte sich auf muffige, nach Schimmel riechende Kellerluft ein. Es war aber genau das Gegenteil der Fall. Frische, kühle Luft. Der Bereich, der vor ihm lag, war demnach genauso gut an das Lüftungssystem angeschlossen wie der übrige Keller, nahm er an. Er sog den Sauerstoff in sich auf. Das tat gut und vertrieb seine Erschöpfung und Müdigkeit ein wenig. Wie groß war das Geheimversteck wohl? Er ging durch den Spalt und breitete seine Arme aus. Dies musste der von Friedrich beschriebene Korridor sein, nahm er an. Er erinnerte mehr an einen Tunnel, denn links und rechts fühlte er kaltes Mauerwerk. Ungefähr ein Meter breit. Die Decke war tiefer als die des Vorraumes. Da müsste er sich bücken. Früher waren die Menschen nicht so groß, war seine Begründung für diesen Unterschied.

Es blieben ihm immer noch zwei Streichhölzer. Er dachte an den geheimen Kellerraum und an den Brief von Friedrich. Da war der nächste Schritt eindeutig. Er hatte Übung darin, sich mit vorgestreckten Stock durch die Dunkelheit zu tasten.

25

Krister öffnete vorsichtig die Augen. Es war ein ganz schwacher Lichtschein zu erahnen. Aber Geräusche nahm er nicht wahr. Was machte Harring denn da oben? Geh doch endlich weg! Was war das da über ihm? Es klang wie ein Wischen. So als rieb jemand seinen Finger auf etwas. Der Spalt im Fußboden, schoss es ihm durch den Kopf. Augenblicklich verstärkte sich sein Zittern. Lange würde er sich nicht mehr auf den Füßen halten. Er hatte kaum noch Kraft. Jetzt nur nirgends anstoßen, flehte er sich selbst an.

Dann durchfuhr es ihn. Das Geräusch bohrte sich vom Kopf bis in die Füße. Er zuckte mit jeder Faser zusammen und machte sich noch kleiner als er ohnehin schon war. Er bekam einen Wadenkrampf und war kurz davor, aufzuschreien. Der Klingelton des Mobiltelefons über ihm hätte ihn fast umgeworfen. Millisekunden später knackte über ihm das Holz der Kellerluke. Harring bewegte sich offenbar.

»Bahnsen, was willst du?«, hörte Krister ihn sagen. »Ich hab´ jetzt keine Zeit.« Es folgten Schritte, die leiser wurden, und schließlich konnte er nur noch ein Murmeln hören.

Er nutzte die Gelegenheit, um seine Muskeln zu entspannen. Vorsichtig tastete er die Umgebung um sich herum ab. Irgendwo neben der kleinen Treppe gleich unter der Luke war doch der Lichtschalter gewesen, meinte er sich zu erinnern. Und so war es dann auch. Er betätigte ihn und musste blinzeln. Hinter ihm war die Lampe angegangen. Eine nackte Glühbirne in einer Fassung ohne Schirm. Er sah, dass er genug Platz hatte, seinen Krampf zu lösen. Er streckte das rechte Bein weit von sich und zog den Fuß Richtung Schienbein. Was für ein befreiendes Gefühl das doch war. Er setzte sich auf die unterste Stufe und konnte so gerade noch aufrecht sitzen, ohne sich zu stoßen. In der Ferne konnte er immer noch den Polizisten reden hören.

Hoffentlich haute der gleich ab. Hier unten war es kalt und muffig. Seine Hose war Nass und er hatte keine Schuhe an. Sein Kopf dröhnte und jeder Muskel tat ihm weh. Seine Gedanken gingen zu seiner Tasche, die er zu Hause zusammengepackt hatte. Er musste plötzlich schlucken. Scheiße, dachte er. Er hatte sie auf den Rücksitz von Harrings Auto gelegt. Wenn er sie entdeckt, dann wird er erst verschwinden, wenn er den letzten Winkel des Hauses durchsucht und Krister gefunden hatte. Wenn Harring sie nicht entdeckte, bliebe ihm zwar etwas Zeit von hier abzuhauen, aber wohin sollte er in dieser Verfassung und ohne Schuhe gehen? Es war viel zu kalt und der Weg in die Stadt zu weit.

Er bemerkte all die Gegenstände, die sich in diesem kleinen Versteck befanden. Alles in diesen zwei Kubikmetern hatte etwas mit Gerstensaft zu tun. Neben mehreren Kartons mit der Aufschrift *12 x 0,2l Nordsumer Tulpe* oder *6 x 0,5l Nordsumer Bierseidel* standen übereinander gestapelte Sortierkästen aus Plastik. Sie waren voll mit unzähligen Bierwappen für Spazierstöcke. Weiter hinten in der Ecke lagen stapelweise eingeschweißte Bierdeckel. Wohin er guckte befanden sich Utensilien, die mit Kneipe zu tun hatten. Er las *Aschenbecher grün*, *Zapfhahnschilder*, *Wandspiegel* oder *Flaschenöffner* auf den Kisten und Kartons. Er entdeckte zwei volle Bierkästen und sogar ein kleines Fass aus Holz.

Das musste wohl der andere Teil der Sammlung sein, den er mal von Opa erben sollte. Bisher hatte er nur die Bierspiegel, Barhocker und Bierwappen draußen in Schuppen neben der Garage gesehen. Von der Existenz dieser weiteren Sammlerstücke war ihm nichts bekannt gewesen. Wenn man das so in der Fülle vor sich sah, gestand er sich ein, war das schon beeindruckend.

Knapp unter der Decke, auf einem schmalen Regal, entdeckte er eine silberne Blechdose etwa von der Größe eines Briefbogens. Er nahm sie herunter, um einen kurzen Blick ins Innere zu riskieren.

Es kam zuerst ein Foto zum Vorschein. Krister kannte es. Es zeigte die Brauerei, als sie noch in Betrieb war. Der Opel Rekord auf dem Firmengelände deutete auf Anfang der Achtziger Jahre hin, vermutete er jedenfalls.

Er nahm nach und nach weitere Bilder heraus. Jedes hatte etwas mit Opas ehemaligem Beruf zu tun, erkannte Krister. Das letzte Stück war eine Art Poster. Man konnte es mehrmals auseinanderfalten. Sah aus wie eine technische Zeichnung, ein Gebäudeplan. Es waren Räume, Etagen und Entfernungen eingetragen. Türen und Fenster und viele Abkürzungen. Ganz unten am Rand entdeckte er einen Maßstab und die Jahreszahl. 1865. Wow, dachte er. Das war ja richtig lange her. Das musste wertvoll sein, nahm er an.

Krister ließ den Blick kreisen. Er hatte eine vage Ahnung was diese Sachen für eine Bedeutung für seinen Großvater haben mochten. Wenn er sie hier unten durch die einzelnen Dekaden in die Gegenwart herüberrettete und seinen Enkelkindern obendrein den Aufenthalt in diesem Keller unter Androhung von Strafe verbot, dann konnte man es gar nicht hoch genug einstufen.

Nachdem er genug gesehen hatte, faltete er das alte Dokument vorsichtig wieder zusammen und legte es so wie er es gefunden hatte wieder in die Dose zurück. Dabei vernahm er ein kleines Klackern, so als ob Metall auf Metall stieß. Er hielt die Blechdose näher ins Licht und sah in der linken Ecke ein kleines Messingschild, auf dem *Malz* eingraviert worden war. Er beschloss spontan, die Schachtel samt Inhalt mitzunehmen.

Die Stimme im Haus wurde wieder lauter. Es klang wie Fluchen oder so ähnlich. Er knipste schnell das Licht aus und wartete ab.

»Weil ich nun mal in der anderen Wohnung fertig war und da so eine Idee hatte. Deshalb bin ich hier raus gefahren zu dem Großvater von Jöhns. Ich dachte eben, dass er sich hier verstecken würde.« Harring versuchte seine peinliche Geschichte mit dem Autoklau zu vertuschen. »Ich sag dir, der Typ war hier. Auf dem Fußboden habe ich Blut gefunden und es stinkt nach Pisse. Warum, weiß ich allerdings auch nicht. Außerdem steht hier wieder was an die Wand geschrieben. Ihr müsst sofort herkommen.«

»Bist du etwa ohne Beschluss in die Wohnung eingestiegen?«, fragte Bahnsen ungläubig. »Reicht dir ein Alleingang pro Tag nicht aus? Musstest du noch einen oben draufsetzen?«

»Jetzt warte doch mal«, unterbrach ihn Harring. »Die Tür stand auf und schon im Flur war Chaos zu sehen. Da musste ich doch was tun«, rechtfertigte er sich. »Ihr müsst jetzt herkommen.«

»Nee, du kommst jetzt erstmal aufs Revier. Wir haben jetzt andere Probleme. Wir schicken die Spurensicherung da draußen hin. Du wirst jetzt hier gebraucht.«

»Scheiße, warum hört mir denn niemand zu?«, schrie Harring in den Hörer.

»Komm´ runter und beweg deinen Arsch«, sagte Bahnsen trocken und legte auf.

Harring riss wütend einen Besen um, der neben ihm an die Wand gelehnt war, schaute ihm hinterher wie er über den Küchenboden bis unter den Heizkörper rutschte und folgte dann stampfend der Anweisung seines Kollegen.

Krister hatte sich ein weiteres Mal erschrocken, nachdem er oben ein Scheppern gehört hatte. Was machte Harring denn jetzt da oben für einen Radau? Dann war Ruhe. Ganz langsam fing er an zu zählen. Um nicht durchzudrehen. Als er bei der Zahl Zehn angekommen war, wurde draußen eine Autotür zugeschlagen. Krister hielt die Luft an. Gleich war es geschafft. Dann heulte tatsächlich endlich der Motor. Das schnelle Rollen der Reifen auf dem Kies klang wie eine wunderschöne Melodie für ihn.

Und nun nichts wie weg hier, sagte er sich. Er hatte vorhin den Begriff *Spurensicherung* aufgeschnappt. Die war bestimmt bald hier, um alles zu durchsuchen, befürchtete er.

Mit der Schulter stemmte er sich gegen die schwere Holz-Luke. Sie bewegte sich ein Stück und dann war plötzlich Schluss. Es reichte für einen Spalt von einem Zentimeter. Sie klemmte. Krister gab beim zweiten Versuch mehr Schwung mit den Beinen. Wieder nichts zu machen. Was war das denn? Er setzte sofort zum nächsten Versuch an. Und zum nächsten. Er wurde immer lauter und verzweifelter. Er versuchte es wieder und wieder und krachte so fest er konnte mit Schulter und Hinterkopf gegen das Holz über ihm. Ohne Erfolg. Er war so in Rage geraten, dass der ganze Tumult die Rufe aus der Küche übertönte, solange bis die ihm bekannte Stimme zu ihm durchdrang.

Der Druck auf seiner Schulter ließ augenblicklich nach. Der Lärm war vorbei. Sein Blick wanderte über die Treppenstufen zum Heizkörper bis zu dem Besenstiel, den jemand in der Hand hielt. Hanna. Sie stand über ihm und sah aus wie eine Heilige im Licht. Nur ihr sorgenvoller Blick passte nicht ganz in diese Vorstellung von einem Engel.

»Krister, ein Glück, dass ich dich gefunden habe.« Sie ging nicht auf sein Aussehen ein. »Der halbe Polizei-Apparat ist auf der Suche nach dir. Sie haben dich gerade zur Fahndung ausgeschrieben, und die Spurensicherung ist auch schon auf dem Weg hierher.«

Krister saß immer noch im Kellerloch. Beim Zuhören hatte er glatt vergessen, aufzustehen.

»Jetzt komm, wir müssen sofort verschwinden.« Sie stellte den Besen zur Seite und winkte ihn heran.

Die Botschaft schien verarbeitet worden zu sein. Hektisch stieg Krister mit der Blechdose nach oben und fiel Hanna in die Arme. Er drückte sie so fest, als wollte er sie nie wieder loslassen.

»Danke«, sagte er erleichtert. »Danke.«

Sie hatte nicht mit der Umarmung gerechnet und zuckte zusammen. Dann wurde sie locker und ehe sie die Situation genießen konnte, hatte er sich schon wieder von ihr gelöst.

»Los, weg hier!«, sagte er.

Hanna folgte ihm Richtung Hofplatz, wo ihr Auto stand.

»Woher wusstest du, wo ich bin und dass die Polizei hinter mir her ist?«, fragte Krister, während er die ersten Lichter der Stadt auf sie zukommen sah.

»Journalisten wissen eben wie sie an Informationen kommen.« Sie blinzelte ihm keck zu.

Krister stand nicht der Sinn nach Rätseln und blieb ernst.

»Nee, nun sag mal bitte. Woher wusstest du das alles?«

»Polizeifunk«, antwortete sie.

»Häh? Wie geht das denn?« Krister hatte keine Ahnung.

»Mein Vater hat das früher oft mit einem alten Radio gemacht. Auf der Senderleiste gibt es den erlaubten Frequenzteil und mit etwas Feinjustierung hinter der Verblendung kann man den Polizeifunk im verbotenen Bereich empfangen. Hier in Nordsum gehen die Uhren zum Glück etwas langsamer, was den Fortschritt angeht. In der Großstadt sind die Funkanlagen bestimmt schon irgendwie verschlüsselt«, mutmaßte sie.

Sie waren bei ihrem Haus angekommen.

»Wir müssen schnell rein rennen, damit uns niemand sieht«, sagte sie und war auch schon ausgestiegen. Krister folgte ihr, ohne zu widersprechen.

*

Die obere Etage des Kommissariats war bis auf eine Person verlassen. Kommissar Bahnsen saß nachdenklich am Schreibtisch und starrte nun schon seit über zehn Minuten auf das grüne Telefon, das er zu sich herangezogen hatte, um einen Anruf zu tätigen. Er hatte bereits einige Male den Hörer in die Hand genommen, um ihn dann seufzend wieder zurück auf die Gabel zu legen. Beim letzten Versuch hatte er sogar schon das Freizeichen hören können.

Dermaßen unentschlossen hatte er sich zuletzt als Teenager verhalten, als er sich mit einem Mädchen verabreden wollte, in das er damals so sehr verschossen gewesen war. Am heutigen Abend hinderte ihn allerdings nicht die Angst davor, eventuell nicht die richtigen Worte zu finden, zu stammeln oder eine Abfuhr zu riskieren. In diesem Fall hegte er Zweifel, ob es wohl richtig war, als deutscher Polizist Ermittlungen in den Niederlanden aufzunehmen, ohne die dortige Polizeibehörde einzubeziehen. Das wäre nämlich viel zeitintensiver und barg, seiner Meinung nach, die Gefahr, in komplizierte bürokratische oder gar politische, diplomatische oder was sonst noch für Verstrickungen zu geraten. Er kannte sich auf dem internationalen Gebiet nicht so aus. Es musste doch einen unverfänglichen Weg geben, der ihm die notwendigen Informationen verschaffte, ohne dass er sich verdächtig machte. Dafür durfte er sich aber nicht als Polizist, sondern als Zivilperson zu erkennen geben, dann sollte eigentlich nichts schief gehen.

Die Auslandsnummer, die auf dem Zettel vor ihm stand, gehörte zu einer Pension in Amsterdam. Diese hieß „De Paard“, zu Deutsch, das Pferd. Bahnsen war gerade noch im Stande, das selbst zu übersetzen.

Vor einigen Jahren hatte er zusammen mit seiner Frau zwei Niederländisch-Kurse an der Volkshochschule besucht, nachdem sie ihm in jedem Sommerurlaub, den sie in Zeeland verbrachten, in den Ohren gelegen hatte, dass es doch schön sei, wenn man den Niederländern doch etwas Respekt entgegenbringen würde, wenn man den Bestellvorgang im Café in der Landessprache vornehmen täte. Er sträubte sich dagegen. Sein Argument war immer die Sprachbegabung der Holländer gewesen, welche die Notwendigkeit, einen Sprachkurs zu besuchen, doch überflüssig machte. Seine Frau hörte nicht auf zu quengeln.

Es hatte aber sein Gutes. Immerhin konnte er auf Niederländisch fragen, ob man den vielleicht Deutsch sprechen würde, natürlich nicht ohne vorher die üblichen Begrüßungsfloskeln zu benutzen.

Er atmete tief durch und betätigte die Wiederwahltaste. Nach dem zehnten Klingeln, er wollte schon wieder auflegen, nahm jemand ab.

»Goedenavond, dat is de Pension DePaard. Uw spreekt met Wim.«

Bahnsen richtete sich unbewusst auf, dann sprach er stockend: »Äh, goedenavond, ik ben Onno uit Duitsland. Spreekt u mischrien duits?« Er atmete erleichtert aus. Die erste Hürde war genommen. Nun hoffte er auf die erlösende Zustimmung. Diese kam zu seinem Glück prompt.

»Ja, meneer. Wij haben hier viele Gästen uit Duitsland. Wie kann ich Sie hellfün?«

»Ah, das ist schön, vielen Dank.« Bahnsen war erleichtert. Ich habe Ihre Telefonnummer auf meinem Display gesehen. Jemand aus Ihrem Hotel hat versucht, mich zu erreichen.«

Der Rezeptionist unterbrach ihn. »Heeft uw, pardon, haben Sie die Endseiffer der Telefonnummer?«

Der Kommissar verstand nicht sofort. »Wie bitte?«

»Ik meine die letzte swei Zahle van de Telefonnümmer.«, sagte die freundliche Stimme aus Amsterdam.

»Äh, ja klar. Das ist die vier und die fünf. Können Sie mir sagen, wie der Anrufer heißt?« Bahnsen biss sich auf die Lippe. Wenn diese Frage mal nicht zu voreilig war. Mit

Glück war der Holländer arglos genug, um die Frage zu übergehen.

»Darf ich Sie fragen, wann Sie…« Er hielt inne. Was immer das auch zu bedeuten hatte. »Äh, wann sein Sie opgebellt worden? Nee, sorry, angeruft worden?«

Bahnsen schämte sich, dass sich sein niederländischer Gesprächspartner so viel Mühe geben musste und er mit seinen spärlichen Sprachkenntnissen nichts Hilfreiches beitragen konnte.

»Die Anrufe kamen gestern Abend und heute mehrmals«, antwortete er hoffnungsfroh,

»Eine Moment, bitte!« Das Geräusch eines abgelegten Hörers war zu vernehmen. Im Hintergrund waren niederländische Wortfetzen zu hören. Ein Radio spielte etwas, was sich wie Country-Musik anhörte. Nach einer halben Ewigkeit meldete sich eine Frauenstimme, die etwas irritiert wirkte.

»Guten Abend? Hier ist Pernille Jöhns.«

Onno Bahnsen hätte vor Schreck fast aufgelegt, denn er hatte nicht damit gerechnet, direkt mit dem Anrufer verbunden zu werden.

»Ja«, sagte er zögerlich. Was sollte er der Frau erzählen, ohne es zu kompliziert zu machen? Er wusste auch nicht, was sie eventuell mit der Sache zu tun haben könnte. So wenig wie möglich von den Ermittlungen preisgeben, dachte er sich. »Ja, guten Abend Frau Jöhns. Bitte entschuldigen Sie die späte Störung. Mein Name ist Onno Bahnsen von der Kripo Nordsum. Darf ich fragen, in welchem Verhältnis Sie zu Krister Jöhns stehen?«

»Oh Gott. Was ist passiert?«, kam die unmittelbare Reaktion vom anderen Ende der Leitung. »Ich kann ihn schon seit gestern Abend nicht erreichen. Hatte er einen Unfall? Geht´s ihm gut? Nun sagen Sie schon. Warum rufen Sie an?«

Bahnsen schaltete schnell. »Es geht ihm gut. Ihr Sohn ist zur Zeit bei uns auf dem Revier«, log er. »Es wurde bei ihm eingebrochen. Ich befinde mich noch in seiner Wohnung, um ein paar Spuren zu sichern.« Er wurde unterbrochen.

»Ich wusste es. Ich habe es gewusst. Das ist ja schrecklich. Ich werde sofort nach Hause fahren. Wie geht es meinem Sohn?« Sie klang hysterisch.

»Es geht ihm wirklich gut, Frau Jöhns. Ihr Sohn wirkte sehr gefasst. Das wird schon wieder. Da bin ich fest von überzeugt.« Wenn er sich da nicht zu weit aus dem Fenster lehnte, dachte er. Reinen Wein durfte er dieser Frau jetzt nicht einschenken, ohne Angst zu haben, dass sie kollabieren könnte. War das etwa ein Schluchzen?

»Ich hätte nicht herfahren sollen. Ich hätte zu Hause bleiben sollen«, wimmerte sie.

Bahnsen unterbrach sie, weil er befürchtete, sich die komplette Leidensgeschichte anhören zu müssen. »Wir sahen mehr oder weniger per Zufall, dass Sie mehrfach in den letzten Stunden versucht haben, Ihren Sohn unter dieser Nummer zu erreichen. Bestimmt können wir Krister etwas von Ihnen ausrichten. Momentan können Sie leider nicht persönlich mit ihm sprechen, weil wir noch Fragen an ihn haben. Wollten Sie etwas Bestimmtes mit ihm besprechen?«, fragte er scheinheilig.

»Oh ja. Warum nicht. Das ist vielleicht eine gute Gelegenheit. Wo ich sowieso gerade mit Ihnen spreche«, antwortete sie hörbar besorgt. »Ich hatte meinen Sohn eigentlich schon gestern damit beauftragt, sich bei seinem Großvater zu melden, um zu schauen, ob es ihm gut geht. Seit zwei Tagen kann ich meinen Schwiegervater nun schon nicht erreichen. Ich mache mir wirklich große Sorgen, dass ihm etwas zugestoßen sein könnte. Krister hat sich seit gestern Abend einfach nicht bei mir gemeldet. Und jetzt auch noch ein Einbruch. Ich halt das nicht aus. Haben Sie irgendetwas von meinem Schwiegervater gehört?«

Bahnsen kannte die Antwort zwar schon, fragte fürs Protokoll aber trotzdem nach. »Wie ist denn der Name?«

Onno Bahnsen hatte nach dem Telefonat mit der aufgebrachten Frau Jöhns sofort Martin Harring in die Dienststelle zurückgepfiffen. Er brauchte ihn jetzt hier. Der Zettel, der noch zu erledigenden Aufgaben hakte sich nicht von allein ab. Und die Wohnung von Krister Jöhns konnte seiner Meinung nach warten. Als er am Telefon allerdings von dem erneuten Alleingang erfahren hatte, konnte er nur mit dem Kopf schütteln und musste unwillkürlich an Bork denken. Der würde wieder Puls kriegen. Da war er sich sicher. Dass Harring jedoch wieder mal einen guten Riecher gehabt hatte, musste man ihm wohl oder übel zu Gute halten.

Anschließend klingelte er die beiden Kollegen Nikolaisen und Schmidt aus dem Feierabend, um die Wohnung von Herrmann Jöhns umzukrempeln. Hoffentlich musste er nicht noch selbst rausfahren in den dunklen, kalten Koog. Da war es ihm schon lieber, im warmen Büro die Fahndung auszuschreiben. Noch schöner wäre aber sein eigenes Bett gewesen. Der Tag nahm einfach kein Ende. Aus diesem Grunde ließ er seinen Chef zu Hause schlummern. Ob das nun richtig war oder nicht, das würde er am nächsten Morgen erfahren.

26

Er lenkte das Auto in die Straße, in der sein nächstes Zielobjekt lag. In fünfzig Metern Abstand zu einem kleinen Einfamilienhaus blieb er stehen, stellte Motor und Licht aus und wartete. Ganz so eilig hatte er es nun auch wieder nicht. Es war sowieso besser, die Leute im Schlaf zu überraschen. Da waren sie hilfloser und verletzlicher, wusste er aus Erfahrung.

Das Taxi eben im Koog hätte er um ein Haar gerammt. Wer, um alles in der Welt, ließ sich zu einer gottverlassenen Kreuzung bringen? Das machte doch überhaupt keinen Sinn, dachte er. Egal, weiter ging es, denn er hatte noch eine letzte Sache für heute zu erledigen.

Das zweite Gemälde befand sich jetzt auch in seinem Besitz. Die halbe Miete hatte er drin. Trotzdem war er verärgert. Auch dieses Mal war er in Schwierigkeiten geraten und kurz davor, gesehen zu werden.

Gerade eben in Herrmann Jöhns Haus hatte er erst gar keine Haube aufgesetzt, weil er nicht damit gerechnet hatte, dass jemand ihn erwischen könnte. Die Kate war stockdunkel gewesen. Das hatte er ja extra noch geprüft, bevor er die Haustür aufgebrochen hatte. In aller Ruhe konnte er mit dem Cutter das Bild aus dem Rahmen schneiden und danach die Botschaft mit Tinte an die Wand malen. Das überraschend auftauchende Auto stand jedoch nicht in seinem Plan. Und schon gar nicht, dass es sich bei dem Fahrer um Krister Jöhns handelte. So sehr hatte er gehofft, nein, damit gerechnet, dass der junge Polizist von heute Vormittag den blutigen Pinsel gefunden hatte. Der sah richtig kampfeslustig aus, als er wenige Minuten nach Krister ebenfalls im Hausflur verschwunden war.

Anscheinend war er nicht lange genug in der Nähe geblieben, um das zu überprüfen, sonst hätte er gemerkt, dass die Polizei den kleinen Hinweis scheinbar nicht entdeckt hatte.

Im Grunde lief es trotz allem aber in die richtige Richtung, stellte er fest. Das Telefonat mit seinem Kunden war zufriedenstellend verlaufen. Sie konnten sich auf eine Summe einigen, die ihm für lange Zeit die Geldsorgen nehmen würde. Er musste sich allerdings etwas ranhalten, um den Zeitplan zu erfüllen. Der Kerl schien nicht von der geduldigen Sorte zu sein. Und die Drohung, sich andernfalls einen geeigneteren Partner für dieses Vorhaben zu suchen, hätte er sich getrost sparen können. Was dachte dieser Kerl sich eigentlich, auf wen er sich eingelassen hatte?

Nach einer guten Stunde im kalten Auto war es an der Zeit, die Sache voranzutreiben, beschloss er. Noch länger wollte er nicht untätig sitzen bleiben. Für geduldiges Abwarten war er nicht geboren. Alle Fenster des Hauses waren schon bei seiner Ankunft dunkel gewesen. Was sollte sich da jetzt noch ändern? Schließlich war es schon halb eins mitten in der Nacht. Der Alte musste tief und fest schlafen. Mit Glück hatte er ein Hörgerät, welches neben ihm auf dem Nachttisch lag. Leichtes Spiel. Die Vorfreude wuchs.

Die Straße war menschenleer. Trotzdem hielt er nach nächtlichen Spaziergängern Ausschau. Samstag abends konnte auch ganz schnell mal ein Taxi um die Ecke biegen, um einen Kneipenbummler zu Hause abzusetzen. Oder jemand wollte seinen Hund vor dem Schlafengehen noch kurz zum Kacken nach draußen bringen. Da er niemanden sehen konnte, ging er zügig über den Rasen des Vorgartens zum Hauseingang. Ruckzuck hatte er die Tür geöffnet und war im Windfang verschwunden.

Die Übergardinen in den einzelnen Zimmern des Erdgeschosses waren nicht zugezogen, sodass er seine Funzel erst einmal nicht anzuschalten brauchte. Die Straßenlaternen leisteten ihm ausreichend Unterstützung.

Im Haus war es ruhig. Er fragte sich wo das Bild wohl hing. Bei Sühlmann befand es sich klassisch im Wohnzimmer über dem Sofa. Jöhns hatte es im Flur hängen. Das fand selbst er ein wenig würdelos für so ein Objekt, obwohl ihm das eigentlich schnurzegal war.

Der Bewohner dieser Immobilie hatte es in keinem dieser beiden Räumlichkeiten aufgehängt, stellte er irritiert fest. Das zwang ihn dazu, ins Obergeschoß zu gehen. Das hätte er lieber vermieden, aber es half auch nichts. Er zog sich die Sturmhaube über und betätigte den Schalter der Stirnlampe als er die Treppe hochging. Auf zum Schlafzimmer. Was getan werden musste, musste getan werden.

27

Mit den Schultern an die Wand gestützt schob sich Herrmann durch den schmalen Tunnel. Sein Rucksack gab ihm in Hüfthöhe etwas zusätzlichen Halt. Er hatte nicht genau mitgezählt, aber mehr als zwanzig Schritte zur Seite glaubte er schon zurück gelegt zu haben. Alle paar Meter fuchtelte er mit seinem Stock in der Dunkelheit vor sich herum. Immer noch nichts zu spüren. Wenn er doch nur etwas Licht hätte. Er blieb kurz stehen, um seine Möglichkeiten durchzuspielen. Wenn er jetzt das vorletzte Streichholz anzündete, dann würde es wohl nicht mehr reichen, die Botschaft von Friedrich lesen zu können. Aber es könnte noch schlimmer kommen. Wenn er nämlich gar nichts in der Dunkelheit finden würde. Er hatte nicht mehr parat, wie alt dieser Teil des Braukellers war und ob es bei Grundsteinlegung schon Elektrizität gegeben hatte. Vorsichtig fühlte er über sich die Deckenwölbung ab, in der Hoffnung Friedrich Börnsen hätte nachträglich Stromleitungen verlegen lassen. Nachdem er die Strecke bis zur anderen Seite abgetastet hatte, wusste er, dass dem nicht so war. Offenbar hatte sein ehemaliger Chef darauf zu Gunsten der Geheimhaltung verzichtet. Er entschloss sich, ohne visuelle Hilfe weiter zu gehen.

Keine vier Meter weiter war der Widerstand an seiner rechten Schulter verschwunden. Der Gang war zu Ende. Behutsam ertastete er den Bereich hinter der Ecke. Keine Armlänge entfernt berührte er eine Wand. War das jetzt der gesuchte Raum oder nur eine Vertiefung? Der Luftzug war stärker geworden. Er kam von oben. Herrmann dachte an einen Schacht. Es half einfach nichts. Er griff in die Hosentasche.

Die kleine Flamme erhellte den kleinen Kellerraum recht ordentlich. Die Decke über ihm war mindestens vier Meter von ihm entfernt. Die Grundfläche schätzte er auf drei mal drei Meter. Vor ihm stand eine große Holztruhe und daneben ein kleiner Sekretär und ein Stuhl. Leider konnte er auch hier keine Beleuchtung entdecken. Aber auf dem Sekretär stand zu seiner Erleichterung eine große Altarkerze.

Er musste jetzt schnell sein, denn das Streichholz war schon zu zwei Drittel heruntergebrannt. Die Spitzen von Daumen und Zeigefinger wurden schon warm. Auf dem Weg zum Docht wurde seine Hand und alles um sie herum von der Dunkelheit verschluckt.

Er stand tief unter der Erde an einem Ort, der in keiner Karte verzeichnet war. Seine letzte Chance war ein kleines Holzstück, nur ein paar Sekunden zwischen ihm und der kleinen Schnur im Kerzenwachs. Die Taschenlampe kam ihm plötzlich in den Sinn. Und wenn sie nur ab und zu mal funktionieren würde. Das würde schon ausreichen, um einen Blick auf die Umgebung zu werfen. Er griff in die Jackentasche. Bitte verlass mich jetzt nicht, betete er. Er betätigte den Schalter. Der Strahl leuchtete genau auf den Sekretär. Jetzt keine weiteren ruckartigen Bewegungen, ermahnte er sich.

Herrmann lege sie auf die Tischplatte. Im selben Moment löste er damit einen Wackelkontakt aus. Reflexartig schlug er auf sie ein. Das funktionierte sofort. Schnell holte er das letzte Streichholz hervor und rieb den Kopf über den Zündstreifen. Er traf ihn erst beim dritten Mal, so fahrig war er. Dann endlich brannte der Docht. Erst als er sich ganz sicher war, dass das auch so blieb, wedelte er die kleine Lichtquelle in seiner Hand aus. Erschöpft nahm er seinen Rucksack ab und sackte auf den Stuhl neben sich.

Nachdem er einen großen Schluck aus der Wasserflasche genommen hatte, öffnete er die Truhe. Der schwere, abgerundete Deckel stieß gegen die Wand. Ganz langsam rollte daraufhin die Geheimtür am anderen Ende des Tunnels klickend ins Schloss. Herrmann drehte sich um und wartete einen Augenblick, ob sich hinter ihm etwas tat. Als er keine weiteren Geräusche registrierte, widmete er sich dem Inhalt der Truhe.

28

Das warme Wasser auf seiner Haut fühlte sich wie eine Entschädigung für die Ereignisse des gesamten Tages an. Am liebsten wäre es ihm gewesen, wenn die Wassertropfen die Fähigkeit gehabt hätten, all diese Erlebnisse einfach von ihm abspülen zu können, damit sie für immer durch den Abfluss in der Kanalisation verschwanden. Natürlich ging das nicht. Aber jedenfalls das Blut und den Gestank nach Angst und Schweiß konnte er loswerden. Er hatte sich im ersten Moment abgrundtief dafür geschämt und hätte sich gewünscht, nicht so von Hanna gesehen zu werden. Nachdem er ihr von dem Verhör mit Kommissar Bork, der anschließenden Flucht und dem Zusammentreffen mit diesem Harring erzählt hatte, war das Schamgefühl in den Hintergrund getreten. Als sie dann mitfühlend und erschrocken zugleich auf die Begegnung mit dem Eindringling in Opas Haus und seinem Versteck im Keller reagiert hatte, war es ihm egal geworden, wie er aussah. Etwas Anderes machte ihm jetzt Sorgen. Krister konnte trotz Brummschädel einfach nicht aufhören, darüber zu grübeln. Was hatte er eigentlich erreicht? Gar nichts, musste er feststellen. Doch! Er hatte es geschafft, auf die Fahndungsliste zu kommen und obendrein auch noch die Aufmerksamkeit auf Opa gelenkt. Dabei war doch genau das Gegenteil sein Vorhaben gewesen. Aber er würde wieder genau so handeln, sagte er sich, denn er war sich ganz sicher, dass sein Großvater derjenige war, den er in dem Polizeifilm im Fernsehen identifiziert hatte. Da gab es jetzt keine Zweifel mehr. Aber der Grund für diesen Einbruch war ihm nach wie vor rätselhaft geblieben. Er konnte sagen, dass alles mit der Brauerei und den Gemälden zu tun hatte. Soviel stand fest. Und dann war da noch derjenige, der ihm heute den Knockout verpasst hatte. Höchstwahrscheinlich hat der Typ auch Sühlmann ausgeraubt. Plötzlich bekam er es mit der Angst zu tun. Er hatte einen schlimmen Verdacht. Besorgt drehte er das

Wasser ab und stieg aus der Dusche. Darüber musste er sofort mit Hanna sprechen.

»Krister, wenn das wahr ist, dann müssen wir zur Polizei gehen. Das wird zu gefährlich für dich.« Hanna saß senkrecht im Sessel. »Der Typ ist doch unberechenbar.« Sie stand auf und setzte sich zu ihm aufs Sofa. Er hatte nur einen Bademantel an. Seine Klamotten befanden sich in ihrer Waschmaschine. Sie nahm seine Hand. »Hast du ihn gesehen?«

Krister schüttelte leicht den Kopf. »Nein. Das ging zu schnell und im Wohnzimmer war es zu dunkel.«

»Und wenn er nun denkt, dass du ihn gesehen haben könntest? Ach du Scheiße!«, rief sie aus. »Dann bist du in Gefahr.« Sie hielt sich fassungslos die Hände vor den Mund und verstummte.

»Nein, der kommt nicht wieder.« Krister winkte ab, glaubte aber selbst kein Wort von dem, was er da von sich gegeben hatte. Er wollte es einfach glauben und fuhr fort. »Der war auf der Suche nach dem Bild. Bei Opa heute Abend habe ich ihn überrascht. Sühlmann hat sich wahrscheinlich gewehrt und der Wärter im Museum hatte wohl einfach nur Pech.«

»Krister. Nun wach mal auf!« Sie rüttelte an seinem Arm. »Das ist doch viel zu groß. Wie willst du denn aus diesem Schlamassel heile wieder rauskommen?«

Er hatte darauf keine Antwort. Wie sollte er auch. Hilflos starrte er auf den schwarzen Bildschirm des Smart-TV. Dann dämmerte es ihm. »Ich hab´ eine Idee.«

Sie schaute ihn ungläubig an.

»Nichts sagen!«, kam er ihr zuvor. »Der Kommissar hat behauptet, dass ich verdächtigt werde, bei Sühlmann und ins Museum eingebrochen zu sein.«

»Worauf willst du hinaus?«

»Dabei ist es doch eigentlich auch geblieben. Ich habe zwar kein Alibi für den Donnerstagabend, aber ich habe ja ein reines Gewissen. Außer Widerstand zu leisten und wegzurennen habe ich ja nichts verbrochen.«

»Du hast dich damit aber stark verdächtigt gemacht. Du bist für die der Hauptverdächtige«, gab sie zu bedenken.

Krister verdrehte die Augen. »Ja, ist ja gut. Aber wenn ich mich stelle, kann ich meinem Großvater gar nicht mehr helfen. Wenn ich das überhaupt konnte.« Er brach in Tränen aus und weinte hemmungslos. Es überkam ihn einfach.

Hanna sagte nichts, sondern nahm ihn einfach nur in den Arm. Erst als er sich ein wenig beruhigt hatte, versuchte sie es mit einem Vorschlag. »Wie wäre es, wenn du dich erstmal hier ausruhst und ein paar Stunden schläfst? Und dann sehen wir morgen früh weiter, was wir tun können, okay? Jetzt bewirken wir sowieso nichts mehr. So oder so. Lass uns doch nur positiv denken. Solange sie dich suchen, suchen sie deinen Opa nicht. Und einen Wachtmann wird er schon nicht totgeschlagen haben. Wir kriegen das schon zusammen hin.«

Sie sprach nicht weiter. Krister hatte seine Wange auf ihre Schulter gelegt und war erschöpft eingeschlafen.

Als er die Augen aufmachte war er zeit- und orientierungslos. Er lag unter einer Wolldecke auf einem Sofa. Draußen dämmerte es bereits. Seine Augen suchten das Wohnzimmer nach einer Uhr ab. Neben dem Fernseher stand ein kleiner Antennenreceiver. Von seinem Display konnte er 7.30 Uhr ablesen. Ganz unvermittelt schossen die Erlebnisse der letzten zwei Tage durch seinen Kopf. Völlig unsortiert projizierte sein Gehirn Bilder auf eine Leinwand vor seinem geistigen Auge. Weil er es selbst nicht steuern konnte, setzte er sich auf, so als würde er sich von dieser Perspektivänderung eine Linderung versprechen. Er vergrub sein Kinn in den Handflächen und versuche, seine Gedanken neu zu ordnen. Rechtzeitig erschien Hanna aus dem Nebenraum.

»Du bist ja auch schon wach. Hast du etwas schlafen können?«

»Ja«, antwortete er mit belegter, tiefer Stimme. »Aber ich bin total verspannt und meine Birne fühlt sich an, als hätte ich einen zu engen Helm auf.«

»Willst du erstmal einen Kaffee? Oder eine Schmerztablette?«

»Ich nehm´ beides. Am besten die doppelte Dosis.«

Hanna verschwand in der Küche und kam wenig später mit einem Glas Wasser in der linken Hand und seinen Anziehsachen über den rechten Unterarm zurück. Die Klamotten legte sie auf der Sofalehne ab. »Die kannst du wieder anziehen. Ich hab´ sie gerade aus dem Trockner geholt. Ich hoffe, da ist nichts eingelaufen. Für die Leine hatten wir leider keine Zeit.« Sie stellte das Glas auf den Couchtisch und legte ihm die Tablette in die Hand. »Der Kaffee ist auch gleich fertig«, sagte sie umsorgend.

Krister bedankte sich mit einem Schmunzeln und nahm die Medizin.

»Willst du dich vielleicht erstmal im Badezimmer anziehen?«, fragte Sie. »Dann mache ich uns in der Zwischenzeit Frühstück.«

Er nahm ihren Vorschlag an.

Was für einen schönen Geruch sein T-Shirt jetzt wieder hatte. Es war ein angenehmes Gefühl, sich saubere Sachen anziehen zu können. Am meisten freute er sich über die frisch gewaschene Hose. Sie schien ein bisschen enger geworden zu sein. Aber er konnte trotzdem reinschlüpfen und die Taschen nach innen stülpen. Bei diesem Routinevorgang erinnerte er sich plötzlich an etwas. Er schoss aus dem Badezimmer und suchte nach Hanna. Er fand sie in der Küche, als sie gerade die Taste des Toasters runterdrückte.

»Hast du vor dem Waschen meine Hosentaschen ausgeleert?« Er hatte die Stirn in Falten gelegt und die Augenbrauen hochgezogen.

Hanna machte einen nachdenklichen Gesichtsausdruck. Sie ging an ihm vorbei. Krister folgte ihr bis zur Fernsehkommode.

»Hier.« Sie hielt ihm etwas entgegen. »Ein Euro-Stück und zwei kleine Zettel habe ich gefunden. Suchst du was bestimmtes?«

»Super, dankeschön.« Krister nahm ihr die Sachen erleichtert ab.

Hanna beobachtete ihn dabei, wie er das Geldstück in die Hose steckte, den größeren der beiden Zettel zerknüllte und den kleineren ausgiebig betrachtete. »Was ist das?«, fragte sie neugierig.

Krister fiel ein, dass er ihr noch nichts von dem Pokal und seinem kurzen Gespräch mit dem Museumswärter erzählt hatte. Er holte das nach und zeigte ihr anschließend das ausgefranste Stück Papier.

Sie musterte es. »Sieht aus wie eine Art Wappen oder ein Teil von einem Stempelabdruck. Ein Poststempel ist es nicht, oder?«

»Sieht aus wie ein Teil einer Häuserfassade«, fand Hanna.

»*sen Bra*«, murmelte Krister.

»Ich würde sagen, das bedeutet Börn*sen Bra*uerei. Ein Firmenlogo«, meinte Hanna.

Krister stimmte ihr zu. »Kommt hin. Das Museum sieht heute noch fast genauso aus. Dann ist das vermutlich ein Stempel, mit dem man Geschäftsbriefe versehen hat, oder was meinst du?«

»Ja, ich glaub auch. Aber wie kommt so was in den Sockel eines Pokals? Was soll sowas?«

Krister rieb sich den Bart glatt und überlegte, was der Grund sein konnte. So ein Sockel wurde doch nur ein einziges Mal mit dem Pokal verbunden, und zwar bei der Produktion.

Danach bewegte man dieses Bauteil nie wieder. Höchstens wenn es sich mal gelockert hat. Aber dann dreht man es nur fest. Lose drehen machte kein Mensch, legte er sich fest. Es kam also nur ein einziger Grund in Frage. »Ein Versteck. Jemand benutzte den Hohlraum im Sockel als Versteck. Der Stempelabdruck befand sich auf einem Stück Papier oder einem Briefumschlag. Da könnte ich drauf wetten. Von den Maßen her würde es passen«, äußerte er seine Überzeugung.

Hanna hatte Gefallen an seiner Idee. »Na klar«, rief sie aus. »Das klingt gut. Aber warum wurde dieser Ort gewählt? Wer wollte was im Pokal verstecken?«

»Und vor wem wollte er oder sie es verstecken?«, vervollständigte Krister ihren Gedanken.

»Wie sollen wir das herausbekommen?«

»Keine Ahnung, ob das überhaupt möglich ist. Die Frage ist ja, ob der Pokal etwas mit dem Verschwinden meines Opas zu tun hat.« Er schob den Papierfetzen ein Stück zur Seite und lehnte sich zurück. Es kam ihm ein Gedanke. »Es gibt zwei Möglichkeiten. Entweder jemand versteckt etwas, um es irgendwann wieder hervorzuholen und erzählt niemandem etwas davon, oder es dient als Versteck für mehrere Leute. So eine Art Familientresor oder Kaffeekasse, wenn man so will.«

»Aber es gibt noch eine dritte Variante«, gab Hanna zu bedenken. »Es könnte auch ein toter Briefkasten gewesen sein. Zwei oder mehrere Personen tauschen so Informationen oder Geld aus. Vielleicht gab es in der Brauerei Kollegen, die diese indirekte Art der Kommunikation, aus welchem Grund auch immer, der direkten vorzogen.«

Krister kräuselte die Stirn während er eine Locke um den Zeigefinger drehte. »So ein toter Briefkasten funktioniert ja nur, wenn er für alle beteiligten Personen frei zugänglich ist. Wenn das nicht so ist, dann heißt er nicht nur so, sondern das ist er wirklich tot.«

Hanna grinste. Sie ahnte worauf er hinaus wollte. »Wenn der Weg zu ihm gekappt wird bevor der Empfänger seine Post entnehmen kann, dann ist die Sendung verloren. Wird der Briefkasten aber später wieder verfügbar, dann wird sich der Adressat wahrscheinlich seine Sendung abholen wollen, in der Hoffnung, dass sie nicht schon entwendet wurde.«

»Wenn sie ihm noch etwas bedeutet, dann wahrscheinlich schon«, sagte Krister. »Dasselbe würde auch für ein Versteck gelten«, fügte er ihren Überlegungen hinzu.

Ihm kam plötzlich in den Sinn, dass er Hanna noch gar nichts von den Erzählungen über den Tod von Friedrich Börnsen und seiner anschließenden Ergebnisse seiner Recherche über seinen Großvater gesagt hatte. Ihr anschließender neugieriger Gesichtsausdruck animierte ihn, so ausführlich wie möglich zu berichten, was er herausgefunden hatte. Dann wendete er sich inhaltlich wieder dem Pokal zu. Er hatte nämlich eine Eingebung.

»Der Pokal ist der Briefkasten. Mein Opa ist der Empfänger und eventuell auch der Absender. Der Pokal stand bis 1986 in einem Büro in der Brauerei. Über 33 Jahre lang war er für meinen Opa unerreichbar, weil er beim Sundbaek-Konzern im Keller herum lag. Jetzt nehmen wir mal an, dass mein Opa den Pokal nach all den Jahren auf dem Foto der Zeitung entdeckt hat, bei dem Artikel über die Sonderausstellung.« Er kam nicht weiter.

»Wow!«, entgegnete ihm Hanna. »Dann musste ihm der Inhalt so viel bedeuten, dass er dafür sogar einen Einbruch riskiert hat und.« Sie traute sich kaum, weiter zu sprechen.

»Nein, denk` gar nicht daran. Er hat den Wärter nicht erschlagen, um ihn durchs halbe Museum zu schleifen und im Bier-Tank zu versenken. Er ist zwar rüstig, aber das traue ich ihm körperlich nicht zu. Und charakterlich schon gar nicht«, warf er schnell hinterher, damit sie es nicht falsch verstand.

Beide zuckten plötzlich zusammen. Das Festnetztelefon klingelte. Hanna stand auf und holte den Hörer. Sie sah verdutzt auf das Display. Was war denn das für eine Nummer? Ausland? Bestimmt so ein Werbeanruf. Sie nannte lieber nicht ihren Namen. »Hallo?«, musste reichen.

Krister beobachtete wie sie dem Anrufer zuhörte und hin und wieder zustimmend nickte. Sie machte dabei große Augen und wirkte irgendwie verständnisvoll. Dann kam sie ohne Vorwarnung zu ihm herüber und reichte ihm das Telefon. »Ist für dich. Deine Mutter.«

»Hallo Mama.« Krister fühlte sich schäbig und wartete auf eine Flut von Vorwürfen, die gleich über ihm hereinstürzen würde. Das wäre ja aus ihrem Blickwinkel vollkommen gerechtfertigt gewesen. Aber was hätte er ihr sagen sollen? Sie hätte ihn sofort durchschaut. Er war jedenfalls darauf gefasst, sich einen Vortrag über seine schlechten Verhaltensweisen und die maßlose Enttäuschung darüber anhören zu müssen.

»Krister, wie geht es dir mein Junge? Ich habe von der Polizei gehört, dass jemand in deine Wohnung eingebrochen ist.«

Das überraschte ihn jetzt. Keine Predigt? Er war darüber perplex und erleichtert zugleich. »Geht schon«, antwortete er ihr einsilbig. Ein innerer Alarm ging los. Wer ist denn in meine Wohnung eingebrochen? Und sie hatte mit der Polizei gesprochen. Was haben die ihr gesagt? Woher wusste sie, dass er bei Hanna ist? Wenn sie es weiß, wer weiß es außer ihr noch? Ein einziger Satz hatte tausend Fragen in ihm aufgeworfen.

»Was ist mit deinen Telefonen los? Dein Handy ist aus und auf dem Festnetz kann ich dich auch nicht erreichen. Ich habe dir zigmal aufs Band gesprochen. Warum hast du dich denn nicht gemeldet? Wir hatten das doch besprochen.«

Zu früh gefreut, dachte er resignierend. Das schlechte Gewissen wurde jetzt doch noch von ihr gefüttert. Wie konnte er nur so naiv sein, etwas anderes zu glauben. »Der Einbruch hat mich total durcheinandergebracht«, hatte er sich schnell überlegt zu sagen. »Zuhause mag ich jetzt nicht sein. Deshalb bin ich auch zu Hanna gefahren. Woher wusstest du eigentlich, dass ich hier bin?«

»Ist doch nicht so wichtig. Hast du was von Opa gehört?«

Krister wich ihr aus. »Wo bist du denn jetzt überhaupt? Bist du noch in Amsterdam?« Er hatte gerade eben nicht auf die Nummer im Display geachtet.

»Ja, aber wir fahren gleich los. Ich halte es nicht mehr aus. Ich habe eine Vermisstenanzeige aufgegeben, als mich der Polizist angerufen hat. Er hat mir von dem Einbruch erzählt und da meine Telefonnummer so häufig in der Anruferliste in deinem Festnetztelefon aufgetaucht war, wollte er wissen, wer dich so dringend erreichen wollte. Da habe ich ihm davon erzählt, dass ich mir Sorgen um Opa mache, weil ich ihn seit über zwei Tagen nicht erreichen kann.« Sie stockte. »Kannst du mir jetzt endlich mal sagen, was da bei euch los ist?«

Ihr Sohn trieb es auf die Spitze. »Bei mir ist eingebrochen worden.«

»Krister«, schrie sie ihn an. »Du sagst mir jetzt verdammt noch mal, was mit Opa los ist. Ich reiß dir zu Hause die Ohren lang, wenn ich wieder da bin.«

Das war der Augenblick, der keine Ausflüchte mehr erlaubte. Als er das realisiert hatte, begann er eine Geschichte zu erzählen. Allerdings war er der Ansicht, einige Details auszulassen, um seine Mutter nicht noch mehr zu beunruhigen. »Wir haben Opa bis jetzt noch nicht erwischt«, begann er mit der Wahrheit. Er fuhr schnell fort, um tröstende Worte hinterher zu schicken. »Ich fahre gleich nochmal zu ihm raus«, log er. »Aber Hanna und ich glauben eigentlich, dass er bei einem seiner alten Kumpels aus der Brauerei ist. Wir waren schon bei Kurt Sühlmann, falls dir der Name etwas sagt. Er hat uns ein paar mögliche Personen genannt, bei denen Opa sein könnte. Wegen der Sonderausstellung im Museum treffen sich wohl gerade viele Leute aus der Szene. Wahrscheinlich ist er deshalb so schwer zu erreichen. Wir werden heute noch bei einem alten Freund vorbeifahren. Vielleicht ist er da zu finden. Das wird schon. Das war bestimmt nur Zufall, dass wir uns immer verpasst haben.« Er hoffte, dass seine Mutter ihm die Story abkaufte und guckte hoch zu Hanna. Diese nahm ihm kurz das Telefon aus der Hand und drückte auf das Freisprechen-Symbol, um mit zu hören. Scheinbar brauchte seine Mutter ein wenig, das Gesagte zu verarbeiten. Dann kam eine Reaktion.

»Ist gut, Krister. Aber ruf mich sofort an, wenn du ihn gefunden hast.«

Krister atmete auf. Das Schlimmste war überstanden. Sie wusste nicht, dass nach ihm gefahndet wurde und hatte sich etwas beruhigt.

»Tut mir leid, mein Sohn, dass ich ein bisschen am Rad gedreht hab´. Aber wenn man erstmal anfängt, sich Sorgen zu machen, dann kann man das nicht so einfach abschütteln. Wenn du mal Kinder hast, dann wirst du verstehen was ich meine.«

Er nahm die weiteren mütterlichen Erklärungen gar nicht richtig wahr, sondern musste an die Begegnung mit Kurt Sühlmann denken. Der hatte doch von dem Vorfall von 1986 berichtet und über die anschließende Niedergeschlagenheit seines Großvaters. Mit einer bedeutsamen Sache hatte er sich jedoch so unheimlich schwergetan, sodass er darum bat, nicht weiter darüber sprechen zu müssen. *Es ist das Beste, wenn du es persönlich von Herrmann erfährst. Das bin ich ihm schuldig.* Als seine Mutter ausgeredet hatte, versuchte er sein Glück. »Mama, ich muss dich mal was fragen. Herr Sühlmann hat über etwas aus der Vergangenheit gesprochen. 1986 ist in der Brauerei wohl etwas Schlimmes passiert. Alles was ich weiß ist, dass der Brauereibesitzer tot in seinem Büro aufgefunden wurde und dass man Opa verdächtigt hatte, der Mörder gewesen zu sein. Aber was aus der Geschichte geworden ist wollte er mir nicht sagen. Was ist denn damals mit Opa passiert?« Er hörte ein Schnauben am anderen Ende der Leitung. Hanna hob unterstützend den Daumen und nickte ihm zu.

»Okay«, hörte er seine Mutter sagen. »Du bist ja jetzt alt genug, es zu erfahren. Wir haben es in der Familie seit der schweren Zeit nie mehr richtig ansprechen können. Dein Großvater hat sich immer vehement dagegen geweigert, wenn wir es zur Sprache bringen wollten. Irgendwann haben deine Oma, dein Vater und ich es nicht mehr versucht, obwohl wir sehen konnten, wie sehr Opa seitdem gelitten hat. Du warst damals erst fünf Jahre alt und von euch Kindern wollten wir den Kummer natürlich komplett fernhalten. Aber ich denke im Unterbewusstsein habt ihr schon gemerkt, dass wir Erwachsenen unglücklich waren.«

Krister hatte sein Kinn in die Handflächen gestützt. Der Hörer lag jetzt auf dem Couchtisch.

»Es war im Mai 1986. Dein Vater und ich bekamen einen Anruf von Oma. Sie meinte wir müssten sofort zu ihr kommen. Man hätte Opa festgenommen und mit aufs Polizeirevier genommen. Er wurde des Mordes an Friedrich Börnsen, seinem Chef, verdächtigt. Oma war außer sich und sagte immer wieder, dass sie das nicht glauben konnte. Opa und Friedrich Börnsen waren doch Freunde. Er war sogar Patenonkel von Papa. Wusstest du das?«

Krister beugte sich zum Hörer vor. »Ja, das hat Herr Sühlmann erwähnt.«

»Wir konnten das alles damals überhaupt nicht fassen und waren fest davon überzeugt, dass sich die ganze Angelegenheit als ein fürchterlicher Irrtum herausstellen würde. Wir rechneten damit, Opa schon abends wieder zu Hause zu haben. Da haben wir uns aber gewaltig geirrt. Die Leute von der Kriminalpolizei haben Opa immer wieder verhört. Sie haben ihm einfach nicht geglaubt, dass er unschuldig ist.«

Krister hielt es nicht mehr aus. Er musste eine Zwischenfrage stellen, um die Sache zu beschleunigen. »Hat man herausgefunden, was genau passiert ist?«

»Opa hat immer wieder seine Unschuld beteuert und ausgesagt, dass es sich um einen Selbstmord handeln würde. Er sei gar nicht im Raum gewesen als der Schuss gefallen ist. Leider sprachen aber alle Spuren gegen ihn. Es befanden sich Fingerabdrücke von ihm auf der Mordwaffe. Und ein Abschiedsbrief, der ihn hätte entlasten können, ist auch nie aufgetaucht.«

»Wurde er denn verurteilt?«

»Er saß ein halbes Jahr in Untersuchungshaft. Während seiner Inhaftierung hat er fast acht Kilo abgenommen. Das war eine sehr schwere Zeit für uns alle. Wir lebten jede Minute mit der Angst er könnte verurteilt werden und für lange Zeit ins Gefängnis kommen. Das war grauenhaft. Ich hatte zum Glück, kann ich im Nachhinein sagen, kleine Kinder, die mir ein Stück Normalität gaben. Ich musste ja für euch kochen, euch zur Schule oder Kindergarten bringen. Die alltäglichen Dinge des Lebens eben. Aber irgendwie haben wir nur wie Maschinen funktioniert und uns auch noch um Oma gekümmert. Sie wäre sonst an der Sache zerbrochen. Ich weiß heute nicht mehr, wie wir die Kraft dafür aufbringen konnten.«

Krister schluckte. Die Ausführungen seiner Mutter machten ihn betroffen. »Und dann?«, fragte er zaghaft.

»Dann stellte sich heraus, dass die Ermittlungen schlampig geführt worden waren. Es konnte nicht bewiesen werden, dass Opa der Mörder war, aber als Selbstmord wurde es auch nie deklariert. Daher ist bis heute nicht offiziell geklärt, was tatsächlich vorgefallen war. Die Akte wurde als ungeklärt geschlossen. So stand es jedenfalls in den Zeitungen.«

»Hast du jemals?« Krister hielt abrupt inne.

»Ich weiß was du fragen willst. Und das ist auch legitim«, ahnte seine Mutter wohl die Richtung seiner Gedanken.

»Jeder von uns hat sich die Frage gestellt, ob Opa tatsächlich zu so einer Tat in der Lage gewesen wäre. Wir haben Motive ersponnen und uns das Hirn über die Frage zermartert. Die natürliche Reaktion auf so etwas ist die Verneinung. Nie und nimmer, haben wir uns gesagt und uns auch verboten, so zu denken. Aber Anflüge von Zweifel hat es leider auch gegeben, je länger wir in diesem Netz gefangen waren.«

»Wie ist es dann mit ihm weitergegangen?«

»Er war nicht mehr wie vorher. Er kam als gebrochener Mann nach Hause und war fast zwei Jahre überhaupt nicht in der Lage, zu arbeiten. Seine Firma existierte ja auch nicht mehr. Diese war ja von Friedrich Börnsen an den Sundbaek-Konzern aus Dänemark verkauft worden. Den Braumeistern aus Nordsumer Zeit hatten sie jetzt dänische Kollegen vor die Nase gesetzt. Die fünfjährige Übernahmegarantie war zwar gut gemeint, aber das familiäre Zusammengehörigkeitsgefühl der Börnsen Brauerei war für immer verloren. Das Brauerei-Gebäude wurde nach zwei Jahren stillgelegt und das Nordsumer Bier wurde in Tondern gebraut. Für viele ältere Mitarbeiter war der tägliche Fahrtweg von über sechzig Kilometern eine Belastung gewesen. Nicht wenige kündigten und gingen in der Heimat anderen Berufen nach.“

Es folgte eine kurze Pause, in der niemand etwas sagte.

»Ich hatte immer das Gefühl, dass dein Großvater am meisten darunter gelitten hat, einen sehr guten Freund verloren zu haben. Auch wenn wir nie darüber gesprochen haben. Friedrich Börnsen war für ihn ein Vorbild und Mentor.« Man hörte jemand im Hintergrund reden. »Krister wir wollen gleich losfahren. Ich muss jetzt Schluss machen.«

Er nahm den Hörer wieder ans Ohr. »Alles klar. Wie lange fahrt ihr ungefähr?«

»Ja, ich schätze sieben bis acht Stunden werden wir wohl brauchen. Je nach Autoverkehr.«

»Alles klar. Ich hab´ aber noch eine Frage.«

»Ja?«

»Woher wusstest du, dass ich bei Hanna bin?«

Sie lachte. »Ach, das war reiner Zufall. Ich hab´ aus Versehen in deiner Firma angerufen. Das hatte ich gar nicht bemerkt. Es hat sich ein netter Herr gemeldet. Wenzel hieß der, glaube ich. Er sagte er hätte Wochenenddienst. Als ich nach dir gefragt habe, hatte er die Idee, dass ich mal bei Hanna fragen sollte. So kam das«, endete sie.

29

Als Kommissar Bork um 8.30 Uhr im Revier auftauchte, waren Martin Harring und Onno Bahnsen schon anwesend. Auch die beiden Kollegen von der Spurensicherung Steffen Nikolaisen und Frank Schmidt standen zu seiner Überraschung vor der Kaffeeküche und schauten ihn erwartungsfroh an.

»Habt ihr überhaupt geschlafen?«, fragte er übellaunig. »Ihr seht ja grauenhaft aus.«

Für Onno Bahnsen war diese Art der Begrüßung nichts Außergewöhnliches. Auch die Anderen wirkten unbeeindruckt. Im Laufe des Tages verflog die schlechte Stimmung ab und zu. Aber nur ab und zu. Der Chef war einfach noch nicht warmgelaufen. Bei der Fülle an Neuigkeiten würde sich das rasch ändern. Da war er sich sicher.

Bork rief die ganze Mannschaft zu sich ins Büro. »Habt ihr Neuigkeiten?», leitete er die Besprechung noch recht lustlos ein und hoffte insgeheim auf eine Verneinung. Seine Nacht war von mehreren Schlafunterbrechungen gespickt gewesen. Sein Darm spielte verrückt. Er hatte regelrechte Krämpfe gehabt und mehr Zeit auf dem Pott als auf der Matratze verbracht. Hier und da zwickte es immer mal wieder im Unterbauch. Er versuchte, den Schmerz weg zu massieren.

Bahnsen schaute als erster in seine Unterlagen und wollte gerade zum Reden ansetzen, als Harring ihm zuvorkam.

»Ich bin gestern Abend, nachdem ich in der Wohnung von Krister Jöhns fertig war, nochmal bei seinem Großvater draußen hinterm Deich vorbeigefahren. Irgendwie hatte ich da so ein Gefühl, dass Krister sich dort aufhalten könnte.«

Onno verdrehte die Augen. Er nun wieder. Geduldig ließ er den Bericht über sich ergehen, während er beobachtete wie die Aufmerksamkeit bei seinem Chef mit jeder neu gewonnenen Information wuchs. Dieser war offensichtlich wach geworden, nachdem er von dem geklauten Bild und dem

Blutfleck auf dem Fußboden gehört hatte. Er erwiderte allerdings erstmal nichts, hatte seine Augen weit geöffnet und folgte den anschließenden Erläuterungen von Frank Schmidt.

»Wir haben zwar erst morgen ein Ergebnis von der Gerichtsmedizin, aber wir vermuten, dass es sich um Blut und Urin von Krister Jöhns handelt. Das Bild…«

Weiter kam er nicht. Bork unterbrach ihn. »Moment, Moment! Was führt euch zu dieser Annahme? Es kann doch auch das Blut von Herrmann Jöhns oder sonst wem sein.« Bork erwartete eine passende Antwort.

Schmidt blickte hilfesuchend rüber zu Harring. »Willst du sagen, wie wir darauf kommen?«

Harring wand sich auf seinem Stuhl hin und her. Alle Augen waren nun auf ihn gerichtet. Er rang innerlich nach Worten. Um nicht zu unsicher zu wirken, antwortete er deshalb hastig: »Na ja, wir müssen natürlich geduldig sein. Aber es klang eben logisch, wenn man an die Sache mit Sühlmann denkt, an den gefundenen Pinsel in Krister Jöhns Wohnung und die anderen Spuren.«

Bork brummelte irgendwas Unverständliches. Dann bat er Schmidt, fortzufahren.

»Die Haustür wies keinerlei Aufbruchspuren auf, was daher wieder auf jemanden hinweist, der zur Familie gehört oder Zugang zum Haus hat, wie möglicherweise eine Putzfrau.«

»Ja, auch deshalb dachten wir zum Beispiel an Jöhns«, bekräftigte Harring seinen Verdacht.

»Jetzt erzählt doch erstmal was wir alles haben«, fuhr der Kommissar in genervtem Ton dazwischen. »Dann können wir später immer noch in alle Richtungen schlussfolgern. Und schön der Reihe nach. Also Schmidt, mach weiter.«

»Okay.« Schmidt warf einen schnellen Blick auf seine Notizen. »Wir können nicht sagen, ob es sich um einen oder mehrere Einbrecher gehandelt hat. Auf dem Teppichboden haben wir kleine Steine gefunden. Diese konnten wir der

Auffahrt zuordnen. Martin hatte sicherlich auch einige unter den Schuhen, als er die einzelnen Räume gesichert hat«, gab er mit Blick auf Harring zu bedenken. »Das wird aber noch genau untersucht werden.« Frank Schmidt gab mit einem kurzen Nicken das Wort weiter an Nikolaisen.

»Hinter der Haustür fanden wir einen Bilderrahmen, aus dem jemand, vermutlich mit einem Cuttermesser, ein Ölgemälde herausgeschnitten hat. Der Rahmen war absolut identisch mit dem da von Kurt Sühlmann.« Er zeigte auf eine Stellwand, an der die Bilder der einzelnen Tatorte und Personen zu sehen waren, die bisher mit diesem Fall zu tun hatten. Das Foto mit dem leeren Bilderrahmen und der roten Schrift *Hopfen* war dort auch zu sehen.

»Gab es wieder eine Botschaft?«, fragte Bork gespannt.

»Ja. Der Dieb hat den Begriff *Malz* an die Wand geschrieben«, sagte Nikolaisen. »Allerdings diesmal nicht mit einem Pinsel, sondern mit einer Feder und Tinte. Beides muss er ordentlich wieder auf den Schreibtisch im Nachbarzimmer zurückgestellt haben. Das spricht dafür, dass er keinen Zeitdruck gehabt haben muss. Fingerabdrücke haben wir übrigens gefunden. Aber die können auch von Herrmann Jöhns sein«, gab er zu bedenken.

»Gut«, meinte der Kommissar. »Also schon wieder ein Gemälde. Dieser Kowalski hat doch gestern von vier Bildern von Dienelt gesprochen. Alle mit demselben Motiv.«

»Kopiske«, meldete sich Harring.

»Ja, ja, du weißt doch genau, wen ich meine«, schnauzte Bork zurück.

Bahnsen hob den Finger. »Ich kann noch was dazu sagen. Von Alfons Kopiske, um genau zu sein, haben wir erfahren, dass der Brauereibesitzer Börnsen vier Bilder in Auftrag gegeben hatte. Er hat davon drei an verdiente Mitarbeiter verschenkt. Kurt Sühlmann, Herrmann Jöhns und Alfons Kopiske. Ein Gemälde hat er selbst behalten.«

»Ja«, grummelte der Kommissar. »Das wissen wir doch schon.«

»Genau. Aber jetzt kommt´s. Herr Kopiske hat heute noch mal angerufen, weil er vergessen hatte ein Detail zu erwähnen. In der Ecke unten rechts hat der Maler jedes Bild mit einem anderen Begriff versehen.«

»Lass mich raten. Hopfen und Malz kamen auch drin vor«, tippte Bork.

Bahnsen hob den Daumen. »Es waren Hopfen, Malz, Gerste und Wasser. Das Bild aus dem Museum war übrigens die Variante *Wasser*. Allesamt notwendige Zutaten, um Bier herzustellen. Das Rezept, wenn man so will.«

Kommissar Bork nahm den Telefonhörer ab und drückte die Schnellwahltaste für den wachhabenden Kollegen.

»Hallo Günther. Schick doch mal bitte zwei Kollegen zu dem Haus von Alfons Kopiske. Sie sollen mal gucken, ob alles in Ordnung ist. Könnte sein, dass er in Gefahr ist. Sie möchten ihn bitte mit aufs Revier nehmen. Wir haben da noch ein paar Fragen. Und noch was. Sie sollen das Bild von Dienelt mitnehmen.« Er bedankte sich und legte auf.

»Was für Fragen haben wir denn?«, wollte Onno Bahnsen wissen.

»Weiß nicht. War erstmal nur ein Vorwand. Da draußen sammelt sich jemand gerade die Gemälde ein. Derjenige ist gefährlich und wahrscheinlich bewaffnet. Was weiß ich denn? Hopfen, Malz und Wasser sind schon gestohlen worden. Gerste wird das letzte Ziel sein. Warum auch immer. Die Botschaften an der Wand hat er aus einem Grund, der mir schleierhaft ist, an irgendjemand gerichtet. Entweder will er uns etwas sagen oder den Eigentümern der Gemälde.« Er guckte wieder rüber zum Kollegen Nikolaisen. »Warst du eigentlich fertig?«

»Wir haben etwas Interessantes unter der Küche des alten Jöhns gefunden«, kam als Antwort zurück. »Dort gibt es einen kleinen Keller. Zirka zwei Kubikmeter groß.« Er erhob sich, nahm ein Foto im A5-Format aus seinen Unterlagen und pinnte es neben die anderen Aufnahmen. »Es sind lauter Utensilien, wie man sie in Kneipen finden kann. Darunter waren viele spezielle Sammelobjekte der Börnsen Brauerei. In den Kartons, die ihr hier sehen könnt, haben wir unzählige Biergläser mit der Aufschrift *Nordsumer Bier* gefunden.« Er setzte sich wieder. »Am umfangreichsten war allerdings der Inhalt der Plastikkisten. Wir haben sie nicht gezählt. Aber wir schätzen, dass Herrmann Jöhns darin über tausend Bierwappen aus Metall gelagert hat. Darunter viele, die man auf einem Spazierstock festmachen konnte. Ach ja«, fiel ihm noch ein, »Spazierstöcke lagen dort auch.« Da er wohl ahnte, welche Frage Bork auf den Lippen lag, hob er rechtzeitig die Hand und gab die Antwort vorweg. »Auf keinem dieser Stöcke fehlte ein Wappen.« Dann machte er ein selbstzufriedenes Gesicht und schwieg.

»Gut. Danke.«

»Moment! Das hätte ich fast vergessen.« Steffen war immer noch nicht am Ende. »Auf der Unterseite der Kellerluke klebte ebenfalls Blut. Mehrere Flecken. So als ob dort jemand mehrfach gegengestoßen ist. Das Holz ist teilweise an der Stelle abgesplittert.«

Außer Martin Harring konnte sich so recht niemand einen Reim daraus machen. Er saß verkrampft auf seinem Stuhl, denn er wusste ganz genau was das zu bedeuten hatte. Er hätte sich am liebsten selbst in den Arsch gebissen.

Da niemand sonst Anstalten zu reden machte, nutzte Onno Bahnsen die kurze Chance, um seine Ergebnisse vorzustellen. Er hatte schließlich einiges herausgefunden. »Ich habe mich gestern noch um die holländische Telefonnummer gekümmert.« Er erzählte von der Idee, einen Wohnungseinbruch vorzutäuschen, nachdem er herausgefunden hatte, dass es sich bei dem Anrufer um die verzweifelte Mutter von Krister Jöhns gehandelt hatte, die gerade Urlaub in Amsterdam machte.

»Dass wir ihren Sohn verdächtigen, hast du nicht erwähnt?«, hakte Bork nach.

»Nee, wie ich schon sagte. Sie glaubt, dass wir in einer Einbruchsache ermitteln.«

»Und warum hat sie nun andauernd versucht anzurufen? Warum war sie so penetrant?«

»Die Frau war total durch den Wind, wenn du mich fragst. Am liebsten wäre sie sofort nach Hause gefahren.«

»Um ihren Sohn zu retten? Der ist doch schon was weiß ich wie alt.« Bork wippte nun nervös mit der Fußspitze auf und ab.

Bahnsen spickte trotzdem schnell noch in seinen Unterlagen. »38.«

»Was?«

»Er ist 38 Jahre alt.«

»Ist doch egal jetzt. Mach weiter!«, befahl Kommissar Bork.

»Ja, ist gut. Ich mach ja schon. Ihr Sohn Krister war nicht der eigentliche Grund für die Hysterie. Sie hatte tierisch Schiss, dass ihrem Schwiegervater Herrmann Jöhns etwas zugestoßen sein könnte. Seit zwei Tagen hat er nicht auf Anrufe von ihr reagiert. Aus diesem Grund hat sie am Freitagabend extra ihren Sohn damit beauftragt, nach seinem Opa zu schauen. Der hatte ihr versprochen, zu ihm zu fahren. Als Krister sich dann ebenfalls nicht bei ihr gemeldet hatte, wurden ihre verzweifelten Anrufversuche immer häufiger. Die Dame kam mir regelrecht froh vor, mit der Polizei darüber reden zu können. Wenn ich sie nicht angerufen hätte, dann hätte es bei ihr nicht lange gedauert bis wir von ihr gehört hätten. Das mit der Vermisstenanzeige hat sie nun jedenfalls gleich nachgeholt.«

Der Kommissar musste die neuen Informationen erstmal verdauen. Er drehte seinen Stuhl um hundertachtzig Grad und schaute in den blauen Himmel. Endlich mal wieder

Sonnenschein, freute er sich. Augenblicklich wurde im klar, dass er von diesem schönen Tag nicht sehr viel genießen würde können. Daher widmete er sich lieber schnell wieder dem Fall, der auf seinem Tisch lag. Dann wurde die Laune nicht noch schlechter.

»Martin, schreib` mal bitte *Herrmann Jöhns* auf unsere Liste. Und wir brauchen ein aktuelles Bild von ihm. Wenn der mal nicht mit Krister Jöhns zusammenarbeitet. An irgendetwas erinnert mich der Name. Aber das finde ich noch heraus. Ich werde das selbst in die Hand nehmen.«

»Ich hab´ noch mehr«, meldete sich Bahnsen wieder zu Wort, während Harring noch an der Tafel stand. »Kann ich?«

»Leg los.«

»Martin sollte sich ja eigentlich mit Krister beschäftigen. Weil er aber noch im Koog war und die Recherchen zu Sühlmann…«

Bork funkte dazwischen. »Ja, ja. Wir sind hier nicht im Kindergarten. Ist nicht schlimm. Hauptsache irgendjemand kümmert sich drum.«

Bahnsen bereute die Einleitung und versuchte es nochmal. Er las vom Blatt ab. »Krister Jöhns ist wie gesagt 38 Jahre alt. Seit einem Jahr Single, Schulbildung Abitur, Assistent der Anzeigenleitung beim Nordsumer Tageblatt. Mutter Pernille Jöhns, geboren in Kopenhagen, Vater Sönke Jöhns ist seit 10 Jahren tot. Großvater Herrmann Jöhns, 82 Jahre alt. Hat eine drei Jahre ältere Schwester Marie. Wohnhaft in Kiel. Hobbies sind keine bekannt. Finanzielle Schwierigkeiten hat er keine. Keine Kredite. 4.458,- Euro auf dem Konto bei der Sparkasse Nordsum. Ansonsten Riester-Rente, keine Punkte in Flensburg, keine Vorstrafen. War einmal als Unfallzeuge vorgeladen. In seiner Wohnung haben wir einen Werkstatt-Auftrag gefunden. Laut Aussage des Firmenbesitzers befindet sich sein VW-Bus, Baujahr 1999, seit Samstag 11 Uhr auf der Hebebühne. Der Fehler ist noch nicht gefunden.« Bahnsen hob den Kopf und schaute in die Runde. »Ich hab´ mich gefragt, wie Krister von seiner Wohnung, die er Hals über Kopf verlassen musste…«

»Moment mal«, protestierte Harring. »Er musste nicht abhauen. Er ist freiwillig geflüchtet. Das ist ein Unterschied.«

»Ja, okay. Ich fragte mich also, wie er ohne Auto raus in den Koog gelangen konnte. Das Fahrrad als Verkehrsmittel habe ich erstmal ausgeschlossen, weil der Weg zu weit ist. Eines der beiden Taxiunternehmen aus Nordsum konnte eine Tour um ca. 20.30 Uhr mit Start vor Kristers Wohnung mit dem Ziel Herrmann Jöhns´ Haus verzeichnen. Das nahm die Dame aus der Taxizentrale nur an, denn eine genaue Adresse hat der Fahrgast nicht angegeben. Und seinen Namen hat er auch nicht genannt als er den Wagen bestellt hatte. Die Rufnummer seines Handys war leider unterdrückt. Ich habe auch erfahren, dass am ganzen Wochenende keine Tour mit Gast aus dem Koog herausfuhr. Zu den beiden Nachbarn im Koog ist der Fahrgast nicht gegangen. Laut Aussagen der Bewohner hat am Wochenende niemand Besuch empfangen. Ich werde so schnell wie möglich Kontakt mit dem Taxifahrer aufnehmen, damit er uns eine Personenbeschreibung geben kann. Das habe ich noch nicht geschafft.«

»Du, wenn du möchtest kann ich das auch gern erledigen«, bot Martin Harring freundlich an.

Onno Bahnsen war zwar etwas irritiert, so ein Angebot von seinem Kollegen zu erhalten, nahm es aber dankend an.

Bork registrierte das eigenartige Verhalten von Harring, hatte aber keine Muße weiter darüber nachzudenken. Ihm kam nämlich etwas Wichtigeres in den Sinn. »Hat schon jemand die Bänder des Museums überprüft? Taucht Krister Jöhns da irgendwo auf?«

»Ja. Das hab´ ich gerade eben noch erledigt«, meldete sich Frank Schmidt. »Der junge Jöhns taucht außer gestern Nachmittag ein weiteres Mal am Mittwochabend auf. Da ist er in Begleitung eines Seniors unterwegs gewesen. Der Alte sah aus, als interessierte er sich mehr für das Gebäude, als für die

Ausstellung. Hat in alle Ecken und Winkel geguckt. Oft auch mitten in die Kameras. Und Krister Jöhns wirkte völlig gelangweilt. Saß auf der Treppe, auf einer Besucherbank oder trottete nur hinterher. Insgesamt waren sie fast zwei Stunden im Museum.«

»So, so, Enkel und Großvater also«, sagte Kommissar Bork. Die anderen schwiegen und glotzten ihn an. »Der Gesuchte mit der Taschenlampe ist hundertprozentig Herrmann Jöhns gewesen.«

»Und sein Komplize ist sein Enkelsohn«, stimmte Bahnsen in den Kanon mit ein.

»Frank, wenn wir ein Bild von dem alten Jöhns haben, dann vergleich das mal bitte mit den Videoaufnahmen von der Seitentür.«

»Alles klar. Mach´ ich.«

Der Kommissar fragte in die Runde. »Hat jemand von euch noch irgendetwas zu berichten?«

Er erntete nur Kopfschütteln.

»Gut. Dann gehe ich noch mal unsere nächsten Schritte durch.« Er fasste sich an die Stirn und schaute auf seine innere Liste. »Frank vergleicht die Videoaufzeichnungen mit dem Bild von Herrmann Jöhns.« Sein Blick wechselte rüber zu Bahnsen. »Onno, du fragst noch mal die Mutter von Krister Jöhns, an welchen Orten wir ihren Schwiegervater finden könnten. Sie soll alles sagen, was ihr einfällt. Ich glaube zwar nicht, dass das erfolgreich ist, aber wir haben im Moment nichts anderes an der Hand.« Er wartete, bis sein Kollege ausgeschrieben hatte. »Und such´ mal bitte nach Verbindungen zwischen dem getöteten Museumswärter Björn Ketelsen und der Jöhns-Sippe oder zu den Mitarbeitern der Börnsen Brauerei. Kopiske, Sühlmann und wer da sonst noch in Frage kommen kann. Vielleicht kommen wir so auf das mögliche Motiv oder können einen Mord ausschließen.«

Onno Bahnsen hob den Daumen. »Sehr gute Idee«, befand er und brachte seine Notizen zu Ende.

Es folgte eine kurze Pause, in der Bork einen Moment stillsaß und nur wie weggetreten an die Decke starrte. Dann kam er wieder zurück und schaute Harring an.

»Martin, du wolltest dich ja um die Sache mit dem Taxi kümmern.«

Harring verkrampfte sich ein wenig, als er von seinem Chef angesprochen wurde. Fast schüchtern entflog im ein »Ja?!«, welches sich mehr wie eine Frage anhörte als wie eine überzeugte Antwort.

»Dann rede mal mit dem Fahrer, damit wir erfahren, ob er Krister Jöhns in den Koog gefahren hat. Falls er ihn nicht auf dem Foto identifizieren kann, dann hör dich mal in der Nachbarschaft um, ob da jemand etwas gesehen hat. Vielleicht hat ihn jemand mitgenommen oder sie haben ein Auto gesehen. Du weißt schon«, beendete Bork seine Aufgabenverteilung. Martin Harring schien ihm ein wenig blass um die Nase, deshalb erkundigte er sich nach seinem Befinden. »Geht´s dir nicht gut? Du siehst käsig aus.«

»Nee, nee. Ist alles gut. Hab´ wahrscheinlich zu wenig geschlafen«, bekam er als Erklärung zu hören.

Onno Bahnsen hob den Finger. »Nur der Vollständigkeit halber. Die Überprüfung von Herrmann Jöhns übernimmst du jetzt selbst, hattest du gesagt, oder?«

Bork nickte mehrmals bedeutungsvoll. »Genau, ich wühl mal im Archiv und in der Vergangenheit. Irgendwas war da mal. Ist schon ´ne Weile her. Und auf jeden Fall fahr ich heute nochmal raus zu seinem Haus. Ich will mir vor Ort einen besseren Eindruck verschaffen.«

Er stand auf, um die Besprechung zu beenden. Kurz vor der Tür fiel ihm noch etwas ein. »Frank, kannst du mal prüfen, ob auf Herrmann Jöhns ein Auto zugelassen ist? Handy, EC-Karte. Das Übliche eben. Ich muss das ja nicht mehr alles aufzählen«, schloss er und war in Richtung Toilette verschwunden.

*

Das Polizeiarchiv befand sich im Souterrain. Kommissar Bork war mindestens fünf Jahre nicht mehr hier unten gewesen. Im Computer hatte er das richtige Aktenzeichen herausgefunden. Jetzt ging er durch den langen Gang der Rollregale und suchte nach der passenden Ziffern- und Buchstabenfolge. Um an die Mappe heranzukommen, musste er erst zwei Schieberegister zur Seite drehen. Dann öffnete sich der Gang und er ging mit dem kleinen Notizzettel in der Hand hinein. Es dauerte nicht lange, da hatte er die Unterlagen, nach denen er gesucht hatte, in der Hand. Er setzte sich an einen der kleinen Tische, die alle paar Meter im Gang platziert waren und öffnete den Pappumschlag. Die Erinnerungen hatten ihm keinen Streich gespielt. Der Brauereimord wurde damals in der Nachbarabteilung bearbeitet. Walter Bork war zu dem Zeitpunkt Kommissar-Anwärter gewesen. Die Zuhilfenahme des Sondereinsatzkommandos aus Kiel hatte ihn damals mächtig beeindruckt. Das hatte er so schnell nicht vergessen. Den weiteren Verlauf hatte er aber nicht weiterverfolgt. Seine eigene Prüfung hatte da mehr in seinem persönlichen Fokus gestanden.

Die Akte Herrmann Jöhns war verhältnismäßig dünn. Da hatte er aber mehr erwartet, nachdem was er in der Zusammenfassung dieses Falles gelesen hatte. Dort stand, dass Jöhns sechs Monate in Untersuchungshaft verbracht hatte, weil man ihn des Mordes an dem Brauereibesitzer Friedrich Börnsen verdächtigt hatte. Es war sogar zu einer Anklage durch den Staatsanwalt gekommen. Am Ende wurde diese aber wieder fallen gelassen. Unter anderem, weil sich herausgestellt hatte, dass die Ermittlungen fehlerhaft waren und die Indizien nicht ausreichten für eine Verurteilung.

Bork schaute sich das erste Blatt an. Oben links klebte ein Bild von Herrmann Jöhns. Darunter waren die Angaben zur Person aufgelistet.

Herrmann Jöhns, geboren am 6. März 1938 in Nordsum. Körpergröße 1,82 Meter, 85kg schwer, Augenfarbe braun. Verheiratet mit Elisabeth Jöhns, geborene Nissen. Kinder Sönke und Monika.

Bork blätterte weiter. Er fand nichts über Vorstrafen oder Hinweise auf Ordnungswidrigkeiten oder Streitigkeiten. Auf den ersten Blick ein unbescholtener Bürger, der sich nie hat etwas zu Schulden kommen lassen. Die finanzielle Situation im Hause Jöhns war nicht angespannt. Es lief zwar ein Kredit für das Haus, aber überschuldet war die Familie bei weitem nicht.

Er schaute sich die Berichte über die möglichen Szenarien des Tatherganges an. Die ermittelnden Beamten hatten die Möglichkeit eines Selbstmordes ganz hintenangestellt und eindeutig nicht priorisiert, stellte er fest.

Die Faktenlage sah wie folgt aus:

Friedrich Börnsen starb am 12. Mai 1986 um ca. 7:30 Uhr morgens an einer Schussverletzung aus nächster Nähe in den Kopf. Laut dem Gerichtsmediziner war der Tod sofort eingetreten. Der Einschusswinkel des Geschosses ließ weder eine eindeutige Schlussfolgerung auf Suizid, noch auf Fremdeinwirkung zu.

Der Kommissar stutzte und ging die Unterlagen weiter durch. Dann hatte er den Bericht der Spurensicherung gefunden. Dort waren die Angaben zu den Schmauchspuren unkonkret. Er fand auch nichts darüber dokumentiert, wie die Fingerabdrücke auf der Tatwaffe angeordnet waren. So eine lückenhafte Aufnahme der Spuren am Tatort hätte man nach heutigen Gesichtspunkten in die Tonne treten können. Das wirkte schon sehr voreingenommen in Richtung Mord tendierend.

Herrmann Jöhns hatte Blut an seinen Händen gehabt und die Pistole wies seine Fingerabdrücke auf. Sie hatte neben dem Toten auf dem Boden gelegen. Als Jöhns von der Sekretärin Simone Meier entdeckt worden war, hatte er vor Friedrich Börnsen gekniet und schuldbewusst ausgesehen. Das hatte sie als Hauptzeugin zu Protokoll gegeben.

Bork saß über eine Stunde über den Unterlagen. Bisher hatte er noch keine plausible Verbindung zwischen den dramatischen Ereignissen von 1986 und heute finden können. Die wichtigste Frage bei Mordfällen drehte sich doch immer um das Motiv. Er nahm sich den Abschnitt über Friedrich Börnsen vor. Die dort wiedergegebenen Ausführungen über den Verkauf der Brauerei kurz vor seinem Tod hatte er in anderer Form schon einmal gehört. Einem Nordsumer in seinem Alter war diese Geschichte natürlich bekannt. Er konnte sich noch gut daran erinnern, wie lange noch viele Kneipengespräche oder Kaffeekränzchen von diesem Thema bestimmt worden waren.

Der arme Herrmann Jöhns, überkam ihn das Mitleid. Das war bestimmt ein Spießrutenlauf gewesen. So ein Mordverdacht haftete doch auf immer und ewig an einem. Die Leute vergaßen so etwas nicht. Wie konnte er mit so einer Bürde nur weiterleben?

Er schwenkte gedanklich um. Vielleicht ist er aber auch mit einem Mord davongekommen.

Dann konzentrierte er sich wieder auf den Firmenbesitzer. Seine Leiche war zunächst nicht gründlich obduziert worden. Das hatte man nach einer Exhumierung nachgeholt. Anscheinend war man nach mehreren Monaten bei der letzten Möglichkeit auf der Prioritätenliste angekommen, mutmaßte Bork. Nämlich dem möglichen Motiv für einen Selbstmord. Es hatte sich dabei herausgestellt, dass Friedrich Börnsen Krebs hatte. Dieser war schon sehr weit fortgeschritten. Ausschlaggebend für die nachträgliche Untersuchung des Körpers war eine Aussage von dem Hausarzt Börnsens, der von der ärztlichen Schweigepflicht entbunden worden war. Da es keine Aussichten auf Heilung mehr gegeben hatte, wollte sich der Patient nicht mehr behandeln lassen.

Über weitere Motivationen, die in einem Selbstmord münden könnten, wie zum Beispiel Depressionen, konnte er in der Akte nichts finden. Das wunderte ihn aber auch nicht mehr. Er schüttelte missbilligend den Kopf, packte den Stapel zusammen, klemmte ihn unter den Arm und eilte zur Toilette. Sein Darm machte sich wieder bemerkbar.

30

Die Truhe war fast bis zum Rand gefüllt. Ein schwarzes Seidentuch verhüllte den Inhalt. Er rückte sich den Stuhl näher heran, zog es vorsichtig mit beiden Händen hoch und legte es auf den Tisch neben sich.

Es kam eine Kiste aus dunklem Edelholz zum Vorschein, die mit einem Drehknopf verschlossen war. Er öffnete sie. Es lagen mehrere Briefumschläge in ihr. Sie waren alle verschlossen. Auf dem Oberen stand *FÜR HERRMANN JÖHNS* geschrieben. Er nahm ihn sofort an sich und zögerte nicht, um ihn zu öffnen. Seine schreckliche Reise sollte gleich zu Ende sein.

Er riss das Kuvert ohne Sorgfalt auf und entfaltete den Brief. Er identifizierte die Schrift sofort. Sie war tatsächlich von seinem ehemaligen Chef. Die Tinte schien so frisch zu sein, als sei er erst gestern geschrieben worden. Und genauso fühlte es sich für Herrmann auch in diesem Moment an. So als seien keine dreiunddreißig Jahre vergangen, sondern nur ein einziger, nie enden wollender Tag. Er drehte sich ein Stück auf der Sitzfläche und hielt das Papier in Richtung Kerzenschein.

»Mein treuer, lieber Freund Herrmann.«

Der Brief löste widersprüchliche Gefühle in ihm aus. Immer wieder musste er seinen Blick von ihm lösen, um die unangekündigten Wellen aus Trauer, Selbstmitleid und auch Wut vorüberziehen zu lassen. Herrmann hatte gehofft, dass sich die Erleichterung über die Erklärungen seines ehemaligen Chefs und Freundes besser anfühlen würde als es der Fall war. Er konnte es gar nicht richtig glauben. War das hier real? Etwas irritierte ihn. Warum fühlte er sich nicht erlöst? Er ließ den Brief nicht los, während er jeden der anderen beschrifteten Umschläge einzeln aus der Box nahm und anschließend in seiner Jackentasche verstaute. *Simone Meier, Kurt Sühlmann, Alfons Kopiske*.

Der Boden der Truhe war noch nicht erreicht. Schon wieder versperrte ein Tuch die Sicht auf das was darunter lag. Herrmann zog es ab und ließ es diesmal einfach fallen, denn er traute sich nicht zu glauben, was für ein Anblick sich ihm da bot. Er vergrub sein glühendes Gesicht in seinen Händen. »Friedrich, was hast du dir dabei nur gedacht?«, sagte er laut.

Seine Kräfte waren aufgebraucht. Körperlich und mental war er am Ende. Er wollte nur noch raus aus diesem engen Keller. Er brauchte Luft zum Atmen und Schlaf. Jede Menge Schlaf.

31

»Was denkst du?«, fragte Hanna den nachdenklich dreinschauenden Krister.

Er pustete lang aus bevor er antwortete. »Es ist genau das eingetreten, was ich seit gestern Morgen verhindern wollte.«

Sie sagte nichts, denn sie wusste was er damit meinte.

»Mit der Vermisstenmeldung, die meine Mutter aufgegeben hat, ist die Polizei jetzt endgültig auf meinen Opa aufmerksam geworden. Die sind ja nicht blöd. Die können ja eins und eins zusammenzählen, dass er da voll mit drinhängt. Ich habe mich total bescheuert benommen. Wahrscheinlich denken die Kommissare jetzt, ich bin sein Komplize oder so. Ich war im Museum, bei Sühlmann und bei Opa hätten sie mich fast zweimal erwischt.« Er raufte sich die Haare. »Wie behämmert kann man eigentlich sein?«

»Immerhin suchen wir jetzt nicht mehr allein nach deinem Großvater«, gab sie zu bedenken.

»Ja super. Das hätten wir dann aber schon gestern haben können. Dann hätte ich mir den ganzen Quatsch sparen können.«

»Konntest du ja nicht wissen. Du wolltest dich ja bloß nicht von deinem Plan abbringen lassen. Das war halt Pech, dass die Polizei überall aufgetaucht ist.«

»Ja, aber ich hätte nicht so die Kontrolle verlieren dürfen.« Krister konnte sich selber nicht erklären, warum ihm gestern die Sicherungen durchgebrannt waren. Er hatte sich schließlich nichts zu Schulden kommen lassen. Aber die Vorwürfe des Polizisten waren einfach zu krass gewesen. Er verzog das Gesicht und verschränkte die Arme über dem Kopf. »Was soll ich denn jetzt machen?«, fragte er ratlos.

»Wir suchen weiter. Ist doch logisch«, entgegnete sie ihm unbeirrt.

»Glaubst du er ist untergetaucht? Oder glaubst du, dass ihm was passiert ist? So wie dem Wärter?«, legte er nach.

»Nochmal, Krister. Du darfst so nicht denken. Wir müssen an das Beste glauben. Er hat sich bestimmt irgendwo oder bei irgendwem versteckt. Das Krankenhaus und die Nachbarschaft hast du ja schon überprüft. Bei den Angelteichen war er auch nicht, sagst du.« Sie stockte. »Warte mal. Da fällt mir was ein«, sagte sie. »Hat dein Opa eigentlich ein Auto?«

»Ja, aber damit fährt er so gut wie gar nicht mehr, soviel ich weiß. Meistens lässt er sich von meiner Mutter kutschieren. Ich weiß gar nicht, ob sein alter Mercedes überhaupt noch anspringt.«

»Wo hat er den Wagen denn bei sich immer stehen?«

»Mist!« Krister stand auf. »Da hätte ich auch mal drauf kommen können. Ich hab´ nicht in den Schuppen geguckt. Aber ich kann da jetzt nicht nochmal hinfahren.«

»Müssen wir auch nicht. Wir suchen das Stadtgebiet ab. Wenn wir das vorsichtig machen, geht das schon.«

Er setzte sich wieder hin. »Okay. Und wo fangen wir an?«

Hanna guckte auf seine Füße. »Ich würde sagen, dass ich dir erstmal ein Paar Schuhe aus deiner Wohnung hole. So kannst du nicht weiter rumlaufen. Am besten wartest du dann aber in meinem Auto.«

Krister war skeptisch. »Na, ob das so eine gute Idee ist? Ich weiß ja nicht.«

Sie überhörte seine Bemerkung. »Könnte er zum Haus deiner Mutter gefahren sein?«

Er schob die Unterlippe vor. »Einen Haustürschlüssel hat er jedenfalls. Warum nicht. Dann fahren wir aber erstmal da hin. Das liegt auf dem Weg. Das geht auch auf Socken.«

»Alles klar. Dann los.«

Die beiden fuhren schweigend durch Nordsum. Hanna konzentrierte sich auf die Autos in den Parkbuchten und fuhr an abzweigenden Straßen langsamer, um einen Blick hinein werfen zu können. Kristers Gedanken sprangen hin und her zwischen seinem Großvater, seiner Mutter und dem zerstörten Traum von einem ruhigen und erholsamen Wochenende. Seine Füße wärmte er sich an dem Auslass der Heizung.

Es war ganz schon frisch an diesem Tag, obwohl die Herbstsonne sich von ihrer besten Seite zeigte. Die Atmosphäre hatte wohl etwas dagegen. Er nahm sich vor, gleich im Heizungskeller seines Elternhauses nach den Turnschuhen seines Vaters zu suchen. Wie er seine Mutter einschätzte, hatte sie es bestimmt noch nicht über´ s Herz gebracht, diese wegzuwerfen. Auch nach fast zehn Jahren nicht, nahm er an.

Sie bogen in den Halligweg ein.

»Welche Hausnummer?«, fragte Hanna.

»65. Auf der rechten Seite. Da hinten wo der Lieferwagen steht ist die Auffahrt.« Zu seiner Enttäuschung war in der Wohnstraße nichts zu sehen von einem Mercedes Benz 220 Heckflosse. Das Grundstück seiner Eltern war zur Straße hin von einem mit verschiedenen Bodendeckern bewachsenen Friesenwall abgegrenzt. Vor dem kleinen Rotklinkerhaus stand links und rechts vom Weg je ein Kugelahorn. Ihre rot verfärbten Blätter bewegten sich leicht in der Brise und warfen einen tanzenden Schatten auf das Küchenfenster mit seinen Butzenscheiben.

Als Hanna ihr Auto vor der Garage neben dem Haus zum Stehen gebracht hatte, kam Krister ein unangenehmer Gedanke. Er sollte gestern Rasenmähen. Vor und hinter dem Haus. Fast hundert Quadratmeter Fläche zwischen Obstbäumen verschiedenster Sorten. Den Briefkasten hatte er auch schon seit letztem Montag nicht geleert. Er sah die Zeitungen auf der Gartenbank neben der Haustür liegen, weil der Postkasten überquoll. Blumen gießen im Haus konnte er ja gleich noch schnell erledigen. Als wenn das seine größte Sorge und die seiner Mutter wäre, schob er sein schlechtes Gewissen beiseite.

Er legte die Zeitungen und die Briefe auf die Telefonkommode und ging anschließend in den Keller. Hanna nahm auf der Bank Platz, schloss die Augen und hielt ihr Gesicht in die Sonne.

Von den ersehnten Turnschuhen war leider weit und breit nichts zu sehen. Er konnte nur zwischen ausgelatschten Clogs und grünen Gummistiefeln wählen. Die Holzschuhe hatte sein Vater immer bei der Gartenarbeit angehabt. Alle fünf bis zehn Jahre hatte er neue von den Schwiegereltern aus Dänemark zu Weihnachten bekommen. Krister hatte auch noch welche bei sich zu Hause stehen. Besser als Barfuß laufen war das allemal.

»Tolles Schuhwerk«, machte Hanna sich über ihn lustig, als er neben ihr aus der Haustür trat. »Damit sprintest du die hundert Meter in einer halben Minute.« Sie schlug sich auf die Oberschenkel und bog sich vor Lachen.

Krister trug es mit Humor. Ihre Lockerheit tat ihm nach all den Strapazen ganz gut. Er besann sich nach einem kleinen Sympathielacher aber sofort wieder auf ihre Aufgabe. »Mir ist was eingefallen, als ich eben die Blumen gegossen habe. Neben der Fensterbank standen ein paar Tischtennis-Pokale von Günther, dem Lebensgefährten meiner Mutter. Da musste ich an den Museumswärter von gestern denken. Der hat mir erzählt, dass er meinen Großvater von früher aus der Brauerei kennt. Die beiden haben ja viele Jahre zusammengearbeitet.«

Hanna war wieder ernst geworden und hörte ihm aufmerksam zu.

»Ich hab´ doch die Blechschachtel aus dem Keller von meinem Opa mitgenommen. Wenn der Mann mal einen Blick drauf werfen würde, könnte er uns etwas dazu sagen. Bestimmt kennt er sich auch mit dem gestohlenen Bild von der Brauerei aus. Was meinst du?« Krister schaute sie erwartungsvoll an.

»Weißt du denn noch, wie der Herr heißt?«

»Leider nicht. Irgendwas mit *O* war das glaub' ich. Aber sicher bin ich mir nicht. Kann auch *K* gewesen sein.« Er zog die Schultern hoch.

»Können wir an einen Computer gehen? Das geht besser als über das kleine Display hier.« Sie deutete auf ihr Smartphone.

Krister überlegte kurz. Dann ging er ins Haus. »Komm mit. Oben im Büro steht einer.«

Auf der Seite des Museumsbetreibers waren weder Namen von fest angestellten noch von ehrenamtlichen Mitarbeitern aufgeführt. Lediglich im Impressum stand wie der Geschäftsführer hieß. Die Eingabe *Kurt Sühlmann* und *Herrmann Jöhns* führten auch nicht zum Erfolg. Die angezeigten Bilder sagten Krister allesamt nichts. »Und was jetzt? Wo kann man denn noch nachgucken?« Ratlos guckte er am Bildschirm vorbei in den Obstgarten hinterm Haus. Die Äpfel hatte er auch nicht eingesammelt, stellte er missmutig fest. Die Liste seiner Versäumnisse wurde immer länger.

»Wenn ich in der Redaktion nachfrage, dann dauert es zu lange, bis wir ein Ergebnis bekommen«, lenkte Hanna seine Aufmerksamkeit zurück auf die Suche nach dem Namen. »Und wenn du mal bei deiner Mutter fragst? Die kennt doch bestimmt noch ein paar alte Kollegen deines Großvaters.«

»Auf keinen Fall! Die lassen wir in Ruhe. Reicht schon, dass sie in ein paar Stunden hier ist«, lehnte er vehement ab. Dann stand er unvermittelt auf. »Warte mal kurz hier. Mir ist was eingefallen. Bin gleich wieder da.«

Vor ihnen auf dem Schreibtisch lagen bereits einige alte Fotos, die Krister aus der silbernen Blechschachtel genommen hatte. Sie zeigten entweder die Börnsen-Brauerei oder in Reih und Glied aufgestellte Mitarbeiter vor Maschinen, Fässern und sogar einer prächtig geschmückten Pferdekutsche. Einen Herrn ordneten sie in die Riege der Firmenbesitzer ein. Der feine Nadelstreifenanzug und die herrschaftliche Pose ließen darauf schließen. Auf der Rückseite fanden sie ihre Vermutung mit der Jahreszahl *1972* und dem Zusatz *Friedrich Börnsen* bestätigt.

Hanna hielt ein Foto in den Händen, welches drei Herren zeigte, die sich vor einer Wand aus Bierfässern aufgestellt hatten. Sie trugen Arbeitskleidung und sahen so aus, als ob sie nur für die Aufnahme eine kurze Pause eingenommen hatten. Sie hielt es zwischen sich und Krister.

»Das hier ist mein Opa. Und der daneben könnte mit viel gutem Zureden Sühlmann sein. Oder was meinst du?«

Sie ging mit dem Gesicht ein Stück näher ran. »Ja«, meinte sie schließlich. »Könnte hinkommen.«

»Der da sagt mir nichts.« Krister tippte auf den Letzten der drei Kollegen, bevor er die Rückseite betrachtete. Dort standen Herrmann Jöhns, Kurt Sühlmann und Alfons Kopiske.

»Kopiske«, sagte Hanna. »Kommt dir das bekannt vor?«

Krister dämmerte es. »Kopiske. Herr Kopiske.« Er nahm spontan ihre Hand und drückte sie fest. »Das ist er. Auf seinem Brustschild stand Herr Kopiske. Ich erinnere mich jetzt wieder. Ich sollte von Alfons grüßen.«

32

Seine Kehle war knochentrocken. Er nahm einen großen Schluck Wasser und schickte den Rest seines Korns hinterher. Dann schloss er den Deckel der Holzkiste, weil er glaubte, dass es vor Blicken geschützt werden musste. Er kam sich lächerlich bei der Annahme vor, jemand würde den Inhalt entwenden. Niemand außer ihm wusste von der Existenz dieses Raumes.

Er war nicht überrascht davon, dass er große Mühe hatte, aufzustehen. Der Anstrengungen der Nacht hatten seine Muskeln überfordert. So lange am Stück war er schon seit vielen Jahren nicht mehr wach gewesen. Seine Beine zitterten und die Arme waren schwach. Außerdem machten sich die Schmerzen in seiner Schulter bemerkbar, als er versuchte, sich am Tisch abzustützen. Im diffusen Kerzenlicht verschwommen die Konturen. Wo hatte er seinen Stock gelassen? Seine Augen suchten auf dem Fußboden um den Stuhl herum, aber fanden das Ziel nicht. Der Blick wanderte auf den Tisch wo die Seidentücher lagen. Unter ihnen ragte der runde Griff heraus. Herrmann zog den Stock zu sich und unternahm einen zweiten Versuch, aufzustehen.

Diesmal funktionierte es. Die Tischplatte und seine Gehhilfe gaben ihm Halt. Irgendwie musste er zur Wand hinüberkommen, denn er brauchte etwas, an das er sich anlehnen konnte, wenn er die Kerze als Lichtquelle mitnehmen wollte.

Nach ein paar zurückgelegten Schritten fühlte er sich wieder gut genug, um zurück zur Tür zu gehen. Als er bei ihr angekommen war, erinnerte er sich an das Geräusch als sie zugefallen war. Er hatte es einem möglichen Luftzug zugeschrieben. Herrmann suchte mit der Kerze nach so etwas wie einem Griff oder Henkel, konnte aber nirgends etwas entdecken, woran man ziehen konnte. Die Geheimtür bestand aus Mauerwerk und bewegte sich auch nicht auf Druck von innen. Es beunruhigte ihn, dass man auch von dieser Seite kein Scharnier oder Lager sehen konnte. Nicht einmal die Anordnung der Steine und Fugen deutete auf einen Durchgang hin. Eigentlich sah dieser Bereich wie eine undurchdringbare Wand aus. Nein. Es war eine Wand!

Er konnte nicht wissen, dass Friedrich Börnsen ihm noch etwas viel, viel Wichtigeres aufgeschrieben hatte. Etwas Lebenswichtiges, das auf einem kleinen Zettel geschrieben stand, der sich noch in der Truhe befand. Es war ein Hinweis auf einen versteckten Hebel, der ihn aus diesem selbst erzeugten Verlies befreien konnte. Diese Einrichtung aus dem neunzehnten Jahrhundert war hinterlistig. Sie sollte eventuelle Eindringlinge von der Flucht mit ihrer vermeintlichen Beute abhalten. Es war eine ausgeklügelte Falle zum Schutze von Hab und Gut. Niemand konnte ohne Hilfe von außen entkommen, wenn er nicht den nötigen Schlüssel dazu hatte. Das Wissen.

Die Tür bewegte sich nicht. Schlagartig wurde Herrmann klar, in was für einer gefährlichen Situation er steckte. Sollte es hier mit ihm zu Ende gehen? Auf diese grausame Art und Weise. Hatte er nicht schon so lange in seinem Leben gewartet? Sollte er jetzt etwa auch noch auf seinen Tod warten? War das der Plan, den sich der liebe Gott für ihn ausgedacht hatte? Eine große Beklommenheit machte sich in ihm breit und presste unerträglich auf seinen Brustkorb. Da war plötzlich wieder dieses erdrückende Gefühl, welches er beim Anblick des toten Friedrich Börnsen verspürt hatte. Er musste raus aus diesem engen Gang. Die Wände um ihn herum kamen auf einander zu und bedrohten ihn. So wie damals im Büro. Der Torbogen entfernte sich von ihm. Er versuchte zu rennen, aber es kam ihm wie in einem Traum vor, in dem man nicht vorankam, so sehr man es auch wollte. Man blieb immer nur auf derselben Stelle kleben. Sein Stock verhakte sich in etwas. Er verlor das Gleichgewicht und stürzte zu Boden.

Die Kerze flog ihm aus der Hand. Der Aufprall im schwarzen Loch war hart.

33

Die kalte Klobrille von Herrmann Jöhns war nun auch nicht das, was er sich herbeigesehnt hatte. Wann hörten die Krämpfe denn nun endlich mal wieder auf?

Dem Badezimmer konnte man auf dem ersten Blick ansehen, dass es einem alleinstehenden Rentner gehörte. Keine Ehefrau hätte Bierwerbung als Deko-Accessoire genehmigt. Und die Bartstoppel unter dem Waschtisch gäbe es da wohl auch nicht.

Nichts deutete darauf hin, dass der Hausbesitzer sich im Urlaub befand. Alles war an seinem Ort. Zahnbürste, Rasierapparat, Deospray und Shampoo. Auf dem Heizkörper neben ihm lag ein Badelaken. Bork fasste es an. Kalt. Herrmann Jöhns gehörte wohl zu der Sorte Mensch, die alle Thermostate auf eins stellten, wenn sie außer Haus gingen, dachte der Kommissar. Als er glaubte, auf dem stillen Örtchen fertig zu sein, sah er sich im Haus ein wenig um. Dazu war er noch gar nicht gekommen. Der erste Gang war der zur Toilette gewesen.

Außer seinem eigens produzierten Duft lag ein beißender Uringestank in der Luft. Er ging an den Flecken im Flur vorbei und landete im Wohnzimmer. Dieser Raum trug eine weibliche Handschrift. Wenn seine Informationen stimmten, dann war Jöhns seit einigen Jahren Witwer.

»Der hat hier seit ihrem Tod kein einziges Stück geändert«, sagte er laut vor sich hin.

Der Geist der Frau auf dem Bild neben dem Kamin war allgegenwärtig spürbar. Und die Trauer, dass sie nicht mehr da war, auch. Ihm lief ein kalter Schauer über den Rücken. Herrmann Jöhns, was bist du doch für eine arme Socke, musste er unweigerlich denken.

Das Schlafzimmer war karg eingerichtet. Ein Doppelbett, von dem nur die Seite am Fenster Bettzeug trug. Das konnte er an dem Wurf der geblümten Überdecke ablesen. Ein kurzer

Blick in die Nachttischschublade verriet ihm, dass es in diesem Zimmer nichts zu finden gab, was ihn hätte weitergebracht.

Von dem Kellerraum unter der Küche versprach er sich einiges. Das Blut auf der Unterseite der Kellerluke war nicht alt gewesen, hatte Steffen Nikolaisen erzählt. Bork sah es sich an, als er neben der geöffneten Holzklappe stand. Dort unten waren lauter Utensilien, die nur einen Sammler von solchen Dingen glücklich machen würde, fand er. Da hatte er wohl zu viel Hoffnung auf einen tollen Fund hineingelegt. Er drehte sich daher um.

Der Kühlschrank brummte vor sich hin. Routinemäßig öffnete er ihn. Die normale Ration für einen Einpersonenhaushalt, musste er feststellen. Sein eigener Vorrat war nicht viel umfangreicher und würde trotzdem noch für drei bis vier Tage reichen. Die beiden Plastikdosen waren mit Aufschnitt beziehungsweise Käse gefüllt, und der Fleischsalat war auch angebrochen. Nach geplanter längerer Abwesenheit sah das hier nicht aus.

Es fehlte noch das Zimmer auf der anderen Seite des Flurs. Dann war er hier fertig. Das Bücherzimmer, wie er es selbst taufte, fand er richtig einladend und gemütlich. Er setzte sich an den Schreibtisch und betrachtete die Landschaft. Der Blick auf die weiten Dünen war traumhaft. Hier konnte man seinen Gedanken und Visionen freien Lauf lassen.

Er blickte sich um und schrieb viele Details der Dame des Hauses zu, die hier einmal gewohnt hatte. Notizblätter mit Verzierungen und Herzchen hatte bestimmt nicht Herrmann Jöhns gekauft. Die Postkarten mit Lebensweisheiten schon gar nicht, war er sich sicher.

Der Kommissar wechselte hinüber in den gemütlichen Ledersessel. Sehr bequem. Jetzt eine Tasse Kaffee wäre schön, und die Tageszeitung. So ließe es sich aushalten. Gedankenverloren griff er sich die oben liegende Zeitung aus dem Korb neben sich. Sie war vom letzten Wochenende. Die aufgeschlagene Seite war mit einem Textmarker versehen. Eine Person war eingekreist worden. *Erkennen Sie sich wieder?*

Und ob. Das war Kurt Sühlmann vor der Büste von Friedrich Börnsen. Da gab es keine Zweifel. Herrmann Jöhns muss ihn auch erkannt haben. Bork bekam eine Gänsehaut am ganzen Körper. Das war das Bindeglied zu Sühlmann. Er ballte triumphierend die Faust und überflog noch mal die gesamte Zeitungsseite. Das Bild der Exponate weckte seine Aufmerksamkeit. Ihm kam die Liste des Museums in den Sinn. Harring sollte sich das nochmal angucken.

Er schloss die Haustür hinter sich und ging auf sein Auto zu. Dabei kam er an der Garage vorbei, die mehr wie ein Schuppen aussah. Die Flügeltür war nicht abgeschlossen. Dort drinnen war Platz für ein Auto. Dies war aber nicht dort über dem großen Ölfleck geparkt. Er war wirklich gespannt, was für ein Fabrikat der alte Herr fuhr. Frank Schmidt hat das bestimmt schon längst geklärt, sagte er sich als er vom Hof fuhr.

*

Ingrid Reese stand lächelnd im Seidenbademantel vor ihm, während sie die Haustür elegant mit den Fingerspitzen offenhielt. Neben ihre Flausche-Puschen hatte sich eine schnurrende Katze gesetzt, deren Mähne farblich perfekt auf die wallende rotblonde Haarpracht ihres Frauchens abgestimmt war. Das konnte kein Zufall sein, dachte sich der Kommissar. Er registrierte, außer den beiden groß aufgerissenen Augenpaaren, die ihn fragend anstarrten, auch eine süßliche Duftmischung aus Damenparfüm, Haarspray und Katzenpisse auf Auslegeware. Er wünschte sich, dass dieser Besuch schnell gehen würde.

»Guten Tag Frau Reese. Mein Name ist Bork von der Kripo Nordsum. Es geht nochmal um den Einbruch bei Herrn Sühlmann von gestern. Sie haben….«

»Nun kommen Sie doch erstmal rein, Herr Kommissar«, unterbrach sie ihn. »Darf ich Ihnen eine Tasse Kaffee und ein paar Kürbiskekse anbieten?« Und schon war sie zusammen mit ihrem Stubentiger auf dem Weg ins Wohnzimmer.

Figürlich war an der Dame, die er in seine Altersklasse einordnete, nichts auszusetzten, stellte Walter Bork mit einem fachmännischen Blick fest, während er ihr hinterher trottete. Die wippenden Hüften luden tatsächlich zum Verweilen ein, überlegte er. Wäre da nicht dieser dominante Geruch gewesen, der in seiner Nase juckte.

Als er im Wohnzimmer angekommen war, saß Frau Reese mit übergeschlagenen Beinen auf der Sofakante und goss Kaffee in eine Tasse mit Goldrand. Der Kaffeeduft war bei ihrem Gast noch nicht angekommen, wohl aber das Signal welches nackte Knie auszusenden vermochten.

»Setzen Sie sich.« Sie deutete freundlich auf den Sessel ihr gegenüber.

»Ich will gar nicht lange bleiben. Ich habe nur ein paar Fragen, dann muss ich auch schon wieder.«

»Der arme Kurt. Das hat er nun wirklich nicht verdient. Wer macht denn sowas? Haben Sie schon einen Verdächtigen?«

»Darüber kann ich leider nichts sagen. Aber Sie könnten uns behilflich sein, wenn Sie sich diesen Mann einmal anschauen und mir sagen, ob Sie ihn in letzter Zeit hier im Hause gesehen haben.« Er war stehen geblieben und hatte ein Foto von Herrmann Jöhns auf den Stubentisch gelegt.

Die Dame schien enttäuscht darüber zu sein, dass es nicht erstmal ums Kaffeetrinken ging. So deutete Bork jedenfalls ihren düsteren Gesichtsausdruck bevor sie sich dem Bild widmete.

»Ja«, kam es ohne zu zögern aus ihr heraus. »Der war diese Woche bei Kurt zu Besuch. Ich kam gerade vom Einkaufen zurück, als ich die beiden gesehen habe. Sie waren im Begriff, sich voneinander zu verabschieden. Ist das der Einbrecher?«

Er ging nicht darauf ein. «Können Sie sich noch an den Wochentag erinnern?«

Sie überlegte eine Weile, wurde aber von einem Grummeln unterbrochen, welches im Inneren des Bauches des Kommissars zu vernehmen war.

»Haben Sie Probleme mit der Verdauung?«, fragte sie unvermittelt.

Walter Bork hielt sich verschämt die Hand an die Kiepe. Ein Krampf bahnte sich an. Das tat plötzlich so schrecklich weh, dass er ein Stück in die Knie gehen musste. Sein Gesicht war schmerzverzerrt. Frau Reese sprang auf, um ihn zu stützen. Schlimmer ging es nicht, dachte Bork in diesem Moment. Wie peinlich. Der Druck in ihm wuchs. »Ich müsste mal Ihre Toilette benutzen.«

»Oh Gott. Sie haben ja schon Tränen in den Augen. Kommen Sie. Ich zeig´ Ihnen wo es lang geht.«

Als er wieder auf dem Bürgersteig stand, hätte er diesen Besuch am liebsten ungeschehen gemacht. Aber am Telefon wäre das nicht zu lösen gewesen. Er hatte über eine halbe Stunde auf der Kloschüssel zugebracht. Als er wieder im Stande war zu gehen, hatte er das Fenster weit aufgerissen. Die Geräusche, die er nicht verhindern konnte, waren schon erniedrigend genug gewesen. Da sollte sich sein Gestank nicht auch noch in der Wohnung ausbreiten.

An welchem Tag sie Jöhns bei Sühlmann gesehen hätte, hatte er Frau Reese noch schnell zwischen Tür und Angel gefragt. Als sie »Dienstag war das«, geantwortet hatte, da war er schon ein paar Stufen abgestiegen und hatte ihr ein kurzes »Danke« zugerufen.

Jetzt fühlte er sich total dehydriert. Er musste dringend Flüssigkeit zu sich nehmen und zur Notapotheke, um sich ein Durchfallmittel zu besorgen. Aber zu allererst zündete er sich eine Zigarette an.

34

Sie parkten vor dem kleinen Siedlungshäuschen, stiegen aber nicht sofort aus. Krister hinderte Hanna daran, indem er ihr auf den Unterarm tippte. »Warte mal. Hörst du das auch?« Zuerst hatte er den schrillen Ton nicht einordnen können. Dann aber war ihm schlagartig klar geworden, dass er sich nicht getäuscht hatte.

Das war ein Martinshorn. Instinktiv versank er in seinem Sitz.

Sie antwortete ihm nicht, sondern beobachtete im Rückspiegel, wie zwei Peterwagen in hoher Geschwindigkeit anrauschten. Ihr Atem wurde im gleichen Maße flacher wie die Sirenen lauter wurden. Selbst als sie schon längst realisiert hatte, dass die Polizeiaktion nicht ihnen galt und diese Straße nur auf dem Weg zu einem Einsatzort lag, hob und senkte sich ihr Brustkorb kaum merklich. »Ich leide auch schon unter Verfolgungswahn.« Sie versuchte zu lächeln. Das gelang ihr aber nicht recht.

»Frag´ mich mal«, entgegnete er ihr, während er sich wiederaufrichtete.

»Und du willst wirklich nicht zur Polizei gehen?», fragte sie fast ein wenig flehentlich.

Er schaute auf seine Holzklotzen und dachte an seinen Vater, seine Mutter und seinen Opa. Was würden die ihm jetzt in dieser Situation raten? Richtig. *Geh zur Polizei* würden sie unisono sagen. Und genau deshalb lautete seine Antwort: »Nein. Ich will jetzt erstmal weiter machen.«

»Meinst du nicht, dass das die Sache der Polizei ist?«

»Hanna, ich kann nicht zu denen auf die Wache spazieren. Die ziehen mich aus dem Verkehr. Und den Autodiebstahl schreiben die auch mir zu. Dafür wird Harring schon sorgen. Niemand glaubt mir auch nur irgendein Wort«, redete er mit den Armen gestikulieren auf sie ein. Sein Blick war unmissverständlich.

Sie guckte ihm in die Augen und schien sich selbst auf die Probe zu stellen, bevor sie mit dem Kopf nickte. »Alles klar«, stimmte sie zu. »Ich ruf mal bei Achim an. Der hat heute Sonntagsdienst. Vielleicht kann er uns sagen was da los ist.« Sie zückte ihr Smartphone aus der Tasche, tippte drauf herum und hielt es vor sich hoch. Nach zweimal Klingeln hörte man seine fröhliche Stimme.

»Hey Hanna. Hat die Mutter von Krister bei dir angerufen? Ich hoffe, das war okay, dass ich ihr deine Nummer gegeben habe.«

»Ja, das war in Ordnung. Deshalb rufe ich gar nicht an. Ich bin nur neugierig, weil hier gerade zwei Polizeiwagen mit Blaulicht an mir vorbeigefahren sind.«

»Ach so, dann ist ja gut. Da geht es gerade um eine Einbruchsache. Ein Mann hat die Polizei gerufen, weil er glaubt, dass jemand bei seinem Nachbarn eingestiegen ist. Weil er nicht sagen kann, ob sich der Einbrecher nicht vielleicht noch im Haus befindet, haben sie zwei Einsatzwagen geschickt. Wegen der Museumssache von Donnerstag wollen sie auf Nummer sicher gehen, habe ich gehört.«

»Alles klar, Achim. Vielen Dank. Dann muss ich ja nicht ins Büro kommen«, heuchelte sie ihm Arbeitseifer vor.

»Schade eigentlich. Etwas Gesellschaft am Sonntag wäre nicht schlecht gewesen.«

Hanna ging nicht auf seinen Flirtversuch ein. Ihr brannte plötzlich eine Frage unter den Nägeln. »Haben die den Namen des Bewohners, bei dem eingebrochen wurde, genannt?«

Nach einer kurzen Pause antwortete Achim. »Ja, das soll ein Herr Kopiske sein. Sagt dir das was?«

Krister traute seinen Ohren nicht. Jetzt hatte es auch ihn erwischt. Sühlmann, Opa, Kopiske.

Hanna kriegte für ein paar Sekunden ihren Mund nicht mehr zu. Hatten sie sich etwa in der Adresse geirrt? Sie standen doch direkt vor dem Haus von Alfons Kopiske. Da musste Achim sich verhört haben.

»Bist du dir bei dem Namen ganz sicher?«

Die Antwort kam prompt. »Logo. Kopiske. Ohne Zweifel. Das haben die mehrfach gefunkt. Warum willst du das denn so genau wissen?«

»Du, ich muss jetzt Schluss machen. Vielen Dank erstmal.« Sie beendete den Anruf, weil sie einen alten Mann aus dem Haus kommen sah. Ein kleiner Pudel hüpfte ganz aufgeregt an seinen Beinen hoch. Da freute sich wohl jemand aufs Gassigehen, nahm sie an. Sie stupste Krister gegen die Schulter, weil er sich die Augen rieb. Das Duo hatte mittlerweile schon die Gartenpforte erreicht.

»Ist das da Kopiske?«

»Ja, ich glaub´ schon. Mit Mütze sieht er ein bisschen anders aus. Aber wie kann das sein?« Er legte angestrengt die Stirn in Falten. Achim musste da was verwechselt haben.

»Los. Auf geht´s.« Und schon war Hanna ausgestiegen und um die Motorhaube herum in Richtung des Hauses gelaufen. Der kleine Hund nahm sie als erster wahr. Er wedelte wild mit dem Schwanz und zog an der Leine, um sie begrüßen zu können. Sein Herrchen war ursprünglich im Begriff gewesen, in die andere Richtung zu gehen.

»Ja, du bist aber ein süßes Kerlchen. Ja komm doch mal her.« Sie kniete sich zu dem Tier hinunter und fing sofort an, den süßen Pudel zu streicheln. Das war immer noch die beste Art und Weise mit Hundehaltern ins Gespräch zu kommen. Sie blickte hoch zum anderen Ende der Leine, während der Hund sich ganz fest an sie schmiegte und sich genüsslich die vielen kleinen Löckchen kraueln ließ. »Was ist das für eine Rasse, wenn ich fragen darf?«

»Das ist ein Zwergpudel«, kam als freundliche Antwort. »Sein Name ist Eddi.«

»Eddi heißt du also. Das ist aber ein schöner Name.« Sie streichelte seinen Kopf.

Krister hatte sich dazu gesellt und höflich einen guten Tag gewünscht. Eine Idee, wie er Herrn Kopiske ansprechen sollte, hatte er nicht, wie er in diesem Moment feststellte. War auch nicht nötig. Die Dinge waren schon dabei, sich von alleine zu entwickeln, denn der nette Herr hatte ihn offensichtlich wiedererkannt.

»Wir beide haben uns doch gestern im Museum getroffen. Habe ich Recht?« Er musterte Krister kritisch und sah so aus, als läge ihm noch etwas auf der Seele. Krister irritierte diese Miene ein wenig.

»Ja genau. Ich bin der Enkel von Herrmann Jöhns. Sie haben mir die Bedeutung des Pokals erklärt«, versuchte er Nähe aufzubauen.

»Richtig. Aber ich frage mich, was Sie wohl ausgefressen haben, dass Sie so überstürzt vor dem Kommissar weggerannt sind? Da war ja mächtig Aufregung hinterher. Das kann ich Ihnen sagen.«

Krister guckte sprachlos runter zu Hanna. Mit sowas hatte er an dieser Stelle nun gar nicht gerechnet. Sie zögerte zum Glück nicht lange, stand auf und lächelte Herrn Kopiske an. »Ach, das hat sich alles hinterher als ein großes Missverständnis herausgestellt. Das ist inzwischen alles geklärt. War eine Verwechslung.«

Dem alten Herrn reichte das offensichtlich als Antwort. Er wollte scheinbar lieber ein Stück spazieren gehen als sich mit den Problemen anderer Leute zu beschäftigen. »Dachte ich mir schon.« Er machte Anstalten, sich über die Sohle umzudrehen und zog dabei sachte an der Leine, um Eddi zum Mitkommen zu bewegen.

»Herr Kopiske, wo wir uns gerade getroffen haben, darf ich Ihnen noch ein paar Fragen über die Brauerei stellen?«, bat Krister ihn schnell, bevor die Chance vertan war.

»Gern dürfen Sie das, junger Mann.« Er machte eine einladende Bewegung mit dem Arm. »Aber nur wenn wir nebenbei ein wenig mit Eddi durch den Park da drüben gehen können. Das ist heute unsere zweite Runde. Ist ja so schönes Wetter. Das muss man doch ausnutzen.«

Sie schlenderten gemächlich über den Sandweg neben der Mühlenau entlang. Der Fluss schlängelte sich auf die Altstadt zu, wo er am Ende in den Nordseehafen mündete. Eddi war von der Leine gelassen worden und flitzte sofort Richtung Schilfgürtel auf die Enten zu. Alfons Kopiske verschränkte die Arme hinter dem Rücken und achtete dabei auf seine Schritte. »Haben Sie übrigens Ihren Großvater schon von mir grüßen können?« Er drehte sich leicht zu Krister um.

»Nein. Leider hatte ich noch nicht die Gelegenheit dazu. Um ganz ehrlich zu sein, wissen wir nicht wo er sich momentan aufhält. Seit Donnerstag scheint er wie vom Erdboden verschluckt. Meine Mutter hat schon eine Vermisstenmeldung aufgegeben.« Es erleichterte ihn, offen und ehrlich mit jemandem außerhalb seiner Familie darüber zu reden. »Wir hatten gehofft, dass Sie eventuell eine Idee hätten, wo wir ihn finden könnten.«

Alfons Kopiske blieb abrupt stehen. Seine Miene sah gequält aus. Er presste die Lippen so fest zusammen, dass sie weiß wurden. Seine Gesichtsfarbe schien er komplett verloren zu haben.

Nicht, dass der uns hier noch zusammenklappt, dachte Krister besorgt.

Dann wandte der alte Mann sich einer Bank am Wegesrand zu. »Wollen wir uns einen Augenblick dort hinsetzen?«

Sie hatten Herrn Kopiske in ihre Mitte genommen und schauten Eddi beiläufig dabei zu, wie er schwanzwedelnd am Uferrand einen Graureiher, der auf der anderen Seite des Flusses stand, anstarrte. Alfons Kopiske betrachtete derweilen seine zusammen gefalteten Hände, während er an Kristers Informationen anknüpfte. »Seit Donnerstag, sagen Sie?«

»Genau genommen habe ich ihn am Mittwoch zuletzt gesehen.« Er stockte. Sollte er von dem Verdacht erzählen?

»Können Sie etwas für sich behalten?«, wurden seine Gedanken durchkreuzt.

»Em, ja«, antwortete Krister unsicher.

»Sie dürfen aber mit niemandem darüber sprechen, was ich Ihnen jetzt sage. Das müssen Sie schwören.«

Krister zeigte zwei Finger, wie er es als Kind schon häufig getan hatte. »Ehrenwort. Ich schwöre es.«

»Ich auch«, schloss sich Hanna ungefragt an.

Der Alte räusperte sich, bevor er weitersprach. »Sie haben doch bestimmt von der Fernsehsendung mit dem Video von dem Museumseinbrecher gehört? Oder es vielleicht sogar selbst gesehen.«

»Ja, ich weiß was Sie meinen.«

»Ich habe Herrmann darin wiedererkannt.«

Krister beugte sich ungläubig vor, um Hanna ansehen zu können, die mit ebenso weit aufgerissenen Augen zurück starrte. Als sie schließlich kurz zustimmend zwinkerte, fasste er sich ein Herz und ging auf die Offenbarung ein.

»Und da gibt es keine Zweifel?«, fragte Krister, um ganz sicher zu gehen.

»Ich bin mir sicher, dass das Ihr Großvater war.« Er rieb sich vielsagend das rechte Ohrläppchen.

»Ja. ich glaube, da haben Sie Recht. Das ist sein besonderes Kennzeichen. Das hat mich auch auf die Idee gebracht, wenn ich ehrlich bin. Und als ich ihn dann nirgends finden konnte, wurde ich allmählich immer überzeugter von der Sache.«

»Ich habe der Polizei allerdings etwas anderes gesagt«, sagte Herr Kopiske.

»Wie bitte?«

»Ich habe ausgesagt, dass ich einen unserer Museumswärter erkannt hätte, um von Herrmann abzulenken. Ich habe gesagt, dass es sich um Kurt Sühlmann handelte. Ich glaube nämlich, dass er am wenigsten mit Konsequenzen rechnen muss. Schließlich ist er ja offizieller Mitarbeiter des Museums. Und er hat einen Schlüssel. Und hinterher kann ich immer noch behaupten, ich hätte mich getäuscht. Ich weiß aber nicht, ob das eine so gute Idee von mir war.«

Krister konnte die Motivation dahinter sehr gut nachvollziehen. »Wissen Sie was? Ich habe auch alles versucht, um die Polizei nicht auf meinen Opa zu lenken. Das hat aber nicht geklappt. Ich glaube, dass sie ihn jetzt erst recht im Visier haben. Außerdem sind wir bestimmt nicht die Einzigen, die ihn identifiziert haben, kann ich mir vorstellen. Es war ziemlich naiv von mir, das zu denken.«

Hanna schaltete sich ein. »Warum glauben Sie, ist Herr Jöhns ins Museum eingebrochen?«

»Ich denke, das hat mit einer Geschichte von früher zu tun. Moment mal eben.« Er pfiff zwischen Zeigefinger und Daumen. »Eddi, las mal die Ente in Ruhe. Das ist doch ´ne ganz Feine.« Der kleine Hund legte sich gehorsam auf den Bauch und verfolgte die schwimmenden Enten mit aufmerksamen Blicken.

»Haben deine Eltern dir, oh Entschuldigung, darf ich du sagen? Mir fällt es schwer, den Enkel von Herrmann zu siezen.«

»Ja gern. Ich bin Krister.«

»Danke. Das ist nett. Haben deine Eltern dir mal von früher erzählt? Ich meine, von dem was deinem Großvater 1986 widerfahren ist?«

»Leider nicht viel. Ich habe erst heute am Telefon von meiner Mutter erfahren, dass er einige Monate in Untersuchungshaft verbringen musste, weil man ihn in Verdacht hatte, dass er Friedrich Börnsen umgebracht haben sollte. Sie wollten uns Kinder damals nicht damit belasten.«

»Ich kann das gut verstehen. Das war für alle Beteiligten eine furchtbare Zeit. Am meistens aber hat Herrmann darunter leiden müssen. Man konnte ihm den Mord zwar nie beweisen, aber als Selbstmord wurde es offiziell auch nie deklariert. Viel schlimmer war aber die Tatsache, dass selbst Herrmanns engstes Umfeld irgendwann einmal mit Zweifeln an seiner Unschuld kämpfen musste. Ich nehme seine Frau da jetzt mal raus. Elisabeth hat immer an seiner Seite gestanden und versucht, ihm die schönen Dinge des Lebens zu erhalten. Die Frau hatte einen unermüdlichen Optimismus. Na, jedenfalls konnte dein Opa den Makel der *Eventuell-war-er-es-ja-doch-Unsicherheit* nie richtig von sich abschütteln. Der klebte wie Pech und Schwefel an seiner Seele. Bis heute kann man sagen. Dieser Umstand hat ihn so sehr belastet, dass er erst nach über zwei Jahren wieder in die Brauerei kam, die nicht mehr seine war.«

Er zog ein Stofftaschentuch aus der Hose und schnäuzte hinein. Nach einem Seufzer sprach er langsam weiter. »Plötzlich hatte nicht mehr Herrmann das letzte Wort, sondern dänische Kollegen entschieden, wie das gute Nordsumer Bier gebraut zu werden hatte. Er fühlte sich herauskatapultiert aus der jahrelangen Brautradition eines Familienbetriebes, in der man seine Erfahrung sehr schätzte, hinein in ein modernes, industrielles Brauwesen, in dem Maschinen und Computer die Prozesse steuerten und der Brauer aus seiner Sicht zum beisitzenden Ingenieur verkommen war. Alles in ihm sträubte sich gegen die neuen, zum großen Teil auch jüngeren Hausherren des Sundbaek-Konzerns. Und seine Loyalität ging weit über den Tod seines Mentors Friedrich Börnsen hinaus. Ungefähr nach zwei bis drei Jahren, das erinnere ich nicht mehr so genau, waren die Verkaufszahlen des Nordsumer Pilseners nicht mehr zufriedenstellend genug. Das lag daran, dass man den urtypischen Geschmack, so wie ihn nur dein Großvater und Friedrich Börnsen hinbekamen, nie wieder erreicht hatte. Außerdem hatte der Konzern nur die nicht ganz vollständige Rezeptur des Pilseners und die damit verbundenen Markenrechte von Friedrich Börnsen erworben. Die beliebten und absatzstarken Spezialbiere, wie Fest-Bock oder Maibock oder auch das Jubiläumsbier gehörten nicht mit zur Kaufmasse der Brauerei. Und genau das wurde ihr zum Verhängnis. Nur ein Jahr später wurde der Standort Nordsum geschlossen und zur Zentrale nach Tondern verlegt.«

»Darf ich Sie kurz was fragen?«, meldete sich Hanna zu Wort. »Wenn man die Rezeptur doch hat und das Wissen der alten Braumeister, woran liegt es dann, dass man den Geschmack nicht nachbilden konnte?«

Alfons Kopiske nickte ihr anerkennend zu. »Sehr gute Frage. Wie war dein Name?«

»Hanna.«

»Hanna, ich will euch gar nicht zu sehr mit meinem Fachchinesisch langweilen. Es gibt so viele Faktoren, die den Geschmack eines Bieres beeinflussen. Ich zähle nur mal ein paar davon auf. Der Härtegrad des Wassers, die Menge an Hopfen und dessen Qualität und Reife, sowie die Länge der Lagerung. Das kann alles variieren und dann entweder herb, hopfig, süffig, malzig, süß oder auch mild schmecken. Der Geschmack der Biertrinker ändert sich natürlich auch über die Jahrzehnte, so wie sich die Mode auch ändert. Und es kommen auch neue technische Möglichkeiten und rechtliche Rahmenbedingungen ins Spiel. Aus Holzfässern werden Alufässer oder Bierflaschen. Und so weiter und so fort. Die genaue Rezeptur eines Bieres legt diese und viele weitere Parameter zu Grunde, die am Ende zu genau dem typischen Geschmack führen, den man erreichen, beziehungsweise erhalten will.«

»Kann ein Braumeister, der schon lange im Geschäft ist, so ein Rezept auswendig?«, wollte sie wissen.

Er musste schmunzeln. »Sehr schlau. Respekt. Ja, das sollte man meinen. Aber selbstverständlich ist das nun wieder auch nicht.«

Hanna schaute hoch zu den Baumwipfeln, tippte sich an die Nasenspitze und brachte dann ihre Theorie zu Ende. »Wenn ich jetzt richtig zugehört habe, dann hätte Kristers Großvater, wenn er gewollt hätte, den Geschmack des typischen Nordsumer Pilseners wahrscheinlich wieder erreichen können? Oder anders gefragt: Hat er bewusst Informationen zurückgehalten, um seinem neuen Arbeitgeber aus irgendeinem Grund zu schaden?«

Alfons Kopiske schien nach einer geeigneten Antwort zu suchen. Die Pause war zu lang, dachte Krister. Hanna hatte den Nagel auf den Kopf getroffen. Journalistin eben.

»Ich könnte das nie beweisen. Deshalb ist das alles reine Spekulation.«

»Aber Sie könnten ja sagen, was Sie glauben«, ließ sie nicht locker.

Der alte Herr war nicht auf den Kopf gefallen. Er ließ sich nicht auf dieses kleine Fragespiel ein. »Ich denke das tut hier nichts zur Sache.«

Krister befürchtete, dass Herrn Kopiske die Lust am Reden vergehen würde. Deshalb lenkte er das Gespräch wieder auf die ursprüngliche Bahn. »Und was passierte dann mit meinem Großvater?«

Herr Kopiske wirkte dankbar für die Redevorlage, von früher berichten zu können. »Damals war es auch noch nicht so selbstverständlich gewesen wie heute, sich aufgrund eines Traumas in Therapie zu begeben. Herrmann hat sich nicht helfen lassen wollen und sich stattdessen aufgegeben und sich immer mehr in den Alkohol geflüchtet. Immerhin hat er es geschafft, den Alltag und den Job zu bewältigen. Er hatte keine Kraft mehr, für sich zu kämpfen. Er hat sich einfach nur ergeben. Wir Freunde haben das auf eine Art gut verstanden. Wir haben ihn aber zwischendurch auch immer wieder dafür gehasst, weil er uns den alten Herrmann nicht wiedergeben wollte. Das haben wir ihm jedenfalls unterstellt. Aber was wussten wir schon?«

Plötzlich war Herr Kopiske aufgestanden. »Ich würde gern noch ein Stück weitergehen. Eddi ist schon nervös. Wir können uns gern noch weiter unterhalten«, bot er an.

Die beiden nahmen seinen Vorschlag stillschweigend an. Hanna kam zu ihrer Eingangsfrage zurück. »Was war, Ihrer Meinung nach, der Grund für den Einbruch?«

»Herrmann hat mir mal erzählt, dass er seine Unschuld hätte beweisen können, wenn er damals nicht sofort in Untersuchungshaft gelandet wäre. Er meinte damals, dass das mit der Büroeinrichtung von Friedrich Börnsen zusammengehören würde. Es war ihm aber nicht zu entlocken gewesen, was er damit konkret meinte. Das war sein Geheimnis. Er hatte jemandem versprochen, es für sich zu behalten. Herrmann hat später sogar versucht, die Bürogegenstände ausfindig zu machen. Dafür war er extra nach Dänemark in die Konzernzentrale gefahren. Er war damals völlig niedergeschlagen zurückgekommen und hatte mir gesagt, dass jetzt alles verloren ist. Seitdem hat er nie wieder ein Wort darüber gesprochen.«

»Wow. Und dann taucht plötzlich der komplette Inhalt des alten Büros in Nordsum auf«, entflog es Krister.

»Und damit die Möglichkeit, endlich erlöst zu werden«, ergänzte Hanna tief beeindruckt.

»Glauben Sie, dass mein Großvater hinter dem Gemälde von der Brauerei her war?«

Alfons Kopiske schüttelte den Kopf. »Das kann ich mir nicht vorstellen. Er hatte doch selber ein Exemplar bei sich zu Hause. Kurt hatte noch eins. Und mir hat Herr Börnsen auch eines geschenkt. Nur das Bild im Museum hatte er selbst für sich behalten. Ich kann mich ja täuschen, aber meines Wissens haben die Gemälde keinen besonderen künstlerischen Wert. Aber, wisst ihr was?«

Krister und Hanna sahen sich an und antworteten unisono. »Nein.«

»Wir haben uns gegenüber den anderen Kollegen immer einen kleinen Scherz daraus gemacht, indem wir ihnen den Bären aufgebunden haben, dass alle Bilder zusammen einmal Millionen wert sein werden, denn jedes einzelne stellt eine Zutat für unser Spezialbier dar. Derjenige, der sie alle miteinander vereinen kann, hat dann die kostbare Rezeptur.«

Alfons Kopiske kicherte ein wenig. »Die Bezeichnungen Hopfen, Malz, Gerste und Wasser hätte der Firmeninhaber Friedrich Börnsen sich als Symbol für sein Vermächtnis ausgedacht, haben wir gern in unsern Stammtischrunden erzählt. Aber wer glaubt denn sowas?«

»Aber sagt man nicht, dass in jedem Gerücht auch immer ein Funken Wahrheit steckt?«, gab Krister zu bedenken.

»Siehst du? Die Geschichte zieht noch immer. Du darfst glauben was du willst. Das steht dir frei. Friedrich Börnsen können wir leider nicht mehr danach fragen.«

»Vielleicht hat er es ja mal jemandem erzählt.«

»Mir jedenfalls nicht. Ich glaube, es ist jetzt Zeit, umzudrehen. Eddi hat sein Geschäft schon erledigt. Außerdem ist mir jetzt nach einer Mittagsstunde zu Mute.« Er umkreiste ein kleines Buchsbaumrondell und steuerte in die Richtung, aus der sie gekommen waren.

Krister und Hanna waren auf der anderen Seite stehengeblieben und sahen ihm dabei zu, wie er Eddi an die Leine nahm. Beide bemerkten die Polizeiautos im Hintergrund, die am Ende des Parks langsam an dem Haus ihres Gesprächspartners vorbei patrouillierten.

»Lass´ uns mal lieber hierbleiben und beobachten, was da vor sich geht«, schlug Hanna vor. Sie hielt ihm am Arm fest und hinderte ihn am Weitergehen.

»Ja, aber warte mal kurz. Eine letzte Sache noch.« Er hatte seine Hand auf ihre gelegt und wandte sich an Herrn Kopiske. »Wir beiden spazieren noch ein bisschen weiter. Vielen Dank für Ihre Offenheit und die Informationen über meinen Opa. Eine letzte Frage hätte ich da noch.«

»Nur zu, junger Mann.«

»Ich habe eine Art Karte bei meinem Opa gefunden. Ein Gebäudeplan oder eine Bauzeichnung der Brauerei aus dem neunzehnten Jahrhundert. Ich habe ihn leider jetzt nicht bei mir. Aber ich kann mich noch an ein paar Buchstaben und Nummern erinnern. Sagt Ihnen BK1 und BK2 etwas?«

Die Antwort kam überraschend schnell. »Braukeller 1 und 2. Das sind die Bezeichnungen der alten Kellergewölbe. Die sind für die Öffentlichkeit nicht mehr zugänglich.«

Krister kam auf eine Idee. »Meinen Sie, mein Opa könnte dort hingegangen sein?«

Der alte Mann zuckte mit den Achseln. »Das kann zwar sein. Aber erstens hatte er keinen Schlüssel und zweitens, was hätte er dort gesucht? Die Räume sind doch alle leer.« Langsam schlurfte er mit seinem Haustier davon.

35

Der alte Mann im Braukeller war das Erste, was ihm in den Sinn kam, als er seine Augen aufschlug. Wenn er doch bloß das Gesicht gesehen hätte. So hatte er genauso wenig Infos, wie die Polizei. Der Film im Fernsehen war ja nun gar nicht brauchbar gewesen. Die Bewegungen waren eindeutig von einem alten Knacker. Soviel konnte er sagen. Aber wie viele lebten denn in dieser von Rentnern übersäten Stadt? Jeder junge Mensch, der konnte, ging zum Arbeiten nach Kiel oder Hamburg, wenn er was aus sich machen wollte.

Ihm tat der Kopf vom Grübeln schon weh. Deshalb stand er auf, um sich ´ne kühle Dose Bier zu genehmigen und eine Tiefkühlpizza in den Ofen zu schieben. Das war sein Sonntagsfrühstück zu einer Uhrzeit, an der normale Leute gewöhnlicherweise Mittagessen auf dem Tisch hatten.

Er rückte die labberige Boxershorts zurecht, kratzte sich anschließend am Sack und ließ sich genüsslich aufs Sofa plumpsen. Dort trank er einen großen Schluck auf die anstrengende Nacht. Drei Bilder mit gleichem Motiv lagen nun hinter seinem Sofa. *Hopfen*, *Malz* und *Gerste*. Nur *Wasser* fehlte noch. Aber ohne das letzte Gemälde waren die anderen wertlos. Erst als vollständiges Quartett würden sie ihm einen Geldsegen bescheren, mit dem er bis zu seinem Lebensende ausgesorgt hätte. Er lächelte bei dieser Vorstellung. Schnell gingen seine Mundwinkel aber wieder nach unten. Der Däne hatte sich wieder bei ihm gemeldet und nach dem Stand der Dinge gefragt. Als er ihm versichern wollte, dass er seine Ware morgen bekommen würde, hatte er nicht zufrieden geklungen, sondern damit gedroht, den Zahltag ausfallen zu lassen, falls er nicht rechtzeitig liefern würde. Als er das Gespräch beendet hatte, war sein T-Shirt durchgeschwitzt gewesen. So etwas war ihm schon lange nicht mehr passiert. Er war tatsächlich nervös geworden.

Der alte Mann im Braukeller tauchte wieder und wieder in seinen Tagträumen auf. Irgendetwas stimmte nicht mit ihm. War das ein Konkurrent? Was, wenn der Däne noch jemanden auf die Bilder angesetzt hatte und ihn jetzt verarschen wollte? Er leerte den Rest Bier auf Ex und feuerte die Dose in die Küche in grober Richtung zum Mülleimer, dass es schepperte.

Wer, außer ihm, konnte das Geheimnis der Gemälde kennen? Er selbst hatte es immer für sich behalten. Keiner seiner Kumpane kannte es und in der Stadt war es seiner Meinung nach auch nie zum Thema geworden. Und Gerüchte verbreiteten sich rasend schnell. Wer also war der Typ, der im Kellerraum verschwunden ist?

Wenn der Däne falschspielte, und dafür gesorgt hatte, dass er nie und nimmer alle vier zusammen beschaffen konnte, dann musste er aufpassen. Die Bilder mussten aus seiner Wohnung verschwinden. Er brauchte ein anderes Versteck. Er erhob sich von der Couch und kramte die drei Papprollen hervor.

Sein Durst war immer noch da. Auf dem Weg zum Kühlschrank dachte er an Sühlmann, Kopiske und Jöhns. Bei allen drei Herren war er in die Wohnung eingestiegen und hatte jeweils Erfolg gehabt. Sühlmann und Kopiske hatte er sich persönlich vorgeknöpft. Die hätten ihm sogar die Geheimnummern ihrer EC-Karten genannt, nur um lebend davon zu kommen. Denen war richtig der Kackstift gegangen.

Er hatte die nächste Dose schon aus dem Fach genommen und war im Begriff sie zu öffnen, als ihm ein Licht aufging. Warum war er da nicht schon früher draufgekommen? Es kam nur eine einzige Person in Frage, die sich mit all dem was hier abging auskannte. Und das war verdammt Scheiße. Die Pizza war fertig, aber der Hunger war verschwunden.

36

Der auskunftsfreudige Apotheker reichte ihm ein, laut seiner ausführlichen Beschreibungen, sehr akut wirkendes Mittel gegen Diarrhö durch die Notfallklappe, nachdem er die Frage nach Übelkeit oder Brechreiz mehrfach verneint hatte. Den dringenden Ratschlag, viel Flüssigkeit und vor allem Elektrolyte zu sich zu nehmen, ließ er kommentarlos an sich vorbeiziehen.

Auf dem Weg zum Auto vibrierte sein Telefon in der Manteltasche. Kollege Bahnsen rief an.

»Onno, können wir gleich reden? Ich rufe dich von zu Hause aus an. Ich muss da noch kurz mal vor.«

»Du, ich wollte auch nur sagen, dass wir Kurt Sühlmann wahrscheinlich von unserer Liste streichen können. Außer dass er ein guter Sportschütze war, konnte Harring nichts Weltbewegendes über ihn herausfinden. Keine Vorstrafen oder so. Da muss sich Herr Kopiske wohl vertan haben. Und da komme ich auch schon zum Punkt. Es sind gerade ein paar Kollegen …«

»Warte mal, Onno«, unterbrach ihn Bork. »Ich steig´ eben ins Auto ein. Kannst gleich weiterreden.« Eine Autotür wurde zu geschlagen. »So, kann weiter gehen.« Die Freisprechanlage hatte ihren Dienst übernommen.

»Heute Nacht wurde ein gewisser August Kopiske brutal in seinem Haus überfallen. Wir haben zuerst nur den Nachnahmen gehört und dachten natürlich sofort an Alfons.«

Kommissar Bork fuhr langsam aus der Parklücke heraus und vergaß, beim Zuhören zu beschleunigen. So schlich er über die Hauptstraße. »Okay. Und wer ist nun dieser August?«

»Sag´ ich dir gleich. Also, die Kollegen von der Wache waren heute früh bei dem Haus von Alfons und haben nichts Außergewöhnliches feststellen können. Er war nicht zu Hause und deshalb sind sie dort wieder weg. Vorher haben sie noch eine Nachricht in den Briefkasten gelegt, dass er sich sofort bei mir melden soll. Ist bis jetzt aber nicht geschehen. Ich habe gerade eben Frank Schmidt nochmal losgeschickt, um nach ihm zu gucken. Nicht, dass ihm auch noch was passiert.«

»Okay.«

»August wohnt in der Drosselstraße und soll wohl der etwas jüngere Cousin von Alfons sein. So sagte jedenfalls der Nachbar. Leider haben wir nicht viele Infos aus dem Opfer herausbekommen. Der Notarzt musste ihm ein starkes Beruhigungsmittel gegen den Schock geben. Den Spuren nach zu urteilen, hat der Einbrecher ihn durchs ganze Haus geprügelt. Anschließend hat er ihn im Keller liegen gelassen. Dort muss er aber mehrere Stunden gelegen haben. Seine Körpertemperatur war nämlich bedenklich gesunken.«

Kommissar Bork hielt an einer Bushaltestelle und zündete sich eine Zigarette an. »Was hat das Opfer denn noch sagen können?« Er blies den Rauch in den Fahrerraum. Das Fenster blieb geschlossen. Er hörte Bahnsen seufzen.

»Der Einbrecher hätte ihn wohl immer wieder angeschrien, er solle endlich sagen wo er das Bild versteckt hat. Ich hab´ noch keine Fotos gesehen. Aber der arme Mann wurde ganz schön zugerichtet, sagte Nikolaisen eben am Telefon. Ich weiß genau was du jetzt denkst, Walter.«

»Der Typ hat sich in der Adresse vertan. August und Alfons. Das kann man schon mal verwechseln.«

»Ja, könnte man zwar meinen. Aber das Bild war tatsächlich im Keller von August Kopiske. Wir haben einen Rahmen gefunden. Und eine Botschaft gab es diesmal auch wieder.«

Bork sog kräftig am Glimmstängel und entgegnete nichts. Onno würde eh weitersprechen.

»Er hat *Gerste* in den Staub auf dem Kellerboden neben August Kopiske geschrieben. Wahrscheinlich mit dem Zeigefinger.«

»Ich mach mich auf den Weg zur Drosselstraße. Schmidt soll Gas geben. Ich will Alfons Kopiske so schnell wie möglich auf dem Revier haben.«

Er hatte Schmidt und Harring mit hinaus in den Vorgarten gebeten. Viel mehr, als sich einen Eindruck über die Gnadenlosigkeit des Einbrechers zu verschaffen, konnte er sowieso nicht machen. Das war Aufgabe der Spurensicherung. Steffen Nikolaisen war im Keller damit beschäftigt, Bilder vom Tatort zu schießen. August Kopiske war schon im Krankenhaus in Behandlung.

»Martin, wir können Sühlmann von der Liste streichen. Der liegt ja auch noch im Krankenhaus und hat ein Alibi. Und ich gehe fest davon aus, dass der Museumsmörder auch hierfür verantwortlich ist.«

Martin Harring nickte.

Bork schaute Frank Schmidt an. »Hast du Alfons Kopiske endlich gefunden?«

»Ich war kurz bei ihm vor und hab´ geklingelt. Als keiner geöffnet hat, bin ich einmal ums Haus gelaufen. Sah aber nicht so aus, als wenn jemand anwesend war.«

»Das ist jetzt nicht dein Ernst. Mensch, der Kerl soll nochmal genau auf den Film gucken. Und außerdem soll er uns erklären, wer wissen kann, dass sich das Gemälde bei seinem Cousin befand.« Er warf seine aufgerauchte Kippe weg.

»Ich war ja da, wie du gesagt hast. Was soll ich denn machen?«, versuchte sich Schmidt zu verteidigen. »Außerdem kam dann der Einsatz hier. Ich kann mich ja nicht zweiteilen. Nach dem Funkruf bin ich sofort hergefahren. Ist übrigens keinen halben Kilometer entfernt. Alfons wohnt auf der anderen Seite der Au. Durch den Park ist man in nicht mal fünf Minuten zu Fuß da.« Er deutete mit dem Finger zu den Laubbäumen.

Der Kommissar überlegte ob er einen Spaziergang machen sollte. Täte ihm unter anderen Umständen vielleicht ganz gut.

Aber wenn die Kollegen heute schon zweimal erfolglos nach dem Museumswärter gesucht hatten, dann brauchte er doch nicht auch noch kostbare Zeit vergeuden. Außerdem musste er erstmal seine Medizin nehmen. Sonst ging heute gar nichts mehr mit ihm. Aus diesem Grund begabt er sich zurück ins Haus, um sich etwas zu trinken zu organisieren.

37

Bahnsen breitete seine Unterlagen auf dem Tisch seines Chefs aus. Dieser war in eine blaue Dunstwolke eingehüllt. »Ich hab´ mir mal den Museumswärter Björn Ketelsen vorgenommen und mit seiner Frau telefoniert. Bis vor knapp zwei Jahren gehörte ihm eine kleine Gartenbau-Firma. Weil er zu viele Außenstände hatte, war er am Ende zahlungsunfähig und musste Konkurs anmelden.«

Kommissar Bork nickte teilnahmslos. Bahnsen hatte den Verdacht, dass da momentan auf dessen Festplatte nicht viel Platz für neue Informationen vorhanden war. »Alles okay mit dir? Du siehst fertig aus.«

Sein Vorgesetzter schaute zu ihm rüber. »Ich bin total geschlaucht. Ich hab´ mir irgend so einen Darmvirus eingefangen, glaub´ ich. Zum Glück wirken die Tabletten jetzt.« Er rieb sich den Bauch.

»Sollen wir später weitermachen?«

»Nee, geht schon. Erzähl mal weiter«, verlangte er während er sich im Lederstuhl zurücklehnte und die Augen schloss. »Ich hör´ zu.«

Onno musterte seinen Chef eingehend, um zu prüfen, ob es tatsächlich Sinn machte, fortzufahren, bevor er weitersprach. »Gut. Nachdem die Firma von Ketelsen pleite gegangen war, hat er sich verschiedene Jobs gesucht. Notgedrungen«, fügte er hinzu. »Außer als Museumswärter an den Wochenenden, fuhr er Taxi und war als LKW-Fahrer in zwei verschiedenen Anstellungen. Außer der beruflichen Verbindung als so genannter Kollege im Museum, habe ich keine Verbindung zu Kopiske und Sühlmann finden können. Sie waren keine Kunden und hatten auch sonst nichts mit ihm oder seiner Firma zu tun. Bei Herrmann Jöhns war das anders. Er hat sich vor sieben Jahren eine Auffahrt mit Kieselsteinen von Ketelsen auslegen lassen.«

Borks Augen öffneten sich.

»Die letzten zwei Jahre hatte *Ketelsen-Galabau* nur noch drei Mitarbeiter, wenn man seine Frau als Buchhalterin mit einbezieht. Laut Aussage von der Witwe waren das ein Gärtner und ein Steinsetzer.«

Der Kommissar setzte sich wieder normal hin. »Irgendwelche Feinde oder nachtragende Gläubiger, mit denen er Stress hatte? Vielleicht sogar mit Jöhns?«

»Laut Frau Ketelsen hat es zum Schluss Rechtsstreitigkeiten mit säumigen Zahlern gegeben, beziehungsweise Nichtzahler müsste man wohl sagen. Das lief aber über den Anwalt und eskalierte nicht direkt. Und mit Jöhns gab es auch keine Schwierigkeiten. Er hat wohl normal bezahlt und nichts beanstandet.«

Er wartete kurz ab.

»Aber mit den Angestellten gab es da schon mehr Kummer, denn es kam vor, dass Ketelsen sich im Laufe der Jahre auch mal von jemandem trennen musste, weil er nicht gut genug in seinem Job war oder zu wenig Einsatz zeigte. Bei dem Steinsetzer war es sogar besonders hart gewesen. Sein Name ist Gregor Zapatka. Er war Frau Ketelsen gegenüber mehrmals mit anzüglichen Sprüchen zu nahegekommen und war außerdem oft betrunken zur Arbeit erschienen und an solchen Tagen unbrauchbar gewesen. Die Ketelsens hatten nach seiner Kündigung große Angst davor gehabt, er könnte sich an ihnen für seinen Rauswurf rächen. Der war wohl ein ganz besonders unangenehmer Zeitgenosse, meinte sie.«

»Hat sie das so gesagt?«, wollte Bork wissen.

»Naja, wortwörtlich hat sie aggressiv und ekelig gesagt.«

»Kennen wir den Typen?«

»Ich habe nichts in unseren Akten über ihn gefunden. Hat ´ne weiße Weste. Arbeitet momentan bei Horstmann Bau in Halebüll.«

»Und der Andere?«

»Welcher Andere?« Onno Bahnsen verstand nicht, was sein Chef meinte.

»Na, der Gärtner.«

»Ach so, der.« Onno kratzte sich an der Schläfe. »Er heißt Viktor Schiller und soll laut Frau Ketelsen jetzt bei der Baumschule in Oster-Nordsum arbeiten. Außer seiner Unpünktlichkeit gab es nichts an ihm auszusetzen.«

»Alles klar«, sagte der Kommissar. »Schnapp dir mal Harring und fahr mit ihm zu dem Steinsetzer und frag nach einem Alibi für die Tatzeit. Vielleicht bringt uns das ja ein Stück weiter. Und haltet Augen und Ohren auf.«

»Ja, logisch. Wir sind ja keine Anfänger«, entgegnete ihm Bahnsen leicht angesäuert.

Bork ging nicht darauf ein, sondern wechselte das Thema. »Hast du die Mutter von Krister Jöhns übrigens nochmal erreichen können?«

»Laut Auskunft vom Hotel in Amsterdam hat sie die Rückreise angetreten. Wahrscheinlich ist sie erst gegen Abend da. Das Handy hat sie nicht an oder keinen Empfang.« Er klappte seine Unterlagen zu. »Und du? Was hast du über Herrmann Jöhns herausgefunden?«

Bork erzählte von der unsauber geführten Ermittlung aus der Vergangenheit, seinem Aufenthalt in Jöhns Wohnung und dem Besuch bei Frau Reese. Allerdings verschwieg er den Teil mit dem Toilettengang. Dann legte er die Zeitung mit dem Artikel über die Sonderausstellung und dem Teil des eingekreisten Sühlmanns auf den Tisch.

»Jöhns kriegt Wind von der Sonderausstellung und fährt zu Sühlmann, um etwas mit ihm zu besprechen, was damit zu tun haben könnte.«

»Oder, um sich den Schlüssel für das Museum zu holen«, warf Onno ein.

»Wenn das also wirklich so ist, dann müssen wir noch mal genau die Liste der Exponate durchgehen.«

»Warum das denn? Es deutet doch nun alles auf das vierte Gemälde hin«, gab Bahnsen zu bedenken.

»Ich glaube nicht! Die brutalen Überfälle auf seinen ehemaligen Kollegen und August Kopiske sind doch nicht die Handschrift von einem über achtzig Jahre alten Senioren. Zumal dieser in seinem Leben nie gewalttätig gewesen ist.« Er hatte gerade den Satz vollendet, als im bewusst wurde, dass sie das nicht mit Bestimmtheit behaupten konnten. »Guck mich nicht so an. Der Mord an Friedrich Börnsen konnte ihm nicht bewiesen werden.«

Bahnsen hob die Augenbrauen und entgegnete darauf nichts.

»Wie auch immer«, fuhr Bork fort. »Die Spuren in seinem Haus deuten eher darauf hin, dass er selbst überfallen wurde. Ich sag´ dir, der alte Jöhns hatte einen anderen Grund, in das Gebäude einzubrechen. Ich glaube, der war scharf auf ein ganz anderes Ausstellungsstück. Das ist so ein Gefühl.«

*

»Bist du in der Taxigeschichte schon weitergekommen?«, fragte Onno seinen Kollegen während er ins unter den Nordsumern nicht so angesehene Stadtviertel fuhr. Der Arbeitslosenanteil in den Wohnblöcken der *WoBa-Genossenschaft* war deutlich höher als in anderen Teilen der Stadt. Bei der Häufigkeit der polizeilichen Einsätze in diesem Gebiet verhielt es sich nicht anders.

»Nee. Der Fahrgast hat beim Bestellen seinen Namen nicht genannt und bar bezahlt«, antwortete Harring für seine Verhältnisse verhalten und lustlos, dachte Bahnsen.

»Und der Taxifahrer befindet sich bis morgen im Kurzurlaub in Dänemark und ist telefonisch nicht erreichbar. Das muss ich wohl später klären.« Martin Harring hatte beim Reden permanent zu seiner Seite aus dem Fenster geguckt.

»Ich sag´ dir Martin, der Fahrgast bringt uns bestimmt weiter. Irgendwas ist da faul. Es fuhr in der Nacht kein Taxi mit einem Gast aus dem Koog heraus. Das wissen wir ja schon.

Wenn es der junge Jöhns war, wie ist er dann wieder aus dem Koog herausgekommen?«

Er stupste Harring von der Seite an. »Hörst du mir überhaupt zu? Du musst unbedingt mit diesem Taxifahrer sprechen.«

Harring verdrehte die Augen. »Ist ja gut. Da vorne ist es.« Er zeigte auf das Haus, vor dem ein Haufen Sperrmüll lag.

Sie betraten das Treppenhaus. Ein Zeitungsausträger, der im Begriff war, den Flur wieder zu verlassen, hatte ihnen den Zutritt verschafft. So hatten sie auf das Klingeln verzichten können. Es war besser, den Leuten direkt vor deren Haustür zu begegnen. Dann kamen sie während des Treppenaufstiegs der Polizeibeamten nicht auf dumme Gedanken. In Konfliktsituationen war das eine erprobte Methode. Zum Konflikt würde es hoffentlich heute nicht kommen, dachte Bahnsen. Er war aber auf der Hut. Gut, dass Harring dabei war. Aber bei seiner labilen Stimmung manchmal wiederum auch nicht so gut.

Gregor Zapatka öffnete die Tür sofort und bat die beiden Beamten freundlich, hereinzukommen, nachdem er den Anlass ihres Besuchs vernommen hatte.

»Bitte entschuldigen Sie die Unordnung. Ich habe gerade die Küche etwas renoviert.« Er stellte einen Farbeimer zur Seite.

Bahnsen beobachtete den Hausherren. Äußerlich passte alles wie Faust aufs Auge, stellte man sich einen Steinsetzer vor. Zapatka war mindestens einen Meter und neunzig groß und hatte große Hände. Sein Oberkörper war muskulös und sein Nacken von der Sonne gebräunt. So jemand hätte den Wärter bestimmt in dem Gärbottich versenken können. Doch etwas in diesem Bild stimmte nicht. Die sympathische Art und Weise, wie sie eben empfangen wurden und die Höflichkeit des Mannes mit dem offenen Gesichtsausdruck deckte sich nicht mit den Informationen, die er von Frau Ketelsen erhalten hatte. Entweder wurden sie gerade gewaltig verarscht oder die Witwe hatte unter Wahnvorstellungen gelitten. Er nahm sich vor, das sofort herauszufinden.

»Herr Zapatka, wo waren Sie in der Nacht von Donnerstag auf Freitag dieser Woche?«

Die Antwort kam direkt und ganz ruhig, ohne vorhergehende Empörung oder zwischengeschobene Ausflüchte, wie Bahnsen es schon etliche Male erlebt hatte.

»Ich war zu Besuch bei meiner Schwester und ihrem Mann in Flensburg.«

»Haben Sie dort übernachtet?«, fragte Harring nach.

Zapatka schaute ihn an. »Ja, ich bin gegen Abendbrotzeit dort angekommen und bis Freitagmittag dortgeblieben.«

»Was war der Anlass?«, fragte Bahnsen.

»Ich hatte am Freitag um 8 Uhr ein Vorstellungsgespräch bei einer Baufirma. Da wollte ich nicht schon so früh in Nordsum losfahren.«

»Wir überprüfen das. Das wissen Sie!«

»Äh, ja. Ich gebe Ihnen gleich die Adresse meiner Schwester und die Telefonnummer«, antwortete er arglos.

Harring ging einen Schritt auf den Steinsetzer zu und schaute ihn streng an. »Interessiert es Sie eigentlich gar nicht, warum wir ausgerechnet Ihnen diese Fragen stellen? Normalerweise ist das das Erste was die Leute wissen wollen.«

Gregor Zapatka guckte zu Boden. »Ich kann es mir schon denken. Sie haben von der Geschichte mit Frau Ketelsen erfahren und da ist es doch ganz logisch, dass Sie dem nachgehen müssen.« Er deutete auf die Sitzecke im Wohnzimmer. »Kommen Sie, ich möchte Ihnen etwas erzählen.«

Harring wartete auf eine Reaktion von seinem Kollegen. Dieser nickte und sie setzten sich hin.

»Ich bin seit ungefähr einem Jahr trockener Alkoholiker. Zu der Zeit als ich noch bei den Ketelsens gearbeitet habe war ich, glaube ich, ein unausstehliches Arschloch. Ich kann mich an vieles gar nicht mehr richtig erinnern. Als ich am tiefsten Punkt meiner Sucht angekommen war, bin ich bei Kunden hinter irgendwelchen Geräteschuppen eingeschlafen oder habe deren Gärten vollgekotzt. Björn hat mich viel zu lange in Schutz genommen. Als er dann von meinen Anmachversuchen bei seiner Frau Wind bekommen hat, konnte er mich ja nur noch rausschmeißen.« Er guckte die Kommissare an. Keiner von den beiden sagte etwas, obwohl eine Frage im Raum hing.

Zapatka fuhr fort. »Ich habe damals in meiner Wut damit gedroht, die beiden umzubringen. Das hat mir jedenfalls Björn hinterher erzählt. Aber das könnte ich doch niemals wirklich tun. Das war doch nur so daher gesagt.«

Bahnsen beugte sich vor. «Haben Sie seitdem Kontakt mit Frau Ketelsen gehabt?«

»Nein, das habe ich mich nie getraut. Aber mit Björn habe ich im Rahmen meiner Therapie ein paar Mal gesprochen und mich auch bei ihm entschuldigt. Er hat mir verziehen. Das hat mir viel bedeutet.«

»Seine Frau hat mir davon aber gar nichts erzählt. Sie hätte das doch erwähnt«, wandte Bahnsen ein.

Zapatka zuckte ratlos mit den Schultern. »Ich kann nur erzählen wie es mir ergangen ist. Ich weiß nicht was die beiden miteinander besprechen oder nicht.«

»Können Sie etwas zu der Ehe der Ketelsens sagen?«

Gregor Zapatka guckte Bahnsen mit gerunzelter Stirn an, als würde er sich über diese Frage wundern. »Was hat das mit dem Mord an Björn zu tun? Hoffentlich haben Sie seine arme Frau nicht danach gefragt.«

Harring wollte ihm auf die Sprünge helfen. »Na ja, wenn es einen Liebhaber gegeben hat, dann spielt das auf einmal eine gar nicht mehr so kleine Rolle.«

»Okay«, stimmte Zapatka leise zu.

»Und? Was können Sie uns über die beiden sagen? War da alles in Ordnung?«, ließ Bahnsen nicht locker.

»Björn und Angela hatten Geldsorgen. Die Firma lief zu der Zeit nicht sonderlich gut. Manchmal haben sie sich ganz schön deshalb gezofft. Aber so richtig kriege ich das auch nicht mehr zusammen, weil ich damals selber zu benebelt gewesen bin. Nachdem ich rausgeschmissen wurde, war mir das eh alles egal.«

»Sie können also nicht genau sagen, worüber sie sich wirklich gestritten haben? Könnte auch ein Liebhaber dahintergesteckt haben?«

»Keine Ahnung. Wenn sie sich gefetzt haben, dann war es im Büro. Ich hab´ nur von draußen durch die Fensterscheibe gesehen, dass da dicke Luft war.«

»Kam es zu Gewalt?«, wollte Bahnsen wissen.

»Ich glaub´ nicht. Jedenfalls hab´ ich davon nichts mitgekriegt.«

Bahnsen stand auf. »Alles klar, Herr Zapatka. Bitte halten Sie sich für die nächsten Tage zur Verfügung. Es kann sein, dass wir Ihnen noch ein paar Fragen stellen müssen.«

Sie waren auf dem Rückweg zum Büro, als sich Bork bei ihnen meldete. »Wo seid ihr?«

Onno Bahnsen stellte die Freisprechanlage ein. »Wir sind gerade bei Gregor Zapatka losgefahren. Der Kerl ist harmloser als erwartet. Hat ´nen Alkoholentzug hinter sich und kommt meiner Meinung nach nicht in Frage.«

»Ja, das klären wir später«, fuhr ihm sein Chef ins Wort. »Fahrt mal in die Schulstraße. Das liegt ja auf dem Weg. Schmidt und Nikolaisen sind noch bei August Kopiske beschäftigt. Die kann ich da nicht hinschicken.«

»Und was erwartet uns da?«

»Der Wagen von Herrmann Jöhns ist aufgetaucht«, endete Bork.

38

Friedrich Börnsen kam in seinem weißen Kittel auf ihn zu und streckte ihm lächelnd den Arm zum Gruß entgegen. Seine Lippen bewegten sich, aber Herrmann konnte nichts verstehen, als hätte jemand den Ton vom Fernseher abgestellt. Er wollte nach der Hand seines Chefs greifen, aber er kriegte sie nicht zu fassen. Friedrichs Kopf schlug zur Seite, er sackte zusammen und glitt ihm davon. Plötzlich saß Herrmann in einem engen Raum. Vor ihm stand ein Tablett mit trockenem Brot und einem Glas Wasser. Dann setzte die tief schwarze Leere wieder ein. Jedes Mal, wenn sie kam, fror er am ganzen Leib und augenblicklich zitterten seine Gliedmaßen. Weder war ihm klar gewesen, ob er in einem Traum gefangen war, noch wusste er was die harten Steine unter seinem Kopf zu bedeuten hatten. Es gab keinerlei Verknüpfungen zu dieser surrealen Lage. Seine Lider waren ihm immer wieder zugefallen. Er realisierte gar nicht, wie unerbittlich er versuchte, sie offen zu halten. Sein Körper hatte den Kampf gegen das Unterbewusstsein immer wieder gewonnen und ihn anschließend zurück in den Schlaf abgleiten lassen. Die Körperzuckungen wurden dann zwar etwas weniger, sie hörten aber nicht ganz auf. Seine Nervenzellen leiteten die Impulse einfach weiter. Seine Hand griff unentwegt nach etwas Unsichtbarem.

Es musste der nächste Morgen gewesen sein, dachte er, denn die Dunkelheit war durchbrochen. Er erkannte die Umgebung wieder und er wusste genau wo er lag. Und Friedrich würde ihm nie wieder die Hand reichen. Ihm war unendlich kalt. Er erinnerte sich an die tiefe Angst und die Schmerzen, die beide wiedereinsetzten und zunahmen. Er war gefangen und verletzt und niemand wusste, dass er hier unten war. Herrmann wagte nicht, weiter zu denken oder sich zu bewegen. Er rechnete mit noch schlimmeren Schmerzen und noch viel schlimmeren Gedanken.

Zuerst testete er, ob seine Finger und Zehen sich bewegen ließen. Als das zu seiner Erleichterung funktionierte, wollte er die Kniegelenke folgen lassen. Schon beim Anspannen der Oberschenkelmuskulatur schoss ihm ein Stromschlag durch die Hüfte. Er verzerrte das Gesicht und hielt sofort in der Bewegung inne. Das war der Schmerz, den er so gefürchtet hatte. Er gab nicht auf, sondern drückte sich ganz langsam und vorsichtig mit der linken Hand vom Fußboden ab, ohne die Beine zu bewegen. Sein Nacken war ein einziger Krampf und seine kaputte Schulter trieb ihm fast die Tränen in die Augen. Er musste darüber hinweg gehen. Er hatte keine andere Chance. Sein Oberkörper rollte sich über den gesunden Arm in Seitenlage. Sein Ohr hatte keinen Kontakt zum Beton mehr. Dann ging es nicht mehr weiter. Er stutzte und drehte den Kopf so gut es eben ging in Richtung Wand. Aus dem Augenwinkel war der Tragegurt seines Rucksackes, den er noch umgeschnallt hatte, zu erkennen. Er legte den Kopf sachte ab und zwang sich, in seinen geschundenen Körper hineinzuhorchen. Die Schmerzen waren das eine Hindernis. Aber hatte er überhaupt noch die Kraft, wieder auf die Beine zu kommen? Sollte er nicht einfach nur liegen bleiben bis er wieder einschlief und nie wieder aufwachen? Sein knurrender Magen und die trockene Zunge gaben ihm das passende Gegenargument.

39

Da der Polizeiwagen vor Alfons Kopiskes Haus auch nach mehr als zehn Minuten keine Anstalten gemacht hatte, wieder zu verschwinden, entschloss sich Hanna, allein zu ihrem Auto zu gehen, um Krister später am anderen Ende des Parks einzusammeln.

Krister hatte sich etwas abseits zwischen ein paar Rhododendren postiert und war dann schnell zu ihr rüber gelaufen. Sie fuhren an der Mühlenau vorbei in Richtung der alten Brauerei. Die Idee kam von Hanna. Sie hatte die Suche nach dem Oldtimer noch nicht ganz abgeschrieben. Das Gebiet war schnell abgefahren, meinte sie. Danach fehlte nur noch der Hafen wo sie auch gleich Mittagessen gehen könnten, hatte sie vorgeschlagen. So langsam meldete sich der Hunger bei ihr.

Sie fuhren nun schon eine Weile ohne Erfolg durch die Siedlung. Diese war überwiegend von Einbahnstraßen durchzogen. Es kam ihnen so vor, als bewegten sie sich andauernd im Kreis. Nur noch durch die Schulstraße und dann war hier alles abgegrast. Hanna schaute nach rechts, weil sie auf die Vorfahrt achten musste. Es kam ein dunkler VW Passat auf sie zu. Sie ließ ihn passieren.

»Scheiße, hast du den Beifahrer erkannt?«, fragte Krister.

»Nee, ich hab´ nicht drauf geachtet.«

»Das war dieser Kommissar.«

»Der mit dem BMW von gestern Abend?«

»Ja.«

Sie bog links ab und fuhr etwa hundert Meter hinter den Polizisten durch die Schulstraße.

»Fahr´ nicht so dicht auf. Ich hab´ keinen Bock, erwischt zu werden.«

Der Wagen vor ihnen bremste, zog auf die Gegenfahrbahn rüber und kam dort vor einem Oldtimer zum Stehen. Den beiden war beim Auftauchen des blauen Mercedes mit den Heckflossen sofort klar, dass sie gefunden hatten, wonach sie gesucht hatten. Hanna fuhr langsam weiter, während Krister sich zur Seite drehte und so tat als suchte er etwas in seiner Jackentasche. Mittlerweile bekam er Übung im Verstecken-Spielen, dachte er.

Hanna sah wie der ältere der beiden Beamten Gummihandschuhe anzog und auf die Beifahrertür zuging. Derjenige der Harring sein musste, stand neben ihm und schaute plötzlich zu ihr herüber. Erschrocken wandte sie ihren Blick von ihm ab und beschleunigte.

»Warum gibst du Gas?«, fragte Krister verwundert.

»Er hat mir direkt in die Augen geguckt.«

»Hast du gesehen wie er reagiert hat?«

»Ich hab´ nur nach vorne geguckt.«

Krister wurde flau im Magen, als er das Museum an sich vorbeiziehen sah. Er musste an seinen Großvater denken, an seine Mutter und an den Tod.

Im *Seglerheim* nahmen sie Platz. Es lag direkt an der Hafenmole und bestand aus einem kleinen Küchenhäuschen mit einem angebauten Zelt. Die transparente Wand zur Wasserseite war offengelassen worden. Dank der Heizlampen über den Tischen war es dort warm genug, um sitzen zu können. Für Gäste, denen es immer noch zu kalt war, hielt der Wirt Wolldecken bereit.

»Ich nehm´ die Frikadelle mit Bratkartoffeln«, sagte Hanna zur verwunderten Kellnerin. Krister hatte sich nämlich den Thunfischsalat bestellt.

»Spielt ihr verkehrte Welt, oder was?«, fragte sie amüsiert. »Dann will der Herr wohl ´ne Spezi und die Dame ein Bier und ´nen Korn!«

»Gute Idee!«, konterte Hanna. »Aber den Korn lassen wir lieber weg.«

»Echt jetzt?«

»Nein«, sagte sie augenzwinkernd. »Geben Sie mir ein Glas Wasser.«

Kurze Zeit später saßen sie satt nebeneinander in der spätherbstlichen Oktobersonne und bedauerten, dass sie keine Muße hatten, das funkelnde Licht auf der Wasseroberfläche so zu genießen, wie es sich gehörte.

Hanna kam auf das Auto zu sprechen. »Warum hat er in der Schulstrasse geparkt?«, fragte sie.

»Hm«, lautete die Antwort. Krister grübelte, während er, ohne es selbst zu registrieren, einem Trupp Männer dabei zusah, wie sie auf der anderen Seite des Hafenbeckens ein Segelboot mit einem Krahn auf einen Trailer bugsierten.

»Hast du gehört? Was denkst du?«

»Ich weiß nicht.«

»Was weißt du nicht?« Sie rückte ein Stück näher an ihn heran. »Kennst du jemanden, der in der Nähe der Schulstrasse wohnt?«

Er schüttelte den Kopf. »Keine Ahnung bei wem er jetzt sein könnte. Da fällt mir niemand ein.«

Sie lehnte sich wieder zurück in den Stuhl. »Wenn du mich fragst, dann bedeutet das nichts Gutes. Wir hätten ihn lieber nicht finden sollen.«

»Wie bitte?« Krister verstand nicht, was das bedeuten sollte. »Warum sagst du das? Was meinst du denn damit?«

»Das weiß ich eben auch nicht so genau. Ich kann mich auch täuschen. Entschuldigung, ich wollte dich nicht beunruhigen. Vergiss es.«

Am Nebentisch nahm ein junges Paar Platz. Irgendwie fühlte sich Krister dadurch gestört, sodass er es erstmal auf sich bewenden ließ. Er berührte Hanna am Unterarm. »Wollen wir bezahlen und ein paar Schritte gehen?« Er deutete Richtung Nordsee.

»Ich hab´ eine Idee. Meinst du, ich sollte mal meine Mutter fragen, ob es in der Nähe der Schulstrasse jemanden gibt, bei dem mein Großvater eventuell untergetaucht sein könnte?«

»Kennst du denn ihre Nummer auswendig?«

»Mist.« Krister hatte vergessen, dass er das Handy nicht dabeihatte. Da kam ihm ein rettender Gedanke. »Meine Wohnung ist doch gleich um die Ecke. Ich hab´ die meisten Nummern im Festnetztelefon eingespeichert.«

»Gut, dann los.«

Sie wollte gerade umdrehen, da hielt er sie am Ärmel fest. »Warte mal!«

Sie standen an der Hafenspitze und schauten sich an. Neben ihnen lag die spiegelglatte Nordsee und die vorgelagerten Salzwiesen. Es war seit langem mal wieder beinahe windstill. Ein ganz schwacher Lufthauch kam vom Wasser. Es roch nach Fisch und Schlick. Die Ebbe hatte eingesetzt.

»Danke, dass du mir hilfst«, sagte Krister.

»Hör ´mal auf damit, sonst bin ich beleidigt.« Sie stupste ihn in die Rippen.

Er wich zurück und zog den Bauch ein. »Nein, ich meine es ernst. Ohne dich würde ich immer noch im Kriechkeller hocken.«

»Oder zu Hause auf dem Sofa und die Polizei hätte deinen Großvater schon gefunden, weil ich dich nicht dazu animiert habe, auf eigene Faust loszuziehen.«

Seit Langem huschte mal wieder ein Lächeln über sein Gesicht. »Naja, wenn man es so betrachtet, dann bist du ja sogar verpflichtet, mir zu helfen.« Ohne darüber nachzudenken, umarmte er sie und drückte ihr einen Kuss auf die Wange, als wäre es das Normalste der Welt. So verweilten sie noch einen Moment, bevor sie zurück zum Parkplatz gingen.

Der Hinterhof lag zur Hälfte im Schatten. Im sonnigen Teil harkte Herr Stöfer die ersten herabgefallenen Blätter der Rotbuche zusammen. Er bemerkte nicht, wie die beiden

Personen hinter ihm ins Haus huschten. Krister hatte die lauten Holzschuhe vorsorglich ausgezogen, als er den Nachbarn gesehen hatte. Seine Vorfreude auf gemütliches Schuhwerk wuchs mit jedem Schritt, den er strumpfsock zurücklegte. Ihm taten schon die Fußsohlen weh, vom vielen Spazierengehen mit den harten Tretern in den letzten Stunden.

»Ein Polizeisiegel«, sagte er erstaunt, als sie oben angekommen waren.

»Egal, mach auf.«

Er zögerte. Dann zog er den Schlüssel durch den Aufkleber. Ein paar Sekunden später standen sie in seiner Wohnung und betrachteten das angerichtete Chaos.

»Ach du Scheiße!«, entflog es Hanna. »War das die Polizei, oder ist hier tatsächlich jemand eingebrochen?«

»Pass auf! Der Blutfleck«, warnte Krister sie. »Geh lieber nicht so nah ans Fenster. Wer weiß, ob da unten jemand die Wohnung observiert.«

Sie stieg über das Blut, blieb stehen und schaute sich um. Die Schubladen waren alle aufgerissen worden und viele der Sachen lagen in Stapeln auf dem Couchtisch. Der Anrufbeantworter lag neben der Haustür auf dem Parkett und die Bluttropfen hatten sich schon ins Holz eingetrocknet.

»Was für eine Sauerei«, sagte sie. »Wenn das hier hoffentlich bald vorbei ist, dann helfe ich dir beim Saubermachen.« Sie setzte sich auf die Couch.

»Dankeschön. Aber das ist mir im Moment egal.« Er hatte sich ein paar Turnschuhe geschnappt und war dabei, sie anzuziehen. »Was für ein Gefühl«, sagte er erleichtert, während er die Holzklotzen mit dem Fuß in die Ecke schob. »Vielen Dank. Aber ihr habt jetzt Feierabend.«

Nachdem er auf Toilette gegangen war, nahm er sich das schnurlose Telefon vom Tisch und setzte sich neben sie. Er ging das Register durch bis er bei *Mama* ankam. Er betätigte die Wähltaste, stellte auf *Lautsprechen* und wartete ab.

»Krister?«

»Hallo Mama, ich wollte mich mal melden.« Er kam nicht weiter. Seine Mutter übernahm die Gesprächsführung.

»Krister, hast du Opa gefunden?«

Was sollte er ihr antworten? Er versuchte es mit einer abgewandelten Wahrheit. »Nee, bis jetzt noch nicht. Und den alten Kollegen, Herrn Kopiske, haben wir auch noch nicht getroffen. Wir waren bei seinem Haus. Da war niemand zu Hause.«

»Das darf doch nicht wahr sein.«

Man hörte ein Rauschen, dann wurde die Verbindung wieder besser.

»Die Polizei hat mich eben angerufen. Sie haben zufällig Opas Auto in der Schulstrasse gefunden und wollten von mir wissen, wo er sich befinden könnte und ob er Bekannte in der Gegend hätte. Immerhin hat meine Vermisstenmeldung sie dazu gebracht, nach ihm zu suchen.«

»Und? Wohnt da jemand, den er kennt?«

»Auf jeden Fall keine Verwandtschaft von uns. Ansonsten weiß ich leider auch nicht. Ich kenne ja nicht alle seine Freunde und Bekannten.«

»Was hast du der Polizei denn sonst noch für mögliche Orte genannt?« Krister war gespannt, was sie aufzählen würde. Gut, dass seine Mutter schon im Bilde war. So brauchte er sie nicht anzulügen. Aber mit der Wahrheit wollte er auch nicht rausrücken. Sie musste nicht wissen, dass er sich vor der Polizei versteckte.

»Die Nachbarschaft, die Angelseen, Das Grab von Oma. Aber das war´s dann auch schon mit meinen Ideen. Sie haben mir gesagt, dass sie dort nachschauen wollen.«

»Wo seid ihr denn jetzt gerade?«, wollte er von ihr wissen, um einschätzen zu können, wie lange er noch Ruhe vor ihr hatte.

»Wir kommen leider nicht so gut voran. Um Osnabrück herum war ein riesiger Stau wegen einer Baustelle. Wir sind noch knapp fünfzig Kilometer vor Bremen. Vor sechs heute Abend werden wir wohl nicht zu Hause sein.«

»Alles klar, wir suchen weiter die Gegend nach Opa ab.«

»Das ist lieb von dir, mein Junge. Ruf' mich sofort an, wenn ihr ihn gefunden habt.«

»Ja, mach ich. Fahrt vorsichtig und mach dich nicht verrückt.« Er beendete das Gespräch, ohne abzuwarten, was seine Mutter darauf antworten würde.

Ihre Worte hatten ihn auf etwas gebracht. Die Bemerkung von Hanna, als sie am Hafen gesessen hatten. Er legte das Telefon zur Seite und guckte sie an. »Du hast da vorhin im Restaurant etwas über den Wagen meines Opas gesagt«, fing er an. »Dass wir ihn lieber nicht gefunden hätten und dass das nichts Gutes bedeuten würde. Wie hast du das gemeint?«

Sie guckte angespannt zur Decke, bevor sie ihm antwortete. »Ich glaube, dass er nirgends hingegangen ist, um unterzutauchen. Vorhin war es nur ein diffuses Gefühl gewesen. Aber nachdem was deine Mutter da gerade erzählt hat, deutet für mich alles darauf hin, dass er das Museum seit Donnerstagabend nicht mehr verlassen hat.«

Krister sank ein Stück in sich zusammen. »Meinst du damit, dass wir zu spät sind und dass ihm vielleicht etwas zugestoßen sein könnte?« Ein schlimmer Gedanke durchschoss ihn plötzlich. Er riss die Augen weit auf und wandte sich ihr zu. »Der tote Wärter. Was ist, wenn es zwei Morde gegeben hat. Dann könnte er tatsächlich.« Er wagte nicht, seine Befürchtung auszusprechen.

»Leider ist mir diese Variante auch schon in den Sinn gekommen«, sagte sie vorsichtig. »Aber die Möglichkeit, dass er gefesselt wurde und noch am Leben ist, gefällt mir besser.«

»Mir auch.«

Sie sagten eine Weile nichts, bis Hanna das Schweigen als Erste unterbrach. »Du hast doch Kopiske gefragt, ob dein Opa zu den alten Braukellern gegangen ist, nicht wahr?«

»Ja?« Er ahnte, worauf sie hinauswollte.

»Er meinte zwar, dass die Räume leer seien und dass sie abgeschlossen sind.« Sie stand auf. »Aber er kann doch trotzdem dort hingegangen sein. Warum auch immer. Aber möglich ist es.«

»Ich hab´ als Kind ab und zu in der stillgelegten Brauerei gespielt. Soweit ich mich erinnern kann, war der Zugang zu den Kellerräumen damals zugemauert. Hoffentlich stimmt der Gebäudeplan noch.«

Sie winkte ab. »Egal. Werden wir sehen. Die Karte liegt in meinem Auto, oder?«

»Ja, in der Blechschachtel.«

Sie schnappte sich seine Hand uns zog ihn vom Sofa hoch.

40

Er schreckte hoch. Erst als er sich sicher war, dass er sich nicht das Hemd vollgesabbert hatte, setzte er sich aufrecht hin und prüfte wie lange er geschlafen hatte. Die halbe Stunde war ihm viel kürzer vorgekommen. Immerhin fühlte er sich jetzt ein bisschen frischer.

Nachdem er sich eine Zigarette angezündet hatte, trank er einen großen Schluck Wasser. Kaffee wäre jetzt auch nicht schlecht, dachte er beim Anblick der verkalkten Maschine gegenüber auf dem Sideboard. Er stand auf, um sich sofort wieder hinzusetzen. Zuviel Aufwand.

Da die Akte von Herrmann Jöhns noch bei ihm auf dem Schreibtisch lag, musste er an Werner Jepsen denken, den Chefermittler von damals. Der war doch bestimmt schon über siebzig Jahre alt. Ob er noch lebte? Er hatte nicht übel Lust, dem Herrn die stümperhaft geführten Ermittlungen unter die Nase zu reiben. Der Ruf des Kommissars Jepsen war nicht sonderlich gut gewesen, weil er im Umgang recht ungehobelt und selbstverliebt gewesen sein sollte.

Er ging das interne Telefonbuch durch. Dort waren auch die Ehemaligen verzeichnet. Zum Glück waren die Nordsumer nicht sonderlich umzugsfreudig. Der Jepsen hatte sicherlich noch immer dieselbe Telefonnummer wie in den Unterlagen angegeben.

Tatsächlich. Er meldete sich. »Jepsen, Nordsum. Wer stört mich in der Mittagsstunde?«

»Hier ist Walter Bork von der Kripo.«

Es dauerte einen Moment bis die Antwort kam, die er so nicht erwartet hatte.

»Lassen sie den kleinen Bork immer noch mitspielen? Ich dachte du wärst längst Parkplatzwächter.«

Hätte er sich auch denken können. Er schüttelte den Kopf. Was für ein Arschloch. »Immer noch der liebenswürdige

Kollege, der uns immer ein Vorbild war. Ich dachte du wärst längst tot.«

»Was willst du von mir?«, kam der Konter schnörkellos.

»Es geht um einen alten Fall aus den achtziger Jahren. Ich sag nur: Brauerei.«

»Oha! Das ist ja schon ewig her. Was habt ihr denn da am Wickel?«

»Du weißt doch, dass ich das nicht sagen kann.«

»Musst du auch gar nicht«, klang es triumphierend durch den Hörer. »Kann ich mir schon denken. Der Mord im Museum.«

»Wer spricht denn von Mord?«, versuchte Bork sich nicht in die Karten schauen zu lassen.

»Na, für mich ist das klar. Die Zeitung nennt das auch so. Da hat jemand nur so getan, als ob es ein Einbruch wäre. So´n altes Bild kann ja wohl nicht der wahre Grund gewesen sein, oder?«

»Wie auch immer«, wich Bork aus. »Ich habe mal eine Frage zu dem Tod von Friedrich Börnsen. Kannst du mir da weiterhelfen?« Den Namen Jöhns wollte er erstmal nicht in den Mund nehmen, um Jepsen keinen Hinweis zu geben.

»Was hat das mit dem Einbruch zu tun?«

»Du kennst die Regeln. Hilfst du mir nun oder nicht?«

»Ist ja gut. Ich kann´s versuchen. Leg´ los! Ich weiß aber nicht, ob ich mich noch an die Einzelheiten erinnern kann«, gab er zu bedenken.

Bork atmete erst den Rauch aus, bevor er sprach. »Friedrich Börnsen war ja zum Zeitpunkt seines Todes, was die familiären Verbindungen anging, komplett allein. Keine Kinder, keine Geschwister oder sonstige Anverwandte. Seine Frau war schon gestorben.«

»Ja, so war das.«

»Es muss doch einen bedeutungsvollen Nachlass gegeben haben. Die Firma war verkauft und die privaten

Vermögenswerte müssen auch beträchtlich gewesen sein. In den Unterlagen kann ich aber nichts darüber finden.«

»Das ist doch Quatsch! Du hast nicht ordentlich geguckt. Das haben wir doch alles dokumentiert. Unser Verdacht, dass, wie hieß er noch gleich?«

Bork hielt den Mund.

»Jöhns. Genau! Dass also dieser Jöhns das Erbe irgendwie an sich gebracht haben könnte. Wir haben noch nicht mal ein Testament oder einen Abschiedsbrief gefunden. Wer macht denn sowas, wenn er sich umbringt? Man hat doch was zu sagen, wenn man auf diese Art und Weise geht. Ich bin immer noch davon überzeugt, dass das kein Selbstmord war. Allenfalls aktive Sterbehilfe. Das kommt schon eher hin.«

Walter Bork hörte ein Schnaufen am anderen Ende der Leitung. Jepsen war offensichtlich erregt. Der Fall zeigte immer noch seine Nachwirkungen auf die Beteiligten, dachte er beeindruckt. Ihm fiel etwas ein. »Habt ihr beobachtet, ob danach bei irgendjemandem aus Börnsens Umfeld eine Art Verbesserung der Lebensqualität zu bemerken war?«

»Du meinst, ob jemand plötzlich zu Geld gekommen ist und keiner weiß wie das mit normalen Jobs passieren konnte?«

»Ja, so in etwa.«

»Nein!«

»Wie? Nein. Habt ihr es nicht kontrolliert?«

»Doch! Wir haben zuerst die Kontobewegungen von Börnsen überprüft. In den Monaten vor seinem Tod hat er seine Villa, alle Habseligkeiten, Aktien und ein paar landwirtschaftliche Flächen und natürlich zum Schluss seine Firmenanteile verkauft. Er hat sich in der Zeit fast über viereinhalb Millionen Mark in bar auszahlen lassen. Es gab vorher keine Überweisungen an Brauereiangestellte oder sonst wen. Mit einer Ausnahme. Er hat fünfzigtausend Mark an eine Stiftung für Krebshilfe gespendet. Wir haben sogar geprüft, ob er Schließfächer hatte. Aber nichts. Sein Erbe ist nie wiederaufgetaucht. Danach sind wir natürlich ganz unauffällig am Ball geblieben, weil wir die in Frage kommenden Personen in Sicherheit wiegen wollten. Aber bis auf einen neuen Kleinwagen oder eine neue Markise waren diesbezüglich bei Jöhns, Meier, und wie sie sonst noch hießen, keine Auffälligkeiten zu entdecken gewesen. Bis heute nicht.«

»Wie bitte? Was meinst du mit *bis heute nicht*? Jetzt sag nicht, du beschattest die Leute immer noch?« Bork war gespannt auf die Antwort.

»Als Rentner habe ich Zeit. Im Sommer fahr ich gern Fahrrad. Da kommt man in der Gegend rum.«

Bork lehnte sich im Stuhl zurück. Er war fassungslos. Hoffentlich würde es nie einen Fall geben, der so stark Besitz von ihm ergreifen würde. Er versuchte, das Gehörte einzuordnen. »Du hast mich verarscht. Von wegen *ich weiß nicht, ob ich mich erinnern kann*. Du kannst dich an jede verdammte Kleinigkeit von damals erinnern. Weil es dich bis in deine Träume verfolgt und es dich verrückt macht, dass du den Fall nie sauber aufklären konntest. Es lässt dir bis heute keine Ruhe. Deshalb hältst du dich an dem letzten Strohhalm fest und hoffst auf Erlösung. Du bist besessen.«

Er hörte nur ein schweres Atmen und erwartete, dass der Alte jeden Moment auflegen würde. Er lauschte. Dann hörte er ein Schluckgeräusch und Jepsen begann, leise zu sprechen.

»Irgendwann muss das Geld auftauchen. Wenn nicht in erster, dann in zweiter Generation. Und ich bin fest davon überzeugt, dass Börnsen erschossen wurde.«

Kommissar Bork wollte seinen ehemaligen Kollegen bei Laune halten, indem er die Chance nutzte und weitere Informationen von ihm zu bekommen. Welcher Ermittler sprach nicht gern über seinen eigenen Fall. »Kannst du etwas zu den Brauereimitarbeitern sagen, die du eben erwähnt hast?«

»Wir haben alle zwanzig bis dreißig Leute verhört, aber die engsten Vertrauten von Börnsen hießen Simone Meier, Herrmann Jöhns, Kurt Sühlmann und Alfons Kopiske. Übrigens, wie wir herausgefunden haben, in Bezug auf die Enge der Beziehung auch in der Reihenfolge. Jedenfalls machte es für uns den Anschein.«

»Moment. Wenn ich das richtig verstanden habe, dann war Friedrich Börnsen mit Simone Meier am vertrautesten?«

»Ja, das war eindeutig.«

»Sie waren ein Paar?«, fragte Bork überrascht.

»So würde ich es nicht formulieren. Frau Meier hat angedeutet, dass sie sich zueinander hingezogen fühlten, wie sie es damals ausdrückte.«

»Hatte sie Sex mit ihm?«

Werner Jepsen lachte. »Nun halt dich mal zurück. Du kannst es ja kaum erwarten.«

Bork fand das nicht witzig. »Jetzt lass dich nicht bitten.«

»Einmal. Ein viertel Jahr vor seinem Tod. Sie waren sich beide einig, dass sie es nicht zu einer festen Beziehung kommen lassen können. Der Altersunterschied war zu groß und die noch nicht erloschene Liebe zu seiner Frau hinderte sie auch daran.«

»Und dann konnte sie noch weiter für ihn arbeiten? Das wundert mich aber.«

»Scheinbar taten sie es als Fehltritt ab. Was weiß ich?«

Bork war aufgestanden und hatte sich zum Fenster gedreht. Die Sonne blendete ihn, sodass er das Rollo ein Stück runter stellte. »Und die anderen?«, fragte er.

»Jöhns war unser Hauptverdächtigter. Das brauch ich dir nicht sagen. Und die anderen waren glaubwürdig und hatten wasserdichte Alibis.«

»Trotzdem guckst du, ob sie plötzlich reich geworden sind?«

»Das lass´ mal meine Sorge sein, was ich in meiner Freizeit mache. Ich muss jetzt pissen und hab´ keine Zeit mehr, mit dir über die Vergangenheit zu plauschen. Ruf´ mich nie wieder an. Tschüss, Herr Kommissar.«

Die Besetztöne klangen wie mehrere Ausrufezeichen.

*

Die Doppelhäuser im Stadtteil Oster-Nordsum waren Ende der fünfziger Jahre errichtet worden und hatten rückwärtig große Grundstücke. Die Straße dieses ruhigen Wohngebietes bestand noch aus Kopfsteinpflaster. Der überwiegende Teil der Vorgärten war sehr gepflegt. Wahrscheinlich funktionierte die gegenseitige Überwachung der Gartenpflichten innerhalb der Nachbarschaft ganz gut, glaubte er. Das Laub hatte sich teilweise schon rot gefärbt und in der Oktobersonne wirkte diese idyllische, heile Welt nochmal doppelt so schön. Wäre er nicht dienstlich hier, dann würde er jetzt am liebsten ein Stück Apfelkuchen mit Sahne essen und die milde Herbstluft genießen.

»Guten Tag, Frau Meier. Bitte entschuldigen Sie die Störung an diesem schönen Sonntag.« Kommissar Bork wusste nicht, ob die Dame, die in ihren Beeten damit beschäftigt war, ein paar vertrocknete Stauden zu schneiden, tatsächlich Simone Meier war. Er setzte es einfach voraus. Sie wirkte steif in den Knochen, als sie sich mühsam mit einer Hand an einer Gartenbank hochdrückte, bevor sie sich behäbig zu ihm umdrehte, um zu prüfen, wer sie da angesprochen hatte.

Die Frau, die laut der Polizeiakte heute Mitte sechzig sein müsste, kam ihm wesentlich älter vor. Ihre halblangen Haare waren schlohweiß und schlecht toupiert. Ihr Gesicht sah fahl und müde aus.

»Mein Name ist Walter Bork, von der Kripo Nordsum«, verleitete ihn ihr fragender Blick dazu, das Rätsel aufzulösen. Er bemerkte ihre auftauchenden Sorgenfalten, während er sich vorstellte. »Ich bin der leitende Ermittler im Fall des Einbruches ins Brauerei-Museum von vor ein paar Tagen.« Sie sah skeptisch aus. So als wüsste sie nicht, warum er ausgerechnet mit ihr darüber reden wollte. »Haben Sie einen Augenblick Zeit, damit ich Ihnen ein paar Fragen zur Börnsen-

Brauerei stellen kann? Soviel ich weiß, haben Sie früher einmal dort als Sekretärin gearbeitet.«

Sie legte die Astschere auf die Gartenbank, zog ihre Handschuhe aus und reichte ihm die Hand. »Guten Tag, Herr Bork«, begrüßte sie ihn mit einem Anflug aus Freundlichkeit. Doch dann verfinsterte sich ihre Mine wieder. »Dass diese alte Geschichte nie zur Ruhe kommt.« Sie wirkte angestrengt. »Auch wenn Sie persönlich gewiss keine Schuld trifft«, fuhr sie fort. »Damals haben Ihre Kollegen nicht auf mich hören wollen. Am schlimmsten war dieser arrogante Kommissar. Was für ein inkompetentes Arschloch.«

Bork konnte sich zu gut denken, wen sie meinte. Er hörte ein Geräusch hinter sich. Ein Vater schob seine kleine Tochter in einer Karre auf dem Sandweg am Garten vorbei. »Wollen wir vielleicht zu Ihnen ins Haus gehen? Dann können wir ungestörter reden. Es dauert auch nicht lange.«

Sie willigte ein und ging voraus. »Aber ziehen Sie bitte die Schuhe aus, damit Sie keinen Dreck reintragen.«

Er gehorchte ihr. Hauptsache er bekam im Gegenzug Informationen geliefert.

»Schön haben Sie´s hier«, versuchte er sich einzuschleimen.

»Och ja. Man tut was man kann, um gemütlich zu leben. Setzen Sie sich doch.«

Sie waren durch den schmalen Flur bis in die Küche gegangen. Diese schien ein Original zu sein und wurde schätzungsweise vor fünfzig Jahren eingebaut. Er kannte diese Art der Ausführung noch von seinen Eltern. Schiebetüren in der Mitte und eine eingebaute Eieruhr auf der linken Seite. Die Dekorfarbe in hellem Beige. Er setzte sich auf die knarzende Eckbank und fühlte sich in diesem Ambiente in eine andere Zeit zurückversetzt, inklusive der kalten Füße, die er früher auch immer hatte, wenn er keine Hauspuschen anhatte. Das Küchenfenster zeigte zum Garten hinterm Haus. Er sah eine riesige Rasenfläche und dazwischen Apfel- und

Birnenbäume. Eine Menge Arbeit für eine alleinlebende Frau, dachte Bork.

»Ist ja immer viel zu tun im Herbst, oder?«, wollte er mit Smalltalk beginnen. Er hatte das Gefühl, dass Frau Meier erstmal Vertrauen fassen musste. Sie sah sehr unmotiviert aus.

»Da sagen Sie was. Ohne die Hilfe von meinem Sohn würde ich das nicht schaffen. Am schlimmsten ist das Laubharken. Das machen meine Schultern nicht mehr so mit.«

»Was ist denn mit Ihrem Mann?«, stellte er sich ahnungslos. Er hatte schon längst herausgefunden, dass sie nie verheiratet war. Das brauchte Frau Meier aber nicht zu wissen.

»Ich habe vor vielen Jahren entschieden, dass es für mich besser ist, allein zu leben. Das ist für mich deutlich harmonischer.« Sie setzte sich zu ihm. »Aber damit will ich Sie nicht belästigen. Sie wollten mich ja etwas fragen.«

»Vielen Dank, Frau Meier.« Er beugte sich vor und legte die gefalteten Hände auf den Tisch. »Sie sagten, dass der Kommissar von damals Ihnen nicht zugehört hat. Können Sie mir sagen, was Sie ihm damals mitgeteilt haben?«

Sie seufzte tief. »Ich nehme an, dass Sie wissen, was in etwa damals passiert ist, oder?«

»Ja, ich habe die Akte studiert.«

»Das war alles einfach nur furchtbar. Ich habe noch am selben Tag meine Aussage zurücknehmen wollen. Die Polizisten haben das aber gar nicht ernst genommen und nur versucht, mich schnell wieder loszuwerden.«

»Sie haben ursprünglich gesagt, dass Herrmann Jöhns Ihren Chef erschossen hätte, oder? So stand es in den Protokollen.«

»Ich hatte Panik, weil ich zuerst wirklich dachte, dass Herrmann der Täter war. Er sah so schuldbewusst aus und hatte ja die Waffe in der Hand.« Sie rieb die Handflächen auf den Oberschenkeln und wippte leicht vor und zurück. »Als sie ihn aber so brutal vor den Augen der Öffentlichkeit abgeführt haben, wurde mir schlagartig klar, dass ich falsch gelegen habe. Ich habe ausgesagt, dass ich glaubte, dass Friedrich Selbstmord begangen hätte und Herrmann zu solch einer Tat nie und nimmer in der Lage gewesen wäre. Sie haben mich gar nicht ernst genommen.«

Er sparte sich lieber, Partei für seine Kollegen zu ergreifen. Der Glaube sollte seiner Meinung in polizeilichen Ermittlungen und gerichtlichen Prozessen eine untergeordnete Rolle spielen. Ob das tatsächlich immer so war, wagte er aber stark zu bezweifeln. Der Kommissar Jepsen glaubte ja heute noch an Mord und an die Schuld von Herrmann Jöhns.

»Dieser Jepsen, den Namen werde ich nie vergessen, hat mir die Schulter getätschelt und gemeint, dass ich wohl noch unter Schock stehen würde und mir eine Auszeit nehmen sollte. Die Firma würde ja nun sowieso neu strukturiert werden müssen.« Ihr Gesicht hatte Farbe bekommen. Sie war aufgewühlt.

Bork presste die Lippen zusammen und fühlte mit ihr.

»Stellen Sie sich das mal vor. Friedrich war kaum zwölf Stunden tot und der ungehobelte Kerl spricht so respektlos mit mir. Er hat sich in meiner Gegenwart nicht mal etwas notiert, sondern mich regelrecht rausgeworfen.«

»Das tut mir leid für Sie.«

»Danke, ist schon gut«, erwiderte sie.

»Was hat Sie denn eigentlich dazu verleitet, und wenn es nur für diesen einen Moment war, zu glauben, dass Herrmann Jöhns Ihren gemeinsamen Chef ermordet hätte? Gab es da irgendeinen anderen Grund, als den Umstand, dass er die Waffe in der Hand hielt?«

Sie legte die Stirn in Falten. »Wenn überhaupt, dann dachte ich wohl, dass die beiden immer noch zerstritten waren. In den Wochen vor dem Tod, hat es immer mal wieder kleine Dispute wegen einer Biersorte gegeben, wenn ich das richtig erinnere. Aber das ist nun schon so lange her.«

»Haben Sie heute noch gelegentlich Kontakt zu Ihren alten Kollegen aus der Brauerei? Die Herren Sühlmann, Kopiske oder Jöhns zum Beispiel?«

»Kaum noch. Alfons habe ich letzten Sommer mal auf dem Wochenmarkt unten am Hafen getroffen. Das war ganz nett. Er hat mir davon erzählt, dass er ab und zu im Museum jobbt, um etwas zu tun zu haben. Wir haben noch knapp zehn Jahre bei meinem jetzigen Arbeitgeber Lorenzen Baustoffhandel gearbeitet. Er war dort als Lastkraftfahrer angestellt. Bei der Brauerei war er ja auch der Bierkutscher, wie wir ihn immer genannt hatten.»

»Und wie sieht´s mit den beiden anderen aus?«

»Kurt und Herrmann hab´ ich Ewigkeiten nicht mehr gesehen. Die Brauerei hat ja schon vor dreißig Jahren dicht gemacht. Ich hab´ danach direkt bei Lorenzen im Büro angefangen. Das einzige Mal, dass ich mal etwas von Herrmann gehört habe, war als seine Frau gestorben war.«

Sie wischte ein paar nicht vorhandene Krümel vom Tisch und schien sich mit einem Mal ins Hier und Jetzt zurück zu holen. »Wieso fragen Sie eigentlich nach meinen alten Kollegen, wenn es um den Einbruch ins Museum geht? Haben Sie jemanden von ihnen im Verdacht?«

Der Kommissar suchte nach einer passenden Erklärung. Da kam ihm das Gemälde wieder in den Sinn. »Das war nur so ein persönliches Interesse von mir. Es geht im Wesentlichen um das gestohlene Gemälde. Vielleicht haben Sie davon gehört.«

Frau Meier wusste sofort Bescheid. »Ja, das habe ich mitbekommen. Ich kann mich auch noch an das Bild erinnern.«

Er brauchte keine Frage stellen. Sie erzählte von ganz allein, was ihr zu dem Thema einfiel. »Der Dienelt hat viele tolle Bilder gemalt. Das Brauereibild war eine Auftragsarbeit, die er für Friedrich ausgeführt hat. Wussten Sie, dass es insgesamt vier Exemplare davon gegeben hat? Eins hat der Chef selbst behalten. Die anderen drei hat er Kurt, Alfons und

Herrmann geschenkt. Auf dem Kunstmarkt sind die Gemälde zwar nicht ganz wertlos, aber einen Einbruch und Mord dafür zu begehen, halte ich für völlig übertrieben.«

»Könnten die Bilder von Dienelt trotzdem einen hohen ideellen Wert für irgendjemanden haben, den Sie kennen?«

Sie zog die Schultern hoch. »Nur für die Kollegen selber. Aber von Alfons weiß ich, dass er seines gar nicht so schön fand. Er hat es irgendwann mal seinem Cousin August geschenkt. Ich glaube der Dieb hat sich da in dem Gemälde getäuscht oder er fand es einfach nur hübsch, wenn Sie mich fragen.«

»Wer wusste denn alles von den vier Exemplaren Bescheid?«

»Eigentlich kam der größte Teil der Belegschaft in Frage. Und die könnten es ihren Familienmitgliedern erzählt haben. Also kommen viele Leute in Frage. Aber da fällt mir eine kleine Anekdote ein.«

Bork freute sich über die plötzliche Wachheit der Dame. Sie war regelrecht in Plauderlaune geraten.

»Alfons und Kurt haben mir damals in der Brauerei einen Bären aufgebunden. Sie sagten, dass die Bilder alle zusammen einen unermesslichen Wert gehabt hätten. Einzeln wäre jedes Exemplar aber nutzlos gewesen. Ich hab´ das natürlich schnell durchschaut und nur darüber geschmunzelt. Aber geistreich war ihre Spinnerei trotzdem, fand ich. Und lustig obendrein.«

»Worin soll denn der Wert gelegen haben?«, wollte Bork wissen.

»Sie behaupteten, dass derjenige, der alle vier Bilder besitzt, das über Jahrhunderte geheim gehaltene Rezept des Nordsumer Pilseners in seinen Händen halten würde. Sie wollten mir weismachen, dass das ein Millionenschatz wäre.« Sie presste etwas Luft durch die Lippen. »Das war natürlich Quatsch. Wie soll man sowas denn verstecken?

Außerdem wusste ich von Friedrich Börnsen, dass die Rezepte in einem alten Lederband verewigt sind.«

»Haben Sie nie in Erwägung gezogen, dass die Kollegen vielleicht die Wahrheit gesagt haben könnten?« Er lehnte sich zurück. »Ich meine, wäre das nicht denkbar?«

Frau Meier schob nachdenklich die Unterlippe vor. »Ich weiß ja nicht. Ich kann das Gegenteil natürlich nicht beweisen. Aber ich glaube das einfach nicht.«

Wobei sie wieder beim Glauben wären, dachte der Kommissar. »Wissen Sie was aus den Rezepten in dem Lederband geworden ist? Wurden diese an den Sundbaek-Konzern gegeben?«

»Das kann ich nicht sagen. Die neuen Geschäftsführer aus Dänemark haben mich kleine Sekretärin in solche Dinge nicht eingeweiht.«

»Wer könnte das wissen?«

Sie zuckte ein weiteres Mal mit den Schultern. »Keine Ahnung. Höchstens die Braumeister. Also Kurt und Herrmann, könnte ich mir vorstellen. Oder der Konzern natürlich.«

»Haben Ihre Kollegen die Geschichte mit dem Rezept noch anderen Leuten außer Ihnen erzählt?«

»Das kann ich nicht sagen. Vielleicht haben sie es ihren Kindern und Frauen erzählt. Mein Bruder und mein Sohn kennen das Märchen zum Beispiel auch.«

»Und haben die es geglaubt?«

»Nie und nimmer!« Sie winkte ab.

Der Kommissar wollte noch auf eine bestimmte Sache zu sprechen kommen, bevor er fertig war. Er musste es aber vorsichtig versuchen, ohne zu indiskret zu werden und ohne der Frau zu nahe zu treten. »Frau Meier, vielen Dank, dass ich mit Ihnen reden durfte.« Er knetete seine Finger. »Bevor ich gehe, habe ich noch eine Angelegenheit, über die ich etwas in den Polizeiunterlagen gelesen habe. Ich kann gar nicht sagen, ob dies wichtig für diesen Fall ist«, druckste er herum. »Nun ja, aber ich wollte trotzdem danach fragen. Sie sollen eine kurze Liebesbeziehung zu Ihrem Chef Herrn Börnsen gehabt haben.« Er musterte Frau Meier. Sie schluckte zwar, zeigte aber keine plötzlich auftretende Regung. Er hakte daher nach. »Ist das richtig?«

Sie antwortete leiser als sie vorher gesprochen hatte. Ihre Energie schien wie auf Knopfdruck verpufft zu sein. »Ja, Friedrich und ich sind uns ein einziges Mal nähergekommen. Danach haben wir die Beziehung aber nicht mehr vertieft. Er hat noch zu sehr an seiner knapp zwei Jahre zuvor verstorbenen Frau gehangen und ich hatte eingesehen, dass der Altersunterschied zwischen uns zu groß war. Er hätte mein Vater sein können. Ich war leider so blöd, es dem Kommissar damals zu erzählen, weil er mir gedroht hatte, mich wegen Meineids anzuklagen, wenn ich etwas Wichtiges verschweige. Es ging eigentlich niemanden etwas an. Wir haben es vor den Kollegen geheim halten wollen und uns in der Öffentlichkeit weiter gesiezt.«

»Haben Sie von seiner Krebserkrankung und den Vorbereitungen zum Verkauf der Firma vor seinem Tod gewusst?«

Sie wurde plötzlich ungehalten. »Das habe ich doch alles damals schon vor Jahren beantwortet. Mir wird das jetzt zu viel. Und außerdem ist mir schleierhaft, wie das mit dem Museumseinbruch zusammenhängen soll. Können wir das jetzt beenden?« Sie erhob sich von ihrem Stuhl.

Walter Bork sah ein, dass er die Frau jetzt erlösen musste. Er folgte ihr zur Haustür und betrachtete im Vorbeigehen die aufgereihten Bilder im Flur. Sie zeigten eine junge Frau mit einem kleinen Kind. Mit jeder Aufnahme wurden die abgelichteten Personen älter. Der junge Mann hatte Ähnlichkeiten mit jemandem, den er schon mal gesehen hatte. Der Ermittler in ihm zählte eins und eins zusammen und ersparte sich jede weiter Frage. Er zog seine Schuhe wieder an und verabschiedete sich mit neuen Informationen im Gepäck.

*

Im Auto von Herrmann Jöhns hatten sie keine Hinweise gefunden, die sie in ihrem Fall weiterbringen konnten. Der Mann hatte vergessen, seinen Wagen dem TÜV vorzuführen. Aber da er nicht falsch geparkt hatte, war das die einzige Ordnungswidrigkeit, die man ihm zur Last legen konnte. Sie waren nach wenigen Minuten weiter zum Präsidium gefahren, um sich anderen Aufgaben zu widmen.

Onno Bahnsen hatte nun schon über vierzig Schnappschüsse von Fahrzeugführern gesichtet. Seit Donnerstagabend waren in Bereich Nordsum immerhin fünf Geschwindigkeitskontrollen durchgeführt worden. Ganz schön viel für eine Kleinstadt mit knapp zwanzigtausend Einwohnern, fand er. Für ihre Ermittlungen konnte das aber nur von Vorteil sein. Privat hatte er da eine andere Meinung. Für Polizeibeamte waren die Dinger noch kritischer zu bewerten als für normale Autofahrer. Man hatte ja von Berufswegen eine Vorbildfunktion.

Auf seiner Liste befanden sich bisher keine Personen, die Vorstrafen hatten oder irgendwie mit der Polizei in Kontakt gekommen waren. Alle samt waren sie brave Bürger, wenn man die Kandidaten, die wegen Alkoholeinfluss schonmal ihren Führerschein verloren hatten oder zu oft zu schnell gefahren waren, außer Acht lässt.

Er nahm einen kräftigen Schluck aus seiner Colaflasche, die er sich aus dem Automaten in der Küche gezogen hatte und klickte nebenbei auf den nächsten Temposünder. Als der Bildschirm sich gefüllt hatte, konnte er gerade noch verhindern, sich zu verschlucken. Er behielt die Flüssigkeit im Mund, während er das Gesicht des Fahrers betrachtete. Er schluckte. Die Zeit der Aufnahme war mit Samstag, 16.28 Uhr angegeben. Der Ort der Aufnahme war stadtauswärts Richtung Nordermarsch. Das Blitzgerät war im Kofferraum eines Kombifahrzeugs platziert gewesen.

Er drehte sich sofort nach rechts, um das Kennzeichen in den Computer einzugeben. Das Auto war ein schwarzer BMW-Coupé. Da stimmte was nicht. Die Zahlen und Ziffern kannte er doch. Er wartete auf das Ergebnis. Der kleine Fortschrittsbalken hatte keine Eile. Er hatte Krister Jöhns eher in einem Opel oder einem Japaner gesehen. BMW hätte er nicht vermutet. Hundert Prozent.

Das war der Hammer! Harring, du kannst dich warm anziehen. Bahnsen sprang aus seinem Stuhl auf und wollte sofort rüber rennen, um Harring zur Rede zu stellen. Doch dann überlegte er es sich plötzlich anders. Ihm kam die Taxizentrale in den Sinn.

»Taxi Tausend«, kam die knappe Meldung.

»Bahnsen, Kripo Nordsum. Ich brauche eine Auskunft von Ihnen. Sie haben doch sicher alle Touren der letzten Tage dokumentiert, oder?«

»Ja.«

»Wenn ich Ihnen das Fahrtziel und die ungefähre Uhrzeit durchgebe, können Sie mir dann den Startpunkt der Tour sagen?«

»Kein Problem für uns. Kann losgehen«, kam die trockene Aufforderung.

Bahnsen gab dem Herrn der Zentrale die Infos durch. Er vernahm ein paar Tastengeräusche, dann kam auch schon die Antwort.

»Rosenstraße in der Altstadt.«

»Super. Vielen Dank. Sie haben mir sehr geholfen.«

Alles klar, Harring. Mal sehen, wie du mir das erklären kannst. Onno Bahnsen rieb sich die Hände und verließ seinen Büroplatz.

41

An den Gestank seines eigenen Urins hatte er sich gewöhnt. Nachdem er wieder auf den Stuhl gerutscht war, zog er sich den Reißverschluss zu.

Zwei weitere Male war das Licht in dem Schacht über ihm erloschen und wieder erschienen. Zwei Tage also waren vergangen. Der harte Tisch war zu seinem Bett geworden. Einmal hatte er geglaubt, dort oben sei jemand entlanggelaufen. Er hatte sich die Kehle aus dem Leib geschrien und wie ein Besessener mit seiner Taschenlampe auf den Tisch geschlagen. Anschließend hatte er sich rüber zur Tür geschleppt und weiter gerufen, in der Hoffnung man würde ihn hören. Stunden muss er damit zugebracht haben, glaubte er. Irgendwann war er so erschöpft gewesen, dass er sich gerade noch zurück zum Tisch kämpfen konnte. Er wollte seine Kräfte schonen. Aber wozu eigentlich? Das letzte Stück Brot und der letzte Schluck Wasser waren schon lange aufgebraucht. Heute war Sonntag, wenn er richtig mitgezählt hatte. Wie lange kam man ohne…? Er zwang sich, das nicht zu denken.

Jetzt lag er auf dem Tisch und betrachtete die weichen Lichtstrahlen über ihm, die ihm unmissverständlich zu verstehen gaben, dass sein eigenes Strahlen schon lange erloschen war. Er dachte an seine Frau und stellte sich vor, er könnte zu ihr nach oben gleiten. Er schloss die Augen und ließ diesen tröstenden Gedanken nicht mehr los.

42

Onno Bahnsen ging rüber zu Harring, der sich ein Büro mit den Kollegen von der Spurensicherung teilte. Martin saß über der Liste mit den Ausstellungsstücken. Sein Schreibtisch war außerdem vollgepackt mit Unterlagen über die Firma Ketelsen.

Er ging ohne Vorankündigung auf ihn zu und sprach ihn an. »Und? Kommst du gut voran?«

Sein Kollege löste den Blick von den Akten und hatte ein riesiges Fragezeichen im Gesicht. »Was hast du gesagt?«

Bahnsen hatte sich mit verschränkten Armen vor Harring aufgebaut. Das Foto aus der Radarfalle klemmte zwischen seinen Fingerspitzen. »Ich wollte nur wissen, wie es bei dir läuft.«

»Ach so. Och.« Harring legte ein Stück Papier zur Seite. »Die Ausstellungsstücke bringen uns nicht weiter. Das können wir knicken, glaube ich. Es wurde nur das Gemälde gestohlen.«

Bahnsen spitzte die Lippen, ohne irgendwas zu erwidern. Das verunsicherte sein Gegenüber, wie er bemerkte. Genau diesen Effekt wollte er erzielen.

»Und wie sieht´s bei dir aus? Schon was von Frank und Steffen gehört?«, fragte Harring in einer Art, die kein wirkliches Interesse signalisierte. Das Kratzen der Schläfe kam eher wie eine Übersprunghandlung rüber.

Statt einer Antwort flog ein Foto auf Harrings Schreibtisch. »Ich bin in der Taxisache entscheidend weitergekommen«, warf Bahnsen mit hochgezogenen Augenbrauen hinterher.

Kommissar Bork hatte genug mit seinen eigenen Gedanken zu tun. Er bemerkte gar nicht, dass Martin Harring kreidebleich aussah und schreckhaft eine Akte von links nach rechts geschoben hatte als er den Raum betrat. Er dachte sich nichts dabei, dass Bahnsen zur selben Zeit kurz zusammengezuckt war. Bork schrieb die großen Augen seiner Kollegen seinem plötzlichen Auftauchen zu. Wahrscheinlich hatten sie ihn nicht kommen gehört.

»Leute, habt ihr jetzt endlich Alfons Kopiske gefunden?«

Die beiden Polizisten glotzten nur zurück.

»Was ist mit euch? Komm´ ich ungelegen?«, fragte er ironisch.

Bahnsen wachte als erster auf. »Nee, wir waren nur gerade konzentriert und haben noch nicht mit dir gerechnet.«

Zur Erleichterung von Harring genügte seinem Chef diese einfache Erklärung. Er ging im Geiste seine Möglichkeiten durch, während er zuhörte, wie Bahnsen bedauerte, dass sie bisher immer noch keine Spur von Alfons Kopiske hatten. Die Suche lief aber angeblich auf Hochtouren. Als Bahnsen auf ihn zeigte, fing Martin an zu schwitzen. Onno kam zum Glück über die Exponate zu sprechen und darüber, dass es auch hier keine brauchbaren Hinweise zu finden gab. Bork hatte sich das mit eingestreuten Flüchen und faltiger Stirn angehört. Dann waren die beiden mit ihrem Austausch am Ende und es folgte eine quälend lange Pause, die Bork schließlich unterbrach.

»Martin, hast du mit dem Taxi-Gast reden können?«

Die Frage bohrte sich in sein Gewissen, dass es körperlich weh tat. Der fordernde Blick von Bahnsen schien den Dolch nochmal tiefer zu stoßen und umzudrehen. Die Augen seines Kollegen guckten kalt und gnadenlos auf ihn herab. Harrings Hände waren derweilen eiskalt und klitschenass geworden. »Ich war der Fahrgast.«

Bork schien das Gehörte nicht einordnen zu können. »Was heißt hier, du warst der Fahrgast? Ich bin nicht zu Scherzen aufgelegt.«

Martin Harring wand sich in Erwartung eines gewaltigen Einlaufes auf seinem Drehstuhl ein wenig zur Seite. Es bereitete ihn größte Qualen, die ganze verdammte Geschichte gleich offenlegen zu müssen. Er fühlte sich kleiner als ein

Käfer. Deshalb sprach er langsam und leise, aus Sorge zertreten zu werden. »Ich habe das Taxi in der Rosenstraße bestellt und bin raus in den Koog gefahren.«

»Und warum sagst du uns das nicht vorher? Was ist dabei?«

Sein Chef schien gar nichts zu verstehen. Um ihm auf die Sprünge zu helfen, kramte Harring das Foto unter der Akte hervor und hielt es ihm zitternd entgegen. Lieber hätte er in diesem Moment einen hungrigen Löwen im Zoo gefüttert.

Kommissar Bork betrachtete die Aufnahme und brach in lautes Gelächter aus. Er hatte sich schon seit langem nicht mehr so sehr amüsiert. Die Schadenfreude über den selbstherrlichen Harring war grenzenlos. Er musste aufpassen, dass er sich nicht verschluckte und noch genügend Luft bekam. Und dass ausgerechnet Harrings allerliebstes Stück, der Ausdruck seiner erweiterten Männlichkeit, die aufmotzte Macho-Karre von einem Muttersöhnchen gestohlen wurde, hätte man sich nicht besser ausdenken können. Einfach nur herrlich.

Bahnsen schmunzelte verhalten und Harring wusste scheinbar gar nicht, wie er mit dieser bizarren Situation umgehen sollte. Er bewegte sich nicht auf seinem Platz. Die Blässe war einer leuchtenden Schamesröte gewichen. Als der Chef sich beruhigt hatte, reichte er das Foto an Bahnsen weiter.

»Kanntest du die Geschichte?«

»Nur das Foto. Ich hab´ s entdeckt als ich vorhin die Blitzer durchgegangen bin.«

Bork drehte sich zu Harring. »Wann hattest du denn vor, uns in deine Privatermittlungen einzubeziehen?«

»Ich. Eigentlich. Naja«, stammelte er.

»Komm´. Hör auf!«, unterbrach ihn der Kommissar. »Du hast Scheiße gebaut und verdammtes Glück, dass ich da jetzt keine größere Nummer draus mache. Aber nur, weil im Grunde nichts Schlimmeres wegen deiner Heimlichtuerei passiert ist.«

Bork setzte sich auf einen der Besucherstühle, um sich zu sammeln.

»So ganz stimmt das aber nicht, oder?«, meldete sich Bahnsen von der Seite zu Wort.

»Ja, das tut mir leid. Ich hab´s richtig verbockt«, kam es kleinlaut von Harring zurück. »Ich hätte das sofort im Haus von Jöhns zugeben müssen. Dann hätten wir wahrscheinlich seinen Enkel geschnappt.« Er seufzte schwer.

»Wir können es jetzt nicht mehr ändern«, konstatierte Bork. »Ich frag´ mich, ob Krister Jöhns sich das Auto von seinem Großvater genommen haben könnte, um wieder in die Stadt zu fahren.«

»Nein, das kann nicht sein. Der Wagen steht laut der Anwohner schon seit mindestens Freitagmittag da und wurde zwischendurch nicht bewegt«, sagte Bahnsen.

»Aber das mit der Taxizentrale war jetzt nicht von dir erfunden, oder?«, fragte der Kommissar mit forschendem Blick auf Harring.

Dieser schüttelte sofort den Kopf. »Nee! Ich schwör! Da hab´ ich tatsächlich angerufen. Außer meiner Tour ging keine andere Fahrt an dem Abend. Weder hin, noch zurück. Mein Taxi fuhr natürlich auch wieder zurück, aber ohne neuen Fahrgast.«

»Ja, schon gut. Ist dir sonst irgendetwas auf dem Weg zum Koog aufgefallen?», wollte Bork wissen.

Martin Harring kratzte sich am Hinterkopf, bevor ihm eine Sache wieder in den Sinn kam. »Der Scirocco! Logisch!« Er schaute abwechselnd seine Kollegen an. »Ein alter Scirocco hätte uns beim Aussteigen fast die Tür abgefahren. Ich konnte sie gerade noch wieder zuziehen. Der kam mit einem Affenzahn von hinten angerauscht.«

Kommissar Bork rieb sich das Kinn. »Nummernschild?«

»Leider ging das zu schnell.«

»Onno, haben wir auch ein Foto von einem Scirocco-Fahrer?«

»Ich kann mich nicht erinnern. Aber ich war auch noch lange nicht mit allen Bildern durch, weil ich…« Er sprach nicht weiter. Der Grund war allen klar.

»Der Taxifahrer muss heute noch eine Zeugenaussage machen. Kümmer´ dich drum, Martin!«

Die Zustimmung kam stillschweigend mit einem Nicken. Etwas anderes hätte den Leiter der Ermittlungen auch sehr gewundert. Sein Untergebener war dank seiner Dummheit für immer und ewig in der Spur.

*

Die Nachricht, dass Kurt Sühlmann das Bewusstsein wiedererlangt hatte, kam kurz nachdem er das Büro von Harring verlassen hatte. Die Zentrale hatte den Anruf der Oberschwester entgegengenommen und sofort Kommissar Bork über den Umstand informiert. Dieser drückte die Kippe aus und schnappte sich seinen Mantel.

»Onno, Sühlmann ist wach. Ich fahr´ mal schnell hin.«

Bevor Bahnsen antworten konnte, war der Chef schon auf dem Weg zum Ausgang.

Das Kreiskrankenhaus lag wie ein großes U am Rande des Schlossparks und hatte den Charme eines in die Jahre gekommenen Hochhauses einer Kurklinik. Ab dem siebten Stockwerk hätte man über die Bäume auf das Meer gucken können. Man baute wohl extra nur sechs Etagen, damit die Leute schnell wieder nach Hause wollten, vermutete Bork.

An der Anmeldung erfragte er die Zimmernummer. Kurt Sühlmann befand sich nicht mehr auf der Intensivstation, sondern war auf eine normale Station verlegt worden, was ja schonmal ein gutes Zeichen war, fand er.

Er ging nicht sofort hinein, sondern zückte sein Notizbuch. Vorher wollte er sich die Aufzeichnungen, die er zu dem Überfall auf Sühlmann gemacht hatte, noch einmal durchlesen. Da gab es eine bestimmte Bemerkung des Opfers, die er sich eingeprägt hatte. Als er sich versichert hatte, dass er richtig lag, drückte er die Türklinke runter und betrat den Raum.

Der alte Mann lag mit geschlossenen Augen auf dem Krankenbett. Zu Borks Erstaunen war er außer mit einem Tropf nicht weiter an irgendwelche Gerätschaften angeschlossen. Es piepte nichts. Sein Kopf war bandagiert und das Gesicht war an der linken Seite grün und blau. Der arme Kerl hat ganz schon was abbekommen. Ein Wunder, dass er überhaupt noch am Leben war.

Es sah nicht so aus, dass schon andere Besucher in diesem Zimmer waren. Da gab es keine kleinen Aufmerksamkeiten oder Mitbringsel. Er musste unwillkürlich an Frau Reese denken und beschloss, Harring die Anweisung zu geben, die Dame bei Gelegenheit über den Zustand ihres Nachbarn zu informieren.

»Herr Sühlmann? Hören Sie mich?«

Kaum merklich zuckte das linke Augenlid. Dann öffnete sich das rechte und schließlich blinzelte Herr Sühlmann bis er sich an die Lichtverhältnisse gewöhnt hatte.

»Guten Tag, Herr Sühlmann. Ich bin Walter Bork von der Kripo Nordsum. Ich habe Sie gestern in Ihrer Wohnung gefunden. Wie geht es Ihnen?« Er reichte dem Mann seine Hand zum Gruße, sodass dieser nur zugreifen musste, ohne sich groß anzustrengen.

Es dauerte einen Moment bis Kurt Sühlmann verstanden hatte wo er sich befand und wer da gerade an seinem Bett stand. »Danke«, kam die Antwort sehr gequält und krächzend. »Mir tut alles weh. Haben Sie den Kerl zu fassen?«

»Herr Sühlmann, darf ich Ihnen ein paar Fragen stellen? Sie brauchen mir nur mit ja oder nein zu antworten, falls Ihnen das Reden zu schwerfällt. Das ist im Moment vielleicht am einfachsten für Sie.« Er berührte ihn an der Schulter, um ihm seinen Beistand zu signalisieren.

»Haben Sie den Kerl?«, ließ der Alte nicht locker. Er versuchte ohne Erfolg, den Kopf zu heben und begann vor Anstrengung zu husten.

»Bleiben Sie lieber liegen. Momentan verfolgen wir mehrere Spuren. Sie können uns dabei behilflich sein.« Der Kommissar wartete kurz ab, bis sich Sühlmann beruhigt hatte. Dann fuhr er fort. »Haben Sie das Gesicht des Einbrechers gesehen?«

Bork erntete ein Kopfschütteln. »Haben Sie irgendetwas anderes in Erinnerung? Die Kleidung oder die Haarfarbe?«

»Er trug eine schwarze Maske. Wie ein Motorradfahrer. Und einen langen Mantel.«

»Fällt Ihnen sonst noch etwas ein?«

»Die Haare.«

»Ja. Was ist damit?«

»Sie waren blond und guckten unter der Maske raus.« Er musste husten und zuckte dabei vor Schmerzen zusammen.

Der Kommissar merkte, dass er es nicht übertreiben durfte. »Soll ich Ihnen etwas zu trinken geben?« Er erwartete keine Antwort, sondern nahm sich ein Glas vom Nachttisch und füllte es am Waschbecken mit Wasser.

Kurt Sühlmann sah bemitleidenswert aus, als ihm der Kopf gestützt wurde, damit er mit kleinen Schlucken seinen Durst stillen konnte. Bork reichte ihm eine Serviette für den Mund.

»Her«, diesmal kam ein Räuspern dazwischen. »Herrmann ist in Gefahr.«

Walter Bork glaubte es nicht. Hatte er das gerade richtig gehört?

»Sie meinen Herrmann Jöhns? Wollten Sie mir das gestern sagen?«

»Ja. Herrmann muss aufpassen.« Mehr sagte er nicht.

»Warum muss er aufpassen?«

»Er hat meine Pistole«, presste er hervor. Er war rot angelaufen.

»Herrmann?«

Kurt Sühlmann schloss die Augen und war aufgrund der aufflammenden Schmerzen nicht in der Lage, zu antworten. Im selben Moment kam eine Schwester ins Zimmer und erkannte sofort, dass etwas mit dem Patienten nicht stimmte.

»Er hat starke Schmerzen«, sagte Bork hilflos und war froh, dass dem armen Mann geholfen wurde.

»Herr Sühlmann, wo tut es Ihnen weh?«, fragte sie ihn.

»Mein Kopf.«

Er hatte eingesehen, dass es an der Zeit war, den Besuch abzubrechen. Er verabschiedete sich zwar wie es sich gehörte, war sich aber nicht sicher, ob ihn jemand dabei registriert hatte.

Onno rief wieder an. »Hallo Walter, wo bist du gerade?«

»Ich bin eben aus dem Krankenhaus raus. Was ist los?« Er nahm einen tiefen Zug Nikotin auf.

»Frank und Steffen haben eben Alfons Kopiske bei seinem Zuhause eingesammelt. Sie sind auf dem Weg ins Revier.«

Bork warf den Glimmstängel weg und sprang ins Auto. Keine zehn Minuten später stieg er auf dem Parkplatz des Präsidiums wieder aus und stellte zufrieden fest, dass der Wagen von Frank Schmidt schon dort stand. Für seine Verhältnisse flog er die Treppe zu seinem Büro hoch.

*

Alfons Kopiske saß bereits umringt von Harring, Schmidt und Nikolaisen vor seinem Schreibtisch und trank aus einem ihm angebotenen Wasserglas. Der Kommissar näherte sich von der Seite und gab dem Rentner die Hand. Der Händedruck war erstaunlich kräftig und der Gesamteindruck von dem Mann war viel lebendiger und nicht so niedergeschlagen wie noch tags zuvor.

»Hallo Herr Kopiske. So schnell sieht man sich wieder. Ich komme gleich zum Punkt«, sagte er während er zu seinem

Bürostuhl ging und sich aufrecht hinsetzte. »Es gibt da ein paar Fragen, die im Laufe unserer Ermittlungen aufgetaucht sind. Wir sind der Meinung, dass Sie uns in der Sache weiterhelfen können.«

»Ich hoffe, dass ich das kann«, entgegnete Herr Kopiske, seine Hände in den Schoß vergraben.

Bork hatte die Arme auf dem Tisch verschränkt und musterte den Alten eindringlich. Dann blickte er in die Runde, wohl wissend, dass die kommenden Fragen auch für sie neu sein würden.

»Ich habe erfahren, dass sich die geheimen Rezepturen der Biere der Börnsen-Brauerei in einem Ledereinband befunden haben sollen. Was können Sie mir dazu sagen?«

Kopiske schien über das Gesagte zu grübeln. Bork fragte sich, ob er nur in seinen Erinnerungen wühlte oder ob er überlegte was er der Polizei auftischen sollte. Das dauerte ihm zu lange. »Herr Kopiske, ist das korrekt? Und falls ja, wissen Sie wer die Rezepturen heute haben könnte?«

»Das stimmt so halb und halb.«

Bork stutzte. »Was bedeutet das? Halb und halb?«

»Die älteren Spezialbiere, wie das Fest-Bock und das Jubiläumsbier zum Beispiel, waren sauber in Leder eingebunden. Die lose Blättersammlung des jüngeren Nordsumer-Pilseners war in Klarsichthüllen in einem Aktenordner geheftet. Beides lag immer gut verwahrt in einem Tresor von Friedrich Börnsen.«

»Und wo könnten sich diese Sammlungen heute befinden? Vielleicht beim Sundbaek-Konzern?«

»Nein, nein« Kopiske änderte die Sitzhaltung, indem er seine Hände zusammenfaltete und sich etwas aufrechter hinsetzte. »Die Spezialbiere gehörten gar nicht zur Verkaufsmasse. Der Konzern hat nur die Pilsener-Rezepte gekauft.«

Harring schaltete sich ungeduldig aus dem Hintergrund ein. »Und wo ist das lederne Buch geblieben?«

Der alte Mann schaute kurz über die linke Schulter, ehe er antwortete. »Das ist die große Frage, die sich alle Mitarbeiter der Brauerei damals stellten.« Er nahm wieder Blickkontakt mit Bork auf. »Niemand weiß das. Das Wissen hat Friedrich Börnsen mit ins Grab genommen.«

»Gut. Dann können wir nichts daran ändern. Mich interessiert noch eine andere Sache, Herr Kopiske. Sie, Herrmann Jöhns und Kurt Sühlmann sollen in der Vergangenheit von einem Geheimnis erzählt haben, welches mit den vier Gemälden zusammenhängen soll. Wissen Sie, wovon ich spreche?«

»Ja, ich kann mir schon denken, was Sie damit meinen. Wir haben uns einen Spaß daraus gemacht, in der Kaffeerunde mit ein paar Kollegen, zu behaupten, dass das wertvolle Bierrezept der Brauerei in den Gemälden versteckt ist.«

»Wem haben Sie von dieser Geschichte erzählt?«

»Nun ja, eigentlich nur Simone Meier. Kann sein, dass wir es auch mal in der Kneipe erwähnt haben. Ist schon so lange her.«

Bork hielt den Zeigefinger vor dem Mund. Dann sagte er was er dachte. »Wenn jetzt jemand da draußen rumrennen würde, dem die Geschichte zu Ohren gekommen ist und der sie ein wenig zu ernst nimmt, dann sammelt derjenige die Bilder mit roher Gewalt ein, weil er glaubt, damit richtig viel Geld verdienen zu können. Wem trauen Sie das zu? Wer kommt da in Frage?»

Alfons Kopiske riss die Augen weit auf. Seine Brauen tanzten förmlich unter den Stirnfalten. »Meine Güte. Wenn ich das nur wüsste. Keine Ahnung. Absolut nicht!«

»Sagt Ihnen der Name Krister Jöhns etwas?«

Herr Kopiske wich aus. »Kann ich noch etwas Wasser haben?«

Frank Schmidt erhob sich und schenkte nach.

»Kennen Sie Krister Jöhns?«, fragte Bork ungeduldig, während er sich das Schlucken anhören musste.

Kopiske stellte das Glas ab. »Ja, ich habe heute mit ihm und seiner Freundin gesprochen.«

Die Beamten guckten sich an. Bork schoss hoch und rollte dabei den Stuhl nach hinten. »Wie bitte? Wann und wo?«

Sein Gegenüber blieb ruhig. »Heute Mittag sind wir im Aue-Park ein Stück zusammen spazieren gegangen.«

»Warum?« Bork fehlten die Worte für eine längere Frage.

»Der junge Mann kennt mich von gestern aus dem Museum. Er wollte von mir wissen, ob ich wüsste wo sich sein Großvater aufhält. Sie haben mir erzählt, dass er offiziell vermisst wird.«

»Und was haben Sie ihm geantwortet?«

Wieder griff er zum Glas, bevor er antwortete. »Ich habe keine Ahnung, wo er sein könnte. Aber ich habe mich getäuscht.«

»Womit?«

»Es war Herrmann Jöhns, der in das Museum eingestiegen ist und nicht Kurt Sühlmann.«

Der Kommissar musste sich setzen. »Das ist jetzt nicht Ihr Ernst. Wie kommen Sie denn plötzlich darauf?«

»Das Gespräch mit den jungen Leuten hat mich zum Nachdenken gebracht. Es war Herrmann. Da bin ich mir ganz sicher. Das Ohrläppchen hat mich darauf gebracht. Ich wäre noch zu Ihnen deswegen gekommen. Das können Sie mir glauben.«

Bork sah wie Harring die Augen verdrehte. Er konnte es ihm nicht verdenken. Aber immerhin deckte sich das mit ihren Erkenntnissen aus der Auswertung der Kameras.

»Sie waren sich aber bei Sühlmann auch sicher.«

»Tut mir leid«, antwortete er schuldbewusst.

»Okay. Dann nochmal. Wo, glauben Sie, könnte sich Herrmann Jöhns befinden, wenn er nicht zu Hause oder bei Verwandten, beziehungsweise Bekannten untergetaucht ist? Nehmen Sie gern vorher noch einen Schluck Wasser, falls Ihnen das hilft«, warf er sarkastisch hinterher.

Bahnsen steckte plötzlich seinen Kopf in den Türrahmen. »Chef, ich hab´ den Fahrer des Scirocco gefunden. Er heißt Viktor Schiller und hat mal bei der Firma Ketelsen gearbeitet. Hier ist das Radarfoto.« Er trat in den Raum und heftete die Aufnahme an die Pinwand.

Bork glaubte nicht was er da sah. »Das ist nicht Viktor Schiller. Das ist der Sohn von Simone Meier. Den hab´ ich eben noch bei ihr zu Hause im Bilderrahmen gesehen.«

»Laut dem Kraftfahrtbundesamt ist der Fahrzeughalter ein Viktor Schiller aus Nordsum. Muss ja nicht der Fahrer sein«, meinte Bahnsen.

»Doch«, sagte Kopiske.

Alle Polizeibeamten starrten ihn an. Bork fand als erster die Sprache wieder. »Was heißt das? Ist das der Sohn von Simone Meier?«

»Ja, das ist Viktor. Aber er heißt mit Nachnamen Schiller, weil er den Namen des Vaters erhalten hat. Die Eltern haben nie geheiratet.«

»Der Mann da ist der Sohn von Simone Meier?«

»Ja, ganz sicher!«, sagte er überzeugend. »Und da ist noch was.«

»Raus damit!«, entflog es dem Kommissar, der immer noch ganz durcheinander war. Was kam denn jetzt noch?

Der alte Mann sah besorgt aus. »Dem traue ich alles zu.«

*

Bahnsen setzte sich zu Bork ins Auto und Nikolaisen fuhr mit Schmidt. Sie setzten die Blaulichter auf die Dächer und schalteten die Sirenen an.

Harring musste bei Kopiske bleiben und hatte die undankbare Aufgabe erhalten, ihn möglichst schonend von dem Überfall auf seinen Cousin August in Kenntnis zu setzen. Denn bisher war von dem Vorfall noch nichts an die Öffentlichkeit gelangt. Sollte Herr Kopiske den Wunsch äußern, ins

Krankenhaus fahren zu wollen, dann sollte Martin ihn begleiten und nebenbei sehen, ob er August weitere Infos über das Aussehen des Täters entlocken könnte.

Sie rasten mit fast hundert Sachen über die Flensburger Chaussee. Es war von Vorteil, dass die Straßen an diesem frühen Sonntagabend wenig befahren waren. So kamen sie ohne verwirrte Autofahrer, die nicht wussten, in welche Richtung sie so schnell ausweichen sollten, durch die Stadt.

Zwei Blocks vor ihrem Ziel nahmen sie die Lichter von den Dächern und machen die Sirenen aus, um den Gesuchten nicht vorzuwarnen, sollte er zu Hause sein.

»Da vorne ist es.« Bahnsen zeigte auf den Wohnblock, der ihn stark an die Gegend erinnerte, in der am Nachmittag mit Harring gewesen war. Die Rotklinkerbauten sahen genauso ärmlich und trostlos aus.

Sie hatten abgesprochen, dass sie sich dem Eingang von der Seite nähern wollten. Bork und Bahnsen erreichten die Haustür und suchten sich auf dem Klingelfeld einen Knopf, der weit genug entfernt von Viktor Schillers Namenschild war, davon ausgehend, dass es so etwas wie eine Ordnung nach Etagen gab.

»Hallo?«

»Einmal die Zeitung«, sagte Bahnsen ins Mikrofon.

Der Summer ging an. Schillers Wohnung lag im zweiten Stock. Sie gingen treppauf- und abwärts in Stellung. Bahnsen drückte auf die Klingel. Es schrillte auf der anderen Seite der Tür. Alle Blicke gingen auf den Chef, der sich hinter Bahnsen befand.

»Drück´ nochmal.«

Es tat sich immer noch nichts in der Wohnung.

»Was nun?«, flüsterte Nikolaisen von oben.

Bork ging einen Schritt nach vorn, streckte den Arm aus und klopfte dreimal hart gegen das Türblatt. »Herr Schiller, hier spricht die Polizei. Öffnen Sie die Tür!«

Es tat sich gar nichts.

»Wir gehen rein«, meinte er. »Frank, hast du dein Werkzeug mit?«

»Ja.« Schmidt ging nach vorn und stocherte im Schloss herum, bis der Drehknopf den Weg frei gab.

»Meine Herren! Was für ein Saustall«, entflog es Bahnsen, nachdem sie alle Zimmer gecheckt hatten.

»Ganz schön groß der Bierdurst. Und ein guter Basketballer wird aus dem Typen auch nicht mehr«, bemerkte Schmidt, als er sich den Dosenhaufen in der Küche anguckte. Er hatte sich bereits die Handschuhe übergestreift und war dabei, die Oberschränke zu öffnen.

Es dauerte nicht lange, bis sie zu der Erkenntnis gekommen waren, dass die Wohnung nur in einer Hinsicht sauber war. Und zwar, dass es keine Hinweise auf die Brauerei und die Herren Sühlmann, Jöhns und Kopiske gab.

»Das gibt´s doch nicht«, wunderte sich Bork. »Ich hätte drauf wetten können, dass wir hier was finden.«

»Und jetzt?«, wollte Bahnsen wissen.

Sie hatten sich um den Couchtisch im Wohnzimmer versammelt. Walter Bork hatte die Arme verschränkt und kramte in seinem Hirn nach dem nächsten Schritt. Dabei bemerkte er beiläufig einen Abdruck im Teppich neben dem Sofa-Bein. Die Rückenlehne stand etwas von der Wand ab. Es musste vor kurzen verrückt worden sein, dachte er. »Lass´ mich mal bitte durch«, sagte er zu Schmidt. Er packte die Rückenlehne und zog die Couch einen halben Meter in den freien Raum.

Fehlanzeige.

»Lasst uns von hier verschwinden.«

43

Zirka hundert Meter entfernt in einer Seitenstraße, die auf einer kleinen Anhöhe lag, hatte er sich postiert. Von hier oben hatte er freien Blick auf den Eingang und den Parkplatz des Museums.

Der letzte Besucher war schon vor einer halben Stunde gegangen. Mittlerweile hatte die Dämmerung eingesetzt. In einer Stunde wäre es komplett dunkel. Er musste sich also beeilen. Wenn er es richtig beobachtet hatte, dann befanden sich immer zwei Wachtleute im Gebäude. Sie hatten es eine viertel Stunde vor dem Ende der Öffnungszeit betreten. Die beiden Kollegen von der Tagschicht und ein paar andere Angestellte verließen gerade das Gelände. Er beschloss, noch zu warten bis die letzten Autos vom Hof gerollt waren.

Nachdem er die Zigarette in den Aschenbecher gedrückt hatte, schnappte er sich die Tasche mit den Werkzeugen. Die Handschuhe wollte er sich erst hinter den Büschen beim Seiteneingang anziehen. Auf offener Straße machte er sich bei diesen milden Temperaturen verdächtig. Mit tief ins Gesicht gezogener Baseballkappe drückte er die Autotür zu. Seine langen Haare hatte er unter der Kopfbedeckung versteckt. Dann ging er gemächlich über den Rasen den kleinen Hügel hinunter und sondierte dabei wachsam das Terrain.

Er nahm einen Umweg zum Seiteneingang. Das Hotel samt Restaurant und Bar war in dem neuen Gebäudeteil der Brauerei untergebracht und hatte einen separaten Parkplatz. Wenn er mit Sporttasche und Joggingklamotten am Hoteltrakt vorbeiging, dann wirkte er wie ein Gast, der sich auf den Weg zum Sportbereich machte oder so aussah, als käme er gerade vom Trainieren. An einer Hausecke auf der Rückseite blieb er stehen, um sicher zu gehen, dass sich niemand bei den parkenden Autos befand, der ihn beobachten könnte. Als alles gut war, schlüpfte er durch die Hecke. Am Kameramast zog er sich die Handschuhe über und trennte die neu installierte

Leitung durch. Wie einfallslos die Leute doch waren. Konnten sich wohl nicht vorstellen, dass zweimal innerhalb einer Woche in das Museum eingebrochen wurde. Sein Glück, dachte er.

Einer der vier Bildschirme vor ihm wurde schwarz. Das kleine grüne Lämpchen rechts unten in der Ecke leuchtete aber noch. Ein ungutes Gefühl beschlich ihn. »Andreas? Guck´ dir das mal an hier.« Er drehte seinem Kollegen, der sich gegenüber gerade einen Kaffee einschenkte, den Bildschirm zu. »Kamera 4 ist ausgefallen«

Die Kaffeekanne wanderte wieder in die Maschine. Dann drehte sich Andreas Schulz stirnrunzelnd um. »Die ist doch gestern Nachmittag erst neu installiert worden«, erwiderte er, während er den schwarzen Bildschirm betrachtete.

»Vielleicht ein Wackelkontakt?«, hörte er seinen Kollegen fragen.

Schulz hob die Schultern. »Gut möglich. Ich überprüf´ das mal.«

»Aber sei vorsichtig.«

»Wird schon. Behalt du die anderen Bildschirme im Blick.« Er nahm einen großen Schluck Kaffee, bevor er mit Taschenlampe und Funkgerät aus dem Kontrollraum verschwand.

Seit dem Einbruch am Donnerstagabend hatte der Direktor auf Anraten der Polizei im gesamten Ausstellungsbereich eine schwache Notbeleuchtung eingeschaltet, um den Wachtleuten einen gewissen Schutz und auch bessere Sicht zu ermöglichen. Zugleich sollte dies potentielle Einbrecher abschrecken, denn man konnte so von außen besser ins Gebäude hineinsehen und erkennen, wenn sich dort etwas Verdächtiges abspielte. Auf den ersten zwanzig Meter Entfernung vom Kontrollraum ließ sich nichts Auffälliges erahnen. Schulz ging langsam durch die Ahnengalerie. Die goldenen Barockrahmen links und rechts beeindruckten ihn. Ob die Besucher sich wohl genauso von den Herren dort oben beobachtet fühlten wie er in diesem Moment, fragte er sich. Auf jeden Fall wurde er jetzt gerade von seinem Kollegen auf dem Bildschirm gesehen. Er hob den Daumen zum Gruß, als er zum Objektiv an der Decke schaute. Die anderen drei Kameras befanden sich in der Eingangshalle, dem großen Raum mit den Brauereimaschinen und eben am Seiteneingang. Er ging weiter in Richtung Saal, in dem sich die Büste von Friedrich Börnsen befunden hatte. Ausgerechnet dort hatte man sich gespart, eine Überwachung zu installieren. Dass die Kameras im Inneren der ehemaligen Brauerei bis zu dem Vorfall nur zu den Öffnungszeiten eingeschaltet waren, hatte man immerhin geändert. Man wurde ja viel zu oft erst aus Schaden klug, stellte er immer wieder fest in seinem Gewerbe. Erst danach war so mancher Hausherr bereit, in Sicherheit zu investieren.

Um bis zur Seitentür im Ostteil des Hauses zu gelangen, musste er an dem verwaisten Marmorsockel vorbei gehen, glaubte er sich zu erinnern. Ganz so gut kannte er sich hier nicht aus, denn außer in ein paar Aushilfsnächten war er bei Versicherungen und Banken in der Innenstadt eingeteilt gewesen. Wenn er sich nicht täuschte, dann musste er durch die schwere Tür zu seiner Rechten, um zum Notausgang zu gelangen. Er hatte sie erst eine Hand breit geöffnet, als aus dem Nichts kommend ein stechender Schmerz durch seine Schläfe schoss. Er bekam den harten Aufprall seines Körpers schon nicht mehr mit.

Diesmal hatte er sich besser vorbereitet. Mit dem Griff des Schraubenziehers hatte er perfekt getroffen. Er zog den Wächter schnell in den dunklen Gang, aus dem er gekommen war, und verband ihm Handgelenke und Fesseln mit Kabelbindern. Dann steckte er dem Niedergestreckten ein Stück Tuch in den Mund und klebte anschließend Panzertape drüber. Nachdem er seine Utensilien wieder in der Tasche verstaut hatte, tauschte er die Kappe gegen die Sturmhaube, zückte die Pistole und machte sich auf den Weg zum nächsten Punkt auf seiner Liste. Der zweite Nachtwächter durfte keinen Verdacht schöpfen und seinen Kollegen nicht vermissen. Sonst würde er wahrscheinlich sofort die Polizei verständigen. Er sprintete los. Seine schnellen Schritte waren dank seiner leisen Sneaker kaum zu hören. Er sah die schwach erleuchtete Eingangshalle vor sich und entdeckte den Kontrollraum neben dem Kassenbereich. Mit vorgehaltener Pistole stürmte er drauf zu. Er war bereit, sofort zu schießen, sollte es notwendig werden. Da hatte er keine Zweifel. Er war wild entschlossen.

Krister setzte sich an die Brauerei-Bar. Hanna und er hatten es so besprochen. Sie sollte vor dem Museum im Auto auf ihn warten und das Gebäude beobachten. Er bestellte sich ein Bier und einen Brandy und bezahlte sofort, damit er am Ende nicht als Zechpreller für Aufmerksamkeit sorgte.

Er ging die Vorgehensweise nochmal in Gedanken durch. Das hatte er zwar schon zig Male gemacht, aber er konnte im Moment auch nicht an etwas anderes denken. Sie hatten abgewartet bis das Museum geschlossen hatte. Die Zeit bis dahin war ihnen endlos lang vorgekommen. Jetzt saß er hier. Die Getränke schmecken nicht wie sonst, und von Genuss konnte nicht die Rede sein. Das war alles nur Show. Er konnte ja nicht direkt an der Theke vorbei gehen und im Privatbereich verschwinden. Und blöd rumstehen kam noch weniger in Frage. Er wollte einfach nur ein gewöhnlicher Gast sein, an den sich später niemand erinnern würde, sollte das irgendwann mal notwendig sein.

Die Kellner waren alle unter Strom, denn das Restaurant war gut besucht. Kein Wunder, dachte er, es ging auf das Abendessen zu.

Als er zum nächsten Schluck ansetzte, kam eine Dame aus der Tür heraus, die zum Mitarbeiterbereich führte. Diese lag nicht weit von den Toiletten entfernt. Fünf Schritte schätzungsweise. Krister war erleichtert, dass sie offensichtlich unverschlossen war. Es kam darauf an, so schnell wie möglich durchzuhuschen, ohne dabei gesehen zu werden. Und falls doch, würde er einfach behaupten er hätte sich geirrt. Eigentlich hätte er die Toilette gesucht.

Es ging los. Alle Kellner waren abgelenkt und hinter dem Tresen befand sich gerade auch niemand. Zügig ging er auf sein Ziel zu und hatte auch schon die Klinke anvisiert, als plötzlich jemand von der anderen Seite auftauchte. Reflexartig drehte Krister ab und verschwand im Herrenklo. Er schloss sich in einer Kabine ein und atmete mehrmals tief durch. Scheiße. Eine letzte Chance blieb ihm jetzt noch, aber eine Ausrede hätte er dann nicht. Schließlich kam er dann ja aus der falschen Richtung, überlegte er. *Denk nicht so viel nach*, befahl er sich, um sich zu beruhigen. *Mach einfach!*

Vom Handtuchhalter aus konnte er in den Gastraum linsen, hatte allerdings den Tresen nicht im Blick. Er musste also ein Risiko eingehen. Er bekam einen Schreck. Das geliehene Telefon von Hanna vibrierte in seiner Hosentasche.

»Ja?«

»Wo bist du?«, kam es hektisch durchs Gerät.

»Auf dem Herrenklo. Aber ich geh gleich los.«

»Versteck dich! Der Kommissar ist auf dem Weg. Keine zwanzig Meter und er ist am Eingang.«

Krister blickte rüber zum großen Fenster während er mit Handy am Ohr das Papierhandtuch in den Korb warf. Der Kommissar war ins Bild gekommen und hatte gleich das Restaurant erreicht. Krister rannte los, ohne auf irgendetwas zu achten und warf alle Vorsicht über Bord.

Zuerst nahm er die Bildschirme des Kontrollraumes wahr, dann die Art Küchenzeile dahinter und ein großes Schlüsselbrett. Der Lauf der Pistole folgte seinen schnell wechselnden Blicken durch den fensterlosen Raum.

Er hielt die Waffe mit beiden Händen fest und hatte sich breitbeinig und mit leicht angewinkelten Kniegelenken aufgestellt, um nicht so viel Angriffsfläche zu bieten und um schneller auf den Gegner reagieren zu können, sollte dieser ihn attackieren. Und dann sah er ihn. Zusammengekauert unter dem Schreibtisch hockend. Zitternd vor Angst und mit aufgerissenen Augen, die ihn entsetzt anflehten, ihn am Leben zu lassen.

Ein warmer Schwall breitete sich in ihm aus. Die Macht über diesen armen Teufel war verführerisch. Zu gern hätte er ihn noch ein wenig schmoren lassen. Das ging aber nicht. Er zielte stattdessen auf ihn. Mit der freien Hand gab er ihm ein Zeichen, aufzustehen und dabei leise zu bleiben. Als der Nachwächter verängstigt unter der Tischplatte hervorgekrochen war, unfähig etwas zu sagen oder gar normal zu atmen, machte er einen schnellen Ausfallschritt in seine Richtung und schlug dem Mann mit dem Magazin seiner Waffe auf den Hinterkopf, sodass dieser ächzend zusammensackte und regungslos vor ihm liegen blieb. Danach wiederholte er den kurz zuvor erprobten Fessel- und Knebelvorgang. Nach vollbrachter Tat bemerkte er ein angenehmes Kaffeearoma, welches in der Luft hing. Es war dominanter als der Duft der Angst, der von dem Kerl unter ihm ausging. Ein Schluck Kaffee auf all die Anstrengungen war vielleicht doch nicht schlecht.

Als er ausgetrunken hatte, machte er sich auf den Weg zu den historischen Kellerräumen tief unter der Brauerei. Er wollte endlich den Raum betreten, in dem der alte Mann neulich Abend verschwunden war.

Unten angekommen, sah er sich das Türschloss an. Es war mindestens aus dem letzten Jahrhundert, aber trotzdem nicht Standard. Diese Art verwendete man üblicherweise für Bankschließfächer. Das war ihm Donnerstagnacht in dem Stress gar nicht aufgefallen. Wenn er besser darauf geachtet hätte, dann wäre er viel früher hierher zurückgekommen. Man baute so ein Hochsicherheitsschloss ja nicht ohne Grund in eine Holztür im Keller ein.

Viel zu lange fummelte er jetzt schon an dem Zylinder herum. Entnervt kam er aus der Hocke und nahm seine Kappe ab. Er musste sich auf seine Möglichkeiten konzentrieren. In der Tasche lagen noch die Akku-Bohrmaschine und das Brecheisen. Er ging zur Treppe und horchte nach Geräuschen von oben. Nichts zu hören.

Er lief zurück, kniete sich wieder hin und strengte sich an, endlich in diesen verdammten Raum zu kommen. Immer wieder rutschten ihm die dünnen Drähte durch die schwitzigen Finger. Das fortwährende Abwischen an der Hose brachte auch nicht viel. Sein Geduldsfaden war kurz vor dem Zerreißen. Er gab sich noch drei Versuche, dann musste der Bohrer ran. Schon nach dem Zweiten pfefferte er das Werkzeug in die Ecke und griff in die Tasche.

Er konnte den kleinen Stift an der Rückwand der Truhe ertasten und drückte ihn zur linken Seite, so wie es in der Anleitung von Friedrich gestanden hatte. Er hatte den Zettel mit den Informationen, die die Freiheit bedeuteten, zufällig in ihr entdeckt und war schier ausgeflippt vor lauter Ungläubigkeit über seine Dummheit, aber auch über sein Glück, nochmal hineingeschaut zu haben.

Es dauerte ein paar Sekunden bis er das rollende Geräusch der sich öffnenden Wand am anderen Ende des Ganges hören konnte. Er ermahnte sich, sich nicht zu früh zu freuen, denn er konnte noch nicht erkennen, ob sie wirklich den Weg nach draußen freigegeben hatte.

Seine Hüfte brannte mit jedem gequälten Schritt und das Gewicht seines Armes schien diesen aus dem Schultergelenk reißen zu wollen. Es fühlte sich so an, als hinge er nur noch an den dünnen Nervensträngen. Lange würde er nicht mehr gegen diese unendlichen Schmerzen ankämpfen können.

Herrmann hoffte, dass ihm sein Gehirn keinen Streich spielte. Er meinte, einen hellen Streifen zu erkennen, der in der dunklen Unendlichkeit hoch und runter tanzte. Das durfte keine Halluzination sein. Es musste das sein, was er sich ersehnte. Das Licht, welches unter der Eichentür hindurch in den kleinen Vorraum, den Braukeller 1, schien.

Als er am Ende des Korridors an der Geheimtür angelangt war, hatte er den freien Raum vor sich. Der helle Streifen war zum Glück immer noch da. Seine Augen nahmen jetzt sogar ein paar Umrisse wahr. Der Schrank befand sich zu seiner rechten Seite und knappe zwei Meter von ihm entfernt, stand das Gemälde, welches er dort neben der Tür vor einer gefühlten Ewigkeit zurückgelassen hatte.

Etwas veränderte sich plötzlich. Es wurde dunkler. Lief da draußen jemand? Herrmann wollte gerade nach Hilfe rufen, als ein schreckliches, dröhnendes Geräusch einsetzte. Er musste sich die Ohren zuhalten. War das eine Bohrmaschine? Plötzlich kam ihm der Verfolger von vor zwei Tagen wieder in den Sinn. War dieser zurückgekommen, um die Tür aufzubrechen? Herrmann konnte nicht anders, als einem plötzlichen Impuls zu folgen. Er schlurfte wackelig hinüber zum Bild und griff nach dem Rahmen. Seine Finger waren aber zu steif. Er schaffte es nicht, richtig zuzupacken. Das Bild kippte bei dem Versuch, es anzuheben mit dem Gesicht zu Boden. Herrmann stöhnte vor Schreck auf und geriet ins Schwanken, stürzte aber nicht. Da er nicht wusste, wo genau er sich in dem Raum befand, bückte er sich und hatte vor, sich mit dem gesunden Arm auf dem Boden abzustützen. Bei der Gewichtsverlagerung kippte er zur Seite weg. Der Aufprall auf die verletzte Hüfte und die Schulter pflanzte sich durch seinen alten Körper. Er blieb kraftlos liegen und betete dafür, dass die Schockwelle schnell abebbte.

Krister schob die schwere Brandschutztür gerade so weit auf, dass er hindurch schlüpfen konnte. Nachdem er den

Lichtschalter entdeckt hatte, zog er sie so leise er konnte hinter sich zu. Er befand sich nun im jüngeren Trakt des Brauereikellers. Hier sah es aus wie er sich einen Maschinenraum in einem Ozeandampfer vorstellte. Lauter armdicke Rohre, die sich wie pulsierende Adern durch Wände und Decken in die höher gelegenen Etagen zogen und das System versorgten. Sie waren mit Absperrventilen und großen Hebeln versehen. Wahrscheinlich floss früher einmal eine Menge Bier durch die Leitungen hindurch, vermutete er. Laut der Beschreibungen, die ihm Herr Kopiske am Telefon gegeben hatte, befand sich hinter der Eisentür, vor der er momentan stand, der Gärkeller, in dem man am Freitagvormittag den Toten gefunden hatte. Er versuchte, diesen Gedanken nicht an sich herankommen zu lassen, sondern ging einfach hindurch.

Erstaunlicherweise waren die beiden großen Bottiche bis zum Rand gefüllt. Eigentlich hätte er damit gerechnet, dass die Behälter leer waren, nachdem was dort passiert war. Dem Kondenswasser an den Außenwänden nach zu urteilen, wurde der Inhalt gekühlt. Trotzdem wollte er aus mindestens einem von ihnen kein Bier angeboten bekommen, beschloss er im Vorbeigehen.

Die Mauersteine verrieten ihm, dass er den Treppenabgang zu den historischen Braukellern erreicht hatte. Es wunderte ihn, dass die Lampen in diesem Bereich eingeschaltet waren. Das Museum hatte doch schon längst geschlossen. Er war also lieber auf der Hut vor dem Personal. Krister hatte sich die Zeichnung auf der alten Karte eingeprägt. Wenn er jetzt am Ende der Treppe zweimal links abbog, war er am Ziel bei Braukeller Nummer Eins. Als er den Fuß auf die oberste Stufe setzte, wurde es plötzlich laut. Er blieb stehen. Was war das? Das Geräusch ähnelte einer Bohrmaschine, aber er konnte es nicht richtig orten. Deshalb stieg er ein paar Stufen hinab. Dann war er sicher, dass sich ausgerechnet im alten Braukeller jemand befand.

Er sollte so schnell wie möglich von hier verschwinden, schoss es im durch den Kopf. Alles in ihm signalisierte ihm, auf der Stelle zu flüchten. Was machte er hier eigentlich? Sein Rücken war schon klatschnass geschwitzt. Er versuchte, dieses Gefühl zu verdrängen, indem er sich das Gesicht von seinem Opa vorstellte. Einfach nur an Opa denken! Nicht zurück gehen! Denk an Opa!

Solange die Maschine unten im Gewölbe dröhnte, waren Kristers Schritte nicht zu hören. Er nahm jede zweite Stufe. Unten angekommen warf er schnell einen Blick um die Ecke. In einem schmalen Gang spendete eine einsame Glühlampe schummriges Licht. Im Abstand von je zwei Metern gab es kleine Einbuchtungen in den Wänden. Er erinnerte sich, dass die Vorräume zu den einzelnen Kellerabteilen im Plan eingezeichnet waren. Das kam ihm gelegen, denn sie taugten als gutes Versteck.

Aus der letzten Einbuchtung auf der linken Seite tanzte ein Schatten über die Pflastersteine des Fußbodens und der Wand gegenüber. Die Silhouette sah aus, als arbeite jemand in der Hocke und benutzte dabei das kühle Licht einer Taschenlampe. Es wurde still. Krister hörte ein Murmeln. Dann setzte das Bohren wieder ein. Er huschte rüber in den ersten Abschnitt und drückte sich mit dem Rücken an die Wand. Der Lärm hörte nicht auf. Schnell eilte er zum Nächsten. Auf der Hälfte des Weges wurde es plötzlich leise. Er blieb stehen. Sein Herz schlug ihm bis zum Hals. Jetzt konnte er nicht mehr umdrehen. Das leise Atmen kostete ihn enorme Anstrengung. Eigentlich brauchte sein Organismus ausgerechnet jetzt mehr Sauerstoff und nicht weniger. Er stützte sich an der Wand ab, um nicht umzufallen.

Er hatte gerade den Akkubohrer abgesetzt, da war ihm so, als hätte er hinter sich etwas gehört. Er drehte sich um und sah nur seinen eigenen Schatten. Trotzdem war er sicher, dass er sich nicht vertan hatte. Die beiden Typen von der

Sicherheitsfirma konnten sich auf keinen Fall befreit haben. Unmöglich! Er stand auf, ging zwei Schritte und linste um den Wandvorsprung herum. Nichts zu sehen. Sollte er zur Sicherheit noch bis zur Treppe gehen? Ach was! Egal, sagte er sich. Das Schloss war geknackt. Er durfte jetzt keine Zeit mehr verschwenden, so kurz vor dem Ziel.

Er verzichtete auf die Sturmhaube. Dort drin war bestimmt niemand. Aber zur Sicherheit zückte er doch die Pistole und drückte langsam die Tür auf. Reflexartig richtete er seine Waffe auf den Mann, der dort unten gegen die Wand gelehnt mehr lag als saß und seinen Kopf zur Seite legte, um nicht geblendet zu werden. Er traute seinen Augen nicht, als er ihn erkannte. In selben Moment wurden seine Vermutungen bestätigt. Dieser alte Dreckskerl dort war tatsächlich für diesen ganzen Mist verantwortlich.

»Dachte ich´s mir doch. Herrmann Jöhns. Siehst aber ganz schön mitgenommen aus.« Ein fieses Lächeln glitt ihm über das Gesicht. »Lange machst du es eh nicht mehr, du alter Sack!«

»Viktor?« Herrmann Jöhns blinzelte hinter seiner vorgehaltenen Hand.

»Viktor, komm, hilf mir hoch!«

»Du kannst mich mal!« Der Kegel seiner Taschenlampe schwenkte durch den Raum, ohne an dem Objekt der Begierde verweilen zu können. »Wo ist das Bild?«, fauchte er.

»Ich weiß nicht was du meinst.«

»Das weißt du genau.« Er kam ein Stück näher. »Das Gemälde von Dienelt. Wo hast du es versteckt?«

»Nein. Ich.« Herrmann hustete. »Hilf´ mir doch. Ich brauche Wasser.« Er hielt flehentlich eine Hand hoch.

Viktor preschte auf den Schrank zu und riss die Türen auf. Leer! Panik mischte sich unter seine Rage. Er packte Jöhns und schüttelte ihn brutal durch. »Verdammter Scheißkerl! Jetzt sag´ mir, wo du das Bild versteckt hast, oder ich mach dich kalt.«

Herrmanns Kopf flog gegen den harten Stein der Geheimtür. Sie war verschlossen. Nie und nimmer würde er sein Wissen darüber preisgeben. Das konnte Viktor vergessen. Dieser brüllte ihn unentwegt an. Seine Stöße wurden stärker. Er konnte nicht mehr zwischen Schmerz und Taubheit unterscheiden. Alles in ihm dröhnte, pochte und brannte. Jede Zelle in ihm wollte platzen. Dann hörte der Sturm abrupt auf. Er spürte stattdessen einen kalten Druck auf seiner Schläfe. Die geschrienen Worte seines Peinigers waren in den Hintergrund getreten. Herrmann konnte sie nicht mehr entschlüsseln, denn er driftete bereits ab in eine andere Welt. Er sah seinen Enkelsohn auf ihn zulaufen. Welch schöner letzter Traum, bevor es aufblitzte und er nichts mehr spürte.

Der Knall war ohrenbetäubend. Es war aber nicht der Rückstoß des Revolvers, der ihn gegen die Wand geschleudert hatte, sondern ein überraschender Schlag von einem Verrückten, der plötzlich aus dem Nichts auf ihn zu gestürmt war und jetzt wie wild auf ihn eintrommelte. Er war so von dem Angriff überrascht worden, dass er erstmal nur seine Unterarme zum Schutz hochgerissen hatte. Der Widersacher schrie irgendetwas Unverständliches. Viktor verstand nicht, was der Typ wollte. Was war hier los? Er wurde hart am Kopf getroffen und verlor die Orientierung. Die Schläge prasselten weiter auf ihn nieder. Er fiel auf den Rücken. In seiner Not trat er um sich und konnte sich für einen Augenblick aus seiner beengten Situation befreien. Der Gegner war gegen den Türpfosten gewirbelt worden und stöhnte auf. In diesem Moment war Viktor klar, was der Kerl hier zu suchen hatte. *Opa* hatte er immer wieder geschrien. Er zögerte nicht eine Sekunde, sondern sprang auf, um es Krister Jöhns mit doppelter Wucht heimzuzahlen.

Vier, fünf stramme Schläge in die Magengrube und eine anschließende Kopfnuss reichten aus, um diesen verdammten

Penner niederzustrecken. Jöhns fiel gegen die Wand und hielt sich wimmernd die Nase. Ein Schwall Blut ging auf den Beton nieder. Die war auf jeden Fall gebrochen, dachte Viktor. Seine eigene Stirn tat jedenfalls doller weh, als üblich nach solch einer Aktion. Er ging auf Krister zu und nahm ihn in den Schwitzkasten. Mit einfachem Knebeln wollte er dieses Weichei nicht davonkommen lassen. Diesmal sollte es endgültig sein. Er zerrte ihn mit dem Kopf voraus die Treppe hoch.

Krister versuchte mit den Fingern den Handlauf zu erreichen. Er schaffte es sogar einmal für einen kurzen Moment. Viktor schlug ihm sofort fest auf die Rippen und erhöhte anschließend den Druck auf den Hals. »Lass den Scheiß.«

Kristers Hand glitt ab und baumelte am schlaffen Arm.

Walter Bork wusste auch nicht, warum er ausgerechnet in das Restaurant des Brauerei-Museums ging, um etwas zu essen. Die Hoffnung auf Inspiration durch die Nähe zum Tatort war wohl ausschlaggebend gewesen. Für seinen Geschmack herrschte in dieser Lokalität allerdings zu viel Trubel. Man verstand ja sein eigenes Wort nicht. Aber er musste sich im Moment ja auch nicht unterhalten. Er ging schnurstracks zur Theke, wo die Leute eigentlich nur platziert wurden, um dort auf ihre vorbestellten Tische zu warten.

»Kann ich hier ´ne Kleinigkeit essen?«, fragte er den Mann hinterm Zapfhahn.

»Kein Problem. Hier ist die Karte. Darf's schon was zu trinken sein?«

»Stilles Wasser wäre gut.«

Bork bemerkte einen missbilligenden Blick. Aber das war ihm egal. Sein Magen hatte sich zum Glück beruhigt und der Appetit war zurückgekommen. Das wollte er nicht mit Sprudel zerstören. Er entschied sich für eine Ofenkartoffel mit Lachs und Sour Cream. Das hatte er lange nicht mehr gegessen.

Er ließ den Blick durch den Raum wandern. Den Leuten schien so ein Mord in der Nachbarschaft am Arsch vorbei zu gehen, dachte er verachtend. Es war wahrscheinlich sogar der Grund, warum hier so viel los war. Die Ausstellung war ja brechend voll gewesen, nachdem die Nachricht die Runde gemacht hatte. Er musste sich eingestehen, dass er selbst an diesem Umstand auch seinen Anteil hatte. Die Fernsehsendung war auf seinen Mist gewachsen. Normalerweise machte man das nicht so kurz nach einer Straftat. Aber es bot sich an. Die nächste Ausstrahlung wäre erst in einem Viertel Jahr gewesen und da der Kommentator vom Sender ein Bekannter von ihm war, hatte dieser den Beitrag noch kurzfristig integriert. Wie auch immer, Morde übten auf viele Menschen eine Faszination aus. Das ging ihm nicht anders. Das hatte ja zu seiner Berufswahl geführt.

Sein Handy brummte in der Manteltasche. Auf dem Display tauchte kein Name, sondern eine Nummer auf. Wer war das denn jetzt?

»Bork?!«

Er hielt sich das linke Ohr zu. Mit dem Anderen hörte er sich an, was der Anrufer ihm zu sagen hatte. Dann legte er zwanzig Euro auf den Tresen und verließ augenblicklich das Lokal.

Harring und Bahnsen konnten ihren Chef nicht erreichen. Er ging einfach nicht ans Telefon. Sie mussten aber unverzüglich handeln. Das Auto von Viktor Schiller war in der Nähe des Museums aufgetaucht. Frank Schmidt hatte die drei gestohlenen Gemälde im Kofferraum gefunden. Sie waren in Papprollen zusammengewickelt. Gemeinsam mit dem Leiter des Museums standen sie jetzt vor dem Haupteingang. Da nach wiederholten Versuchen keine Verbindung zu den Wachleuten hergestellt werden konnte, mussten sie vom Schlimmsten ausgehen. Für das SEK aus Kiel war aber keine Zeit mehr.

»Okay, wir haben außer dieser Tür hier nur noch den Seiteneingang, durch den auch der Einbrecher am Donnerstag ins Gebäude gelangt ist. Ist das richtig?«, richtete Bahnsen seine Frage an den Direktor.

»Es gibt da noch einen Übergang im Untergeschoß. Eine Brandschutztür verbindet den Komplex mit Restaurant und Hotel mit dem historischen Teil, in dem sich das Museum befindet.«

Bahnsen hörte wohl nicht richtig. »Und das erzählen Sie uns erst jetzt? Dann kann der Mörder also auch über diesen Weg geflüchtet sein. Das müssen Sie uns doch sagen!«, schimpfte er. »Das hat noch ein Nachspiel.« Er hielt ihm den Zeigefinger vor die Nase.

»Das tut mir leid, aber ich muss das in der ganzen Aufregung vergessen haben. Dort unten geht normalerweise niemand hin. Die meisten Angestellten wissen gar nicht, dass die Verbindung existiert, glaub ich.« Er zog zur Untermauerung seiner Vermutung die Schultern hoch.

»Sie erklären jetzt den beiden Kollegen, wo sich die Tür befindet und halten sich danach im Hintergrund«, ordnete Bahnsen dem Museumsleiter an. Er nickte den Vollzugsbeamten zu. »Meldet euch, wenn ihr die Tür geprüft habt.«

»Wollen wir nicht lieber evakuieren?«, fragte Nikolaisen von der Seite.

Bahnsen schüttelte den Kopf. »Weißt du was dann hier los ist? Nee, wir beide gehen jetzt hier rein. Und Martin geht mit Frank zum Seiteneingang. Seht euch vor. Der Typ hat ´ne Waffe.«

Harring und Schmidt antworteten nicht darauf, sondern waren schon auf dem Weg zu ihrem Einsatzort.

Hanna ging zielstrebig an dem Pulk vorbei und schnappte gerade genug auf, um zu kapieren, dass Krister nicht mehr viel Zeit blieb, um zu verschwinden. Es war ein Kellner an sein Handy gegangen. Er hatte erzählt, dass er das Gerät vor dem

Herrenklo gefunden hatte. Der Besitzer könnte es gern am Tresen abholen, hatte er gemeint.

Sie machte sich nicht die Mühe, unauffällig zu wirken, während sie Ausschau nach dem Kommissar hielt. Die linke Seite des Restaurants hatte sie schon von draußen gescannt. Auf der anderen Seite war er auch nicht zu entdecken und am Tresen saß nur ein Paar. Sie blieb zwischen Eingang und Mitarbeitertür nicht stehen und fand sich in einem Durchgangsraum wieder, in dem außer Putzutensilien zwei Stühle standen. Es roch nach Rauch. Sie hielt sich nicht lange dort auf, sondern ging weiter und gelangte in ein Treppenhaus. Sie stieg die Stufen herab und hoffte, dass sie das Richtige tat.

»Hier liegt eine geknebelte Person. Männlich. Bei Bewusstsein. Blutende Wunde am Kopf«, hörte Bahnsen durch das Headset. Das war die Stimme von Harring.

»Wo seid ihr?«

»Im Seitengang, kurz vor dem Rund-Saal. Wir gehen gleich weiter in den Ausstellungsbereich.«

»Stopp mal!«, unterbrach in Bahnsen. »Scheiße, im Kontrollraum liegt der zweite Wachtmann. Wo, zum Teufel, ist Bork?« Er ging hastig ihre Optionen durch, während Nikolaisen mehrere Krankenwagen anforderte.

»Wir brauchen Verstärkung«, sagte Bahnsen mit Sorge in der Stimme.

»Das dauert zu lange«, kam der Einwand von Harring durch den Kopfhörer. »Wir sichern schnell diesen Teil hier und dann treffen wir uns in der Ahnengalerie. Wenn der Typ noch hier ist, dann bestimmt im Keller.«

Es setzte eine kurze Pause ein. Schließlich nickte Bahnsen. »Seid verdammt vorsichtig«, wiederholte er sich.

Obwohl es sich anfühlte, als sei seine Nase ihm in den Kopf gedrückt worden, glaubte er Bier zu riechen. Wie durch einen glasigen Vorhang konnte er die hellen Fliesen des Gärkellers erahnen. Er wollte sich aus seiner Umklammerung befreien, aber er fühlte sich wie in einem gewaltigen Schraubstock eingequetscht. Was er auch unternahm, der Druck wurde nur stärker. Er war machtlos.

Auf einmal stießen seine Hände gegen etwas. Eine glatte, feuchte Wand. Sofort war ihm klar, was hier geschah. Er wurde gegen einen Gärbottich gedrückt. Das Bild von einem Mann, der mit dem Gesicht nach unten in einem Bassin im Bier lag, tauchte auf. Krister stemmte sich mit aller Kraft gegen den Edelstahl. Sofort kassierte er einen heftigen Schlag in die Seite. Er schrie auf und hustete. Seine Luftröhre war wie zugeschnürt. »Versuch es gar nicht erst«, drohte sein Widersacher mit entschlossener Stimme.

Im selben Moment verloren seine Beine den Kontakt zum Boden. Der Druck auf die Halsschlagader ließ kurz darauf nach. Er fühlte sich erlöst und schwerelos zugleich und wollte sofort tief einatmen, aber es gelang ihm nicht. Seine Lunge schien platzen zu wollen. Um ihn herum war es kalt geworden. Er hustete Blasen und alles schmeckte nach Bier. Sein Rücken stieß auf einen Widerstand. Er riss seine Augen auf. Über ihm schien goldenes Licht durch Wolken aus Schaum. Dahinter tauchte ein Gesicht auf. Es kam näher. Krister drückte die Arme nach unten. Er wollte sich aufrichten. Sein Kopf strebte nach oben, aber irgendetwas drückte plötzlich auf seinen Brustkorb. Ein tonnenschweres Gewicht. Seine Hände konnte es nicht abwehren. Seine Beine fanden keinen Halt mehr. Er schrie so laut wie nie zuvor in seinem Leben. Es klang aber alles so dumpf und sinnlos. Seine Gliedmaßen wurden leichter und leichter und die eiskalte Grimasse über ihm immer unschärfer.

Der Kommissar gab ohne Vorwarnung einen Schuss ab. Die Kugel traf eine Neonröhre an der Decke, die funkensprühend zerbarst. Viktor Schiller ließ das Maischepaddel fallen und ging hinter dem Edelstahlbehälter in Deckung.

»Es ist zu Ende, Viktor.« Bork legte den Kopf quer, in Erwartung einer Reaktion.

»Wer sagt das?«

Es knallte. Neben seinem Kopf flog der Putz aus der Wand. Bork duckte sich und rannte auf den anderen Gärbottich zu. Eine zweite Kugel zischte durch die Luft. Sie traf das linke Bein des Kommissars. Blut spritze gegen die Wand hinter ihm. Er stürzte und rutsche ein Stück über den Estrich. Der dritte Schuss verfehlte ihn nur knapp, als er hinter den Behälter robbte.

»Es hat keinen Sinn! Meine Kollegen sind gleich da«, pokerte er hoch, während er mit schmerzverzerrtem Gesicht an dem Gefäß lehnte. »Seien Sie vernünftig. Sie kommen hier nicht raus«, rief er schnaubend. Er schnallte sich den Gürtel ab, um das Bein abzubinden.

Viktor war unbeeindruckt. Er stand auf, richtete seinen Revolver auf den Ursprung der Worte und näherte sich ihm ganz langsam Schritt für Schritt. In seinem Blickfeld tauchte erst ein Fuß auf, dann auch ein Knie und je weiter er um die Kurve ging, desto mehr konnte er von seinem Gegner und der Blutspur auf dem Boden sehen. »Wirf die Waffe weg!«, befahl er in ruhigem Ton. »Dann sind wir hier schneller fertig.«

Die Beine des Kommissars verschwanden hinter der Rundung. Viktor war aber schneller und holte ihn mühelos ein. »Willst du spielen, Herr Kommissar? Herzlich gern.« Er lachte laut und kehlig.

Bork spürte, dass sein Gegner bis zum Äußersten gehen würde und ließ daher seine Dienstwaffe über den Beton gleiten. Er schaute direkt in den Lauf von Sühlmanns Revolver. »Wenn Sie mich jetzt erschießen, dann stürmen meine Kollegen das Museum und machen Sie platt. Ich bin Ihnen nur lebend von Nutzen«, versuchte er Zeit zu schinden.

»Halt die Schnauze. Du bist schon tot. Du hast es nur noch nicht gemerkt.«

»Sie sind aber noch nicht am Ziel. Oder wo ist der Dienelt?« Bork wollte seinen Widersacher ködern, denn er war sich gar nicht so sicher, ob dieser das Bild nicht schon längst an sich gebracht hatte.

Viktor biss an. »Verarsch mich nicht!«, sagte er, spannte den Revolver und kam auf einen Meter an Bork heran.

»Ich weiß wo das Bild ist«, legte der Kommissar äußerlich ohne erkennbare Regung nach, denn jetzt war seine Unsicherheit verflogen. Das Gemälde musste noch verschwunden sein, sonst hätte sein Gegenüber nicht so interessiert geguckt. Viktor kaute diesmal bedeutend länger an den Worten. Er schien richtig ins Grübeln gekommen zu sein, dachte Bork. Doch dann sah er wie Viktor die Mundwinkel hochzog und noch einen Schritt näherkam.

»Du bluffst.«

Der Lauf der Waffe war genau auf seine Stirn gerichtet. Walter Bork ahnte, dass der Besitzer der unheimlichen Augen nicht mehr lange fackeln würde. Als der Schuss kam, hatte er seine eigenen bereits geschlossen.

Das Projektil bohrte sich durch seinen Brustkorb und presste ihn ruckartig nach hinten. Viktor wankte zurück und wieder vor, während sein Kinn das dunkelrot verfärbte T-Shirt berührte. Fassungslos starrte er zuerst auf seine Brust und dann auf Harring, der angespannt zirka fünf Meter entfernt an der Kellertreppe stand und seine Waffe mit beiden Händen auf ihn richtete. Viktor strich sich ungläubig über die Wunde und beäugte anschließend seine roten Fingerkuppen. Dabei geriet er ins Straucheln. Seine Knie knickten ein. Er stürzte aber nicht, sondern torkelte einen Schritt auf Bork zu. Er versuchte, auf den Kommissar zu zielen und seinen Arm ruhig zu halten. Sein Zeigefinger krümmte sich, als plötzlich sein Kopf zur Seite geschleudert wurde. Er kippte auf den Rand des Beckens zu. Eine Kugel löste sich aus dem Lauf seiner Pistole. Sie streifte Bork am Ohr und krachte staubend in die

Wand hinter ihm. Die Schallwelle des Schusses echote von Wand zu Wand. Harring zielte immer noch auf Viktor, obwohl dessen Oberkörper bereits in den Schaum tauchte, die Füße ihren Halt verloren und er schließlich ganz in der Flüssigkeit verschwunden war.

Bork sah wie Hanna von der anderen Seite platschend in den anderen Bottich hineinsprang. Er wollte aufstehen, war aber nicht im Stande dazu. »Martin! Schnell!«, stöhnte er und fuchtelte hektisch mit seinem Arm in der Luft herum.

Harring rannte los und war kurz darauf ebenfalls im Bier verschwunden.

Achim Wentzel beobachtete das Treiben nun seit einigen Minuten von der anderen Straßenseite aus und überlegte seinen nächsten Schritt. Bisher war er der einzige Journalist vor Ort, stellte er fest. Er hatte nun schon fünf Krankenwagen vor dem Haupteingang des Museums gezählt. Und in der Ferne hörte er weitere Sirenen näherkommen. Mittlerweile hatte sich auch im Restaurant und in der umliegenden Nachbarschaft herumgesprochen, dass da etwas nicht Alltägliches in Gange war. Es waren mehrere Beamte damit beschäftigt, Absperrbänder zwischen den Laternen anzubringen, um die größer werdende Meute in Schach zu halten. Achim hielt das Geschehen auf seiner Speicherkarte fest. Zum Glück hatte er die komplette Ausrüstung mitgenommen. Hanna hatte nicht zu viel versprochen, als sie ihm den Tipp per SMS gesendet hatte. Aber wo war sie? Weit und breit war nichts von ihr zu sehen. Achim war vorhin einmal um das Gebäude getigert, immer in der Hoffnung, den einen großen Schnappschuss machen zu können. Bisher war noch niemand in Handschellen abgeführt worden. Die Krankenwagen waren alle so geparkt, dass man nicht genau erkennen konnte, wer gerade eingeladen wurde. Die Gesichter hatte man geschickt hinter Tüchern oder Decken versteckt. Er hatte noch nichts wirklich Brauchbares in der Hand, was sich später in Textform bringen ließe.

Es blieben ihm noch knappe vier Stunden bis zum letztmöglichen Abgabetermin der Titelstory. Und der Chefredakteur war noch nicht mal mit im Boot.

Da entdeckte er Kommissar Bahnsen, der sich etwas abseits der anderen Kollegen stellte und sehr angestrengt aussah. Der Reporter sah seine Chance gekommen, an ein paar Informationen zu gelangen. Achim ließ noch kurz die große Luxuslimousine mit dem dänischen Kennzeichen passieren, deren Insassen so aussahen, als hätten sie sich für einen Gangsterfilm verkleidet. Der Wagen fuhr im Schritttempo an ihm vorbei, bis der Chauffeur mit der Mütze wohl ein Zeichen von seinem Chef im Fonds erhalten hatte. Augenblicklich trat dieser aufs Gas und verschwand in Richtung Ortsausgang. Achim schüttelte darüber nur den Kopf, während er über die Straße auf das Museum zu ging.

Das unscharfe Bild von Hanna kam näher und verschwand wieder. Sie tauchte auf und war auf einmal wieder weg. Erst hob sie ihn hoch, dann wurde er wieder von ihr runtergedrückt. Dann war der Schwebezustand wieder da. Dann plötzlich wieder weg. Es wurde hell. Es wurde dunkel. Konnte er plötzlich unter Wasser atmen? Alles war so leicht. Flog er? Was waren das für Geräusche? Sagte jemand seinen Namen? Und dann war Hanna wieder da. Ihre Lippen bewegten sich. Sie sah besorgt aus und wunderschön zugleich. Sie war ein Engel. Sein Engel. Er wollte bei ihr sein. Nur noch bei ihr. Krister bekam Angst. Wer war der Mann neben ihr? Er kannte sein Gesicht. Gehörte es zu seinem Traum? Er wollte aufstehen und weglaufen. Aber sein Körper war zu schwer. Viel zu schwer. Seine Muskeln konnten die Befehle nicht ausführen. Sie gehorchten ihm einfach nicht.

»Krister, beruhige dich!«, konnte er sie hören. »Es ist alles gut. Du bist in Sicherheit. Vertrau mir. Alles wird gut.«
Ihr Streicheln auf seiner Wange tat so gut, dass er sich für einen Moment in seiner Welt geborgen fühlte. Aber es reichte

nicht aus, um den schrecklichen Einschuss in seine Gedanken zu verhindern. Sein inneres Ich schrie es hinaus, noch bevor irgendjemand in der Außenwelt es hören konnte. Er wiederholte es, so oft er konnte. Seine Lippen und Stimmbänder formten die Laute immer wieder, bis sie endlich nach außen drangen und ihre Wirkung entfalten konnten. »Opa liegt im Keller!« Er versuchte, seinen Kopf zu heben. Aber er lag zu fest in Hannas warmen Händen. Das Gesicht neben ihr verschwand. Krister wusste, dass er nicht mehr zu schreien brauchte. Sein Unterbewusstsein entschied sich stattdessen, zu weinen.

44

Montag

Die Tür zum Krankenzimmer ging auf. Krister sah seine Mutter hereinkommen. Sie lächelte fürsorglich und wirkte glücklich und zufrieden. Sie kam ohne Umschweife zum Punkt und beantwortete seine nicht gestellte Frage.

»Opa geht es besser. Er war stark dehydriert. Aber sie kriegen ihn wieder hin. Sein Hüftgelenk ist zum Glück nicht gebrochen, sondern nur geprellt. Die Ärzte haben ihm was gegen die Schmerzen gegeben.«

Sie stellte eine Tasche neben den Schrank. »Die hier soll ich dir von Kommissar Bork geben. Er hat sie mir heute Vormittag vorbeibringen lassen.« Sie setzte sich auf die Bettkante und streichelte seine Stirn.

Er ließ seine Mutter ausnahmsweise gewähren, denn er konnte etwas Trost ganz gut gebrauchen, nach all den Erlebnissen des Wochenendes. Aber am meisten freute er sich über den Gesundheitszustand seines Großvaters.

»Kann ich zu ihm?«

»Du kannst es heute Abend versuchen. Im Moment schläft er.« Sie wurde ernst und nahm seine Hand. »Der Museumsmörder ist tot. Sie sagten mir, dass nicht viel gefehlt hätte, dann wärst du.« Sie kam nicht weiter. Der Gedanke brachte sie ins Stocken. »Krister. Ich weiß nicht, was ich gemacht hätte, wenn dir etwas zugestoßen wäre. Warum bist du denn nicht zur Polizei gegangen? Die ist doch für so etwas da. Das kannst du doch nicht auf eigene Faust machen.«

»Mama!«

»Ja. Ich weiß was du sagen willst. Ohne dich wäre Opa jetzt tot. Der Kommissar sagte, dass man dir gar nicht genug dafür danken kann, dass du dich auf die Suche gemacht hast. Sonst wäre das alles wohlmöglich ganz anders ausgegangen. Ich hatte eine höllische Angst, als ich gestern Abend den Anruf von der Polizei bekam.«

»Ist ja alles gut gegangen.« Er zog seine Hand unter ihrer hervor und tätschelte sie. »Ich hatte ja Hilfe von Hanna.«

Frau Jöhns schmunzelte auf einmal. »Hab´ ich da was verpasst?« Sie kniff vielsagend ein Auge zu.

»Ich weiß nicht. Kann schon sein. Mal sehen, was draus wird.«

Sie erhob sich und ging Richtung Tür. »Die junge Dame kann es kaum erwarten, dich zu sehen. Ich hab´ sie mitgenommen. Sie steht draußen.«

Seine Mutter hatte schon die Klinke in der Hand, da drehte sie sich nochmal zu ihm um. »Die Sache mit dem Autodiebstahl ist übrigens vom Tisch. Der Kommissar und ich waren uns einig, dass du den Wagen nur ausgeliehen hattest. Und um deine Wohnung kümmere ich mich heute Nachmittag. Ist ja zum Glück nichts geklaut worden. Nicht wahr, mein Lieber?« Und schon war sie verschwunden.

Krister guckte zur Tasche und schüttelte beeindruckt den Kopf.

Zu seinem Bedauern betrat nicht Hanna, sondern der Kommissar Bork das Zimmer. Wobei man es so nicht sagen konnte. Er wurde von einem Pfleger mit einem Rollstuhl hereingeschoben und am Bettende abgestellt. Für einen viel zu kurzen Augenblick konnte er Hanna im Flur erspähen. Dann schloss der Pfleger die Tür auch schon hinter sich.

»Guten Tag, Herr Jöhns. Wie geht es Ihnen?«

Krister horchte in sich hinein. Die Nase tat weh, weil sie wahrscheinlich auf ein Vielfaches geschwollen war. Und seine Rippen fühlte er bei jedem zu starkem Einatmen. Wenn er die Worte des Arztes richtig erinnerte, dann waren zwei von ihnen gebrochen. Sein Finger war verbunden und seine Schläfe trug ein Pflaster. Alles in allem konnte er aber froh sein, die Blessuren aufzählen und spüren zu dürfen. »Danke.

Muss ja«, antwortete er, ohne zu klagen. »Und wie geht's Ihnen?« Er deutete auf das ausgestreckte Bein des Kommissars.

»Glatter Durchschuss. Zum Glück ist keine Arterie verletzt worden. Dann säße ich vielleicht nicht hier.« Er hob den Daumen.

»Danke für die Tasche«, sagte Krister, nur um irgendetwas zu sagen. Er konnte noch nicht einordnen, was der Besuch von Bork zu bedeuten hatte. Reine Höflichkeit war das hier bestimmt nicht.

»Lassen Sie mal gut sein. Schöne Grüße vom Kollegen Harring.«

Krister traute dem Braten nicht und wartete, ob da noch etwas kam. Als das nicht der Fall war, ging er über zu den Geschehnissen des Vorabends. »Vielen Dank, dass Sie mich gerettet haben. Ich habe gehört, dass der Mörder tot ist.«

»Mir müssen Sie nicht danken. Ich habe nur versucht, meinen Job richtig zu machen. Sie können froh sein, dass Herr Kopiske mich angerufen hat und mir von Ihren Gesprächen und Ihrem Verdacht erzählt hat. Die Info über die Brandschutzschleuse hat Ihnen das Leben gerettet.« Er kratzte sich am Hinterkopf. »Nun ja, mein Kollege Harring hat den Mörder zur Strecke gebracht, sonst wäre ich auch hinüber. Wie auch immer. Sie hatten mehrere Schutzengel. Ihre Freundin Hanna hat sie übrigens wiederbelebt, falls Sie das noch nicht wussten. Ich meine, Harring hätte das wohl auch gekonnt. Aber ich glaube so war es für Sie besser, oder?« Er griente humorig bei diesem Gedanken.

Krister war das nicht neu und er wollte nicht unsympathisch sein. Deshalb antwortete er höflich grinsend. »Da gebe ich Ihnen Recht.«

»Mal was Anderes«, wollte Bork unvermittelt das Thema wechseln. »Konnten Sie schon mit Ihrem Großvater sprechen?«

Alles klar, dachte Krister. Tatsächlich kein reiner Höflichkeitsbesuch. Er brauchte aber nicht einmal zu lügen. »Nein. Im Moment schläft er. Wieso?«

Der Kommissar wirkte unaufrichtig. »Hätt´ ja sein können. Reine Neugierde. Hat nichts zu bedeuten. Ich muss jetzt auch mal wieder.« Er war im Begriff, mühsam seinen Rollstuhl zu drehen, als Krister plötzlich auch eine Frage stellte.

»Wissen Sie, ob mein Großvater für den Einbruch in das Museum belangt werden wird?«

Der Kommissar stutzte. »Gute Frage. Ich denke, das müssen die Richter entscheiden. Aber da machen Sie sich mal keine Sorgen. Das wird schon«, sagte er, während er unbeholfen gegen die Tür klopfte, so als wolle er befreit werden.

45

Dienstag

Kommissar Bork löste immer wieder ungläubig den Blick von dem Brief. Herrmann Jöhns lag derweil ruhig in seinem Krankenbett und schaute aus dem Fenster. Er selbst hatte die Abschiedsworte wieder und wieder gelesen. Ihre Wirkung hatte sich nicht abgenutzt. Sie hatte sich bei jedem Durchgang aufs Neue eingestellt.

»Haben Sie etwas dagegen, dass ich mir später eine Kopie davon mache?«, fragte Bork, nachdem er das Stück Papier auf seinen Schoß gelegt hatte. Er war kurz davor, ergriffen zu sein, versuchte aber, sich zu beherrschen. Wie es wohl Werner Jepsen ergehen würde?

»Mein Enkel wird Ihnen eine Kopie per Post senden.« Er streckte seinen Arm nach dem Papier aus, um es zurück zu fordern.

»War es das, wonach Sie im Museum gesucht haben?«, fragte Bork, immer noch mächtig beeindruckt von dem Inhalt.

Herrmann Jöhns antwortete nicht sofort. Er schaute erst wieder zum Fenster hinaus, so als flöge dort die Antwort auf diese Frage vorbei. Er hatte den blauen Himmel viel zu lange nicht mehr auf diese Art und Weise betrachtet. Für ihn war er immer nur wie selbstverständlich da. Nicht erwähnenswert. Nichts, an dem man sich besonders erfreuen musste. Meistens war sein Haus sowieso von einer grauen Nebelsuppe umhüllt gewesen. So war es ihm jedenfalls in seinem Leben viel zu oft vorgekommen. »Wissen Sie was?«, sagte er während er seinen Kopf drehte. »Ich habe viel mehr gesucht, als dieses Stück Papier hier.« Er legte es auf den Nachtschrank. »Ich habe mein Leben gesucht, meine Existenz, meinen Sinn.« Dann hielt er einen Moment inne, legte seinen Kopf aufs Kissen und guckte mit leeren Augen an die Zimmerdecke. »Ich habe meine Erlösung gesucht. Der Schmerz sollte endlich verschwinden.«

Walter Bork nickte zustimmend. »Und ist er gegangen?«

»Er wird wohl nie ganz fortgehen, denke ich. Aber es ist eine große Linderung eingetreten. Die verlorenen Jahre gibt mir niemand zurück. Diese Erkenntnis schmeckt extrem bitter. Aber der Glaube an das was noch kommt, und dass es immer Hoffnung gibt, schmeckt mir ganz gut.«

Der Kommissar war nicht sicher, ob er seine nächste Frage stellen sollte. Irgendwie musste er an ein gewisses Taktgefühl denken. Seine Neugierde war aber um vieles größer. Er überwand seine innere Hürde und ließ es drauf ankommen. »Haben Sie sich gefragt, was wohl passiert wäre, wenn Friedrich Börnsen die Briefe einfach per Post versendet hätte, anstatt sie Ihnen anzuvertrauen? Dann hätten sich die Dinge doch ganz anders entwickelt.«

Sein Gegenüber blieb äußerlich regungslos. Bork nahm das zum Anlass auch den nächsten Gedanken einfach auszusprechen. »Überkommt Sie da gar keine Wut, dass er damit Ihr Leben zerstört hat?«

Ihre Blicke kreuzten sich. Herrmann Jöhns schien die provokante Frage Wort für Wort im Geiste durchzukauen, bevor er die Stille schließlich mit einer Gegenfrage durchbrach. »Und? Haben Sie im Museum gefunden, was Sie gesucht haben?«

Bork musste über diese Art der Antwort schmunzeln. Der alte Herr dort vor ihm imponierte ihm. Von dessen Tapferkeit und dem Durchhaltevermögen hätte er sich gern eine Scheibe abgeschnitten. Er ließ es daher auf sich bewenden und folgte der Richtungsänderung der Unterhaltung. »Noch mehr als das«, entgegnete er ihm. »Ich habe den Mörder gefunden, Ihren Enkelsohn und nicht zuletzt Sie. Aber wissen Sie, was ich nicht gefunden habe?«

»Ich bin zu alt für solche Rätsel. Sie werden es mir bestimmt gleich verraten.«

»Richtig. Ich habe den vierten Dienelt nicht gefunden. Der scheint sich in Luft aufgelöst zu haben.«

Herrmann guckte demonstrativ gelangweilt in Richtung Himmel. Der Kommissar brauchte nicht zu wissen, dass er das Gemälde in den geheimen Korridor gestellt hatte, um es vor der Außenwelt zu schützen. Er dankte Friedrich stillschweigend für die Info über den Mauerstein, der die Geheimtür von außen wieder verschließen konnte, wenn man einen sanften Druck auf ihn ausübte. Dies hatte er gerade rechtzeitig gemacht, bevor Viktor den Raum betreten hatte.

Herrmann antwortete dem Kommissar mit einer gewissen Freude im Ton: »Dann haben Sie anscheinend nicht ordentlich gesucht, nehme ich an. Aber man darf nie die Hoffnung aufgeben. Das kann ich Ihnen als Tipp geben, junger Mann. Das glauben Sie mir sicherlich.«

Bork spürte, dass auch hier ein tieferes Nachbohren nicht zum Ziel führen würde. Er versuchte es mit einem anderen Thema, welches ihm in den Sinn gekommen war, als er Herrmann Jöhns gerade eben das erste Mal in Lebensgröße vor sich gesehen hatte. »Danke für den *jungen Mann.* Das habe ich Ewigkeiten nicht mehr gehört. Aber mal was ganz anderes. Was ist denn mit Ihrem linken Ohrläppchen passiert?«

Der Alte wirkte ein wenig erheitert und richtete sich im Bett auf. »Das war ein blödes Missgeschick meinerseits. Ein Arbeitsunfall. Fragen Sie nicht, wie das passiert ist. Seitdem lasse ich mich jedenfalls immer nur von der rechten Seite fotografieren.«

Der Kommissar war sich sicher, dass fast alle Beteiligten in diesem Fall Bescheid wussten, wer da auf dem Polizeivideo zu sehen gewesen war. Das zu bewerten, fiel ihm im Moment schwer. Aber da war noch etwas, was ihn brennend interessierte. »Was ist dran an dem Gerücht, die vier Gemälde verbergen die millionenschwere Rezeptur eines Bieres? Unsere Forensiker haben jedenfalls nichts auf und in den

Leinwänden finden können. Haben Sie sich das nur ausgedacht oder steckt da etwas Wahres hinter?«

Es folgte ein breites Lächeln. »Hat es Sie also auch erwischt. Was soll ich sagen? Vielleicht nur so viel: es sollte immer alles im Rahmen bleiben.« Er schnipste mit den Fingern und ließ den Zeigefinger ausgestreckt. »Aber solange das letzte Bild nicht wiederauftaucht, nützt dieses Wissen auch niemandem weiter.

Auf seine letzte Frage erhoffte er sich schon gar keine Antwort mehr. Er stellte sie trotzdem, um sich später nicht vorzuwerfen, es versäumt zu haben. Der Ermittler in ihm verlangte es einfach. »Könnte es sein, also, nur mal angenommen.« Er druckste herum. »Wissen Sie, ob Viktor Schiller der leibliche Sohn von Friedrich Börnsen gewesen ist?«

Herrmann Jöhns sah irritiert aus, dachte er. Irgendwie verwirrt. Seine Augen hatten sich zu kleinen Schlitzen verengt. Bork erwartete Protest und Ablehnung, so wie das Gespräch bisher verlaufen war. Und er hatte recht damit. War ja auch nicht anders zu erwarten gewesen.

»Sie haben eine blühende Fantasie, Herr Kommissar.«

»Vielen Dank, Herr Jöhns. Kommen Sie gut wieder auf die Beine und genießen Sie das schöne Wetter, bevor es wieder kalt und dunkel wird.« Der Kommissar schob sich mit seinem Rollstuhl auf die Tür zu und hielt auf halben Weg noch mal an. »Aber das geht ja schnell bei Ihnen. Sie sind ja ein Wunder der Natur, nicht wahr?«

Herrmann konnte nicht einordnen, was damit gemeint war. »Wie soll ich das verstehen?«

»Ganz einfach. Wer es in einem Raum, der kaum größer ist als ein Badezimmer, fast drei Tage lang aushält, ohne ein einziges Mal zu pinkeln oder seine Notdurft zu hinterlassen, den kann man ja nur als Wunder der Natur bezeichnen, oder?« Im nächsten Moment war er verschwunden und hinterließ einen nachdenklichen Patienten.

46

3 Wochen später

Auf den ersten Blick nahm er einen eindrucksvollen Ledereinband wahr, der zum Vorschein kam. Er erkannte das Wappen der Börnsen-Brauerei, welches auf dem Buchdeckel aufgeprägt war. Das Exemplar hatte in etwa das Format eines Aktenordners und war ziemlich schwer. Kurt Sühlmann legte es auf den Tisch und öffnete es mit Bedacht.

Die erste Inhaltsseite enthielt ein weiteres Wappen. Und zwar jenes der Brauerei-Zunft. Beim Lesen der Überschrift lief es ihm eiskalt den Rücken runter. Damit hätte er im Leben nicht gerechnet. Sofort war er sich der immensen Bedeutung dieses Fundes bewusst. Hätten sie diese Unterlagen damals schon in den Händen gehabt, dann hätten sich die Dinge ganz anders entwickeln können. Entscheidend anders. Die anderen schauten ihm erstaunt über die Schulter. Niemand sagte ein Wort. Nachdem er wie verzaubert ein paar Seiten weitergeblättert und sich vergewissert hatte, dass es sich tatsächlich um etwas ganz Wundervolles handelte, in dem er da las, wandte er sich wieder dem Inneren der Truhe zu.

Der Boden war noch nicht erreicht. Wieder versperrte ein Tuch die Sicht auf das was darunter lag. Sühlmann zog es ab und ließ es diesmal einfach fallen, denn er traute sich nicht, zu glauben was für ein Anblick sich ihm da bot. Der komplette Rest der Truhe war ausgelegt mit honiggelben Steinen. Nein, es waren keine Steine. Ungläubig strich er mit der Fingerkuppe über die spiegelglatte Oberfläche. Dann griff er sich ganz langsam ein Exemplar und wog es in der Hand. Es musste mindestens ein Pfund schwer sein.

Krister konnte nicht anders, als zu fragen was für alle offensichtlich war. »Ist das Gold?«

»Jede Menge«, antwortete sein Großvater.

»Da liegt die Firma der Familie Börnsen. Das glaubt uns keiner«, staunte Sühlmann.

»Das soll uns auch keiner glauben«, sagte Kopiske. »Wie viel ist das, Herrmann?«

»Wenn ich richtig gerechnet habe, dann liegt der heutige Wert ungefähr bei sechs Millionen Euro.«

Simone Meier schlug zuerst die Hände über dem Kopf zusammen, dann brach sie in Tränen aus.

Sühlmann streichelte sie an der Schulter, um ihr beizustehen. Die letzten Wochen waren für sie der blanke Horror gewesen. Es war überhaupt ein Wunder, dass sie es emotional schaffte, nach hier unten mitzukommen, dachte er. Was sollte sie nun mit Gold? Das war nicht, was ihr fehlte.

»Was machen wir denn jetzt damit?«, fragte Alfons konsterniert und schaute hilfesuchend in die Runde.

»Wir machen das, was Friedrich von uns erwartet hätte. Wir erfüllen seinen letzten Willen und teilen es durch vier«, antwortete Herrmann ruhig und bestimmt.

»Kann man das Gold einfach so nehmen? Also rein rechtlich?«, hinterfragte Krister das Vorhaben.

Sein Großvater blinzelte ihm zu. »Ist schon alles geregelt.« Er klopfte ihm gegen den Oberarm. »Fang ruhig schon mal an. Du hast noch ´ne Menge Arbeit vor dir.«

»Und was machen wir mit dem Dienelt von Friedrich?«, fragte Kurt Sühlmann.

»Der ist hier unten doch ganz gut aufgehoben, oder?«, bemerkte Herrmann im Rausgehen.

47

Krister saß an dem alten Schreibtisch und beobachtete die Wolkenfetzen, die vom Meer über die Dünen hinwegzogen. Einige waren strahlend weiß und andere kamen über ein tristes Grau nicht hinaus. Die Novembersonne schaffte es ganz knapp um den kleinen Kiefernwald herum, bevor sie unterging. Immerhin sorgte sie vorher noch für einen schönen, blauen Hintergrund am Himmel.

»Du Opa?«, bat er um Aufmerksamkeit, ohne den Blick von der Landschaft abzuwenden.

»Ja, Krister«, kam es freundlich hinter ihm aus dem Ledersessel zurück.

»Darf ich dich was fragen?«

»Nur zu.«

»Hab´ ich mich eigentlich in den letzten Jahren zu wenig um dich gekümmert?«

Sein Großvater legte seine Zeitung beiseite, bevor er antwortete. »Denk so was nicht, mein Junge. Ich habe dir nun wirklich allen Grund dafür gegeben, mir lieber auszuweichen.«

»Aber, ich meine…«

»Nein, nein, lass´ mich das erklären«, hinderte ihn Opa am Weiterreden.

Krister drehte sich zu ihm um.

»Dein Vater war mal genauso mutig wie du in diesem Moment und meinte er wäre kein guter Sohn gewesen, weil er sich nie um eine gute Beziehung zu seinem Vater bemüht hätte, und weil wir oft im Streit auseinander gegangen waren.« Er stellte seine Teetasse ab. »Ich habe ihm gesagt, dass er der beste Sohn war, den ich bekommen konnte. So jemanden wie ihn hätte ich eigentlich gar nicht verdient, habe ich ihm gesagt und, dass ich unendlich stolz auf seinen Charakter und auf das bin, was er im Leben aufgebaut hat. Ich bin froh, dass er mich gefragt hat und ich bin froh, dass ich ihm vor seinem Tod sagen konnte, wie lieb ich ihn hatte. Ich vermisse deinen Vater sehr. Jeden Tag.«

»Ich auch.« Krister wischte sich mit dem Ärmel ein paar Tränen weg.

Sein Großvater fuhr fort. »Du musst dich überhaupt nicht für irgendetwas bei mir entschuldigen, Krister. Ich habe dir mein Leben zu verdanken. Hättest du dich nicht auf Viktor gestürzt, dann hätte er mich erschossen. Und das hast du gemacht, obwohl ich in all den Jahren nicht sonderlich nett zu dir gewesen bin. Ich habe dich im Suff beschimpft und an dir rumgenörgelt. Dabei habe ich mich doch eigentlich gefreut, dich bei uns zu haben, wenn du mit Oma hier gespielt hast oder hinterm Haus den Drachen hast steigen lassen. Leider habe ich dir das viel zu selten gezeigt, weil ich nur mit meinem eigenen Leid und Unzulänglichkeiten beschäftigt war. Nein, nein! Du bist mir gar nichts schuldig. Du hast trotzdem nach mir gesucht und dein eigenes Leben für mich riskiert. Mehr Liebe konntest du mir gar nicht geben. Ich muss mich bei dir bedanken, dass du so bist wie du bist. Du bist ein guter Junge und ich habe dich immer von Herzen liebgehabt.« Er schnäuzte in ein Taschentuch und senkte den Kopf.

Krister ging zu ihm rüber und nahm seinen Großvater in den Arm. »Danke Opa.«

Es klopfte an der Tür. »Hallo?«

»Geh´, mein Junge. Ihr müsst los.«

Krister löste sich von seinem Großvater. »Wir sind hier«, rief er Hanna zu.

Sie kam herein und reichte Opa die Hand. »Hallo Herr Jöhns. Vielen Dank nochmal, dass ich Ihre Geschichte aufschreiben darf. Das bedeutet mir wirklich sehr viel.«

Herrmann winkte ab. »Ist schon gut. Endlich kann ich die Sache loslassen und darüber reden. Aber ich werde nicht alles für die Zeitung ausplaudern, dass das klar ist.« Er schaute sie freundlich an. »Aber ihr jungen Leute wollt jetzt los, denke ich. Ihr habt euch euren Urlaub redlich verdient.«

»Können wir dich allein lassen?«, fragte Krister fürsorglich.
»Denkt nicht an mich alten Sack. Ich bin hier bestens versorgt und komme gut zurecht. Deine Mutter gibt ja sowieso keine Ruhe.« Er schob die beiden lächelnd durch die Ausgangstür.

Krister schaute in den Rückspiegel. Opa winkte ihnen von oben auf der Auffahrt hinterher. Es fiel ihm schwer, seinen Großvater allein zu lassen. Ein Gefühl, das er so bisher nicht mit ihm in Verbindung gebracht hatte. Er bog um die Ecke und beschleunigte den Oldtimer mit den Heckflossen Richtung Dänemark. Hanna war noch nie in Kopenhagen gewesen.

Epilog

Mein treuer, lieber Freund Herrmann,

wenn du diese Zeilen liest, befinde ich mich bereits bei Anneliese. Endlich, muss ich sagen, denn wie du weißt, sind die letzten Jahre ohne sie sehr traurig für mich gewesen. Seit ihrem Unfalltod habe ich nie wieder unbeschwert sein können.

Ich habe in den letzten Monaten immer mehr das Gefühl gehabt, dass es für mich hier nichts mehr zu erledigen gibt. Den letzten Zweifel an meinem Beschluss hat eine kürzlich erhaltene, schwerwiegende ärztliche Diagnose zerstreut. Ich möchte und kann mich nicht gegen den Krebs anstemmen und fürchte mich zu sehr vor den zu erwartenden Leiden.

Da Annelieses und mein Wunsch nach Kindern leider versagt geblieben ist, habe ich nun für die Brauerei keinen natürlichen Erben. Diese Tatsache schmerz doppelt, kann doch dadurch die lange Tradition des Familienbetriebes nicht von einem Nachkommen fortgeführt werden. Mein Urgroßvater Theodor hatte die Börnsen-Brauerei 1870 gegründet und damit den Grundstein für eine Ära gelegt. Er übergab die Firma an seinen Sohn und dieser vererbte sie wiederum an seinen Stammhalter. Auch ich selbst war in die Fußstapfen meines Vaters getreten und habe den Betrieb stets mit Sorgfalt und viel Leidenschaft geführt. Die Brauerei war durchaus erfolgreich und ermöglichte vielen Familien aus dem Ort ein gesichertes Einkommen. Ich trug einen großen Teil der Verantwortung dafür und das hat mich mit Stolz erfüllt. Die Ahnengalerie zeigt meine Vorbilder. Jeder dieser Börnsens war ein Held für mich, weil jeder von ihnen das Lebenswerk seines Vaters mit Respekt gepflegt und für die nächste Generation gedeihen lassen hatte. Ich schäme mich bis ins Mark für meine Unfähigkeit, diese Tradition aufrechterhalten zu können. Ich habe auf ganzer Linie versagt.

Lieber Herrmann, ich kann mir sehr gut vorstellen, wie sehr dich meine Worte treffen. Ich habe in dir einen Sohn gesehen, den ich selber nie haben durfte. Mit Freude und Stolz habe ich deine Entwicklung vom Lehrling zum Braumeister begleiten dürfen. Du bist wirklich ein feiner Kerl und ich kann dir gar nicht genug für deine treuen Dienste und deinen unermüdlichen Einsatz für die Brauerei danken. Für mich warst und bist du die Seele des Betriebes.

Mein lieber Freund,
wie ich dir erzählte, habe ich die Brauerei an den Sundbaek-Konzern verkauft. Zur Verkaufsmasse gehören neben dem Brauereigebäude auch die technischen Anlagen und Maschinen, sowie die Markenrechte und das Rezept des Nordsumer Pils. Die Rezepturen und die Rechte an unseren Spezialbieren habe ich auf dich überschreiben lassen. Das ist mein Vermächtnis an dich. Aber ich habe auch Vorkehrungen für alle anderen Mitarbeiter der Brauerei getroffen, sei gewiss. Alle Beschäftigten haben eine vertragliche Garantie über mindestens fünf Jahre der Unkündbarkeit. Das unverwechselbare Nordsumer Bier soll noch viele Jahre lang fortbestehen. Dank deiner Erfahrung und Braukunst wird dies sichergestellt. Ich sehe diese Aufgabe in deinen Händen ohne Zweifel gut aufgehoben.

Dies ist meine letzte Bitte, die ich an dich richte. Ich spreche sie nicht als dein Chef aus, sondern als ein Freund und Mentor. Ich habe noch weitere Briefe in diesem Ort verwahrt. Bitte leite meine Abschiedsworte an die betreffenden Personen weiter.

Lieber Herrmann,
ich möchte mich von dir verabschieden. Ich wünsche dir ein wundervolles Leben. Mein Weg ist hier zu Ende. Mir geht es gut mit diesem Entschluss, denn ich werde von den Qualen erlöst und kann endlich mit meiner Frau vereint sein.

Mögen all deine Träume in Erfüllung gehen und mögest du an deinem Lebensende stolz auf das zurückblicken, was du geleistet hast.

Hochachtungsvoll
dein
Friedrich

Der Beste-Freunde-Roman
von der Nordseeküste.

Mehr auf www.martensenmanuel.de

Lightning Source UK Ltd.
Milton Keynes UK
UKHW041212211221
396027UK00002B/335